Knaur.

Im Knaur Taschenbuch Verlag sind bereits
folgende Bücher der Autorin erschienen:
Die Regenkönigin
Die Traumtänzerin
Die Sturmfängerin
Roter Hibiskus

Über die Autorin:
Katherine Scholes wurde auf einer Missionsstation in Tansania geboren und hat den größten Teil ihrer Kindheit dort verbracht, bevor sie nach England und dann nach Tasmanien zog. Sie hat mehrere Romane, darunter einige für Jugendliche, geschrieben und arbeitet auch im Filmbereich. Ihre Romane »Die Regenkönigin« und »Die Traumtänzerin« wurden Bestseller. Sie lebt zurzeit mit ihrem Mann und ihren beiden Söhnen in Tasmanien.

KATHERINE SCHOLES

Das Herz einer Löwin

Roman

*Aus dem Englischen übersetzt
von Margarethe von Pée*

KNAUR TASCHENBUCH VERLAG

Die australische Originalausgabe erschien 2011
unter dem Titel »Lioness« bei Penguin, Australia

Besuchen Sie uns im Internet:
www.knaur.de

Originalausgabe Juli 2012
Knaur Taschenbuch
© 2012 Knaur Taschenbuch
Ein Unternehmen der Droemerschen Verlagsanstalt
Th. Knaur Nachf. GmbH & Co. KG, München
Alle Rechte vorbehalten. Das Werk darf – auch teilweise –
nur mit Genehmigung des Verlags wiedergegeben werden.
Redaktion: Ilse Wagner
Umschlaggestaltung: ZERO Werbeagentur, München
Umschlagabbildung: © Masterfile / AWL Images;
© Gettyimages / Stockbyte
Satz: Adobe InDesign im Verlag
Druck und Bindung: CPI – Clausen & Bosse, Leck
Printed in Germany
ISBN 978-3-426-51081-0

2 4 5 3 1

In respektvoller Erinnerung an
George Adamson

I

Nord-Tansania, Ostafrika

Angel ruckte kurz am Strick des Kamels, um sich zu vergewissern, dass der Knoten um den Baumstamm noch fest war. Das Kamel senkte den Kopf und fuhr mit den Lippen sanft über das Ohr des Mädchens. Angel lächelte und klopfte dem Tier auf den Hals. Sie schaute zu der Stelle im Schatten, wo sie die Milchschale hingestellt hatte. Der Anblick der süßen, schaumigen Milch – so weiß vor dem dunklen Holzrand – erinnerte sie daran, wie hungrig sie war. Rasch band sie das Kamelkalb los, das in der Nähe an seinem Strick zerrte.

Kaum hatte sie es befreit, rannte es zu seiner Mutter und stupste ungeduldig an ihr Euter. Die Kamelstute nahm keine Notiz von ihm. Auch das Gewicht der Taschen und Decken auf ihrem Packsattel schien sie nicht zu stören. Sie interessierte sich nur für die zarten Blätter an den Spitzen der Dornenakazien. Sie schloss ihre dicken Lippen darum, riss sie ab und zermalmte sie im Maul.

»Du bist ganz schön gierig, Mama Kitu«, sagte Angel und lächelte das Kalb an, das grunzend trank. »Und du auch, Matata.«

Sie wandte sich von den Kamelen ab und ergriff die Milchschale. Mit beiden Händen hielt sie sie fest, während sie den leichten Abhang zu einer Felsgruppe hinunterlief. Trotz ihrer nackten Füße bewegte sie sich leichtfüßig über die scharfen Steine. An den Felsen blieb sie stehen und blickte auf die trockene Savanne. Es war früh, und die Sonne stand noch tief am Horizont. Die ersten Strahlen, die durch die staubige Luft drangen, legten Farbe über das Land. Der Boden schimmerte gelb, und ein goldener Glanz lag auf den Felsen, deren Spitzen rosa leuchteten. Die Schatten dazwischen waren tiefbraun und blassviolett.

Angel hob den Blick zum fernen Horizont und schaute auf den Pyramiden-Berg, der sich über der Ebene erhob. Blauer Dunst umgab die Hänge, und die weiße Lava auf dem Gipfel sah aus wie Schnee. Er markierte die Richtung, in die sie zogen. Angel wusste, dass er jeden Tag genau zwischen Mama Kitus Ohren vor ihnen lag.

Ol Doinyo Lengai, der Gottesberg der Massai.

Angel ging um die letzten Felsen herum und trat zu ihrer Mutter, die im Schneidersitz neben einem großen flachen Stein auf dem Boden saß. Der Stein sah aus wie ein Tisch, fast so, als sei er hier aufgestellt worden, damit Reisende Rast machen und die Aussicht bewundern konnten. Laura trug eine einfache Baumwolltunika und eine Hose wie Angel, aber sie hatte sich außerdem noch einen gemusterten Schal um den Kopf geschlungen. Gerade beugte sie sich vor, um Fliegen von den Fladenbroten und den Datteln zu verscheuchen, die sie auf den Stein gelegt hatte.

Angel hielt ihr die Schale mit Milch hin.

»Danke.« Laura hob die Schale an ihren Mund und trank. Als sie sie wieder sinken ließ, waren ihre Lippen von weißem Milchschaum eingerahmt. »Kein Schmutz«, sagte sie anerkennend.

»Ich habe aufgepasst, dass kein Sand hineinkommt.«

»Das hast du gut gemacht.«

»Ich bin ja auch kein kleines Kind mehr«, erklärte Angel.

»Und sieh mal …« Sie grinste breit und wackelte mit der Zunge an einem losen Vorderzahn.

Laura beugte sich vor und betrachtete ihn eingehend. »Ich muss ihn dir herausziehen.«

»Nein.« Angel schüttelte den Kopf.

»Aber nachher verschluckst du ihn noch«, warnte Laura. »Und dann kann die Zahnfee nicht kommen.«

Angel blickte sie verwirrt an. »Was ist denn eine Zahnfee?«

Laura ergriff eines der Fladenbrote und reichte es Angel, zusammen mit der Milchschale. »In England erzählen die Eltern ihren Kindern, dass die Zahnfee ihn mitnimmt, wenn sie nachts einen Zahn unter ihr Kopfkissen legen, und stattdessen Geld zurücklässt.«

»Hast du das auch gemacht?«, fragte Angel. »Und ist sie gekommen?«

»Manchmal«, erwiderte Laura. »Allerdings nicht jedes Mal.«

Während sie sprach, nahm sie ihren Schal ab. Es war ein Stück *kitenge,* das früher einmal leuchtend bunt gewesen war, jetzt aber ausgeblichen und am Rand ausgefranst und zerrissen war. Ihre langen Haare – ebenso strohblond wie die ihrer Tochter – fielen ihr bis über die Schultern. Die Strähnen waren verfilzt und staubig. Sie fuhr mit den Fingern durch, band das Tuch wieder darum und steckte ein paar lose Strähnen unter den Stoff. Dann blickte sie Angel an. »Was ist los?«

Das Kind runzelte die Stirn. »Wir haben kein Kopfkissen.«

»Darüber würde ich mir an deiner Stelle keine Gedanken machen – ich glaube, es gibt hier auch keine Zahnfeen.«

Angel kniff nachdenklich die Augen zusammen. »Doch, das glaube ich schon.«

Laura lächelte. »Jetzt iss. Wir halten eine ganze Weile nicht mehr an.«

Sie stand auf und zeigte zum Berg. »Die *manyata* liegt genau am Rand der Ebene. Bis zum Einbruch der Nacht müssen wir dort sein.«

»Vielleicht haben sie eine Ziege geschlachtet«, sagte Angel, die auf einem Stück Brot kaute. Krumen fielen ihr aus dem Mund. »Und vielleicht gibt es Eintopf mit Fleisch.«

»Nein, sie erwarten uns ja nicht«, erwiderte Laura.

Angel blickte ihre Mutter beunruhigt an. »Vielleicht lassen sie uns gar nicht hinein.«

»Doch. Der Häuptling ist der Bruder von Walaita. Wenn wir ihm sagen, wer wir sind, und ihm die Geschenke zeigen, die wir auf ihren Rat hin mitgenommen haben, wird er uns willkommen heißen.«

Angel stand ebenfalls auf. Sie folgte Lauras Blick in die Ferne. »Erzähl es mir noch einmal«, sagte sie. »Erzähl mir noch einmal, was wir tun werden.«

Laura legte Angel die Hand auf den Kopf. »Wir bringen Mama Kitu und Matata sicher im *boma* mit den anderen Herden des Stammes unter. Dann schlagen wir unser Zelt vor dem Haus des Häuptlings auf.«

»Aber wir bleiben nicht da.«

»Nein. Morgen lassen wir unsere Kamele in der *manyata* – und dann gehen wir zum Wasserfall. Dort warten wir, bis uns jemand zur Hauptstraße mitnimmt.«

»Wer nimmt uns denn mit?« Angel tanzte vor Aufregung, als sie auf Lauras Antwort wartete.

»*Wazungu.* Safari-Leute. Frauen mit Sonnenbrillen und rosa Lippenstift. Männer mit großen Kameras.«

Angel kicherte. »Und was haben sie sonst noch?«

»Daran kann ich mich wirklich nicht mehr erinnern.«

»Und was machen wir an der Hauptstraße?«

»Wir fahren mit dem Bus in die Stadt«, sagte Laura.

»Die Stadt«, hauchte Angel. »Wir fahren in die Stadt …«

»Aber wenn wir nicht endlich aufbrechen, fahren wir nirgendwohin.« Laura sammelte die Reste des Essens ein und bedeutete Angel, ihr die Milchschale zu bringen. Dann eilte sie zu den Kamelen.

Angel folgte ihr. Sie schwenkte die Schale an der Sisalschnur, die durch ein Loch im Rand gezogen war.

Sie war erst ein paar Schritte gegangen, als sie einen überraschten Aufschrei hörte. Laura war stehen geblieben und starrte auf ein paar Büsche vor sich. Ihre starre Haltung jagte Angel einen Schrecken ein. Sie drückte die Schale an die Brust und rannte auf sie zu.

»Pass auf«, rief Laura ihr zu. »Da war eine Schlange – ich bin allerdings ziemlich sicher, dass sie jetzt weg ist.« Sie war ganz blass. »Ich habe etwas gespürt. Ich glaube, ich bin gebissen worden.«

Sie zog das Hosenbein ein wenig hoch. An ihrer linken Wade waren zwei winzige rote Punkte zu erkennen. Angel starrte ihre Mutter an. Laura hatte die Augen vor Angst weit aufgerissen.

»Ich habe sie kaum gesehen«, sagte Laura. Ihre Stimme zitterte. »Sie war so schnell. Und dann war sie auch schon wieder weg …«

»Du musst dich hinlegen«, sagte Angel. »Wenn man von einer Schlange gebissen worden ist, kann man nicht herumlaufen.«

Laura holte tief Luft und stieß sie langsam wieder aus. »Ja, das stimmt.« Langsam, und ohne ihr linkes Bein zu bewegen, ließ sie sich zu Boden sinken. Dann nahm sie ihren Schal ab und versuchte, den Knoten zu lösen, aber es gelang ihr nicht.

Angel nahm ihr den Schal aus den zitternden Fingern und knotete ihn auf. Dann gab sie ihn ihr zurück. Laura begann, das Stück Stoff fest um ihr Bein zu wickeln, vom Knie an abwärts zu den Bisswunden.

Danach betrachteten Laura und Angel den Biss erneut. Die Haut darum herum schwoll bereits leicht an.

»Tut es weh, Mama?«

»Nicht sehr«, antwortete Laura. »Eigentlich gar nicht.« Sie stieß erneut die Luft aus. »Vielleicht war es ja keine gefährliche Schlange. Ich weiß nicht, was es hier für Schlangen gibt.« Sie blickte auf ihr Bein. »Vielleicht war es ja auch ein trockener Biss. Manchmal hat eine Schlange ihr Gift schon verbraucht, bevor sie beißt. Manchmal haben sie auch keine Gelegenheit, es richtig zu injizieren. Es ist ja sehr schnell gegangen.« Sie lächelte Angel beruhigend zu. »Ich glaube, wir brechen am besten gleich auf. Ich kann ja mein Bein auf den Sattel legen und es still halten.«

Angel nickte. »Wir sollten zusehen, dass wir zu der *manyata* kommen.«

»Ja«, sagte Laura. »Wir sollten uns beeilen.«

Angel rannte den Abhang hinunter zu den Kamelen. Sie war froh, dass sie hier nur kurz Rast gemacht hatten. Wenn sie jetzt alles hätte einpacken und aufladen müssen, hätte es viel zu lange gedauert, bis sie aufbrechen konnten. So jedoch hatte sie innerhalb weniger Minuten Mama Kitu losgebunden und zu Laura geführt. Das rhythmische Geräusch der Kamelhufe tröstete Angel. Mama Kitu war ein gutes Kamel – man konnte ihr vertrauen. Selbst wenn sie brünstig war, trat oder biss sie ihre Besitzer nie. Man brauchte sie beim Grasen nicht anzupflocken, und sie ließ sich immer leicht einfangen. Und als sie jetzt Laura erreichten, die flach auf dem steinigen Boden lag, gehorchte Mama Kitu sofort auf Angels Signal zum Hinknien.

Matata spürte die Spannung, die in der Luft lag, und lief ruhelos um seine Mutter herum. Angel, die Angst hatte, er würde auf Laura treten, versuchte, ihn wegzuscheuchen.

»Geh weg«, rief sie und wedelte mit den Armen. Er hörte nicht auf sie. »Geh weg! Weg da!«, schrie sie wieder. Ihre Stimme hallte laut in der Stille. Vor Panik begann sie, schneller zu atmen.

»Es ist schon in Ordnung, Angel. Es ist gut. Du musst jetzt ruhig bleiben. Du musst mir helfen.«

Diesen Tonfall kannte Angel bei ihrer Mutter. So redete sie immer, wenn sie arbeitete. Ihre Stimme klang dann so fest, dass man sich unwillkürlich stärker fühlte. Angel nickte und zwang sich, tapfer zu sein.

Laura rutschte in eine sitzende Position auf den gefalteten Decken, die den Sattel auspolsterten. Angel kletterte vor sie und hielt das Seil, das an Mama Kitus Halfter befestigt war. Laura hielt sich an Angel fest, als das Kamel sich grunzend erhob. Dann lehnte sie sich an eine der Taschen, wobei sie das Bein ausgestreckt über den Holzrahmen legte. Um ihr Platz zu machen, musste Angel ein Bein ein wenig hochziehen, aber sie konnte trotzdem das Gleichgewicht halten.

Als sie den Abhang hinunterritten, keuchte Laura vor Schmerzen. Angel warf ihr über die Schulter einen Blick zu. Laura lächelte mühsam. »Wenn wir in der Ebene sind, wird es leichter.«

Mama Kitu trottete den Hügel hinunter. Die sandige Ebene war flach, aber trotzdem lagen überall Felsen und umgestürzte Bäume. Angel starrte zum Rand der Savanne. Jeder Schritt führte sie näher zur *manyata*. Sie stellte sich vor, wie sie im Dorf ankamen. Dort waren bestimmt Leute, die ihnen helfen konnten – aber was würden sie tun? Es hing alles davon ab, wie gefährlich die Schlange gewesen war und wie viel Gift ins Blut gelangte, das wusste Angel. Sie dachte an den Hirten aus dem Dorf am Fluss, der von einer Viper gebissen worden war. Tagelang hatte er in seiner Hütte gelegen und vor Schmerzen gestöhnt. Letztendlich hatte er überlebt, aber viele Leute waren auch schon an einem Schlangenbiss gestorben. Jeder wusste das. Deshalb töteten die Leute die Schlangen, die ihren Häusern zu nahe kamen. Ärger stieg in Angel auf. Warum war Laura nicht vorsichtiger gewesen? Seit sie denken konnte, ermahnte ihre Mutter sie ständig, ihr Moskitonetz richtig festzustecken, nicht im Wasser zu planschen, wenn sie nicht sehen konnte, dass es floss, und darauf zu achten, wo sie ihre Füße hinsetzte, vor allem, wenn sie keine Sandalen trug.

»Was willst du in der Stadt tun?« Lauras Stimme durchbrach ihre Gedanken.

Angel schluckte, den Blick fest auf die fernen Berge gerichtet. »Ich weiß nicht.«

»Ach komm«, sagte Laura, »denk dir etwas aus.«

Ihre Stimme klang jetzt normal, und Angel begann sich zu entspannen. »Ich möchte … einen Kreisverkehr sehen. Einen mit Blumen in der Mitte und einer Statue.«

Laura lachte leise. »Und was sonst noch?«

»Ich möchte mir bei einem Mann mit einem Karren ein *aiskrimu* kaufen.«

»Ich auch, ich möchte ein Eis und … ein neues Kleid.«

Angel lächelte, weil sie das Einkaufsspiel erkannte. »Ich möchte ein Eis kaufen, ein neues Kleid … und eine Schuluniform.«

»Aber du gehst doch gar nicht zur Schule«, protestierte Laura. »Ich unterrichte dich doch.« Ihre Stimme klang zwar dünn, war aber gut zu verstehen.

»Ich möchte trotzdem eine. Dann würde ich so aussehen wie die anderen Kinder«, erklärte Angel. »Auf jeden Fall habe ich es mir ausgesucht.«

Sie wartete darauf, dass Laura weitermachte. In der Stille erschienen kleine Geräusche groß – das Quietschen von Leder, das gegen Leder rieb, die Wasser-Kalebassen, die aneinanderschlugen, das Zwitschern der Webervögel. Angel warf einen Blick über die Schulter. Erschrocken sah sie, dass Laura nach Luft rang. Sie war weiter nach hinten gegen die Taschen gesunken und begann, seitlich herunterzurutschen.

Sofort zerrte Angel am Halfterseil und schrie Mama Kitu an, sie solle sich hinlegen. Während das Kamel auf die Knie ging, versuchte sie, Laura festzuhalten, aber der Körper ihrer Mutter war schlaff und schwer, und sie sank auf den Boden, kaum dass das Tier sich hingelegt hatte.

Dort blieb sie einfach liegen und rang nach Luft. Auf ihrer Stirn und ihrer Oberlippe sammelten sich Schweißperlen.

Angel war wie erstarrt vor Angst. »Sie hat dich doch gebissen! Sie hat dich vergiftet!«

Laura leckte sich über die Lippen. »Angel. Hör zu. Du musst mich hier liegen lassen und zu der *manyata* gehen. Der Heiler dort hat den schwarzen Stein. Sie schicken bestimmt jemanden zu mir, der mir helfen kann.«

»Ich will aber nicht«, sagte Angel. Sie wusste, dass sie sich wie ein Kleinkind anhörte – als ob sie immer noch getragen werden müsste.

»Du musst tun, was ich dir sage«, sagte Laura sanft. »Aber zuerst einmal gib mir meine Tasche.«

Angel band einen verschlissenen Lederbeutel von Mama Kitus Sattel los und trug ihn zu ihrer Mutter. Als sie sich neben sie hockte und die Riemen über der Lederklappe aufschnallte, stieg leise Hoffnung in ihr auf. So oft schon hatte Laura in diese Tasche gegriffen und irgendetwas hervorgezogen, womit sie ein Problem lösen könnte. Vielleicht hatte sie ja Medizin dabei, die ihr half. Angels Hand verharrte über einem großen Plastikbeutel mit weißen Tabletten. »Was willst du?«

»Nimm meine Geldbörse. Ich will meinen Pass.«

Forschend blickte Angel ihre Mutter an. Ob sie wohl im Fieberwahn redete?

»Bitte«, murmelte Laura.

Ganz unten in der Tasche lag die Geldbörse. Sie ertastete die harten Kanten des Passes und zog ihn heraus.

Laura stöhnte. Sie blinzelte Angel aus halb geschlossenen Augen an, als ob sie sie nicht mehr richtig sehen könne. »Steck ihn in die Tasche. Verlier ihn nicht. Du musst den Häuptling bitten, dich zum Wildhüter im Nationalpark zu bringen. Zeig ihm den Pass und sag ihm, ich bin deine Mutter. Dann wissen die Leute, wer du bist.«

Laura schloss die Augen. Angel betrachtete sie eine Zeitlang und verscheuchte die Fliegen, die sich auf ihre Haut setzten. Sie atmete jetzt leichter – aber sie sah immer noch müde und blass aus. Vielleicht musste sie sich einfach nur ein bisschen ausruhen, dachte Angel. Danach würde es ihr bestimmt bessergehen, und sie konnten ihren Weg fortsetzen.

Angel blickte auf den Pass in ihrem Schoß. Sie verstand nicht, warum Laura unbedingt wollte, dass sie ihn in ihrer Tasche aufbewahrte. Auch nicht, warum Angel ihn dem Wildhüter zeigen sollte. Er war bestimmt ein wichtiger Mann, so wie alle Regierungsbeamten – aber warum sollte er an dem Pass Interesse haben? Verwirrt runzelte sie die Stirn. Und dann fiel ihr ein, was Laura noch gesagt hatte.

Dann werden die Leute wissen, wer du bist.

Angel starrte die bewegungslose Gestalt auf dem Boden an. Erst jetzt wurde ihr die wahre Bedeutung dieser Worte klar. Laura hatte keine Hoffnung, gerettet zu werden.

Sie wollte, dass Angel zur *manyata* ritt – und sie rechnete nicht damit, ihre Tochter wiederzusehen.

Angels Mund wurde ganz trocken. Und noch etwas fiel ihr ein – etwas, das Laura eines Tages mal zu ein paar Freunden aus dem Feigenbaum-Dorf gesagt hatte. Angel stieß Lauras Schulter an, dann schüttelte sie sie. Laura öffnete die Augen und blickte sie an.

»Der schwarze Stein wirkt nicht«, erklärte Angel. »Du glaubst nicht daran.«

Tränen traten Laura in die Augen. »Nein.«

»Wirst du sterben?«, fragte Angel leise.

Laura schluchzte auf, aber sie antwortete ihr nicht.

Angel saß einfach da und blickte Laura in die Augen. Das war die einzige Realität in diesem Moment. Wenn sie sich nicht bewegte, dachte Angel, würde es ewig so weitergehen. Aber dann verzerrte sich Lauras Gesicht vor Schmerz. Angel wünschte sich, sie könne etwas tun, um ihr zu helfen. Sie ergriff den Saum ihrer Tunika und wischte Laura damit den kal-

ten Schweiß von der Stirn. Dann tupfte sie ihr die Schweiß-
perlen von der Oberlippe ab. Die kleinen Gesten beruhigten
sie. Und während sie so sachte wie ein Schmetterling auf einer
Blüte mit dem Stoff über Lauras Gesicht fuhr, dachte sie dar-
an, wie Laura Walaita gepflegt hatte, die Schwester des
Häuptlings. Erst vor ein paar Wochen hatte Angel mit ihrer
Mutter am Bett der Frau in ihrer dämmerigen, rauchigen
Hütte gesessen. Alle wussten, dass sie bald sterben würde.
Der Krebs hatte sich überall in ihrem Körper ausgebreitet.
»Das kann ich dir versprechen«, hatte Laura gesagt und
Walaitas Hand gehalten. »Ich werde bei dir sein bis zum
Ende.«
Selbst im schwachen Licht der Hütte hatte Angel die Er-
leichterung im Gesicht der Kranken gesehen.
Angel ergriff Lauras Hand und hielt sie sanft fest. »Hab
keine Angst, Mama«, sagte sie. »Ich werde bei dir sein bis
zum Ende. Es wird immer eine Lampe für dich brennen.
Die Nacht wird nie ganz dunkel sein.«
Laura lächelte. Tränen liefen ihr aus den Augenwinkeln
über die Schläfen in die wirren Haare. »Ich liebe dich, mei-
ne Angel. Du bist so … tapfer. Aber du kannst nicht hier-
bleiben. Du musst aufbrechen.« Ihre Worte kamen stoß-
weise, unterbrochen von keuchenden Atemzügen. »Ich
habe keine Angst vor dem Tod, das weißt du doch. Ich habe
Angst um dich. Dass du hier draußen allein zurückbleibst.
Du musst Mama Kitu und Matata nehmen …«
»Nein!«, unterbrach Angel sie. »Ich gehe nicht weg.«
Laura schüttelte hilflos den Kopf. »Bitte, sei nicht so stur.
Nicht jetzt …«
In diesem Moment kam Matata angelaufen. Er umkreiste
Mama Kitu und versuchte, sie zum Aufstehen zu bewe-

gen, damit er trinken konnte. Dabei stupste er auch Laura an.

Angel schob seinen Kopf weg. Sie würde die beiden Kamele wegbringen müssen, damit Laura nicht gestört würde. Sie nahm die Wasserkalebasse vom Sattel, ließ Mama Kitu aufstehen und führte sie zu einer Akazie. Matata folgte ihr wie immer. Sie band das Leitseil an einen der Äste und ging wieder zu Laura zurück. Sie beugte sich über sie und tropfte ihr Wasser auf die Lippen. Laura schluckte ein wenig davon.

»Gut.« Angel nickte. Kranke mussten trinken. Es war immer wichtig, genügend Wasser zu haben.

Die Sonne stand jetzt höher am Himmel, und es wurde immer heißer. In der Nähe wuchsen zwar einige Akazien, aber sie würde es bestimmt nicht schaffen, Laura in ihren Schatten zu schleppen. Aber nicht weit von Lauras Kopf entfernt gab es einen großen Felsen, der in etwa so hoch war wie Angel groß. Angel zog einen *kitenge* aus der Ledertasche, der, auf einem elfenbeinfarbenen Untergrund, mit rosa und braunen Vögeln bedruckt war. Laura bedeckte damit immer ihren Kopf, wenn sie in ein muslimisches Dorf kamen. Ein Ende legte sie auf den Felsen und beschwerte es mit Steinen. Den Rest des Stoffes drapierte sie über Lauras Körper. Das Tuch ähnelte einem schlecht aufgehängten Moskitonetz und bot keinen Schutz für Lauras Beine und Füße. Aber zumindest waren ihr Gesicht und ihr Körper jetzt vor der Sonne geschützt.

Angel trat einen Schritt zurück und betrachtete den Sonnenschutz voller Stolz. Laura sagte oft zu ihr, wie nützlich und geschickt sie war. Sie sagte, es läge daran, dass Angel Laura so oft bei ihrer Arbeit half. Außerdem war Angel in Dörfern groß geworden, wo schon die kleinen Kinder sich um die Herden kümmerten, statt in die Schule zu gehen, und wenn ihre Eltern krank oder tot waren, mussten sie sich auch um die Babys und Kleinkinder kümmern. »Du bist wie ein afrikanisches Kind«, hatte Laura zu ihrer Tochter gesagt. Angel gefiel die Vorstellung, und sie strengte sich noch mehr an, um stark und vernünftig zu sein.

Bevor sie sich ebenfalls unter das Sonnendach hockte, zog Angel Lauras Hosenbein hoch. Das Knie war jetzt geschwollen und rot, und die straff gespannte Haut wölbte sich unter dem Rand des Schals hervor. Angel biss sich auf die Lippe. Ob sie den Schal wohl abnehmen konnte? Es sah so unbequem aus. Aber Laura hatte die Bandage so sorgfältig angelegt, dass sie sie wohl besser nicht anfasste.

Angel hockte sich neben Lauras Kopf. Licht drang durch den Stoff und warf einen rosigen Schein auf das Gesicht ihrer Mutter. Sie sah beinahe gesund aus, wenn man von dem grauen Speichel absah, der sich an ihrem Mundwinkel bildete. Angel wischte ihn weg, aber er kam immer wieder.

Die Zeit dehnte sich. In einem Moment verging sie ganz langsam, und dann wieder unglaublich schnell. Es kam Angel so vor, als sei es noch nicht lange her, dass Laura und sie in Richtung der *manyata* geritten waren und darüber geredet hatten, was sie sich in der Stadt kaufen wollten. Aber dann stellte Angel fest, dass der gelegentliche Schluck Wasser – einer für sie und einer in Lauras Mund getröpfelt – die Kalebasse schon beinahe geleert hatte. Bald würde sie eine neue Flasche von Mama Kitus Sattel holen müssen.

Sie blickte über das heiße, trockene Land. Das pastellfarbene Morgenlicht war einer gleißenden Helle gewichen. Sand und Felsen hatten wieder ihre natürliche Farbe angenommen – verschiedene Grauschattierungen. Selbst das Grün der Bäume und Büsche lag unter einer grauen Staubschicht. Die einzigen Farbflecke waren die hellrosa Wüstenrosen, die aus seltsam aussehenden Büschen ohne Blätter sprossen. Angel starrte ausdruckslos über das aschgraue Land, als Laura sich plötzlich regte. Das Mädchen fuhr herum und blickte forschend in das Gesicht der Kranken. Laura runzelte die Stirn. Ihre Lippen bewegten sich. Sie sah aus wie jemand, der verzweifelt versucht, aus den Tiefen eines schlammigen Teichs an die Oberfläche – zum Licht – zu schwimmen. »Angel?«

Ihre Stimme klang drängend. Angel beugte sich vor. »Ich bin hier, Mama.« Sie wartete darauf, dass Laura noch etwas sagte, aber es kam nichts mehr. Sie begann, Laura über die Haare zu streichen, so wie Laura es oft bei ihr getan hatte, wenn sie krank gewesen war und Fieber gehabt hatte. Zu den Bewegungen ihrer Hand gehörte ein Lied, und als Angel Text und Melodie wieder einfielen, begann sie, leise zu singen.

Lala salama, mtoto. Schlaf jetzt, mein Kleines. Wenn du wieder aufwachst, werden wir weitersehen.

Es hatte viele Strophen – jede beschrieb die Tiere, die Vögel und die Leute, die zum Leben eines Babys gehörten. Angel sang alle Strophen und fing dann wieder von vorn an. Auch als Lauras Atem nur noch stoßweise kam und rauh wurde, sang sie einfach weiter.

Tränen liefen Angel übers Gesicht. Sie schmeckte das Salz auf den Lippen. Bald schon schluchzte und sang sie zugleich, aber sie hörte nicht auf. Wenn sie weitersang, sagte sie sich, würde Laura auch weiteratmen.

Doch trotz des Singens hörte sie, wie Lauras Atem immer flacher wurde. Schließlich wurde ihr Keuchen zu einem Wispern. Und dann nur noch ein ganz schwacher Seufzer.

Angel erstarrte. Ihre Finger lagen auf Lauras Haaren, die verschwitzt und von grobem Sand bedeckt waren. Sie hielt den Atem an und wartete. Aber sie hörte nur das Rascheln des Windes in den Büschen und den fernen Schrei eines Raben.

Langsam senkte sie den Kopf und drückte ihre Wange auf die Brust ihrer Mutter. Sie schloss die Augen und lauschte auf den Herzschlag. Aber da war nur Stille. Nichts.

Ein Windstoß riss an dem Sonnenschutz, und das Ende des *kitenge* flatterte unter den Steinen hervor, die den Stoff auf dem Felsen hielten. Angel packte ihn gerade noch rechtzeitig, bevor er davonflog. Sie legte sich den Stoff um die Schultern und schnupperte an dem schwachen Duft, den er verströmte. Weihrauch – Lauras Lieblingsduft. Ihr war klar, dass sie eigentlich mit Mama Kitu und Matata sofort zur *manyata* aufbrechen musste, solange noch genügend Tageslicht vorhanden war. Aber sie wollte nicht. Wieder hatte sie das Gefühl, dass die Zeit stillstehen und das Leben so weitergehen würde wie bisher, wenn sie sich nicht bewegen würde.

Sie griff in die Tasche ihrer Tunika und holte den Pass heraus. Sie wusste, was in dem kleinen Buch war – ab und zu hatte sie es sich anschauen dürfen. Für gewöhnlich schlug sie sofort die Seite mit dem kleinen Foto von Laura auf – sie fand es interessant, wie anders sie aussah, mit ordentlichen, kurzgeschnittenen Haaren, mit Lippenstift und einer Kette wie die der Safari-Frauen. Jetzt jedoch beachtete Angel das Bild kaum, auch nicht die Sammlung hübscher bunter Stempel. Sie blätterte zur letzten Seite des Passes und las, was Laura dort mit der Hand hingeschrieben hatte.

James Kelly, 26 Brading Ave, Southsea, Hampshire, England.

James war Lauras Bruder, das wusste Angel. Er war nie in Afrika gewesen, deshalb kannte Angel ihn nicht. Er hatte ihr allerdings einmal ein Geschenk geschickt – eine wunderschöne Puppe, die jedoch so zerbrechlich war, dass niemand damit spielen konnte. Eines Tages hatte Laura plötzlich von ihm erzählt. Angel war damals noch kleiner gewesen, aber sie konnte sich noch gut an das Gespräch erinnern. Sie hatten auf dem Boden der Veranda bei den Barmherzigen Schwestern gesessen und auf Lebensmittel gewartet.

»Er ist nicht verheiratet und hat keine Kinder«, sagte Laura. »Er wohnt in einem wunderschönen Haus am Meer.«

Sie machte so ein ernstes Gesicht, dass Angel begann, sich unwohl zu fühlen. »Warum erzählst du von ihm?«, fragte sie.

»Wenn mir je etwas zustoßen sollte, wird sich James um dich kümmern. Ich habe ihn gebeten, mir das zu versprechen – weil du weder einen *baba* noch eine *bibi* hast; keinen Vater und keine Großmutter.«

Angel saß ganz still da; schmerzliche Gedanken und Bilder erfüllten ihren Kopf. »Wenn dir etwas zustößt«, sagte sie schließlich, »dann kümmere ich mich selbst um mich. Wie Zuri.«

»Für weiße Kinder ist es nicht dasselbe«, sagte Laura. Ihre Stimme war sanft, aber fest. Sie öffnete den Mund, um mehr zu sagen, aber Angel stand auf und drehte ihr den Rücken zu. Ihr war übel, und sie hatte Angst – aber sie war auch wütend. Laura sollte nicht so reden; sie wollte sich nicht vorstellen, dass ihrer Mutter etwas Schlimmes passieren würde, und sie wollte auch nicht wissen, was dann aus ihr würde. Sie ging ein paar Schritte weg, als ihr plötzlich ein Sprichwort einfiel, das sie im Dorf gelernt hatte. Sie drehte sich um und sagte es Laura. »Unglück hat scharfe Ohren. Wenn du seinen Namen rufst, kommt es.«

Laura hatte das Thema nie wieder erwähnt.

Angel umklammerte den Pass mit beiden Händen und blickte auf Lauras Schrift – vor allem auf das letzte Wort, das mit dicker schwarzer Tinte geschrieben war. *England.* Laura hatte ihr Geschichten über England erzählt. Dort hatten alle viel Geld, und die Kinder spielten drinnen mit Spielsachen. Die Leute lebten in Städten mit guten Krankenhäusern, aber es gab mehr Fremde als Freunde. Und statt Kamelen gab es Autos …

Angel klappte den Pass zu. Sie legte ihn auf die Handfläche, als wolle sie sein Gewicht beurteilen. Dann schleuderte sie ihn weg. Er flog durch die Luft und landete zwischen zwei Felsen, ein kleiner dunkelroter Fleck auf dem grauen Sand.

Angel zog die Knie an die Brust und schlang die Arme darum. Sie ließ die Stirn auf ihre knochigen Kniescheiben sinken. Sie fühlte sich müde und leer, als ob auch ihr das Leben aus dem Körper gewichen wäre.

Sie stellte sich vor, sie würde für immer hier bleiben. Nur sie und Matata und Mama Kitu. Ihre Familie …

Plötzlich hörte sie Flügel rauschen. Ein großer Vogel schüttelte seine Federn. Als Angel den Kopf hob, schwebte gerade ein zweiter Vogel zu Boden.

Angel starrte auf die Geier. Es waren hässliche Vögel, mit gekrümmten Schnäbeln und halb geschlossenen Augen. Ihr zerrupftes Federkleid ließ sie immer krank aussehen, als ob die ganze Spezies darunter gelitten hätte, dass sie sich ein Leben lang von Kadavern ernährten.

Angel sprang auf und rannte auf sie zu. »*Nendeni! Nendeni mbali!* Weg! Haut ab!«

Die Vögel breiteten ihre großen Schwingen aus und erhoben sich in die Luft. Kurz darauf jedoch landeten sie wieder, nur ein kleines Stück weiter weg.

Angel blickte zu Laura. Sie wusste, dass noch mehr Geier kommen würden. Und letztendlich würde sie sie nicht alle vertreiben können. Angel blickte zu den Kamelen. Wenn es ihr irgendwie gelingen würde, Laura auf Mama Kitu zu manövrieren, dann konnte sie sie mit zur *manyata* nehmen. Aber auch davon würden sich die Geier nicht abhalten lassen. Dann würden sie eben auf das Kamel herunterstoßen, und selbst Mama Kitu würde in Panik geraten und davonlaufen.

Plötzlich kam ein dritter Geier und setzte sich auf Lauras Brust. Angel rannte hin und schwenkte die Arme. Aber wie die anderen Geier zog auch er sich nur ein bisschen zurück und ließ sich auf dem Felsen nieder.

Rasch breitete Angel den *kitenge* aus, schlang ein Ende um Lauras Füße und zog das andere zum Kopf. Sie zögerte kurz, bevor sie das Gesicht bedeckte. Mit einer Hand schob sie eine Haarsträhne zurück, die an Lauras Wange klebte. Ihre Tränen fielen auf die blasse Haut. Dann zog sie das Tuch über das Gesicht und strich es glatt. Schließlich erhob sie sich und begann, Steine zu sammeln, um sie über die Leiche zu legen.

Die Hitze des Tages hatte nachgelassen, und es lagen viele Steine herum – aber trotzdem war es harte Arbeit. Das rauhe Vulkangestein rieb wie Sandpapier an Angels Haut. Jeden einzelnen Stein untersuchte sie auf Skorpione und Schlangen. Die Geier ließen sie und die Leiche nicht aus den Augen und hockten neben dem behelfsmäßigen Grab. Schließlich war nichts mehr von dem Stoff zu sehen, aber Angel legte noch mehr Steine darauf, damit die Leiche geschützt war.

Die Geier kreischten und schlugen mit den Flügeln, als ob sie außer sich vor Wut wären. Angel, die immer noch am Grabhügel hockte, erstarrte. Geier griffen manchmal Menschen an, das wusste sie. Vielleicht nicht gerade einen starken, gesunden Erwachsenen, aber ein kleines Kind, das sich nicht wehren konnte …

Du bist nicht klein, flüsterte eine eigensinnige Stimme in ihrem Kopf. *Du bist älter als Zuri, der allein die Rinder hütet. Und du bist auch stärker als er. Im Kampf besiegst du ihn immer.*

Angel ergriff einen Stein, stand auf und drehte sich zu den Geiern um.

Aber sie blickten sie gar nicht an. Ihre gekrümmten Schnäbel wiesen alle in die gleiche Richtung – rechts von ihr. Sie folgte ihrem Blick, und neue Angst stieg in ihr auf, als sie sah, weshalb sie in Aufruhr gerieten.

Fisi. Hyänen.

Es war ein ganzes Rudel. Sie waren noch ein Stück entfernt, kamen aber mit ihrem seltsam schwankenden Gang rasch näher. Die Hyäne an der Spitze stieß ein Geheul aus, das wie irres Gelächter klang.

Matata blökte verängstigt, und Mama Kitu hob besorgt den Kopf. Angel blickte von den Hyänen zu den Kamelen und überlegte, ob sie besser aus dem Schutz der Felsen zu ihnen laufen sollte. Mama Kitu würde sie bestimmt in die Flucht schlagen.

Sie vergeudete kostbare Momente mit der Überlegung, ob sie es noch rechtzeitig schaffen könnte, weil sie nicht auf offenem Gelände den Hyänen entgegentreten wollte. Und dann waren die Hyänen am Grab, knurrten und husteten, als sie an den Steinen schnüffelten. Entsetzt beobachtete Angel sie. Das größte Tier musste bei einem Kampf verletzt worden sein, aus einer Wunde im Hals baumelte etwas Rosafarbenes. Langsam wandte es ihr seinen räudigen Kopf zu. Erneut lachte die Hyäne, ein unheimlicher Laut.

Angel packte Lauras Tasche und schwang sie in Richtung des Kopfes der Hyäne. Es klatschte dumpf, als das feste Leder auf den behaarten Schädel traf. Die Hyäne zuckte zurück, kam aber mit gefletschten Zähnen sofort wieder auf sie zu.

Immer dichter rückten die Hyänen an Angel heran. Ihr modriger Geruch hüllte Angel ein, die stumm vor Angst war. Immer wieder schwang sie die Tasche. Die Tiere heulten wütend auf, wichen aber nur wenige Schritte zurück, bevor sie sich erneut näherten. Schließlich stieß Angel einen Schrei aus.

»Mama! Mama!« Sie wusste zwar, dass niemand da war, der ihr helfen konnte, aber die Worte kamen ihr ganz automatisch über die Lippen. »Mama. Mama …«, schluchzte sie. »Bitte, hilf mir.«

Schwach hörte sie, wie die Kamele vor Panik laut brüllten. Die Luft war von Lärm erfüllt. Das Atmen und Schnüffeln der Hyänen, das aufgeregte Krächzen der Geier, die die Szene beobachteten. Und ein hoher, dünner Schrei – wie von einem Neugeborenen –, der anscheinend aus ihrem Mund kam.

Und dann auf einmal war noch ein weiterer Laut zu hören. Ein lautes, tiefes Grollen. Es rollte über das Land und übertönte alles. Die Hyänen spitzten die Ohren und drehten die Köpfe mit den stumpfen Schnauzen zur Ebene hin.

Eine Löwin kam herangetrottet. Sie bewegte sich mit langen Schritten. Ihr Fell schimmerte in der Nachmittagssonne. Als sie den flachen Stein erreichte, wo Laura und Angel ihr Frühstück gegessen hatten, blieb sie stehen. Sie warf den Kopf zurück und brüllte wieder, wobei sie ihre großen Zähne und eine lange, rosafarbene Zunge zeigte.

Angel starrte sie an. Aus dem Augenwinkel sah sie, wie die Hyänen zurückwichen. Die große Hyäne blieb am längsten stehen, scharrte auf dem Boden und knurrte. Aber als die Löwin näher kam, senkte auch sie den Kopf und schlich davon.

Angel hörte ein knackendes Geräusch bei den Kamelen und erstarrte. Mama Kitu stieg erschrocken, und der Ast, an dem sie festgebunden gewesen war, hing jetzt lose am Führungsseil und schlug ihr gegen die Beine. Angstvoll galoppierte sie den Hügel hinauf, und Matata folgte dicht dahinter.

Angel drückte sich gegen den Felsen, als die Löwin auf sie zukam. Sie wusste, dass jetzt nichts mehr sie retten konnte. Sie dachte an die blutigen Kadaver, die der Metzger vor seinem Dorfladen in die Bäume hängte, an das weiße Fett und das rote Fleisch, um das die Fliegen schwirrten. Ihr Herz raste vor Entsetzen, und sie bekam keine Luft mehr. Aber dann durchfuhr sie ein Gedanke. Sie würde hier sterben wie Laura. Sie würde nicht weiterleben müssen. Plötzlich beruhigt, schloss sie die Augen und wartete darauf, dass die Löwin sich auf sie stürzte.

Um sie herum war es ganz still. Sie lauschte auf das Geräusch der Tatzen des Tieres, hörte aber nichts außer dem üblichen Gezwitscher der Vögel und dem Summen der Insekten. Langsam begann sie, sich zu fragen, ob ihr die Löwin wohl nichts tun würde. Aber dann drang ein dumpfer Moschusgeruch in ihre Nase. Sekunden später streifte warmer Atem ihr Gesicht. Sie öffnete die Augen. Die Löwin stand direkt vor ihr. Das hellbraune Kinn und das Maul waren mit frischem Blut beschmiert. Wie betäubt vor Angst sah Angel, wie sich der Kiefer öffnete. Sie sah schwarzes Zahnfleisch, scharfe Zähne, eine rosa Zunge. Ein leises Grollen drang aus der Kehle der Löwin. Aber statt sich zu einem Brüllen zu steigern, wurde es zu einem leisen hohen Ruf, der wie der Ton eines Liedes in der Luft hing. Angel öffnete überrascht den Mund. Sie hob den Kopf und blickte die Löwin an. Einen Moment lang schaute sie wie gebannt in die goldenen Augen des Tieres. Aber dann hörte sie auf einmal aus den Tiefen ihrer Erinnerung Zuris Stimme im Kopf. »Blick nie einem wilden Tier direkt in die Augen, wenn du keinen Kampf anfangen willst.« Sie senkte den Kopf und wandte ihn ab. Aus dem Augenwinkel sah sie, wie die Löwin erneut das Maul aufriss. Und dann spürte sie, wie die lange Zunge über ihre Wange leckte.

Und wieder ertönte der melodische Ruf – dieses Mal sogar noch leiser, fast wie ein Murmeln. Angespannt stand Angel da, als sie plötzlich eine Bewegung hinter der Löwin wahrnahm. Vorsichtig drehte sie den Kopf und sah ein geflecktes Jungtier. Es blickte sie aus runden, gelben Augen an, die Lider sauber mit Schwarz umrandet. Ein zweites Jungtier tauchte auf; dann ein drittes. Die Löwin ignorierte sie. Sie trat einen Schritt zurück und schien auf Angels Reaktion zu warten. Als Angel sich nicht rührte, senkte die Löwin den goldbraunen Kopf und stupste sie an. Als das immer noch keine Wirkung zeigte, stieß sie Angel erneut an.

Angel ging um den Felsen herum, und die Löwin folgte ihr. Ängstlich und verwirrt stolperte das Kind vorwärts. Die Löwin folgte ihm den Hügel hinauf, vorbei an dem Baum, an dem Mama Kitu festgebunden gewesen war. Die drei Jungen sprangen um Angels Füße und berührten mit ihren feuchten Nasen ihre Zehen.

Als sie oben auf dem Hügel angekommen waren, trat die Löwin neben Angel. Jetzt gingen sie nebeneinanderher. Angel hob den Kopf und achtete auf den Weg. Instinktiv spürte sie, dass sie jetzt nicht stolpern durfte. Sie durfte nicht hinfallen wie jemand, der schwach und nutzlos war. Sie musste tapfer und stark wirken. Sie schwang ihre Arme und zwang ihre zitternden Beine zu einem stetigen, sicheren Gang. Hinter ihr schien die Sonne des Spätnachmittags und warf den Schatten ihres schlanken Körpers auf den Boden. Die Schatten der Löwenjungen spielten um ihre Füße herum, und neben ihr trottete die Schattenlöwin, stark und furchtlos, über das Land.

2

Emma beugte sich vor und betrachtete forschend den staubigen Weg, der sich bis zum Horizont erstreckte. An beiden Seiten war er gesäumt von niedrigen Büschen, Steinhaufen und gelben Flecken von getrocknetem Gras. Hier und dort spendete eine Akazie spärlichen Schatten. Es war noch nicht einmal neun Uhr morgens, aber der Tag war bereits heiß. Emmas Bluse klebte feucht an ihrer Haut.

»Ich glaube, wir müssten allmählich da sein«, sagte sie zu dem Fahrer.

»Wir finden es gleich«, erwiderte Mosi. »Machen Sie sich keine Sorgen.«

Er bremste abrupt, als sie an ein tiefes Schlagloch kamen. Der Land Cruiser glitt seitwärts auf einen Sandflecken, und Emma hielt sich am Armaturenbrett fest. Mosi musste das Lenkrad herumreißen, um den Wagen wieder auf den Kiesweg zurückzubringen.

Sie fuhren durch eine Gruppe von Säulenkakteen. Die riesigen Kaktusbäume, die dicht beieinanderstanden, ragten über ihnen auf.

Emma betrachtete die schlanken, graugrünen Glieder, die an den Rändern mit scharfen Stacheln bestückt waren. Auf gewisse Art waren sie wunderschön – aber es war eine harte, abweisende Schönheit, die der sonnenverbrannten Landschaft entsprach. Sie blickte auf den schmalen Weg, den sie entlangfuhren. Nach und nach rückten die Kaktusbäume weiter auseinander, und schließlich waren sie wieder im offenen Land.

Mosi zeigte plötzlich auf ein großes Schild links neben dem Weg. Die Büsche waren so hoch gewachsen, dass sie die Schrift teilweise verdeckten, und die Farbe war fast vollständig abgeblättert. Aber Emma konnte die Wörter trotzdem noch erkennen. *Olambo-Fieber-Forschungsprojekt.*

Sie starrte auf das Schild, bis sie vorbeigefahren waren. Dann steckte sie sich die Bluse in die Hose, zog ihr Haarband aus den staubigen Haaren, strich sie glatt und band sie erneut zu einem Pferdeschwanz zusammen. Sie nahm ihren Lippenbalsam aus der Tasche und fuhr damit über die Lippen.

Der Weg führte sie um einen kleinen Hügel herum. Emma blickte sich neugierig um. Erregung, gemischt mit Vorsicht, stieg in ihr auf. Nach all diesen Jahren war sie beinahe angekommen. Und dann endlich sah sie es: ein kleines Gebäude mit einer Fassade, von der der weiße Putz abblätterte. Es hob sich deutlich von der grauen Erde mit den gelben Grasflecken ab.

»Es ist gut, dass wir da sind«, sagte Mosi. Er zeigte auf die Instrumentenkonsole. »Der Motor wird heiß.«

Emma beugte sich vor und blickte auf die Temperaturanzeige. Die Nadel war fast schon im roten Bereich. Mosi klopfte mit dem Finger gegen die runde Glasscheibe, aber die Nadel bewegte sich nicht.

Staub umhüllte den Land Cruiser, als sie stehen blieben. Emma wartete einen Moment, dann stieg sie aus. Ihre grüne Schultertasche aus Leder hatte sie umgehängt. Als sie zu Boden sprang, wirbelte feiner, grauer Sand unter ihren Füßen auf. Sie spürte, wie sich der Staub auf den dünnen Film aus Schweiß und Sonnencreme legte. Rasch bückte sie sich, um ihr Aussehen im Seitenspiegel zu überprüfen. In dem staubbedeckten Glas hoben sich ihre dunklen Haare und Augen deutlich von ihrem hellen Teint ab. Sie wischte sich einen Schmutzfleck von der Wange und zupfte an ihrem Blusenkragen. Verstohlen zog sie die Bluse vom Rücken weg, als sie sich wieder aufrichtete. Einen Moment lang strich kühle Luft über ihre feuchte Haut.

Mosi öffnete die Motorhaube. »Ich muss gleich mal nach dem Kühler sehen.«

»Ich schaue nach, ob jemand da ist«, sagte Emma. Ihr Gesichtsausdruck war angespannt. Sie hatte keine Antwort auf ihren Brief erhalten, und dem Zustand des Schildes nach zu urteilen, konnte hier auch alles verlassen sein. Aber wenn sie nicht hineinkonnte, sagte sie sich, dann würde sie wenigstens durch die Fenster schauen.

Als sie auf das Gebäude zuging, hörte sie, wie sich die Haube des Land Cruiser quietschend öffnete, und dann zischte Dampf aus dem Kühler.

Sie betrachtete das Gebäude. Es wirkte seltsam fehl am Platz, so ganz allein, als ob es eigentlich in eine andere Umgebung gehören würde. Nur der hohe Drahtzaun, der den Garten dahinter umgab, schien es mit dem Land zu verbinden. Hinter dem Blechdach erstreckte sich Grasland mit Steinen und ab und zu einer Akazie. Man sah auch Ameisenhügel – seltsame klumpige Türme aus roter Erde. Emmas Schritte wurden langsamer. Am Horizont erhob sich ein Berg – ein perfektes Dreieck, dessen lebhaftes Violett sich gegen den milchig blauen Himmel abhob. Sie betrachtete seine Umrisse – er sah aus wie ein Vulkan. Wenn Simon hier wäre, dachte sie plötzlich, würde er ihr bestimmt die ganze Geschichte dieses Landes erzählen und ihr erklären, wie man jedes Detail seines langen Lebens im Fels, in den Steinen und im Sand ablesen könne. Aber er war im Moment so weit von Emma weg, wie es nur möglich war.

Rasch ging sie weiter. Als sie näher kam, sah sie ein paar Betonstufen, die auf eine breite Veranda führten. Die Tür war grün angestrichen, mit einem einzelnen, vergitterten Fenster auf jeder Seite. Die weiß verputzten Wände waren fleckig, und das Blechdach war mit orangefarbenem Rost gesprenkelt.

»Hallo?«, rief Emma. Die einzigen Geräusche waren das Summen der Insekten und der dünne Schrei eines Vogels, der über ihren Kopf flog.

Sie lief um das Gebäude herum nach hinten und spähte durch den Maschendrahtzaun. Die hintere Wand war durch einen Wassertank abgeschirmt. Sie blickte sich im Hof um – ein großes Quadrat aus grauer Erde. Es gab ein paar behelfsmäßige Schuppen aus rostigem Metall. Eine durchhängende Wäscheleine verlief zwischen einem Dach und einem Pfosten, aber es hing keine Wäsche zum Trocknen daran. Ein Fleckchen Garten, mit buntbemalten Steinen gekennzeichnet, war schon vor langer Zeit verdorrt; selbst das Unkraut war eingegangen. Neben dem Tor parkte ein Landrover, der so uralt aussah, dass es unwahrscheinlich schien, ihn je wieder zum Laufen zu bringen.

Emma ging zur Haustür zurück und klopfte. Das massive Holz verschluckte das Geräusch. Sie drückte den Türgriff herunter, und mit einem leisen Knarren ging die Tür auf.

Erschreckt zuckte sie zurück, als ein Huhn zwischen ihren Beinen auf die Veranda flatterte. Dann trat sie ein. Sie befand sich in einem schmalen Flur, in dem es nach Holz und nach

Kochdünsten roch. Am anderen Ende drang Licht durch die offene Hintertür. Jemand saß auf der Treppe zum Garten. Zuerst war die Gestalt nur eine Silhouette, aber als Emmas Augen sich an das Dämmerlicht gewöhnt hatten, sah sie schwarze Haare und Haut, breite Schultern und starke Muskeln unter einem weißen T-Shirt. Sie zögerte kurz und rief dann noch einmal: »Hallo? Entschuldigen Sie?«

Mit einer einzigen fließenden Bewegung stand der Mann auf und drehte sich um. Er war barfuß und trug eine lange Khaki-Hose. Im Arm hielt er ein kleines Tier – ein Lamm mit rotem, lockigem Fell. Mit der freien Hand zog er die Kopfhörer seines iPod aus den Ohren.

Einen Moment lang blickten sie sich an. Emma registrierte die ebenmäßigen Züge des Mannes; eine dunkelrote Narbe oben auf seiner Stirn; Augen, die im Dämmerlicht des Flurs fast schwarz wirkten; er war kein Teenager, aber auch noch nicht im mittleren Alter, schätzte sie, sondern irgendwo dazwischen. Dann blickte sie auf das Lamm, das er im Arm hielt: Vier staksige Beine und ein breiter, flacher Schwanz hingen an seinem T-Shirt herunter; das wollige Köpfchen hatte das Tier in seine Armbeuge geschmiegt.

»Das Kleine ist krank gewesen«, sagte der Mann. »Aber jetzt kann es wieder zurück zu seiner Mutter.« Er nickte zu einer braunen Bierflasche mit einem Babysauger. »Es hat viel Milch getrunken.«

Emma lächelte. »Es ist wunderschön.« Als es ihre Stimme hörte, schlug das Lamm die Augen auf. Sie waren hell und klar.

»Kann ich Ihnen helfen?«, fragte der Mann. »Haben Sie sich verfahren?« Sein Englisch war flüssig, mit einem leichten afrikanischen Akzent.

»Nein, ich habe mich nicht verfahren. Ich suche nach dem Leiter hier.«

»Wir arbeiten hier nur zu zweit – mein Assistent und ich. Ich bin der Tierarzt, der für das Forschungsprojekt verantwortlich ist. Mein Name ist Daniel Oldeani.« Er nahm das Lamm auf den anderen Arm und streckte ihr die rechte Hand entgegen, die Handfläche nach oben gerichtet.

Emma schüttelte ihm die Hand – es fühlte sich merkwürdig an, als ob sie beide eine unterschiedliche Geste nachahmen würden. »Ich bin Dr. Lindberg – Emma Lindberg. Ich habe einen Brief geschrieben und meinen Besuch in der Station angekündigt.«

Daniel blickte sie verwirrt an. »Ich habe keinen Brief erhalten. Vielleicht ist er verlorengegangen. Das passiert schon mal.« Er musterte Emma, als suche er nach Hinweisen darauf, wer sie sein könne. Wahrscheinlich dachte er, dass sie zu jung aussah, um Doktor zu sein; Besucher im Institut hielten sie häufig für eine ihrer Studentinnen. Dann lächelte er, und seine Zähne blitzten weiß auf. »Wollen Sie hier arbeiten? Ich habe schon viele Briefe an die Hilfsorganisationen geschrieben, weil wir hier gut Unterstützung brauchen könnten.«

»Nein, leider nicht.« Emma schüttelte den Kopf. »Es ist nur ein privater Besuch. Meine Mutter ist vor langer Zeit hier gewesen – Anfang der achtziger Jahre. Sie hat Untersuchungen durchgeführt für das Centre of Disease Control in Amerika.« Sie blickte sich nach den beiden Räumen um, an denen sie vorbeigekommen war. »Ich wollte gerne sehen, wo sie gearbeitet hat.«

Daniel schwieg ein paar Sekunden lang. »Es tut mir leid, dass dieser traurige Anlass Sie hierhergebracht hat«, sagte er schließlich leise.

Emma blickte ihn überrascht an. »Haben Sie sie gekannt?«

»Ich war noch ein Kind damals, und ich selbst kann mich nicht an sie erinnern. Aber sie ist hier nie vergessen worden. Sie sind die Tochter von Dr. Susan Lindberg.« Er nickte langsam. »Sie sind hierhergekommen, um sie zu ehren. Sie sind hier herzlich willkommen.«

Emma hatte auf einmal einen Kloß im Hals. Von allen Leuten, denen sie von dieser Reise erzählt hatte, war Daniel Oldeani der Erste, der auf Anhieb verstanden hatte, warum sie hierhergekommen war. Er verstand, dass es nicht aus Neugier geschah oder ein Vorwand war, um Afrika zu besuchen. Eher war es eine Art Pilgerreise.

»Wie lange bleiben Sie?«, fragte Daniel. »Wir haben hier zwar kein Gästezimmer, aber wir können bestimmt etwas arrangieren.«

»Es ist schon okay«, erwiderte Emma rasch. »Ich wollte nicht lange bleiben. Ich bin mit dem Fahrer einer Safari-Gesellschaft hier. Er fährt mich zum Ngorongoro-Krater. Heute Abend müssen wir dort sein.«

»Sie haben große Eile!« Wieder lächelte Daniel. Er wies auf den vorderen Teil des Gebäudes. »Kommen Sie, ich zeige es Ihnen.«

Emma wollte ihm gerade folgen, als Mosi an die Hintertür kam. »Das ist mein Fahrer«, sagte sie zu Daniel.

Die beiden Männer begrüßten einander und unterhielten sich dann. Emma nahm an, dass sie Swahili sprachen. Nach einigen Minuten wandte Daniel sich zu ihr. »Ihr Fahrer braucht jemanden, der ihm hilft, seinen Kühler zu reparieren. Ich führe ihn ins Dorf. Dann kann ich auch das Lamm zurückbringen.« Er zeigte auf die rechte Tür im Flur. »Das Labor ist dort. Bitte, schauen Sie sich um. Leider ist mein

Assistent in Arusha, deshalb werden Sie ganz allein sein. Aber ich komme so schnell wie möglich zurück.« Er hob das Lamm über seinen Kopf und legte es sich vorsichtig um die Schultern. Mit den Händen hielt er Vorder- und Hinterläufe fest, so dass das Tier nicht herunterrutschen konnte.

Als die beiden Männer weg waren, ging Emma zum Labor und öffnete die Tür. Helles Sonnenlicht fiel in den Flur. Der vertraute Geruch nach Chemikalien hing in der Luft.

Sie ließ ihre Schultertasche zu Boden gleiten und blickte sich im Raum um. Das Licht drang durch zwei Fenster, eines an der Vorderseite des Gebäudes, eines an der Seite. Auf einer Arbeitsplatte an der Tür stand ein Sterilisiergerät: ein luftdicht verschlossener Glasbehälter mit zwei Löchern vorn, in die gelbe Gummihandschuhe eingepasst waren. Daneben war ein großes Porzellanbecken, über dem ein Spiegel hing. In einer Ecke des Raums stapelten sich Drahtkäfige in unterschiedlichen Größen. In einer anderen Ecke stand ein seltsames Gebilde mit einem Vorhang, das vielleicht einmal zu Lagerzwecken gedient hatte. Am Fenster befand sich ein weiterer Arbeitstisch mit einem zerschrammten Stuhl.

Emma trat an den Arbeitstisch, auf dem eine Ansammlung kleiner Schachteln stand, die Tupfer, Objektträger, Probenröhrchen, Wegwerfhandschuhe enthielten – die ganze Standardausrüstung. Dazwischen ragte ein Glas mit ungewöhnlich rosa Blüten hervor, die aus fleischigen Stengeln ohne Blätter wuchsen.

Emma legte die Hände auf die Rückenlehne des leeren Stuhls. Sie besaß zu Hause Fotos von ihrer Mutter, die sie bei der Laborarbeit zeigten – sie wusste, was Susan angehabt und wie sie ausgesehen hatte. Emma war froh, dass sie allein war. So konnte niemand sie stören, als sie sich darauf konzentrierte, das Bild ihrer Mutter heraufzubeschwören, wie sie vor all den Jahren hier an diesem Schreibtisch gesessen hatte.

Sie sah Susan in einem grünen Laborkittel, mit glänzender Plastikschürze und mit weißen Gummischuhen an den Füßen. Ihre langen dunklen Haare hatte sie zurückgebunden, so dass man ihr schmales Gesicht sah – die dunklen Schatten unter den Augen, die konzentriert gerunzelte Stirn. Auf dem Tisch vor ihr lagen Objektträger und Probenröhrchen. Es war schon spät am Tag, und die tiefstehende Sonne warf ihre Strahlen durchs Fenster. Sie hielt eine Spritze in einer Hand, deren Kammer mit dunklem Blut gefüllt war. In der anderen Hand hielt sie die Kappe, mit der sie die Nadel verschloss, damit sie sie sicher entfernen konnte.

Vorsichtig schob sie die Nadel auf die Kappe zu. Es war eine Routinearbeit, die sie Dutzende Male am Tag vornahm. Dieses Mal jedoch blendete sie etwas, oder sie war zu müde, um sich richtig zu konzentrieren, oder etwas störte sie …

Sie keuchte auf, als die Nadel in ihren Daumen stach. Sie riss den Handschuh herunter, hielt ihn ans Licht, in der Hoffnung, dass er unversehrt wäre, dass die Nadel nicht wirklich hindurchgedrungen wäre – aber dann erfasste eine Welle des Entsetzens sie, als sie das winzige Einstichloch sah. Voller Panik wusch und desinfizierte sie sich die Hände, drückte Blut aus der kleinen Wunde. Aber Susan wusste, dass es vergeblich war. Wenn sie sich schützen wollte, müsste sie jetzt auf der Stelle ihren Daumen abschneiden. Andererseits war das Blut in der Spritze noch nicht getestet. Vielleicht war es ja gar nicht mit dem Virus infiziert. Susans Kollege wollte im Dorf Proben nehmen. Sie war allein mit ihrer Qual. Sie griff nach dem Skalpell, wobei sie die Hand benutzte, die sie verstümmeln wollte.

Aber dann änderte sie ihre Meinung. Sie beschloss, einfach nur zu warten und das Beste zu hoffen.

Vier quälende Tage lang arbeitete Susan weiter, jede Minute in der Angst vor dem ersten Anzeichen der Krankheit. Und dann bekam sie leichte Halsschmerzen. Innerhalb weniger Stunden, das wusste sie, würde sie gefährlich krank sein. Es gab keine Behandlung für die Seuche, und weniger als zwanzig Prozent aller Infizierten überlebten sie. Innerhalb von Tagen würde sie den gleichen qualvollen Tod erleiden, den sie so oft schon bei anderen erlebt hatte.

Sie würde diesen Ort nicht mehr verlassen. Sie würde ihren Mann und ihr Kind nie mehr wiedersehen.

Emma schloss die Augen. Sie hatte diese Geschichte unzählige Male durchlebt, seit sie vor einigen Jahren nachgeforscht hatte, wie Susan gestorben war – aber hier, in diesem Raum, war alles noch viel realer. Der kalte Schweiß brach ihr aus; ihre Beine wurden schwach. Sie trat an das Waschbecken und spritzte sich Wasser ins Gesicht.

Als sie den Kopf wieder hob, sah sie ihr Gesicht im Spiegel. Wasser tropfte von ihrer Nase und ihren Augenbrauen. Sie holte tief Luft. Susan war seit fünfundzwanzig Jahren tot. Emma war erst sieben Jahre alt gewesen, als es passierte, und hatte nur wenige klare Erinnerungen an ihre Mutter. Und doch klammerte sie sich an ihr Bild, das sie mit Träumen und Spekulationen lebendiger machte. Mit der Zeit hatte sie Trost in dem Wissen gefunden, dass Susan nur vorangegangen war – dass sie wusste, wie es war, zwölf Jahre alt zu werden, die Schule abzuschließen, den ersten Freund zu haben oder den ersten Job. Emma hatte sich in der klugen, starken Gegenwart ihrer Mutter, die in ihren Gedanken weiterlebte, weniger allein gefühlt.

Aber das würde sich jetzt ändern. Heute war Emmas zweiunddreißigster Geburtstag. Sie war jetzt genauso alt wie Susan, als sie gestorben war. Die Spuren, die sie immer geleitet hatten, endeten hier. Sie hatten den Rand der Landkarte erreicht. Ab jetzt musste Emma allein weitergehen.

Bei dem Gedanken zog sich ihr Magen zusammen. Sie wusste einfach nicht, ob sie es ohne das Gefühl, dass Susan immer bei ihr war, schaffen würde. Aber zugleich klammerte sie sich an die Hoffnung, dass sie, wenn sie einen Strich unter die Vergangenheit zog, endlich glücklich sein konnte. Sie wusste, dass sie allen Grund hatte, dankbar zu sein. Sie betrachtete ihr Gesicht im Spiegel und hakte im Kopf die Liste ab. Eine erfüllende, erfolgreiche berufliche Karriere mit einem Job in einem der besten medizinischen Forschungsinstitute Australiens; ein Partner, der ihre Leidenschaft für die Wissenschaft teilte und sie bei ihrer Arbeit unterstützte. Ihre brandneue Wohnung mit der schicken, schwedischen Einrichtung. Ein Kleiderschrank voller Designer-Klamotten. Eine Putzfrau, die zweimal in der Woche kam und frische Blumen für den Tisch mitbrachte. Essen in exquisiten Restaurants in Melbourne, auch wenn es keinen besonderen Anlass dafür gab. Es war ein Lebensstil, um den sie jeder beneiden würde. Und doch fühlte Emma sich trotz allem unvollständig – es war, als hätte sie einen lebenswichtigen Teil von sich selbst verloren, als damals ihre Mutter gestorben war.

Emma blickte sich in die Augen. Bis hierher war sie gekommen, und jetzt wollte sie auch spüren, was sie geleistet hatte – eine Art Anerkennung dafür erhalten, dass sie das Ende eines Zyklus erreicht hatte. Aber sie empfand nur das vage Gefühl, in der Luft zu hängen. So hatte sie sich ihr ganzes Leben über gefühlt, von dem Moment an, als ihr Vater sie in sein Arbeitszimmer gerufen und ihr die schreckliche Nachricht mitgeteilt hatte. Lange Zeit hatte sie nicht wirklich an Susans Tod geglaubt. Sie hatte sich vorgestellt, ihre Mutter würde irgendwo ein geheimes Leben in Afrika führen und eines Tages wieder heimkommen. Schließlich hatte es keinen Beweis dafür gegeben, dass Susan Lindberg tatsächlich tot war. Der Sarg wurde nicht nach Hause geschickt. Eine Leiche, die einen nicht identifizierten tödlichen Virus beherbergte, konnte nicht transportiert werden. Anscheinend hatte man sie direkt in der Station verbrannt – zusammen mit Susans Kleidern, ja sogar der Matratze, auf der sie geschlafen hatte. Alles war zu Asche verbrannt worden.

Emma wandte sich wieder zum Fenster und stellte sich vor, wie die Asche vom Wind hinausgetragen wurde und sich mit dem grauen Staub vermischte …

Plötzlich zuckte sie überrascht zurück. Vor ihr im Fenster tauchte das braune, haarige Gesicht eines Kamels auf.

Emma starrte es bewegungslos an. Das Gitter vor dem Fenster vermittelte den Eindruck, das Tier wäre im Zoo – nur dass das Kamel draußen war und Emma anstarrte. Die Augen des Tieres waren riesig und dunkel, umrahmt von langen, gebogenen Wimpern. Noch während Emma hinschaute, drückte es seine blasse Nase zwischen die Gitterstäbe und stupste an die Scheibe.

Emma beugte sich vor und verrenkte sich den Hals, um auch den Rest des Kamelkörpers zu sehen. Auf dem Rücken trug es ein hölzernes Gestell mit Decken darüber, die eine Art Sattel bildeten; an beiden Seiten waren prall gefüll-

42

te Taschen aus rauhem, buntgestreiftem Webstoff festge-
schnallt. Vom Besitzer war jedoch keine Spur zu sehen.

Emma öffnete die Haustür. Sie stellte fest, dass das Kamel,
das sie am Fenster gesehen hatte, von einem Jungtier beglei-
tet wurde. Als sie die Treppe hinunterging, stellte sie fest,
dass das ältere Kamel einen Fuß leicht anhob. Das Haar um
die Zehen war mit getrocknetem Blut bedeckt. Dann sah
sie, dass ein abgebrochener Ast an dem Seil baumelte, das
am Halfter des Kamels befestigt war.

Emma beschattete die Augen mit der Hand und blickte sich
nach allen Richtungen um. Ihr Blick glitt über Bäume,
Ameisenhügel und Felsen. Niemand war zu sehen. Prüfend
blickte sie auf den sandigen Pfad, der vom Weg zum Gebäude führte. Die einzigen Fußspuren waren ihre eigenen.

Das erwachsene Kamel kam humpelnd auf sie zu. Je näher
es kam, desto mehr wich Emma zurück. Dieses Kamel war
viel größer als ein großes Pferd – und das größte Tier, das
Emma kannte, war der Golden Retriever ihrer Freundin.
Aber das Kamel blieb nicht stehen. Es trat auf sie zu und
beugte den Kopf herunter, um an ihren Haaren zu schnüffeln. Emma zuckte zusammen, hielt es jedoch für das Beste,
stillzuhalten. Ein knochiges Kinn legte sich auf ihre Schulter, und ein haariges Maul kitzelte ihre Wange.

Emma stand da wie erstarrt. Sie wäre am liebsten weggelaufen, hatte aber Angst, das Kamel zu erschrecken. Wie lange
mochte es wohl noch den Kopf auf ihre Schulter drücken?
Und was würde es als Nächstes tun? Aus den Augenwinkeln sah sie, wie das Kalb zu einem Busch lief, in dessen
Schatten Hühner dösten. Zu ihrer Erleichterung humpelte
das erwachsene Kamel ihm hinterher. Emma wischte sich
Kamelspeichel von der Schulter. Die Hühner flatterten er-

schreckt auf, als das junge Kamel begann, am Euter des Muttertiers zu trinken. Sie stand geduldig und sah müde und erhitzt aus. Emma fiel der Wassertank ein, den sie hinter dem Haus gesehen hatte. Darunter stand ein Eimer.

Rasch eilte sie um das Gebäude herum in den Hof. Die Kamele folgten ihr. Sie riss das Tor auf, hockte sich vor den Wassertank und ließ Wasser in den Eimer hineinlaufen. Daneben stand noch ein weiterer Eimer, und sie füllte auch diesen, wobei sie ständig misstrauische Blicke auf die näher kommenden Kamele warf. Sie stellte die beiden Eimer weit nebeneinander und trat ein paar Schritte zurück. Das Mutterkamel schnaubte, schien aber durch das Wasser angezogen zu werden. Es humpelte zu einem der Eimer, steckte den Kopf hinein und begann, geräuschvoll zu saufen. Als das Kalb seinem Beispiel folgte, schlich sich Emma davon und schloss das Tor hinter sich.

Aus sicherer Entfernung beobachtete sie, wie die Kamele tranken. Als das erwachsene Kamel sich zur Seite drehte, sah sie, dass eine der Taschen am Sattel zerrissen war und der Inhalt halb heraushing. Vorsichtig trat sie näher. Sie sah ein Stück Moskitonetz, einen gemusterten Stoff und eine runde schwarze Dose mit einem roten Deckel und einem Label, das sie sofort erkannte. Emma trat dicht heran und betrachtete die Dose. Marmite. Einer ihrer Kollegen am Institut war aus England und hatte immer eine Dose davon im Frühstücksraum stehen, weil er der Meinung war, dass Vegemite, die australische Version, zu dick und nicht salzig genug sei. Emma runzelte die Stirn. Eine Dose Marmite gehörte sicher nicht zur Ausrüstung eines afrikanischen Kameltreibers.

Das Muttertier hatte aufgehört zu trinken und stieß den Eimer mit dem Fuß weg. Emma hoffte, es würde sich hinlegen, wie sie es bei Kamelen in Filmen gesehen hatte. Aber das Tier blieb stehen und hielt den Kopf hoch, die Augen gegen die Sonne halb geschlossen.

Emma wischte sich mit dem Arm den Schweiß vom Gesicht. Dann ging sie hinein und holte einen Stuhl heraus. Sie stellte ihn neben das Kamel und stieg darauf – mit langsamen, vorsichtigen Bewegungen –, um an die Tasche heranzukommen. Sie stellte sich auf die Zehenspitzen und zog heraus, was sie greifen konnte. Eine Batikbluse, ein seidenes Schlafsack-Futteral. Dann schloss sich ihre Hand um etwas, was sie nicht identifizieren konnte, und als sie es herauszog, sah sie, dass es Strickzeug war. Nadeln und Wolle waren dick, und die Frau war offensichtlich dabei gewesen, einen einfachen roten Schal zu stricken.

Emma stand immer noch auf dem Stuhl, als Daniel am Tor auftauchte. Er blieb verblüfft stehen, als er sie sah. Dann eilte er auf sie zu.

»Sie sind eben aufgetaucht«, sagte Emma zu ihm. »Es ist niemand bei ihnen.«

Sie kletterte vom Stuhl herab und zeigte ihm, was sie aus der Satteltasche geholt hatte.

»Das gehört einer Europäerin«, erklärte er. Er berührte die pastellfarbene Bluse. »Einer Dame.«

Emma kaute auf ihrer Unterlippe. »Irgendetwas ist ihr zugestoßen. Wir müssen die Polizei informieren. Ich habe ein Handy dabei.«

»Hier haben Sie keinen Empfang. Wir sind zu abgelegen.«

»Haben Sie ein Funkgerät?«

»Es befindet sich im Landrover, mit dem Ndugu – mein Assistent – nach Arusha gefahren ist.«

Daniel stellte den Stuhl weg und beugte sich vor, um das

verletzte Bein des Kamels zu untersuchen. »Halten Sie Abstand«, warnte er Emma. »Sie können ziemlich fest treten.« Er fuhr mit den Fingern über das blutige Stück Fell. Dann packte er den Fuß mit beiden Händen und bewegte das Kamel irgendwie dazu, ihn hochzuheben. Auf der Unterseite war ein tiefer Schnitt. »Können Sie mir das Messer geben?«, bat er Emma und wies mit dem Kopf zur Hintertür. In einer Spülschüssel lag Besteck. Sie reichte Daniel das Messer, und er versenkte es in der Wunde. Das Kamel erschauerte, blieb aber still stehen, als ob es begreifen würde, dass er ihm helfen wollte. Daniel entfernte ein paar kleine Steine und ließ sie zu Boden fallen. Leise pfiff er durch die Zähne und schüttelte den Kopf.

»Das Bein ist okay. Aber das ist eine schlimme Verletzung. Die Infektion breitet sich schon aus. Sie muss behandelt werden. Ich kann ihr helfen. Aber zuerst müssen wir den Besitzer suchen.«

Emma blickte ihn unsicher an. »Wie meinen Sie das?«

»Vielleicht hat es einen Unfall gegeben, und jemand braucht unsere Hilfe.«

»Sie meinen doch nicht im Ernst …« Emma schüttelte den Kopf. »Es tut mir leid, aber daran kann ich mich nicht beteiligen. Ich bin hier nur zu Besuch. Sie sollten jemanden aus dem Dorf holen.«

»Aber Sie sind doch Ärztin. Ich brauche Sie, um mir zu helfen, falls jemand verletzt ist.«

»Ich arbeite nur in der medizinischen Forschung«, protestierte Emma. In Wahrheit hatte sie allerdings kürzlich erst ihr Erste-Hilfe-Zertifikat aufgefrischt, weil das im Institut verlangt wurde. Aber die Vorstellung, mit diesem Mann, den sie kaum kannte, in den Busch zu fahren, kam ihr absurd vor. Andererseits war ihr klar, dass Daniel nicht allein zurechtkommen würde, wenn die Besitzerin des Kamels tatsächlich verletzt war. Er musste sich aufs Autofahren konzentrieren.

»Das ist doch bestimmt Aufgabe der Polizei«, sagte Emma. »Außerdem haben wir ja noch nicht einmal einen Wagen – es sei denn, Mosi hätte den Land Cruiser inzwischen repariert.«

Daniel grunzte abfällig. »Diesem Fahrzeug würde ich nicht trauen. Wir nehmen den da.« Er zeigte über den Hof auf den alten Landrover.

Emma betrachtete das Auto ungläubig. Es wirkte auch auf den zweiten Blick nicht straßentauglicher.

»Nun«, sagte sie, »ich glaube, Sie fahren am besten zur Polizei. Sie kann sich der Sache annehmen.«

Daniel trat an die Hintertür, bevor er antwortete. Er ergriff einen Plastikkanister und füllte ihn mit Wasser aus dem Hahn. »Bis zur Stadt fährt man zwei Stunden.« Seine Stimme wurde lauter, damit sie ihn über dem Rauschen des Wassers noch verstand. »Und dann muss die Polizei hierherkommen. Wir können Zeit sparen.«

»Aber woher sollen wir wissen, wo wir suchen müssen?« Emma bedauerte die Worte, kaum dass sie ihren Mund verlassen hatten. Wenn Simon an ihrer Stelle gewesen wäre, hätte er die Situation noch nicht einmal diskutiert.

»Ich kann den Kamelspuren folgen«, antwortete Daniel. »Aber ich weiß schon, wo die Kamele hergekommen sind.«

»Woher wissen Sie das denn?«

»Ich kenne dieses Gebiet sehr gut. Zu unserer Arbeit gehört es auch, Tierfallen aufzustellen. Ndugu und ich sind schon überall gewesen, auch an den Stellen, wo die Massai-Hirten nicht hingehen. Haben Sie die Steine gesehen, die ich aus ihrem Fuß geholt habe? Es gibt sie nur an einem einzigen Ort«, erklärte Daniel. »Und zwar in der Wüste.«

Er zeigte über den Maschendrahtzaun auf die Grenze des Gartens. Emma folgte der Richtung mit den Augen und sah in der Ferne die violettblaue Pyramide des Berges.

»Keine Angst«, sagte Daniel. »Ihnen passiert nichts.«

Emma war hin- und hergerissen. Auf der einen Seite gab es Gründe, warum sie besser nicht mit ihm fahren sollte, auf der anderen Seite aber musste sie eigentlich ihre Hilfe anbieten. Sie blickte Daniel an. Erst da bemerkte sie, dass eine Strähne feiner, roter Lammwolle an seinem T-Shirt klebte. Überall waren Schmutzflecken, die die kleinen Hufe hinterlassen hatten. Sie musste daran denken, wie sanft und sicher er mit dem Lämmchen umgegangen war.

Sie nickte langsam. »Okay. Lassen Sie uns fahren.«

3

Das Gelände war flach und offen, und Daniel fand problemlos einen Weg über die Ebene, wenn auch der alte Landrover bei jedem Schlagloch auseinanderzufallen schien.

»Sehen Sie sich überall um«, sagte er zu Emma. Er hielt den Blick fest auf den Boden vor sich gerichtet, wo schwache Hufabdrücke von den Kamelen zu erkennen waren. »Wenn Sie etwas Ungewöhnliches erkennen, sagen Sie es mir.«

Emma studierte die Landschaft und suchte nach irgendeinem Zeichen der Kamelbesitzerin: einen Farbfleck; der Umriss einer Person; etwas, das sich bewegte. Aber es gab kein Anzeichen dafür, dass jemals ein Mensch in diesem Gebiet gewesen war. Es gab nichts, weder Straßen noch Wege, weder Hütten noch Brunnen oder Viehweiden wie die, die sie auf der Reise zur Station gesehen hatte. Ihr war bewusst, dass dies hier kein guter Ort war, um liegenzubleiben. Sie spähte durch die Windschutzscheibe. Spinnweben klebten innen am Glas, und außen war es staubverkrustet. Der Scheibenwischer auf ihrer Seite funktionierte wahrscheinlich schon seit Jahren nicht mehr, dachte sie. Sie blickte zu dem einfachen Armaturenbrett – aber dann blickte sie schnell wieder weg. Es war besser, nicht über Benzin, Ölanzeige oder Motortemperatur nachzudenken …

Sie schaute auf ihre grüne Tasche, die sie neben ihre Füße gestellt hatte. Als sie beschlossen hatte, mit Daniel mitzufahren, war sie ins Haus gerannt, um sie zu holen, während Daniel eine Nachricht für Mosi geschrieben hatte. In den vielen Seitentaschen und Reißverschlussfächern befanden sich alle Dinge, die sie in Afrika zu brauchen glaubte – einschließlich Sonnenschutz, besonders starkem Insektenschutz, antibakteriellem Gel, einem Päckchen feuchte Tücher, Pflaster, Antiseptikum, Erfrischungstücher und ein paar Medikamenten. Sie hatte sie zwar für eine Luxus-Safari gepackt – nicht für eine Rettungsmission –, aber trotzdem fand sie die prall gefüllte Schultertasche beruhigend.

Sie kamen in eine Gegend, wo die Erde nackt und von der Sonne gehärtet war. Daniel fuhr langsamer. »Ich habe die Spur verloren.« Er richtete sich auf und beugte sich aus dem Fenster, um besser sehen zu können. Nach ein paar Minuten setzte er sich wieder und beschleunigte. Emma entspannte sich, weil sie vermutete, er habe die Spur wiedergefunden. Sie warf ihm einen verstohlenen Blick zu. Er war ganz anders als Mosi. Der Safari-Fahrer hatte ein rundes Gesicht, das zu seiner Figur passte. Auch Daniels Gesicht passte zu seinem Körper: Er war schlank und gutgebaut. Seine Haut schimmerte in der Sonne, die seine Wangenknochen, den Schwung seiner Lippen und die Form seiner Nase hervorhob. Emma stellte fest, dass er Fältchen an den Mundwinkeln hatte. Wahrscheinlich lächelte er oft, dachte sie. Sie entdeckte jedoch auch etwas Ernstes, beinahe Feierliches an ihm. Da sie nicht wollte, dass er sie dabei ertappte, wie sie ihn anstarrte, drehte sie hastig den Kopf weg, als er sich zu ihr wandte, um etwas zu sagen.

»Wir sind jetzt in der Wüstensavanne.« Er wies auf die Umgebung. Es gab kaum Bäume; und die wenigen, die hier wuchsen, waren niedrig und kümmerlich. Die Luft war heiß. Der Boden bestand aus grauem Sand, der mit kleinen Steinen durchsetzt war. Die größeren Felsen waren grobe schwarze Klumpen, mit Löchern übersät. »Sie sehen«, fügte Daniel hinzu, »dass es nicht wirklich Wüste ist. Das ist nur das englische Wort, das die Leute benutzen. Auf Swahili nennen wir es *nyika* – ›das wilde Land, wo niemand lebt‹. Sie wissen ja sicher, dass Tansania früher Tanganyika hieß. Es bedeutet, ›das wilde Land hinter der Stadt Tanga‹.«

Emma war sich nicht sicher, ob sie den alten Namen des Landes schon einmal gehört hatte, aber sie nickte. Sie fuhren jetzt direkt auf den Berg zu. Er war zwar noch weit entfernt, aber es hing nicht mehr so viel Staub in der Luft, und sie konnte ihn deutlicher erkennen. Überrascht stellte sie fest, dass die oberen Hänge des Berges weiß waren.

»Auf dem Berg liegt ja Schnee!«

»Das ist weiße Lava«, sagte Daniel. »Es ist ein ungewöhnlicher Vulkan. Für die Massai ist er ein ganz besonderer Ort – der Berg Gottes.«

Emma blickte in die Ferne. Die Landschaft hatte etwas Irreales – die schwarzen Felsen, die grauen Ebenen, die weißen Hänge des Berges: Es kam ihr so vor wie der Schwarzweißfilm einer Szene, die eigentlich farbig sein sollte.

Sie blickte auf die Uhr. Sie waren schon seit über zwei Stunden unterwegs, und es war weit nach Mittag. Kurz überlegte sie, ob sie Daniel sagen sollte, er solle umkehren. Aber dann stellte sie sich eine Frau – eine Ausländerin, wie sie selbst – ganz allein in dieser Wüste vor, verletzt und hilfsbedürftig. Erneut blickte sie sich suchend in der Landschaft um.

Je länger sie fuhren, desto weniger redeten sie; die Luft wurde schwer, als ob das Gefühl der Vergeblichkeit auf ihnen lastete. Durch den großen, V-förmigen Riss in dem Segeltuch-Dach brannte die Nachmittagssonne direkt auf Emmas Kopf. Sie griff in ihre Tasche und holte ihre Sonnenschutzcreme heraus. Großzügig verteilte sie die Creme auf ihrem Gesicht.

Daniel warf ihr einen neugierigen Blick von der Seite zu.

»Ich will keinen Sonnenbrand kriegen«, sagte Emma.

Daniel lächelte. »Ihre Haut hat für Afrika die falsche Farbe. Wir hatten einmal einen Gast aus Holland hier. Er hat sich Gesicht und Arme so verbrannt, dass die Haut in Fetzen herunterhing. Er sah aus, als würde er sich wie eine Schlange häuten.«

Emma rümpfte die Nase. Sie konnte sich vorstellen, wie weiße Haut, die sich abschälte, auf Daniel wirkte – seine glatte, makellose Haut schimmerte in der Sonne wie polierte Bronze.

Da das Schweigen zwischen ihnen jetzt gebrochen worden war, verspürte Emma auf einmal den Impuls, weiterzureden.

»Wo haben Sie Tiermedizin studiert?«, fragte sie. Daniels Englisch war so gut, dass sie fast erwartete, den Namen einer englischen oder amerikanischen Universität zu hören.

»Hier in Tansania. Zuerst an der Sokoine University of Agriculture in Morogoro, und dann in Dar es Salaam.« Er fuhr um einen großen Stein herum. »Nach dem Examen habe ich eine Stelle in Arusha bekommen.«

»Und wie lange arbeiten Sie schon in der Olambo-Fieber-Forschungsstation?«

»Drei Jahre – fast vier.«

»Wie sind Sie zu dem Projekt gekommen?«

Daniel antwortete nicht sofort. Seine Miene wurde undurchdringlich, als habe er eine Maske aufgesetzt. »Ich

kannte Menschen, die an dieser Krankheit gestorben sind.«
Er warf Emma einen Blick zu. »Jetzt sind Sie an der Reihe.
Wo kommen Sie her?«

Emma zögerte. Sie konnte sich nicht entscheiden, ob sie
ihm die simple Version erzählen sollte – also ihre Stiefmutter Rebecca oder die Tatsache, dass sie nur Halb-Australie-
rin war, nicht zu erwähnen – oder ob sie mehr sagen und
damit eine ganze Reihe von persönlichen Fragen riskieren
sollte. Aber dann fiel ihr ein, dass Daniel ja schon von Susan
wusste und sie offen antworten konnte. »Ich bin in Amerika geboren, aber Dad ist Australier. Nachdem Mum gestorben war, zogen wir sofort in seine Heimat zurück. Er konnte es nicht ertragen, an sie erinnert zu werden.«

»Dann haben Sie also nicht nur Ihre Mutter, sondern auch
Ihr Zuhause verloren«, sagte Daniel.

»Ich habe alles verloren. Ich musste sogar mein Kätzchen
weggeben – die Quarantäne-Gesetze in Australien sind
streng. Nachdem sie mir Fifi weggenommen hatten, habe
ich tagelang mit niemandem ein Wort geredet. Und dann
musste ich mich auch von Mrs. McDonald verabschieden.
Sie kümmerte sich um mich, wenn Susan nicht da war. Sie
hat mir schrecklich gefehlt. Sie war wie eine Großmutter
für mich.« Emma lächelte bei der Erinnerung. »Sie sagte
mir, meine Mutter würde im Himmel weiterleben, und ich
könnte mit ihr reden. Mein Vater war wütend, dass sie mir
so etwas erzählte, aber mir war es egal, ob es stimmte oder
nicht, denn es war ein großer Trost für mich.« Sie schwieg,
erstaunt darüber, wie bereitwillig sie sich Daniel anvertrau-
te. Vielleicht lag es daran, dass er so anders war – seine Art
zu reden, die Worte, die er benutzte. Oder vielleicht lag es
auch einfach nur daran, dass sie sich hier mitten in der Wild-

nis befanden. Jedenfalls spielte ihre übliche Angewohnheit, sich Fremden gegenüber reserviert zu verhalten, keine Rolle. »Seitdem lebe ich in Australien. Ich habe an der Melbourne University studiert.«

Daniel nickte. »Und sind Sie verheiratet?«

»Ja«, erwiderte Emma. Es war die einfachste Antwort, schließlich lebte sie jetzt schon seit fünf Jahren mit Simon zusammen.

»Wie viele Kinder haben Sie?«

»Keines.«

Daniel schwieg einen Moment lang. Dann sagte er mitfühlend. »Das tut mir leid.«

Emma blickte ihn verwirrt an, aber dann lächelte sie. »Nein, es ist schon in Ordnung. Simon und ich wollen keine Kinder.«

»Noch nicht«, erwiderte Daniel.

Emma schüttelte den Kopf. »Wir haben beide viel zu tun. Ich arbeite Vollzeit im Forschungsinstitut, und Simon ist ebenfalls Wissenschaftler. Unsere Leben sind ausgefüllt. Wir haben einfach nicht das Bedürfnis nach Kindern.«

Daniel runzelte die Stirn. Er wollte gerade etwas sagen, als er den Kopf hochriss und heftig auf die Bremse trat. Die Drahtkäfige, die hinten im Wagen aufgestapelt waren, flogen krachend um.

Emma blickte suchend zu Boden, um herauszufinden, was seine Aufmerksamkeit erregt hatte, aber bevor sie etwas entdeckte, war Daniel bereits aus dem Wagen gesprungen. Den Motor ließ er laufen. Er bückte sich und hob etwas Gelbes auf. Es sah aus wie ein Rohr, etwa so groß wie seine Hand. Hastig schwang er sich wieder auf den Fahrersitz und reichte Emma eine Plastiktaschenlampe.

»Die Kamelspuren waren daneben. Menschenspuren habe ich keine gesehen. Sie ist wahrscheinlich aus der Satteltasche gefallen.« Daniel gab Gas, und der Landrover machte einen Satz nach vorn. Die Entdeckung der Taschenlampe schien Daniel anzuspornen, denn er fuhr schneller als vorher. Emma hielt sich mit einer Hand an der Tür fest und stützte sich mit der anderen am Armaturenbrett ab.

Sie sah den Baum als Erste – den weißen Streifen am Stamm, wo ein Ast weggerissen worden war. »Sehen Sie, dort!«

Daniel hielt an. Dieses Mal machte er den Motor aus und zog die Handbremse an.

»Dort waren die Kamele angebunden«, sagte er. »Sie können an den Hufabdrücken sehen, dass sie in Panik geraten sind.«

Emma folgte seinem Blick, als er die Umgebung musterte. Nicht weit entfernt war ein langer schmaler Steinhaufen. Er hatte genau die richtige Breite und Länge für ein Grab. Der große Felsblock an einem Ende sah sogar aus wie ein Grabstein. Emma hatte auf einmal einen Kloß im Hals.

»Bleiben Sie hinter mir«, sagte Daniel, als sie aus dem Landrover stiegen. »Ich muss mir erst den Boden anschauen.«

Vorsichtig bewegte er sich zu dem Steinhügel, wobei er aufmerksam nach rechts und links blickte. Er hatte nackte Füße, und seine dunkle Haut war mit hellem Staub bedeckt. Emma beobachtete ihn. Er bewegte sich wie ein Tänzer in Zeitlupe. Trotz seiner modernen Kleidung wirkte er wie eine Gestalt aus der Vergangenheit.

Emma blieb dicht hinter ihm und schaute über seine Schulter nach vorn. Der Boden war größtenteils steinig, so dass man keine Spuren sah, aber an den sandigen Stellen war der Boden zerwühlt.

»Hyänen waren hier«, sagte Daniel, ohne sich umzudrehen. »Ein ganzes Rudel.«

Nervös blickte Emma sich um, sagte aber nichts. Als sie weiterging, richtete sie den Blick starr auf Daniels Rücken. Das weiße T-Shirt spannte sich über seinen Schultern. Kurz vor dem Hügel blieb er plötzlich stehen und griff hinter einen abgeflachten Felsblock. Er zog einen Lederbeutel hervor und legte ihn oben auf die Felsplatte.

Emma betrachtete den Beutel aus abgewetztem, aber festem Leder einen Moment lang. Dann hob sie die Klappe und schaute hinein. Die Tasche war tief, und sie konnte nicht alles erkennen, was darin war. Mit einem raschen Blick zu Daniel drehte sie den Beutel um und leerte den Inhalt auf den Felsen aus. Eine Tube Insektenmittel. Eine Taschenbuchausgabe des zweiten Harry-Potter-Bandes. Batterien. Ein Sonnenhut. Und eine große Plastiktüte voller weißer Tabletten. Emma beugte sich darüber, um sie genauer in Augenschein zu nehmen. Auf jeder Tablette war ein einfaches M aufgedruckt.

»Das ist Morphium«, sagte Daniel. »Die billige Version, die in Afrika verkauft wird.«

»Es ist ziemlich viel. Zu viel für eine Person – selbst wenn sie sehr krank war.«

Sie wollte gerade die Sachen wieder in den Beutel packen, als eine schwarze Brieftasche aus einer Seitentasche herausrutschte. Sie ergriff sie und spürte das weiche, abgenutzte Leder an ihrer Handfläche. Als sie sie aufklappte, stieß sie auf ein Foto, das in einem der Plastikfächer steckte. Eine blonde Frau und ein Kind, die Arm in Arm nebeneinanderstanden.

»Sie sehen aus wie Mutter und Tochter.« Sie hielt Daniel das

Foto hin. »Sie haben die gleiche Haarfarbe und die gleichen Augen.«

Beide trugen afrikanische Kleider aus traditionellen Stoffen und Perlenarmbänder an den sonnengebräunten Armen. Touristen ließen sich so fotografieren, um wie Einheimische zu wirken. Die Mutter trug sogar Sandalen aus alten Autoreifen. Emma hatte in einigen der Dörfer, durch die sie gefahren waren, gesehen, dass ganze Stapel davon zum Verkauf angeboten wurden. Das Mädchen war barfuß. Emma blickte von dem Foto zu dem Steinhügel, und Übelkeit stieg in ihr auf. Sie trat einen Schritt darauf zu, aber dann fiel ihr ein, dass ja Daniel wegen der Spuren vorangehen wollte.

Er trug zuerst die Steine des Grabhügels oben am Felsen ab. Emma trat neben ihn, wobei sie den Steinen auswich, die er beiseitewarf. Unter einem der Steine blitzte etwas Buntes hervor, und Emma hockte sich neben Daniel, um ihm zu helfen. Fliegen summten um ihr Gesicht, aber sie nahm sie kaum wahr. Bald schon hatten sie ein Tuch freigelegt – aus bunter afrikanischer Baumwolle, mit einem Vogelmuster bedruckt. Zügig räumten sie die Steine weiter beiseite, und schließlich erkannte man durch das Tuch ein menschliches Gesicht – zuerst die Stirn, dann die Nase und das Kinn.

»Wenn Sie wollen, können Sie zum Landrover zurückgehen«, bot Daniel Emma an.

»Nein«, erwiderte sie. »Mir geht es gut.«

Als sie das Tuch vollständig freigelegt hatten, zog Daniel es langsam zurück. Weißblondes Haar über einer glatten, hohen Stirn wurde sichtbar. Fein gebogene Augenbrauen, geschlossene Lider mit langen Wimpern. Die Haut war zwar gebräunt, wirkte aber blass. Nase, Wangen, Kinn – die Umrisse, die Emma unter dem Tuch erahnt hatte, sah sie jetzt deutlich. Sie hielt den Atem an. Die Frau war wunderschön. Ihre im Tod sanft geschlossenen Lippen waren perfekt geschwungen.

Einen Moment lang schloss Emma die Augen. Es gab keinen Zweifel, das war die Frau auf dem Foto. Die Mutter ... Sie warf Daniel einen Blick zu. Er saß in der Hocke und schaute mit halb zusammengekniffenen Augen, den Mund verzerrt, auf die Leiche, beinahe so, als hätte er Schmerzen. Er wirkte völlig verloren in seinen Emotionen.

Emma richtete den Blick wieder auf die Leiche. »Sie scheint noch nicht sehr lange hier zu liegen. Und sie riecht auch nicht.« Daniel starrte sie mit leerem Gesichtsausdruck an, fasste sich dann jedoch. »Die Luft hier ist sehr trocken, deshalb ist das schwer zu sagen. Wir müssen feststellen, wie steif der Körper ist.« Er schwieg ein paar Sekunden lang. »Könnten Sie sie untersuchen?«

Emma zog fragend die Augenbrauen hoch. Bis jetzt hatte er doch ganz selbstverständlich die Führung übernommen.

»Nach der Tradition meines Volkes sollte ich eine tote Person des anderen Geschlechts besser nicht berühren«, erklärte er. »Für mich wäre es deshalb schwierig, sie zu untersuchen.« Er sprach sachlich, als ob er ihr einen einfachen Sachverhalt darlegte.

Emma nickte. Sie verbarg ihre Überraschung darüber, dass ein Mann, der ein Universitätsstudium hinter sich hatte, von traditionellen Tabus beherrscht wurde. Ihre neue Rolle bereitete ihr Unbehagen, und als sie sich über das Grab beugte, musste sie sich ins Gedächtnis rufen, dass am Institut sie diejenige war, die die Richtung vorgab. Eingehend musterte sie die Leiche und versuchte, sich daran zu erinnern, was sie über Post-mortem-Symptome wusste.

Sie untersuchte den Hals der toten Frau. Dort hatte sich die Farbe zu einem tiefen Dunkelrot, fast Schwarz verändert: das klassische Symptom für den Blutstau. Emma zog sich die Wegwerfhandschuhe über, die sie aus ihrer Ausrüstungstasche herausgenommen hatte. Der Latex schmiegte sich eng an ihre Handgelenke. Mit einem Finger drückte sie auf die Haut in diesem Bereich. Als sie den Finger nach einer Weile wieder wegnahm, gab es keinen weißen Fleck, was bedeutete, dass das Blut unter der Haut nicht mehr floss. Der Körper strömte keine Wärme aus, allerdings auch keinen Geruch. Emma umfasste den Kopf mit beiden Händen und versuchte, ihn nach einer Seite zu drehen. Er ließ sich leicht bewegen, als ob die Frau nur tief schlafen würde.

»Ich würde sagen, sie ist vor zwei bis drei Tagen gestorben«, sagte Emma, ohne aufzublicken.

Als Daniel nicht antwortete, hob sie den Kopf. Er untersuchte sorgfältig den Boden um den Grabhügel.

»Das Kind war hier bei ihr!«

Er blickte sie alarmiert an. Emma riss erschreckt die Augen auf, als ihr klarwurde, was das bedeutete.

»Hier, sehen Sie!« Er zeigte auf eine Stelle mit grauem Sand, auf dem man deutlich einen kleinen Fußabdruck sah. Er war perfekt geformt, und Emma konnte sogar den tieferen Eindruck des Ballens erkennen, als das Kind weitergegangen war.

Daniel wies auf einen anderen Abdruck daneben. Er öffnete den Mund, schien jedoch zu zögern.

»Was ist? Was ist das?«, fragte Emma.

»Hier war auch ein Löwe. Kein Wunder, dass die Kamele Angst bekommen haben.«

»Ein Löwe!«

»Das überrascht mich nicht. Dieser Ort hier gehört den Löwen, nicht den Menschen.«

Emma starrte ihn an. »Meinen Sie, der Löwe hat das Kind getötet?«

»Eigentlich ist das eher unwahrscheinlich.« Er verzog besorgt das Gesicht. »Aber dieser Löwe ist verletzt. Ein verletztes Tier kann sehr gefährlich sein.«

Er zeigte auf einen einzelnen Abdruck auf einem kleinen Sandfleck. In Emmas Augen sah er aus wie der Pfotenabdruck einer Hauskatze, nur dass er so groß war wie ihre Hand – und irgendetwas an der Form stimmte nicht ganz.

»Sehen Sie, einer der Ballen ist verletzt. Das ist eine schlimme Verletzung für ein Raubtier, weil sie nicht gut heilen kann. Wie die Kamelstute muss auch dieser Löwe behandelt werden.« Er blickte auf den Boden. »Es kommt mir so vor, als seien hier noch andere Spuren – von Löwenjungen –, aber sie sind sehr schwach.«

Emma schluckte. »Und … wo ist das Kind?« Sie blickte in die weite Landschaft. Die endlose Savanne wurde nur gelegentlich von Steinhaufen und gezackten Felsen unterbrochen. Sie stellte sich vor, dass hier irgendwo ein verlassener kleiner Körper lag. Oder vielleicht gab es auch nur getrocknetes Blut auf dem Boden, einen Stofffetzen …

Als sie Daniel anblickte, sah sie ihre Ängste in seinem Gesicht gespiegelt. »Was sollen wir tun?«

Daniel kniff die Augen zusammen, während er den Horizont absuchte. Dann legte er die Hände wie einen Trichter um den Mund. »Hallo! Ist dort jemand?« Seine Stimme schallte weit über das Land. Einen Moment lang herrschte gespannte Stille, aber es kam keine Antwort.

Er wandte sich an Emma. »Sie gehen in diese Richtung und suchen nach ihr. Ich gehe in die andere Richtung. Achten Sie darauf, dass Sie das Grab noch sehen können. Und passen Sie auf, wo Sie hintreten.«

Emma blickte zu Boden. Ihre neuen Segeltuchschuhe waren mit Staub bedeckt, und die bunten Logos, die auf die Seiten gestickt waren, waren nicht mehr zu sehen. Auch die Aufschläge ihrer Hose waren grau von Staub, und auf einem Hosenbein war ein Fleck, der wie Motoröl aussah. Einen Moment lang hatte sie das Gefühl, auf die Füße einer Fremden zu blicken.

Sie ging los und rief dabei, so laut sie konnte: »Hallo? Ist da jemand?«

Daniels Stimme, die die gleichen Worte rief, klang wie ein verzerrtes Echo.

Als sie in ein sandiges Gebiet kam, schaute sie sich aufmerksam nach Fußspuren um, aber sie sah nur die sternförmigen Abdrücke eines großen Vogels. Mit dem Blusenärmel wischte sie sich über die verschwitzte Stirn. Sehnsüchtig dachte sie an ihre Wasserflaschen im Landrover. Es war so heiß hier und so trocken. Wegen zwei oder drei Tagen ohne feste Nahrung starb niemand, das wusste sie. Aber drei Tage ohne Wasser konnte man bei dieser Hitze wohl kaum überleben. Allerdings waren Kinder zäher als Erwachsene. Sie starben langsamer …

Sie ging, rief, ging weiter, und suchte dabei ständig das Land mit Blicken ab. Sie merkte gar nicht, wie die Zeit verging, als plötzlich Daniel ihren Namen rief. Er winkte sie zum Grabhügel zurück.

»Haben Sie etwas gesehen?«, fragte sie voller Hoffnung, als sie bei ihm ankam.

»Nichts.«

»Vielleicht hat sie ja jemand gerettet.«

»Menschen sind nur selten in diesem Gebiet. Näher am Berg, wo es nicht so trocken ist, ist ein Dorf. Aber für Kühe gibt es hier nichts zu fressen.«

»In zwei Tagen könnte sie weit gewandert sein.«

»Ja«, stimmte Daniel zu. »Wir müssen eine richtige Suche organisieren. Wir müssen die Polizei informieren. Wenn wir die Steine wieder zurückgelegt haben, sollten wir fahren.«

Schweigend standen sie einen Moment da und blickten auf das Gesicht der Frau. Sie wirkte so friedlich – als ob sie wirklich nur schlafen würde.

»Was mag ihr wohl zugestoßen sein?«, sagte Emma schließlich.

»Vielleicht war sie krank, oder es hat einen Unfall gegeben«, erwiderte Daniel. »Wenn sie einem Verbrechen zum Opfer gefallen wäre, hätte man sie versteckt. Stattdessen wurde ihr Körper mit Steinen geschützt.«

Emma runzelte die Stirn. »Wer mag das gemacht haben? Ihr Mann vielleicht? Ein Führer?«

»Nein. Ich habe nur die Spuren von einer Frau und einem Kind gesehen. Der kleine Fußabdruck passt in der Größe zu dem Kind auf dem Foto.«

»Sie sah aus, als wäre sie etwa sieben Jahre alt.« Ein Kind in diesem Alter erkannte Emma sofort – in sich trug sie das erstarrte Bild von sich aus der Zeit, als ihr Leben sich so plötzlich geändert hatte. Und immer wenn sie auf Siebenjährige traf – zwei Kinder ihrer Kollegen im Institut waren so alt –, suchte sie unwillkürlich nach einer Verbindung zu ihnen. Aber sie kamen ihr stets jünger vor, als sie in ihrer

Erinnerung selbst gewesen war. Sie waren viel abhängiger von Erwachsenen, leichter zu erschrecken.

Emma schüttelte den Kopf. »Ich kann mir einfach nicht vorstellen, dass so ein kleines Kind jemanden beerdigt – geschweige denn die eigene Mutter.«

»Das wäre für jedes Kind schrecklich. Und Sie haben recht, es wäre ungewöhnlich, dass ein europäisches Kind so stark ist. Sie werden sehr langsam selbständig. Aber eine andere Erklärung habe ich nicht.«

»Wenn sie ihre Mutter so beerdigen kann, kann sie vielleicht auch auf sich selbst aufpassen. Die Suche muss so schnell wie möglich in Gang kommen.«

Sie bückte sich und zog das Tuch sanft wieder über das Gesicht. Dann türmte sie zusammen mit Daniel die Steine über der Leiche auf. Nach und nach verschwanden die kleinen Vögel auf dem Stoff. Als sie fertig waren, pflückte Emma rasch einen kleinen Strauß Blumen – rosafarben und blattlos wie die Blumen im Labor – und legte sie ans Fußende des Grabes. Während Daniel den Inhalt des Beutels einsammelte, stand sie da und blickte auf die Blüten auf dem harten, dunklen Felsen. Eine schwache Brise streifte ihr Gesicht. Aus den abgebrochenen Stengeln stieg ihr der Duft der Blumen in die Nase. In der Ferne stieß ein Vogel einen hohen, schrillen Schrei aus.

Emma stellte sich vor, wie die Frau dort unter den Steinen lag. Welche Qualen musste sie erlitten haben, als sie dem Tod entgegensah. Als Susan gestorben war, hatte sie zumindest gewusst, dass Emma sicher bei ihrem Vater und Mrs. McDonald zu Hause war. Aber zu sterben und das Kind ganz allein lassen zu müssen und in so schrecklicher Gefahr. Der Gedanke war unerträglich. Emma biss sich fest auf die Lippe, weil sie den Schmerz spüren wollte. Sie schlang die Arme um den Körper und blickte auf den Grabhügel. Die Luft wirkte angespannt, als ob jemand den Atem anhalten würde. Sie hatte das seltsame Gefühl, dass die tote Frau noch hier war. Und dass sie Emma bat, das zu tun, was sie nicht mehr tun konnte – dafür zu sorgen, dass ihr kleines Mädchen gefunden und sicher nach Hause gebracht wurde. Emma rieb sich mit der Hand übers Gesicht. Sie fühlte sich desorientiert. Wahrscheinlich stand sie unter Schock, sagte sie sich. Was sie heute erlebt hatte, hätte jeden durcheinandergebracht. Aber als sie sich abwandte und zum Landrover eilte, fasste sie einen Entschluss. Er trieb sie an, und sie lief schneller zum Wagen.

»In welcher Richtung ist die Polizeistation?«, fragte sie Daniel.

»Malangu ist dort drüben.« Daniel zeigte in die Richtung rechts vom Landrover. Auch dort erstreckte sich die Wüstensavanne: der gleiche steinige Boden, die gleichen Felsen – die gleiche graue Wildnis.

»Dann können wir also direkt dorthin fahren?«

Daniel schüttelte den Kopf. »Wir müssen den Weg wieder zurückfahren, den wir gekommen sind, um auf die Straße zu gelangen. Ich dachte, Sie wollten sowieso wieder zur Station? Ich könnte Sie dort absetzen. Mosi müsste mittlerweile aus dem Dorf zurück sein.«

»Nein. Ich komme mit Ihnen.«

Daniel blickte sie überrascht an, nickte dann aber, als verstünde er, dass sich ihre Prioritäten geändert hatten. Er schien sie mit neuem Respekt zu betrachten. »Wir können auch von hier nach Malangu fahren. Aber ich habe das noch nie gemacht.«

»Nun, haben wir eine Landkarte im Landrover?«

»Ich benutze keine Landkarten«, sagte Daniel. Aufmerksam blickte er in die Richtung, wo Malangu lag. »Ich bin auch schon lange nicht mehr zu Fuß unterwegs gewesen in diesem Gebiet, aber einen Teil zumindest kenne ich noch aus der Zeit, als ich als Junge hier das Vieh gehütet habe. Möglicherweise kommen wir nicht durch. Allerdings lohnt es sich wahrscheinlich, es zu versuchen. Wir wären dann viel schneller in Malangu.«

»Dann lassen Sie uns losfahren.«

Daniel nahm einen Kanister vom Rücksitz und füllte Benzin in den Tank des Wagens. Der Geruch stieg in die Luft. Emma wartete ungeduldig und blickte auf ihre Armbanduhr.

Endlich konnten sie aufbrechen. Emma blickte zurück. Sie sah den rosa Fleck, der sich von dem dunklen Stein abhob. Er wurde immer kleiner und kleiner – und schließlich war er verschwunden.

4

Emma legte den Ellbogen auf die Tür und stützte den Kopf in die Hand. Das stetige Holpern des Landrover und das Dröhnen des Motors hätten sie schläfrig gemacht, wenn nicht die Bilder von den Ereignissen des Tages ihr scharf und lebhaft vor Augen gestanden hätten.

Sie mussten einige Umwege um tiefe Gräben machen und einmal sogar ein Stück zurückfahren, aber am späten Nachmittag begann die Landschaft, sich zu verändern, und aus der flachen, steinigen Wüste wurde Buschland. Daniel fuhr auf ein Massai-Dorf zu: eine Ansammlung grauer Lehmhütten, die im Kreis angeordnet waren, umgeben von grauem Dorngebüsch, an denen Esel kauten. Als sie näher kamen, sah Emma auch Rinder und Ziegen und rote, wollige Schafe mit breiten, flachen Schwänzen – die erwachsene Ausgabe von Daniels Lamm. Die Hirten hoben sich mit ihren roten Decken vom farblosen Hintergrund ab. Daniel grüßte sie, als sie vorbeifuhren, und sie reckten ihre Speere oder Hirtenstäbe in die Höhe.

»Wie kann hier nur jemand leben?«, fragte Emma, als sie das Dorf hinter sich ließen. Es schien kein Futter für das Vieh zu geben, keine Gärten, kein Wasser.

»Wir wissen, wie es geht«, erwiderte Daniel nicht ohne Stolz. »Wir können verborgenes Wasser finden und Stellen, an denen Gras wächst. Selbst in der *nyika* können wir das. Wir haben es von unseren Brüdern gelernt.«

66

»Sie sind Massai ...« Emma versuchte, sich vorzustellen, wie Daniel in einer Wolldecke, mit Perlen und einem Speer wie die Männer, an denen sie gerade vorbeigefahren waren, aussehen würde. Es war einfach und schwierig zugleich. Er schien sich wohl zu fühlen in seiner westlichen Kleidung, mit dem iPod in der Tasche. Und er hatte natürlich auch einen Universitätsabschluss und leitete ein wissenschaftliches Forschungsprojekt. Aber er war so groß wie die Massai-Männer, an denen sie vorbeigefahren waren, und seine Haltung war aufrecht und anmutig. Und dann seine Fähigkeit, Spuren zu lesen; er hatte seine nackten Füße fast liebevoll auf die Erde gedrückt.

Daniel lächelte sie an, und die Fältchen um seinen Mund wurden tiefer. »Meine *manyata* ist nicht weit von hier entfernt. Wenn wir dorthin führen, würden Sie meine Brüder, meine Vettern, meine Onkel und Tanten sehen – viele Leute. Sie würden meinen Vater kennenlernen und auch meine Mutter.« Seine Stimme klang weich, als er von seiner Familie sprach, und seine Augen leuchteten. »Aber heute können wir sie nicht besuchen. Wenn Sie eine *manyata* besuchen, müssen Sie Zeit für ein Willkommensfest mitbringen.«

Emma erwiderte sein Lächeln höflich. Sie hatte seit dem Frühstück nichts mehr gegessen, und ihr Magen fühlte sich hohl an, aber sie war trotzdem froh, dass sie keine Zeit für ein Festmahl hatte. Sie wollte nicht in die Lage kommen, Essen abzulehnen oder das Risiko eingehen zu müssen, Bruzellose von nicht abgekochter Milch zu bekommen. Wehmütig dachte sie an das Frühstück, das sie heute Morgen im Hotel zu sich genommen hatte. Weichgekochte Eier, Toast, warme Croissants und Papaya-Marmelade. Die weißgedeckten Tische, der Duft nach frisch gekochtem, einheimischem Kaffee, die Vasen mit tropischen Blumen hatten den Eindruck noch verstärkt, dass die Mahlzeit zu einer völlig anderen Welt gehörte.

»Ich hoffe, wir bekommen in Malangu etwas zu essen«, sagte Emma. »Ich bin ziemlich hungrig.«

»Ja, das werden wir«, beruhigte Daniel sie. »Aber zuerst gehen wir zur Polizei. Der Tag wird schon fast vorüber sein, bis wir da sind. Jetzt können Sie das hier essen.« Er griff in das Seitenfach an seiner Tür und zog eine Tüte Karamellbonbons heraus. »Das ist mein Geheimvorrat, nur für Notfälle. Ich muss sie vor Ndugu verstecken.« Sein Gesicht war ernst, aber in seiner Stimme klang ein Lachen mit.

Emma nahm ein Bonbon. Ihr lief das Wasser im Mund zusammen, als sie es auswickelte. Eifrig lutschte sie daran und spürte, wie der Zucker ihr neue Energie gab.

»Bald sind wir auf der Straße«, sagte Daniel. »Dort oben am Hügel.«

Als sie den Ort erreichten, auf den er gezeigt hatte, sah man das blasse Band einer Staubpiste zwischen den Büschen. Daniel musste beschleunigen, damit der Landrover den Wall am Rand überwinden konnte. Er bog links auf den vergleichsweise glatten Weg ein. Dann lehnte er sich entspannt zurück und steuerte nur noch mit einer Hand. Nach ein paar Kilometern gelangten sie an einen Fluss, ein silbernes Wasserband zwischen dürren, öden Ufern. Daniel nahm das Tempo kaum zurück, als er hindurchfuhr, so dass das Wasser hoch zu beiden Seiten aufspritzte. Emma dachte, dass sie sich wahrscheinlich ängstlich festgeklammert hätte, wenn Simon so gefahren wäre. Aber Daniel fuhr mit einem Selbstvertrauen, das sich auf sie übertrug. Er behandelte das

Fahrzeug, als wäre es die Verlängerung seines Körpers und würde sich in diesem Land genauso zu Hause fühlen wie er. Kurz darauf fuhren sie an staubigen Gärten vorbei, in denen der Mais in Reihen gepflanzt war. Es gab Bananenpalmen, Papayabäume und viereckige Lehmhütten mit rostigen Blechdächern. Die Leute blickten auf, als der Wagen vorbeifuhr, und Daniel hob immer wieder grüßend die Hand.

»Kennen Sie alle diese Leute?«, fragte Emma.

»Nein, aber wenn sich unsere Blicke begegnen, muss ich sie begrüßen.«

Der Abstand zwischen den Ansiedlungen wurde kleiner, die Häuser standen dichter beieinander. Sie fuhren an winzigen Läden mit bemalten Fassaden und verrammelten Fenstern ohne Scheiben vorbei. Viele Leute waren unterwegs, und es herrschte sogar Verkehr – alte Autos, Lieferwagen und gelegentlich ein abgenutzter Kleinbus. Emma wartete darauf, dass etwas Größeres in Sicht kam – zweistöckige Regierungsgebäude, Büros, Hotels. Aber die schmale Staubpiste endete abrupt auf einem offenen Platz aus gestampfter Erde, an dem weitere Geschäfte lagen. Am hinteren Ende standen eine kleine Kirche mit einem Kreuz auf dem Dach und eine Moschee mit einer grünen Kuppel. Dazwischen war eine Bühne aufgebaut, die mit bunten Fahnen dekoriert war. Auf einer Seite des Platzes befand sich ein langes Gebäude aus Lehmziegeln, vor dem ein Fahnenmast emporragte. Es war mit weißgestrichenen Steinen abgesperrt. Die tansanische Fahne hing schlaff herunter.

Daniel fuhr mit dem Landrover zwischen zwei größere Steine, die den Eingang zu dem Platz markierten, und parkte in der Nähe der Eingangstür. Dann schaltete er den Motor ab.

69

»Wir sind da.«

Er griff nach hinten und zog ein Paar Lederstiefel hervor. Er schlüpfte hinein und stieg dann aus. Den Lederbeutel und die gelbe Taschenlampe nahm er mit.

Emma stieg ebenfalls aus. Daniel stand auf einem Fuß und rieb die Spitzen seiner Stiefel an seinen Hosenbeinen sauber. Dann zog er sein T-Shirt glatt.

»Ich hätte ein richtiges Hemd mitnehmen sollen«, sagte er zu Emma.

»Sie sollten wenigstens den Schmutz von den Lammhufen abbürsten.« Sie zeigte auf die Flecken. »Und die Wolle.«

Sie sah zu, wie er sich säuberte, dann nickte sie zustimmend. »So ist es besser.«

Während sie miteinander redeten, war ein Junge auf die Motorhaube des Landrover geklettert und saß jetzt auf dem Reserverad, das dort montiert war.

»Er passt auf unsere Sachen auf«, sagte Daniel. Er wies mit dem Kinn auf die grüne Tasche. »Sie können sie hierlassen, wenn Sie wollen.«

Emma schüttelte den Kopf und packte den Riemen fester. Ganz unten in der Tasche befand sich die Plastikmappe mit ihrem Pass, ihren Kreditkarten, ihrem Flugticket, dem Impfpass und dem Reiseplan. Sie hatte nicht die Absicht, diese Dokumente einem kleinen Jungen anzuvertrauen.

Daniel ging voraus zum Eingang der Polizeistation. »Ich berichte Ihnen hinterher alles, was wir gesagt haben«, sagte er über die Schulter. »Der Polizeibeamte versteht zwar bestimmt Englisch, aber es ist einfacher, alles auf Swahili zu erklären.«

Emma wollte einwenden, dass sie gerne gewusst hätte, was besprochen wurde, aber sie verstand, dass die Lage viel zu dringend war, um Missverständnisse zu riskieren. Sie stand hinter Daniel, als er eine Tür aufstieß, die von kleinen Löchern übersät war. Die Überreste einer Notiz hingen immer noch dort. Die Schrift war von der Sonne völlig ausgebleicht.

Der Polizeibeamte saß hinter einem Holzschreibtisch, den Kopf über ein großes, liniertes Notizbuch gesenkt. Neben ihm quollen Dokumente aus einer dicken Aktenmappe. Als Daniel und Emma näher traten, legte er seinen Stift beiseite und schaute auf. Sein Blick wanderte von einem zum anderen. Nach einem kurzen Augenblick stützte er sich mit einer Hand auf der Schreibtischplatte ab und erhob sich. Er war ein massiger Mann, groß und schwer. Seine dunkle Haut wirkte durch das Dunkelgrün seiner Uniform noch dunkler, und das tiefe Rot seines Baretts verlieh ihm eine Aura düsterer Autorität.

»Was kann ich für Sie tun?« Die Frage war an sie beide gerichtet. Er blickte auf seine Armbanduhr, als wolle er sie darauf hinweisen, dass es schon spät sei.

Daniel legte den Beutel und die Taschenlampe auf den Tisch und begann, in ruhigem, entschlossenem Tonfall zu sprechen. Emma lauschte aufmerksam, als könne sie etwas von der Unterhaltung verstehen, wenn sie sich nur Mühe gab. Plötzlich wurden beide Männer lauter und redeten heftig aufeinander ein. Voller Sorge beobachtete Emma sie. Vielleicht glaubte der Polizist ja, dass sie und Daniel wertvolles Beweismaterial vernichtet hatten. Möglicherweise gab es doch Hinweise auf ein Verbrechen, denn eigentlich hatten sie ja keine Ahnung, was passiert war. Über die Schulter des Beamten sah Emma in einen dunklen Gang mit Gittertüren auf beiden Seiten. Die Szene erinnerte sie an Nachrichtenbilder von Touristen, die wegen Drogenhandels festgenommen worden waren und in einheimischen Gefängnissen saßen. Ihr fiel die Tüte mit den Morphiumtabletten ein, und sie wandte rasch den Blick ab. Rechts von ihr war ein Fenster, das auf den Platz hinausführte. Emma beschäftigte sich damit, die zwei Männer zu beobachten, die die Stoffbahnen von der Bühne herunternahmen und sie ordentlich zusammenfalteten. Anscheinend hatte heute irgendein öffentliches Ereignis stattgefunden, dachte sie, das jetzt vorbei war. Als der Polizeibeamte in einem anderen Zimmer verschwand, lächelte Daniel Emma beruhigend zu. Der Beamte kam mit einer gefalteten Landkarte zurück. Er breitete sie auf dem Schreibtisch aus und drehte sie zu Daniel.

Daniel studierte sie stirnrunzelnd und richtete seinen Finger unschlüssig auf die Karte. Auch der Polizeibeamte kannte sich nicht aus.

»Wir kommen beide aus dieser Gegend«, sagte Daniel zu Emma. »Er kennt die Stelle, von der ich spreche. Aber wir müssen sie auf dieser Karte finden, damit er sie auch anderen Leuten zeigen kann.«

Emma blickte über seine Schulter. Es war eine Übersichtskarte mit vielen verwirrenden Details für jemanden, der an solche Karten nicht gewöhnt war. Sie sah die Umrisse des Vulkans und die beige Fläche der Wüstensavanne. Sie brauchte nicht lange, um die Straße auszumachen, auf der sie gefahren waren, und dann hatte sie auch den Ort des Grabhügels entdeckt. »Es ist genau hier.« Sie drückte ihren Finger auf die Karte.

»Sie sind ja eine Expertin«, sagte Daniel. Wieder klang er beeindruckt, und Emma fragte sich, wie viele andere weiße Frauen er wohl kannte und wie sie sein mochten.

»Ich lebe mit einem Geologen zusammen«, sagte sie. »Wir haben Landkarten statt Gemälden an der Wand.«

Daniel legte seine Hand auf die Position des Grabhügels und sagte etwas zu dem Polizeibeamten. Emma nahm an, dass er das Gebiet benannte, in dem gesucht werden sollte.

»Versteht er, wie dringend es ist?«, fragte sie.

Der Beamte blickte sie streng an. »Es ist sehr dringend. Ich rufe sofort die Polizeistation in Arusha an.« Er sprach perfektes Englisch, wenn auch mit einem starken afrikanischen Akzent. »Die Suche am Boden und in der Luft wird morgen früh beginnen, sobald es hell wird. Machen Sie sich keine Sorgen. Ich kümmere mich darum, dass alles auf die bestmögliche Art geschieht. Sobald wir die Nationalität der verstorbenen Person wissen, werden wir auch ihre Botschaft einschalten. Sie werden die nächsten Verwandten informieren: den Ehemann der Frau; den Vater des Kindes.«

Emma blickte ihn überrascht an. »Haben Sie so eine Suche schon einmal organisiert?«

»Vor zwei Jahren gab es einen Notfall. Ein Amerikaner hat sich verlaufen. Er wollte zu Fuß quer durch Afrika gehen.« Der Polizist schüttelte missbilligend den Kopf. »Wir haben ihn ganz leicht gefunden.« Er faltete die Karte wieder zusammen und brachte sie weg.

Emma flüsterte Daniel zu: »Haben Sie ihm von den Kamelen erzählt?«

»Ja«, erwiderte er. »Er meinte, sie brauchen den Polizei-Truck für die Suche. Aber danach kommen sie und holen die Kamele ab.«

Erleichterung stieg in Emma auf. Alles wurde geregelt. Sie hatte Vertrauen zu diesem Polizeibeamten. Er würde zweifellos eine richtige Suchaktion einleiten. Von einem Sportflugzeug aus sah die Wüstensavanne wie ein aufgeschlagenes Buch aus. Wenn das Kind dort draußen noch am Leben war, dann würde man es auch finden. Emma dachte an das Grab, in der Wüste. Sie hatte alles getan, was man von ihr erwarten konnte.

»Sie können jetzt gehen«, sagte der Polizist und nahm seinen Platz am Schreibtisch wieder ein. »Aber übermorgen, am Freitag, müssen Sie beide noch einmal herkommen.«

Emma runzelte die Stirn. »Wie bitte? Ich verstehe nicht.«

»Morgen kommt der Inspektor aus Arusha. Er wird mit der Suche beschäftigt sein. Aber übermorgen hat er Zeit, Ihre Aussagen aufzunehmen. Kommen Sie nach dem Mittagessen. Um drei Uhr.«

Emma öffnete den Mund, um zu protestieren. Sie konnte unmöglich übermorgen hierherkommen, weil sie dann in Ngorongoro sein musste. Wenn sie zu spät kam, würde die Safari ohne sie stattfinden. Aber bei dem Blick in das Gesicht des Polizeibeamten nickte sie resigniert.

Sie folgte Daniel nach draußen. Als sie weit genug von der Tür entfernt waren, fragte sie ihn: »Müssen wir wirklich noch einmal herkommen?«

»Ja«, erwiderte er bestimmt. »Sie können der Polizei nicht widersprechen. Wenn sie der Meinung sind, Sie würden ihnen nicht genug Respekt erweisen, können sie Ihnen Unannehmlichkeiten bereiten.«

Er zeigte quer über den Platz, als sie zum Landrover gingen. Emma hob den Kopf. Über den Gebäuden erhob sich ein hoher, rot-weißer Mobilfunkturm. Er war ihr gar nicht aufgefallen, als sie angekommen waren. Der Turm wirkte in dieser Umgebung auf bizarre Weise fehl am Platz.

»Hier haben Sie bestimmt guten Empfang. Sie können ja ein paar Anrufe machen«, sagte Daniel.

Emma blickte ihn eine Sekunde lang verständnislos an, dann nickte sie. »Ja, ich muss die Reiseleitung anrufen.«

»Und Ihren Mann«, schlug Daniel vor.

Emma überlegte, ob sie ihm jetzt wohl erklären sollte, dass sie und Simon nicht verheiratet waren – aber es schien ihr nicht wichtig zu sein. »Es ist nicht nötig, ihn zu stören. Er ist auf einer Exkursion, und er weiß ja nicht, dass ich meine Pläne geändert habe.«

Daniel nickte, aber er wirkte verwirrt. Der Junge winkte, als sie sich dem Landrover näherten. Er blieb sitzen und ließ seine dünnen Beine baumeln. Daniel suchte in seinen Taschen nach Kleingeld. In der Zwischenzeit sah Emma sich um. Die Sonne stand schon tief am Himmel. Auf dem staubigen Boden spielten Kinder in blauen Schuluniformen und mit nackten Füßen Fußball mit einem selbstgemachten Ball. Ein Mann auf einem Fahrrad kurvte um sie herum, hinter ihm trottete ein großer Hund. An den Rändern des Platzes schlenderten Frauen in bunten Gewändern, Babys auf den Rücken geschnallt, an den Läden vorbei. Ihr Geplauder drang zu ihnen herüber. Niemand hatte Eile; es war eine Atmosphäre voller Frieden und Ordnung. An diesem Ort, stellte Emma fest, spielte es keine große Rolle, ob man einen oder zwei Tage verlor. Sie dachte an den Aufkleber auf der Stoßstange von Mosis Land Cruiser. *Keine Eile in Afrika* stand darauf. Als sie ihn das erste Mal gesehen hatte, hatte sie sich gefragt, ob er die Safari-Teilnehmer schon von vornherein vor seiner Unpünktlichkeit warnen wollte. Aber jetzt merkte sie, dass es eher ein allgemeiner Kommentar über den Lebensrhythmus hier gewesen war. Seufzend fuhr sie sich mit den Fingern durch die Haare. Daniel hatte ihr deutlich zu verstehen gegeben, dass sie keine andere Möglichkeit hatte, als sich anzupassen. Sie würde das Beste aus der Situation machen. Zumindest würde sie so aus erster Hand erfahren, wie die Suche morgen ausging. Sie stellte sich vor, wie sie zur Polizeistation käme und das Kind dort sicher in der Obhut des Polizeibeamten vorfinden würde, in Erwartung der Ankunft des Vaters oder eines anderen Verwandten, der es trösten konnte.

Daniel fuhr über den Platz und parkte erneut vor einem Gebäude, dessen Mauern nur hüfthoch waren. Darüber waren keine Glasscheiben, sondern nur breite, klaffende Löcher. Die Tür war gelb und grün gestrichen. Auf einem handgeschriebenen Schild stand *Salaam Cafe*.

»Hier essen wir«, sagte Daniel. »Anschließend fahren wir zurück zur Station.«

Emma blickte ihn wortlos an. Die Vorstellung, an dem Ort schlafen zu müssen, wo Susan gestorben war, schockierte sie. Sie blickte sich auf dem Platz um. Es gab nichts, was auch nur im Entferntesten einem Hotel ähnelte. Ihre einzige Hoffnung war, dass es einen moderneren Stadtbereich gab, den sie noch nicht gesehen hatte. Selbst ein einfaches Gästehaus würde sie der Station vorziehen.

»Kann ich nicht hier in Malangu übernachten?«

Daniel schüttelte den Kopf. »Es gibt hier nichts, wo ein Ausländer übernachten könnte. Es tut mir leid, aber es geht nicht anders. Sie müssen mit zurück zur Station kommen.« Er blickte sie mitfühlend an, als verstünde er, warum sie diese Vorstellung erschreckte.

Emma presste die Lippen zusammen. Die Station war schließlich nur ein Gebäude, mahnte sie sich, ein Haus aus Ziegeln und Holz. Sie konnte dort übernachten. Natürlich konnte sie das. Sie musste nur rational an die Sache herangehen und sich an die Tatsachen halten – so wie sie es bei der Arbeit im Institut tat. Der Laborleiter hatte es ihr eingetrichtert: Emotionen mussten unterdrückt werden, sonst litt die Urteilsfähigkeit. Sie zwang sich zu einem Lächeln.

Daniel erwiderte das Lächeln. »Ich freue mich, wenn Sie mir mit den Kamelen helfen. Sie müssen heute Abend gefüttert werden.«

»Ja, natürlich.« Daran hatte Emma gar nicht mehr gedacht. Sie war es nicht gewohnt, an die Bedürfnisse von Tieren zu denken. Nachdem sie ihr Kätzchen hatte abgeben müssen, hatte sie als Kind kein anderes Haustier mehr haben wollen. Und für sie und Simon war es auch nie in Frage gekommen. Sie wollten ungebunden sein.

Daniel stieg aus dem Landrover und bedeutete Emma, ihm zu folgen. Als sie die Beifahrertür zuschlug, kam der Junge, der vor der Polizeistation auf ihr Auto aufgepasst hatte, außer Atem angerannt und nahm seine Position auf der Kühlerhaube wieder ein.

Daniel führte Emma durch die grüngelbe Eingangstür zu einem der hohen Stühle an der Theke aus weißgestrichenem Holz.

»Warten Sie bitte hier«, sagte er. »Ich komme gleich wieder.« Dann verschwand er durch eine Tür links von der Theke.

Emma setzte sich auf einen der Hocker und schlang sich den Riemen der Tasche über den Arm. Es gab einen Kühlschrank, der Bierflaschen, Cola und Fruchtsäfte enthielt, aber das einzig Essbare waren gekochte Hühnerteile und ein paar Samosas in einem Glaskasten ohne Kühlung. Sie sahen so aus, als lägen sie schon den ganzen Tag darin. Genauso gut hätte man sie in einen Bakterien-Inkubator stecken können. Emma überlegte, was sie sagen sollte, wenn Daniel vorschlug, davon zu essen.

Sie schlug nach einem Moskito, der an ihrem linken Ohr surrte. Dann nahm sie ihr Insektenspray aus der Tasche, hielt sich mit einer Hand die Augen zu und sprühte Gesicht und Haare ein. Danach krempelte sie die Ärmel ihrer Bluse herunter und schloss den obersten Kragenknopf. Sie blickte über den Platz auf die Polizeistation und stellte sich vor, wie der Polizist an seinem Schreibtisch saß, Telefonate führte und Listen in seinem Notizbuch anlegte.

Emma schaute auf ihr Handy. Auf der Mailbox waren keine Nachrichten – sie hatte eine Sim-Card von einem lokalen Unternehmen, Vodacom, gekauft, und die Nummer nur ihrer Labor-Assistentin geschickt. Sie fühlte sich weit entfernt von ihrer Welt. Einen Moment lang überlegte sie, ob sie Simon anrufen sollte – Daniel hatte das offensichtlich erwartet –, aber es ging ja nicht. Simon war in seiner eigenen Welt unterwegs – in der Antarktis, die Emma sich nur weiß, kalt und leer vorstellte. Am Ende der Welt. Sie konnten sich E-Mails schicken und via Satellit telefonieren. Aber als Emma die letzten Male angerufen hatte, hatte Simon so geistesabwesend geklungen, als ob sie ihn bei etwas Privatem stören würde. Und da sie verstand, wie es war, in seine Arbeit vertieft zu sein, hatte sie versucht, die Telefonate so kurz wie möglich zu halten. Trotzdem wurde sie das Gefühl nicht los, dass es ihm lieber gewesen wäre, wenn sie ihm lediglich eine E-Mail geschickt hätte. Sie lächelte schief. Wenn sie Simon tatsächlich anrufen und ihm sagen würde, wo sie war und warum, würde er nicht verstehen, wie man sich so hinreißen lassen konnte. Er hielt nichts davon, wenn man die Nase in die Angelegenheiten fremder Menschen steckte. Es wäre viel einfacher, wenn sich jeder um seine eigenen Probleme kümmern würde, hatte er oft zu Emma gesagt. Wenn sich die Grenzen verwischten, dann wurde es chaotisch, im Labor wie im richtigen Leben.

Emma schob die Gedanken an Simon beiseite und blätterte ihre Reiseunterlagen durch, bis sie die Telefonnummer der Seronera Lodge fand. Sie teilte dem Mann an der Rezeption mit, dass sie leider aufgehalten worden sei.

»Machen Sie sich keine Sorgen, Madam«, erwiderte er. »Sie können in Ngorongoro zur Safari stoßen. Ich arrangiere alles.«

Als Emma ihr Handy wieder in die Tasche steckte, kam Daniel zurück. Ein kleiner Junge in einem zerrissenen Unterhemd begleitete ihn. Er trug zwei Teller voll mit Reis. Sie sahen fast zu schwer aus für die dünnen Arme des Jungen, aber er hielt sie mit ruhiger Hand fest.

Emma folgte den beiden zu einem Tisch und setzte sich. Der Junge stellte ihnen die Teller hin und ging dann zur Theke.

Das Reisgericht war auf indische Art gekocht, mit ganzen Peperoni, Fleischstücken und Gemüse. Das Essen sah aus wie frisch gekocht, und es duftete nach den exotischen Gewürzen. Teller und Besteck waren sehr sauber. Erst jetzt merkte Emma, wie groß ihr Hunger war.

»Es stammt nicht aus diesem Café«, sagte Daniel. »Die Frau des Besitzers hatte es für ihre eigene Familie gekocht. Ich habe sie gefragt, ob wir etwas davon haben könnten, und ihr erklärt, dass Sie aufpassen müssen, was Sie essen.«

»Danke. Das war sehr nett von Ihnen«, sagte Emma dankbar. So hatte sich schon lange kein Mann mehr um sie gekümmert. Das lag noch nicht einmal daran, dass Simon schon so lange weg war; ihre Beziehung basierte auf einer gleichberechtigten Partnerschaft, und sie fühlten sich beide verpflichtet, sich um sich selbst zu kümmern. Bei den männlichen Kollegen im Institut war es genauso.

»Was möchten Sie gerne trinken?«, fragte Daniel. »Cola? Bier?«

»Ich hätte gern ein Bier«, antwortete Emma. »Ich bezahle übrigens für uns beide.«

Daniel akzeptierte ihr Gebot mit einem Nicken. »Möchten Sie lieber Tusker, Kilimanjaro oder Safari?«

Emma lächelte. »Sie hören sich an wie ein Experte. Suchen Sie aus.«

Daniel winkte dem Jungen. »*Kilimanjaro mbili!*« Er wandte sich wieder an Emma. »Das ist tansanisches Bier. Manche Leute trinken lieber Tusker, aber es wird in Kenia gebraut.«

Der Junge brachte zwei Flaschen, die er locker zwischen den Fingern einer Hand hielt. Er stellte sie auf den Tisch und öffnete sie geschickt mit einem Flaschenöffner, den er um den Hals trug. Eigentlich sah er noch viel zu klein aus, um so selbstbewusst und effizient zu agieren.

»Wie alt bist du?«, fragte Emma.

»*Una miaka mingapi?*«, übersetzte Daniel für sie.

Der Junge hielt sechs Finger hoch.

»Du machst deine Sache gut«, sagte Emma.

Daniel gab das Kompliment an ihn weiter, schüttelte aber den Kopf. »Jetzt erwartet er ein großes Trinkgeld.« Er wollte den Jungen schon wegscheuchen, fragte aber dann noch etwas. Der Junge antwortete aufgeregt, und Daniel drehte sich um, um über den Platz zu der Bühne zu schauen.

Als der Junge gegangen war, wandte sich Daniel an Emma. »Ich habe ihn gefragt, was für ein Ereignis hier stattgefunden hat. Er sagte, ein äußerst bedeutender Mann sei hier gewesen – Joshua Lelendola, der Innenminister.«

Emma versuchte, angemessen beeindruckt zu wirken. Daniel hatte den Namen so ehrfürchtig ausgesprochen, dass er wohl tiefen Respekt für den Mann hegte. Außerdem war das Podium aufwendig geschmückt. Wahrscheinlich waren Politiker hier wichtiger als in Australien.

»Ich bin mit Joshua zur Schule gegangen«, fuhr Daniel fort. »Er ist auch Massai. Wir waren sehr gute Freunde.« Ein wenig enttäuscht fügte er hinzu: »Leider ist er nicht mehr hier. Er ist schon wieder nach Daressalam zurückgekehrt.« Jetzt erst schien ihm das Essen einzufallen. Er bedeutete Emma, schon anzufangen.

Als sie den ersten Bissen im Mund hatte, beugte er sich vor und wartete gespannt auf ihre Reaktion. Sie sah ihm an, dass er gleich lächeln würde – er hatte so eine Art, sein Lächeln zurückzuhalten und es dann plötzlich freizugeben. In diesem Augenblick wirkte sein Gesicht völlig verwandelt.

»Es schmeckt köstlich!«, verkündete sie. Er strahlte über das ganze Gesicht. Emma aß noch einen Bissen und schloss die Augen, um den Geschmack zu genießen. Der Reis schmeckte nach Kardamom und Nelken; die kleinen aromatischen Fleischstücke darin waren offensichtlich vom Huhn.

Emma aß hungrig und trank ab und zu einen Schluck Bier aus der Flasche. Sie hörte erst auf, als der Teller leer und in der Flasche nur noch ein kleiner Schluck war.

Als sie aufblickte, stellte sie überrascht fest, wie spät es schon war. Die Sonne war hinter den Häusern untergegangen, und der Platz lag im Schatten. Der Tag war fast vorüber.

Ihr zweiunddreißigster Geburtstag.

»Ich habe heute Geburtstag«, sagte sie zu Daniel.

»Genau heute?«

»Ja.«

Er hob seine Bierflasche. »Happy Birthday to you.« Halb sang er die Worte zu der traditionellen Melodie. Er grinste sie an, wirkte entspannt und sorglos. Emma erwiderte sein Lächeln. In diesem Moment konnte sie ihn sich gut als Studenten vorstellen, der das Leben in Daressalam genoss. Er sah zwar ganz anders aus als die Männer, die sie zu Hause kannte, aber er war ihr plötzlich vertraut. Sie fühlte sich wohl mit ihm, und sie spürte, dass es ihm genauso ging. Die Erfahrungen, die sie heute gemacht hatten – so tiefgreifend, wie sie viele enge Freunde in einem ganzen Leben nicht machten –, hatten sie zusammengeschweißt. Sie hob ebenfalls ihre Flasche.

»Prost.«

»An diesen Geburtstag werden Sie noch lange denken«, sagte Daniel. »Abendessen im Salaam Café ... Ich muss mich entschuldigen, dass es keinen Kuchen gibt!«

Emma lachte. »Nein, das ist schon okay. Ich esse sowieso keinen Kuchen.«

Daniel zog die Augenbrauen hoch. »Ich bin noch nie jemandem begegnet, der Kuchen nicht mag.«

Emma überlegte, ob sie ihm erklären sollte, dass sie Kuchen zwar mochte, es aber grundsätzlich vermied, Süßigkeiten zu essen, entschied sich jedoch dagegen. Stattdessen trank sie einen Schluck Bier. Lieber erzählte sie Daniel noch ein bisschen mehr darüber, warum sie hier war.

»Ich habe mir selbst versprochen, in dem Jahr, in dem ich zweiunddreißig werde, nach Tansania zu fahren und die

Forschungsstation zu besuchen. Das war das Alter, in dem Susan gestorben ist.« Die Worte strömten wie selbstverständlich aus ihr heraus, nachdem sie einmal zu erzählen angefangen hatte. »Ich dachte, wenn ich die Station mit eigenen Augen sehe, hilft es mir vielleicht irgendwie, sie zu vergessen. Damit alles ein Ende findet und ich aufhören kann, Susan zu vermissen und ständig an sie zu denken. Das müsste doch möglich sein.«

Sie verstumte und blickte Daniel forschend an. Sie wartete auf den Ausdruck von Mitleid oder Verwirrung. Schließlich war Susan schon seit langer Zeit tot. Wie konnte sie da davon reden, dass sie sie vermisste?

Aber Daniel schüttelte nur den Kopf. »Sie war Ihre Mutter. Sie hat Ihnen das Leben geschenkt. Sie sollten nie aufhören, an sie zu denken.«

Emma blickte auf den Tisch und fuhr mit dem Finger um die runden Flecken herum, die Gläser und Flaschen auf der einst lackierten Oberfläche hinterlassen hatten. Bei ihm klang es so einfach. Sie sollte nicht einmal versuchen, Susan zu vergessen. Seine Worte erleichterten sie, so als hätte er ihr erlaubt, eine fast unmögliche Erwartung aufzugeben. Dann jedoch kam ihr Simon in den Sinn. Sie wusste, dass er anderer Meinung war als Daniel. Er hatte Emma abgeraten, mit einer Psychotherapeutin über ihre Mutter zu sprechen – er fand, es würde ihr nichts bringen, wenn sie immer wieder über die Vergangenheit sprach. Er hatte sogar versucht, Emma zu überreden, die Tasche mit Susans Habseligkeiten, die sie hütete wie einen Schatz, wegzuwerfen. Und als er herausgefunden hatte, dass Emma Susans altes Hochzeitskleid anprobiert hatte, war er beinahe ärgerlich geworden. Er reagierte auf seine eigene unglückliche Vergangenheit – eine Kindheit, in der er zwischen seinen streitenden, verbitterten Eltern hin- und hergerissen gewesen war –, indem er ihr den Rücken zuwandte. Mit seiner Familie hatte er so gut wie keinen Kontakt mehr; er behauptete, jetzt endlich frei zu sein. Auch Emma sollte so frei sein – und er glaubte, dass sie nur aus diesem Grund diese Reise unternahm. Bei dem Gedanken stieg Schuldbewusstsein in Emma auf. Sie kam sich vor, als hielte sie eine Vereinbarung nicht ein. Aber sie wusste auch nicht genau, ob Simons Ansatz falsch war. Solange sie Susan nicht vergessen konnte, würde sie dieses nagende Gefühl des Verlusts mit sich herumtragen, ein schweres Gewicht in sich spüren. Sie war hin- und hergerissen zwischen dem Bedürfnis, sich zu erinnern, und dem Wunsch, zu vergessen.

»Sie bewundern Ihre Mutter.« Emma hob den Kopf, als Daniel weiterredete. Es klang wie eine sachliche Feststellung. »Sie sind in ihre Fußstapfen getreten. Sie sagten doch, Sie würden in der Medizinforschung arbeiten, genau wie sie.«

»Ja, schon, aber ich bin überhaupt nicht wie sie. Ich könnte nie so kurzfristig auf Exkursionen gehen und an so entlegenen Orten arbeiten. Sie war sehr mutig.« Emma blickte Daniel eindringlich an. »Sie sind auch mutig, weil Sie in diesem Labor in der Station arbeiten. An unserem Institut haben wir lediglich mit Virenproben Level vier in einem PC4-Labor zu tun. Wir haben eine Luftdruckkammer mit negativem Druck, und ich trage einen Schutzanzug mit Lufttank. Bevor ich die Kammer verlasse, schrubbe ich mich unter der heißen Dusche ab.«

Daniel lächelte wehmütig. »Die Angst vor dem Olambo-Fieber ist nicht unser großes Problem. Wir würden uns freuen, wenn wir es endlich einmal kennenlernen würden.«

»Wie meinen Sie das?«

»Unser Ziel ist es, herauszufinden, wo sich der Virus zwischen den Ausbrüchen versteckt. Es muss ein Wirtstier oder ein Insekt geben, das den Virus mit sich herumträgt, von ihm aber nicht angegriffen wird. Wir fangen wilde Tiere und sammeln Blutproben. Wir testen auch Haustiere. Ratten. Flöhe. Alles.« Er spreizte die Hände. »Wir können den Virus einfach nicht finden. Noch nicht.«

»Und so lange kann eine Epidemie nicht verhindert werden.«

»Das ist richtig. Die letzte Epidemie war 2007 – im gleichen Jahr, in dem der Ol Doinyo Lengai ausbrach. Damals starben viele Leute am Fieber.« Daniel versagte kurz die Stimme, und sein Gesicht nahm wieder den verlorenen Ausdruck an, den Emma am Grabhügel schon gesehen hatte. »Kinder und alte Leute starben daran, aber auch starke, gesunde Erwachsene. Alle.« Er blickte Emma in die Augen. »Ich weiß nicht, wie viel Sie über Olambo-Fieber wissen. Es ist ein schwerer Tod.«

»Nun, ich habe alle vom CDC dokumentierten Fälle studiert und weiß, dass als erste Symptome Halsschmerzen und brennende Augen auftreten, dann Fieber, Muskelschmerzen und Kopfschmerzen und kurz darauf Ausschlag. Der Hals wird so rauh, dass er aussieht wie eine offene Wunde. Und dann beginnt man zu bluten.« Emma hatte die Beschreibung des Krankheitsverlaufs so oft gelesen, dass sie sie fast Wort für Wort wiederholen konnte. »Das Blut tritt aus Injektionseinstichen aus oder aus dem Zahnfleisch des Patienten; Frauen können heftig aus dem Uterus bluten. Wenn die Organe zu versagen beginnen, fallen die Patienten schließlich ins Koma. Die Sterblichkeitsrate liegt bei etwa achtzig Prozent. Im Grunde verblutet der Patient von innen heraus. Wie Sie bereits sagten, ist die ursprüngliche Quelle des Virus unbekannt, aber er überträgt sich durch Blut, Speichel, Erbrochenes.«

Daniel schwieg ein paar Sekunden lang, dann nickte er. »Es ist genau, wie Sie gesagt haben. Wenn das Fieber ausbricht, hat jeder Angst, sich anzustecken. Olambo ist ein cleverer Virus, weil die Opfer so viel bluten. Wenn in einer Familie jemand erkrankt, wird derjenige manchmal sogar von den eigenen Verwandten im Stich gelassen. Das ist wirklich schrecklich.«

Emma senkte den Kopf. »Das ist meiner Mutter passiert. Ich habe die Berichte aus dem Archiv des CDC bekommen. Ihr Kollege verließ die Station, weil er sie evakuieren lassen wollte, und ihr einheimischer Assistent rannte weg. Sie hatte niemanden, der ihr Schmerzmittel oder einen Schluck Wasser geben konnte. Sie war ganz allein, als sie starb.« Emma blickte Daniel an. »Man hat ihre Leiche im Schlafzimmer der Station gefunden.«

»Das habe ich gehört«, erwiderte Daniel traurig. In seinen Augen stand tiefes Mitgefühl. »Aber ich kann Ihnen etwas sagen – sie war nicht völlig allein.«

Emma starrte ihn an. »Wie meinen Sie das?«

»Als ich zu der Station kam, um mit meinem Forschungsprojekt zu beginnen, hing eine Fotografie an der Wand im Schlafzimmer. Sie hing so neben dem Kopfende des Bettes, dass man nur den Kopf zu drehen brauchte, um sie zu sehen. Es ist das Foto eines kleinen Mädchens.« Seine Stimme wurde weich. »Ich glaube, das sind Sie.«

Emma schluckte. Ihre Mutter hatte auf ihren Exkursionen immer eine gerahmte Fotografie ihrer Tochter dabeigehabt.

Normalerweise hatte sie sie unter dem Kopfkissen aufbewahrt.

»Was haben Sie mit dem Bild gemacht?«, flüsterte sie.

»Die Leute, die vor mir in der Station waren, haben es nicht angerührt – und ich auch nicht. Es sieht so aus, als ob es dorthin gehört. Wenn wir zurückkommen, zeige ich es Ihnen.«

Emma nickte. Ihr versagte die Stimme. Sie hatte das Gefühl, ein unerwartetes Geschenk bekommen zu haben. Sie würde das Foto sehen und berühren können – in gewisser Weise war es ein Beweis dafür, dass sie bei Susan gewesen war, als sie starb. Und wenn sonst nichts bei dieser Reise nach Tansania herauskam, dafür allein hatte es sich schon gelohnt.

»Das Bild hängt in dem Zimmer, wo Ndugu schläft«, sagte Daniel. »Mein Zimmer ist außen am Haus. Eigentlich ist es nur ein Schuppen.«

Emma warf ihm einen überraschten Blick zu. Sie erinnerte sich nur an zwei Räume in der Station – das Labor und den Raum gegenüber; der Rest der Anlage bestand aus Nebengebäuden. Natürlich hatte sie angenommen, dass der einzige richtige Schlafraum dem leitenden Wissenschaftler zustand, nicht seinem Assistenten. Wissenschaftler waren doch normalerweise sehr auf ihren Status bedacht.

»Ich schlafe gerne in kleinen Räumen«, fügte Daniel hinzu, als ob er ihre Gedanken lesen könnte. »Dort fühle ich mich mehr zu Hause.« Er blickte Emma an. »Ndugus Zimmer ist geputzt, und das Bett ist frisch bezogen worden für seine Rückkehr aus Arusha. Sie können gut dort übernachten. Aber wenn Sie wollen, können wir natürlich auch tauschen.«

Emmas Lippen öffneten sich, als sie begriff, warum er ihr dieses Angebot machte. Sie versuchte, sich vorzustellen, wie es wohl sein mochte, in dem Zimmer zu liegen, in dem Susan gestorben war. Dort zu schlafen. Die Vorstellung war beinahe makaber. Sie wollte schon darum bitten, in Daniels Zimmer schlafen zu dürfen – ihr war es egal, wie es dort aussah. Aber auf einmal regte sich Widerstand in ihr. Wie würde es wirklich sein, fragte sie sich, sich in dem Zimmer aufzuhalten, in dem einst Susan gewohnt hatte? An die Decke zu blicken und zu sehen, was sie gesehen hatte. Die gleichen Geräusche in der Nacht zu hören, die gleichen Gerüche einzuatmen …

Emma zögerte. Sie musterte Daniels Gesicht – seine ruhige Miene, seine Geduld. Sie dachte daran, wie respektvoll er sie angesehen hatte, als sie gesagt hatte, sie sollten direkt nach Malangu fahren. Diesen Ausdruck auf seinem Gesicht wollte sie noch einmal sehen. Er würde ihr Kraft geben.

Daniel nickte langsam, als ob er ihren innerlichen Kampf verstünde. Dann erhob er sich und rief dem Jungen zu, er könne das Geschirr abräumen.

Die Hauptstraße aus Malangu heraus war breit und glatt im Vergleich zu den Holperpisten, auf denen sie tagsüber gefahren waren. Die Dunkelheit schien den Landrover förmlich einzuhüllen, und das Licht der Scheinwerfer drang nur zögernd durch die Schwärze der Nacht. Emma und Daniel saßen schweigend im Auto, und ihre Körper bewegten sich nur, wenn der Wagen durch ein Schlagloch fuhr. Das Licht der Scheinwerfer wirkte hypnotisch, und Emma begann, sich schläfrig zu fühlen. Plötzlich hörte sie Daniels Stimme.

»Macht es Ihnen etwas aus, wenn ich Musik höre? Sie hilft mir, wach zu bleiben.«

Emma fiel der iPod ein, dessen Kabel aus seiner Tasche hing. »Nein, selbstverständlich können Sie Musik hören. Aber ich kann auch fahren, wenn Sie wollen.« Er war bestimmt müde. Aber noch während sie das Angebot machte, blickte sie zweifelnd auf das unbeleuchtete Armaturenbrett und den abgenutzten Schaltknüppel.

»Es ist zu gefährlich, im Dunkeln mit diesem Landrover fahren zu üben. Ich höre Musik, und Sie können ein bisschen schlafen.« Daniel zog seine Ohrstöpsel und den silbernen iPod aus der Tasche. Er schüttelte die Kabel aus, bis sie entwirrt waren, und steckte sich die Stöpsel in die Ohren. Sofort schien er von frischer Energie erfüllt zu sein und bewegte den Kopf leicht in einem Rhythmus, den Emma nicht hören konnte.

Nach ein paar Minuten beugte Emma sich zu ihm. »Was ist das für eine Musik?«

Sie war sich nicht sicher, was sie erwartete – Swahili-Pop vielleicht, wie sie ihn im Taxi bei der Fahrt vom Flughafen in Arusha in die Stadt hinein gehört hatte.

Daniel zog einen seiner Ohrstöpsel heraus und reichte ihn Emma. Sie rutschte näher an ihn heran, damit das Kabel bis zu ihrem Ohr reichte. Ihre Schultern waren ganz dicht nebeneinander, berührten sich jedoch nicht. Sie hielt sich den Ohrstöpsel ans Ohr und lauschte aufmerksam. So eine Musik hatte sie noch nie zuvor gehört – eine Mischung aus amerikanischem Rap und Reggae, kombiniert mit einer Art Sprechgesang in Swahili, der sich anhörte wie Stammesgesänge.

»Das ist tansanischer Hip-Hop«, erklärte Daniel. Er grinste, und seine Zähne leuchteten weiß in der Dunkelheit.

Emma zog die Augenbrauen hoch. »Wirklich?«

»Tansania ist die Heimat des afrikanischen Hip-Hop«, fügte Daniel hinzu. »Ich habe mir die Musik früher häufig in
Clubs in Daressalam angehört. Dieser Mann – er heißt Nasango – kommt aus dieser Gegend. Mit ihm zusammen singen Massai-Männer.«

»Wovon singt er?«, fragte Emma.

»Er singt von den Problemen der Armen und Verlorenen,
und dass sie sich Kraft holen beim Ol Doinyo Lengai, dem
Berg Gottes.«

Der Berg Gottes.

Emma konnte den Vulkan zwar in der Dunkelheit nicht
mehr sehen, aber sie erinnerte sich daran, wie er ausgesehen
hatte. Er wirkte prachtvoll und wie aus einer anderen Welt.
Simon würde so etwas mit seinen geologischen Vorträgen
nie erklären können. Aber wahrscheinlich würde er es sowieso nicht bemerken.

Emma schloss die Augen. Sie ließ sich von der Musik einhüllen. Der Rhythmus war stärker als das Rumpeln des
Landrover, und sie spürte, dass es Daniel genauso ging.

Nach einer Weile schwieg die einzelne Stimme, und die
Stammesgesänge wurden lauter. Sie stellte sich vor, wie die
Stimmen – kühn und stark – sich in der Dunkelheit über das
ganze Land ausbreiteten. Daniel bog auf die Piste zur Station ein. Als er die Scheinwerfer ausschaltete, gewöhnten sich
Emmas Augen nach und nach an die Dunkelheit. Im schwachen Licht des Halbmonds konnte sie die dunklen Umrisse des Land Cruiser erkennen.

»Mosi ist wahrscheinlich zum Schlafen ins Dorf gegangen«,
sagte Daniel. »Wir sehen ihn morgen früh.«

Er nahm eine Taschenlampe aus dem Fach in der Fahrertür
und schaltete sie ein. Ein schmaler Strahl beleuchtete den

Weg, als Emma Daniel folgte. Auf der Ladefläche des Landrover lagen geschnittenes Gras und Wildpflanzen, und sie
nahmen jeder einen Armvoll. Sie hatten das Futter von einem Bauern gekauft, der es auf einem Handkarren nach
Hause gefahren hatte. Emma hatte das ganze Bündel bezahlt, damit sie die Kamele wenigstens ein paar Tage lang
füttern konnten.

Sie stolperte den dunklen Pfad entlang, der Riemen ihrer
Tasche drohte von ihrer Schulter zu rutschen, und da sie
beide Hände in dem trockenen Gras vergraben hatte, zer-
kratzte es ihr die Handgelenke. Als sie sich dem Drahttor
näherten, brüllten die Kamele. Emma hatte keine Ahnung,
ob vor Aufregung, Angst oder Hunger.

Daniel öffnete das Tor und begann sofort, beruhigend auf
die Tiere einzureden. Emma hörte ein raschelndes Geräusch, als er das Futter fallen ließ. Dann öffnete sich knar-
rend eine Tür und wurde wieder zugeschlagen. Kurz darauf
begann ein Dieselmotor zu knattern, und außen vor der
Hintertür ging das Licht an. Die Glühbirne war hoch oben
an den Balken montiert, so dass sie einen weiten Lichtschein warf.

Emma trat zu den Kamelen. Daniel hatte seine Ladung in
eine Schubkarre geworfen.

»Geben Sie ihnen das Heu«, sagte Daniel. »Den Rest heben
wir für später auf.«

Emma verteilte das Gras auf dem Boden, dann trat sie einen
Schritt zurück, als die Mutter gierig zu fressen begann. Ih-
ren verletzten Huf hielt sie dabei die ganze Zeit über hoch.
Das Kalb schnupperte an dem Gras.

Daniel trat neben Emma. Nach ein paar Minuten hörte die
Kamelstute auf zu fressen und kam zu ihnen gehumpelt. Sie

ignorierte Daniel und drehte ihren Kopf Emma zu. Sie schnüffelte an ihren Haaren und rieb dann ihre weichen, samtigen Lippen an Emmas Wange.

»Sie mag Sie«, sagte Daniel. »Weil Sie eine Frau und weiß sind, glaubt sie, dass sie zu Ihnen gehört.«

Emma lächelte. Es war irgendwie schmeichelhaft, von diesem riesigen Tier bewundert zu werden. »Was macht die Polizei mit ihnen?«

»Sie müsste die Tiere eigentlich behalten, bis sich die Besitzer melden. Aber das könnte dauern, und sie müssen ja versorgt werden. Ich glaube, man wird sie sofort verkaufen. Das Kalb ist alt genug, um von der Mutter weggenommen zu werden. Sie werden es zu einem Kamelhändler schicken. Und das verletzte Tier geht zum Löwenmann.«

»Der Löwenmann?«

Daniel zögerte, und als er weitersprach, wählte er seine Worte vorsichtig. »Das ist ein alter Mann – ein Engländer –, der in dieser Gegend ein Camp hat. Er kümmerte sich um Löwenjunge, die keine Mütter haben. Wenn sie erwachsen sind, lässt er sie wieder in den Busch.«

»Und … was will er mit dem Kamel?«

»Er muss die Jungen ja füttern. Außerdem wird er ständig von erwachsenen Löwen besucht, und er gibt ihnen Fleisch. Er kauft alle alten und verletzten Kamele.«

Emma riss entsetzt den Kopf hoch. »Sie meinen – sie wird getötet?«

»Ja, leider«, erwiderte Daniel. »Wir sind hier in Afrika. Nur die Starken überleben.«

Emma wandte sich der Kamelstute zu. Das Tier hielt den Kopf hoch und hatte zufrieden die Augen geschlossen, während es an einem Büschel Gras kaute. Grüner Speichel tropfte von seinem Kinn herunter. »Können wir nicht etwas für seinen Fuß tun?«

Daniel nickte. »Ich werde ein Antiseptikum auftragen. Morgen untersuche ich den Huf richtig.«

Er fuhr die Schubkarre in eine kleine Einfriedung, wo die Kamele nicht herankamen, und trat dann in einen Schuppen. Emma hörte, wie er dort herumkramte. Sie füllte die Eimer am Wassertank, wobei sie sorgfältig darauf achtete, nichts zu verschütten, und trug sie zu den Kamelen. Als die Stute trank, hob Daniel ihren Fuß, drückte Salbe auf den Schnitt und verrieb sie mit dem Daumen.

»Das wird ihr erst mal helfen«, sagte er. Er gähnte und hielt den Unterarm vor den Mund. »Ich bin sehr müde. Sie bestimmt auch.«

Emma dachte zurück an den langen Tag, die vielen Stunden, die sie gefahren waren, an all die Dinge, die passiert sind. »Ja.«

Er führte sie zur Hintertür. Aus seiner Hemdtasche zog er einen Schlüssel an einer Lederkordel und schloss die Tür auf. Emma folgte ihm in den Flur. Es roch nach Kerosin und Holzrauch, vermischt mit dem Insektenspray, das immer noch in ihren Haaren hing. Daniel schaltete das Licht ein – eine nackte Glühbirne, die im Flur von der Decke hing. Dann trat er zu den beiden gegenüberliegenden Türen. Er öffnete die Tür, die ins Schlafzimmer führte, schaltete auch dort das Licht ein und ging hinein.

Emma zögerte kurz, dann folgte sie ihm. Sie betrat ein Zimmer, das in etwa genauso groß war wie das Labor. An der Wand stand ein schmales Bett, das halb verdeckt war von einem Moskitonetz, das von einem Holzgestell herunterhing. Aber neben dem Kopfkissen war deutlich ein dunkler

Fleck zu erkennen, und als Emma näher trat, sah sie die Ecken eines Bilderrahmens. Sie kniete sich auf das Bett und zog das Moskitonetz beiseite.

Sie hielt den Atem an. Das Bild war vergilbt, aber sie erkannte es sofort. Im Fotoalbum ihres Vaters war das gleiche Foto. Die Aufnahme war nur wenige Tage vor ihrem siebten Geburtstag gemacht worden – kurz bevor Susan nach Tansania gereist war. Emma blickte in ihre Kinderaugen. Sie war damals so fröhlich, so offen und vertrauensvoll gewesen.

»Sind Sie das?«, fragte Daniel leise.

Sie nickte. Ihre Kehle war wie zugeschnürt. Sie dachte an Susan, wie sie hier gelegen und in das kleine Gesicht geblickt hatte. Es mochte ein Trost für sie gewesen sein – aber der schreckliche Schmerz des Verlusts war bestimmt stärker gewesen. Emma spürte, wie eine dunkle Welle sie überspülte.

»Hier ist Wasser.« Daniels sanfte Stimme holte sie in die Gegenwart zurück. Er zeigte auf einen Nachttisch, auf dem eine Flasche Wasser und ein Glas, das mit einem mit Perlen beschwerten Gazetuch abgedeckt war, standen. »Das können Sie ohne weiteres trinken; es ist abgekocht und gefiltert.« Seine Stimme klang leise und beruhigend. »Ihren Koffer können Sie leider erst morgen früh bekommen, wenn Mosi den Land Cruiser aufschließt.« Er zeigte auf einen alten Labortisch, der neben der Tür stand. »Stellen Sie ihn darauf. Die weißen Ameisen fressen alles, was sich auf dem Boden befindet.« An einer Wand befand sich eine Reihe von Holzhaken. Er nahm ein paar Kleidungsstücke ab und hängte sie übereinander an einen anderen Haken, so dass zwei Haken für sie frei waren. »Hier können Sie Ihre

Kleider aufhängen.« Dann zeigte er auf ein emailliertes Becken, das auf einem Holzfass stand. Auf dem Boden daneben stand eine alte Benzintonne, deren Deckel abgeschnitten worden war. Sie war mit Wasser gefüllt. »Hier können Sie sich waschen. Benutzen Sie im Dunkeln die Toilette draußen bitte nicht – unter dem Bett steht ein Nachttopf.« Emma nickte. Sie spürte, dass er ihr all diese Informationen gab, um sie zu beruhigen. »Gleich werde ich den Generator abschalten, und das Licht geht aus.« Er reichte Emma die Taschenlampe und blickte sie fragend an. »Sind Sie sicher, dass Sie heute Nacht zurechtkommen?«

Emma rang sich ein Lächeln ab. »Ja, es wird schon gehen.«

»Dann wünsche ich Ihnen eine gute Nacht.«

Als Daniel den Raum verließ und die Tür hinter sich zuzog, blieb Emma einen Moment lang still stehen, die Hand um die Taschenlampe geklammert. Dann setzte sie sich jedoch entschlossen in Bewegung. Sie hängte ihren Rucksack auf und wusch sich Hände und Gesicht in dem Wasser. Sie zog Bluse und Hose aus, zögerte aber, als sie in ihrer Unterwäsche dastand. Sie musterte ein blaues T-Shirt, das an einem der Haken hing. Normalerweise wäre es ihr nicht im Traum eingefallen, etwas anzuziehen, das einem Fremden gehörte; sie wusste ja noch nicht einmal, ob es sauber war. Aber sie wollte auf keinen Fall nackt schlafen – nicht hier. Sie fühlte sich auch so schon verletzlich genug. Sie zog das T-Shirt über den Kopf. Es roch nach Waschpulver und leicht nach Holzrauch. In dem weichen Stoff, der lose an ihrem Körper herunterhing, kam sie sich vor wie ein kleines Kind.

Sie blickte zum Bett. Sie sollte jetzt einfach unter die Bettdecke schlüpfen, bevor der Generator ausgeschaltet wurde. Aber ihre Füße weigerten sich, einen Schritt zu tun. Ihre

Arme hingen steif herunter, die Hände hatte sie zu Fäusten geballt. Ihr stockte der Atem. Hastig griff sie nach der Taschenlampe, die sie neben die Waschschüssel gelegt hatte, und schaltete sie ein, damit sie nicht plötzlich im Dunkeln stand. Sie trat zwei Schritte auf das Bett zu, blieb dann aber wieder wie erstarrt stehen. Sie konzentrierte sich auf den gelben Strahl der Taschenlampe und zwang sich, langsam zu atmen.

In diesem Moment flackerte die Glühbirne an der Decke und ging dann aus. Das ferne Summen des Generators verstummte. In der Stille, die entstand, hörte man Geräusche von draußen – zwei Vögel, die einander riefen; das Flattern der Motten am Fenster; ein Tier, das mit tapsenden Schritten übers Dach lief.

Emma richtete den Strahl der Taschenlampe auf die Wand und strich suchend darüber, bis sie das Bild fand. Das Licht wurde vom Glas reflektiert, aber sie konnte das blasse, ovale Gesicht trotzdem erkennen. Emma ließ es nicht aus den Augen, als sie – Schritt für Schritt – aufs Bett zuging. Ohne stehen zu bleiben, stieg sie auf die Matratze. Dann band sie das Moskitonetz los und zog es um sich herum, wobei sie die Enden sorgfältig unter der Matratze feststeckte.

Die Taschenlampe neben sich, legte sie sich hin. Der Strahl leuchtete durch das Moskitonetz auf die Fotografie wie eine kleine gelbe Sonne. Sie ließ den Blick über das Bild gleiten, nahm jedes Detail des Gesichts wahr, die Haare, die vollen Wangen. Erneut konzentrierte sie sich auf ihre Atmung – sie spürte, wie die Luft in ihre Lungen drang und der Rhythmus nach und nach langsamer wurde. Ihre Hand lag auf der Taschenlampe. Sie würde sie nicht ausschalten, dachte sie, bis die Batterien leer waren – sie hatte noch Batterien in ihrer Tasche. Sie würde still daliegen und darauf warten, dass der Lichtkreis schwächer würde und schließlich ganz erlöschen würde.

Sie starrte in die Augen des kleinen Mädchens – ihre eigenen Augen in einem jungen Gesicht. Sie strahlten vor Unschuld und Glück. Emma suchte nach einem dunklen Schatten, einer Vorahnung dessen, was kommen würde. Aber sie fand nichts. Während sie dalag und in die klaren Augen des Kindes blickte, ließ ihre Panik langsam nach. Als die Angst aus ihrem Körper gewichen war, kam die Erschöpfung, und innerhalb weniger Augenblicke war sie eingeschlafen.

5

Durch die Spalten zwischen den Felsen sickerte das Morgenlicht und färbte den Boden der Höhle tiefgolden und rosa. Als ein Sonnenstrahl über ihr Gesicht glitt, rührte sich Angel, gähnte und schlug die Augen auf. Eine Spinne hing an einem silbernen Faden von der Steindecke über ihr herunter. Sie beobachtete, wie sie sich langsam drehte. Ihre Augen glitzerten wie winzige Juwelen. Vorsichtig löste sich Angel von den schlafenden Löwenjungen. Sie strahlten Wärme aus, und ihre schweißbedeckte Haut klebte an ihrem Fell. Die Löwin war noch nicht von der nächtlichen Jagd zurückgekehrt; der Platz, wo sie gelegen hatte, war leer. Angel streckte ihre verkrampften Beine aus. Sie schloss die Augen und wappnete sich gegen die Welle von Trauer, die schon wieder in ihr aufstieg. Sie wusste, was als Nächstes kam – die Alptraum-Bilder von Lauras leblosem Gesicht: der Körper, der schon halb mit Steinen bedeckt war; die gierigen, starren Blicke der Geier ... So war es immer, wenn sie erwachte. Es gab nur ein kurzes friedliches Intermezzo, und dann wurde ihr erneut und mit schockierender Härte klar, dass Laura tot war. Bis jetzt war sie schon dreimal mit diesem Gefühl aufgewacht – vielleicht auch viermal, sie hatte kein Gefühl mehr für die Zeit –, aber die Wiederholung milderte das Entsetzen nicht. Im Gegenteil, die Bilder, die sie quälten, wurden eher noch stärker. Angel bemühte sich, sie abzuschütteln. Sie konnte es nicht riskieren, daran zu denken, denn dann würde sie anfangen zu weinen. Und wenn sie erst einmal angefangen hatte, würde sie nicht mehr aufhören können. Das Schluchzen würde sie zerreißen – in winzige, spitze Stücke wie die Scherben eines Tongefäßes.

Sie richtete ihre ganze Aufmerksamkeit auf die Geräusche des Morgens. Draußen erwachten die Vögel. Sie erkannte das Trillern der Kolibris. Sie stellte sich vor, wie sie auf der Suche nach ihrem Frühstück ihre winzigen, gebogenen Schnäbel tief in das Innere der Wüstenrosen steckten. Auch das fröhliche Zwitschern der Webervögel erkannte sie. Dann hörte sie den Ruf der Massai-Spatzen und den schwachen Schrei eines Fuchshabichts. Immer lauter wurde der Chor, je mehr Vögel einfielen und ihren Gesang hinzufügten.

Aber sie vernahm auch noch ein anderes Geräusch draußen – ein leises Brummen wie ein Schwarm Bienen in der Ferne. Angel setzte sich auf. Ihr Kopf streifte den Stein über ihr, und die Spinne huschte davon. Das Geräusch wurde lauter, und sie erstarrte vor Überraschung, als ihr klarwurde, was es war. Ein Flugzeug näherte sich. Es klang wie eine kleine Maschine, wie die, die der Flying Doctor Service benutzte. Die Ärzte kamen nie in die Dörfer, um Leuten wie Walaita zu helfen, aber Angel hatte sie auf der Landebahn am Hospital der Sisters of Mercy landen sehen. Die Piloten waren herausgesprungen, und ihre schicken weißen Uniformen zeigten, dass sie ihren Tag weit weg vom Busch begonnen hatten. Touristen und Leute, die die Wildtiere studierten, benutzten die kleinen Flugzeuge ebenfalls; manchmal waren sie mit Streifen bemalt wie ein Zebra.

Angel kroch durch das Eingangsloch und starrte in Richtung des Flugzeugs. Da war es – hinten am Horizont wie ein Raubvogel, der immer näher kam.

Alarmiert blickte Angel ihm entgegen. Ihr wurde plötzlich klar, dass sie nach ihr suchten. Sie sah schon, wie es landete und die großen Krallenfüße ausstreckte, die sie packen und davontragen würden. Wie eine junge Gazelle wäre sie dem Wüstenadler ausgeliefert.

Sie wich in die Höhle zurück und suchte Schutz in den Schatten. Die Löwenjungen waren mittlerweile wach geworden. Sie schienen ihre Angst zu spüren, bewegten sich unruhig und spitzten die Ohren. Angel holte sie dicht zu sich. Sie legte den Arm um Girl und hielt sie fest – sie war die Neugierige, die immer als Erste an der Beute probierte oder die Nase ins Wasser steckte.

»Nein«, sagte Angel fest, als sie sich fauchend aus ihrem Arm zu winden versuchte. »Du kannst jetzt nicht hinaus.« Dann wandte sie sich an Mdogo, den Kleinsten aus dem Wurf, der am ängstlichsten war. Sie drückte die Wange an seinen Kopf. »Es ist alles in Ordnung. Hier sind wir sicher.« Ihre Stimme klang ruhig, aber ihr zog sich doch der Magen vor Angst zusammen. Es würde leicht für den Piloten sein, in der Wüste zu landen – sie war wie eine große Landebahn. Und wenn jemand sich vor der Höhle umschaute, würde er sofort die Spuren eines Mädchens sehen.

Angel schloss die Augen. War es möglich, dass Laura gefunden worden war? Dass sie gemerkt hatten, dass ihre kleine Tochter fehlte? Sie dachte daran, wie der dunkelrote Pass durch die Luft geflogen und hinter einem Busch gelandet war. Hatte ihn jemand entdeckt? Wenn man sie fand, würde sie zu ihrem Onkel nach England geschickt, das wusste Angel. Und dann würde sie Mama Kitu und Matata nie wiedersehen.

»Ihr bekommt mich nicht«, sagte sie laut.

Sie blickte auf das flachgedrückte Gras, wo die Löwin sich ausgestreckt hatte. Sie hatte stark und beruhigend neben ihr gelegen. Selbst wenn Angel gewollt hätte, dass man sie fände, so hätte sie nie zugelassen, dass die Löwenjungen mit nach draußen kämen. Sie hatte gesehen, wie sorgfältig die Löwin nach einem sicheren Schutz für ihre Jungen und Angel gesucht hatte, damit ihnen nichts passieren konnte, während sie weg war.

Als das Flugzeug dicht über ihre Köpfe flog, drängten sich die Jungen eng an Angel und versuchten, ihre Köpfe unter ihre Arme zu stecken. Selbst Girl war wie gelähmt vor Angst.

Angel saß ganz still und lauschte auf das Motorengeräusch. Vielleicht konnte sie ja hören, ob sich das Flugzeug zur Landung vorbereitete. Aber dann stellte sie erleichtert fest, dass das Geräusch leiser wurde und sich entfernte – das Flugzeug flog davon.

Sie lächelte über ihre Angst. Das Flugzeug konnte ihr nichts tun. Es wusste ja niemand, dass sie hier war. Um sich zu beruhigen, spielte sie sämtliche Möglichkeiten im Kopf durch. Die Chancen, dass ein Rinderhirte sich in dem Teil der Wüste aufhalten würde, wo sie Laura zurückgelassen hatte, war gering. Die Chance, dass andere Leute hier durchkamen, war sogar noch geringer. Die Einzigen, die sich wegen der Kameldame und ihrer Tochter Sorgen machen würden, waren die Nonnen bei den Barmherzigen Schwestern oder die Leute aus dem Dorf – wie Zuri –, die in der Feigenbaum-*manyata* lebten. Aber Angel und Laura waren erst vor wenigen Tagen aufgebrochen, und alle wussten, dass sie in die Stadt wollten. Angel atmete tief durch. Aber dann fielen ihr die Kamele ein. Wenn jemand sie gefunden hatte, fragte er sich bestimmt, woher sie kamen. Sie war hin- und hergerissen zwischen der Hoffnung, dass jemand sich um sie kümmerte, oder dass sie in der Lage waren, für sich selbst zu sorgen.

Sie wollte gerade die Löwenjungen loslassen, als der Lärm wieder lauter wurde. Sie kamen zurück.

Angel erstarrte. Dann blickte sie sich hektisch um. Vielleicht konnte sie ja einen der Steine vor den Eingang schieben. Aber auch die kleineren Brocken sahen viel zu schwer aus, und es würde zu lange dauern. Sie hörte das Flugzeug kreisen, das Motorengeräusch wurde erneut lauter, aber dann beschleunigte es und flog wieder weg.

Langsam entspannte sich Angel. Sie stellte sich vor, wie sich das Flugzeug in die Kurve legte und immer kleiner und kleiner wurde, bis es nur noch ein winziger Punkt am Morgenhimmel war. Sie küsste die drei pelzigen Köpfe.

»Jetzt ist es wirklich weg«, sagte sie beruhigend. »Wir sind außer Gefahr.«

Die Löwenjungen blickten sie aus großen, vertrauensvollen Augen an. Angel lächelte. Sie stellte sich vor, wie die Löwin sie zustimmend beobachtete, und Stolz stieg in ihr auf. Sie hatte ihren Anteil erfüllt, indem sie auf die Jungen aufgepasst hatte, so als gehörte sie zur Löwenfamilie. Mittlerweile konnte sie sich schon gar nicht mehr vorstellen, wie viel Angst sie am Anfang vor den Löwen gehabt hatte – vor allem vor der Löwin, aber auch vor den Jungen. Lebhaft und stark überfiel sie die Erinnerung, während sie dasaß und den warmen Fellgeruch einatmete. Mit zitternden Knien war sie von dem Ort, wo Laura unter den Steinen lag, geflohen. Sie hatte aufgepasst, wohin sie ihre Füße setzte, aus Angst, auf eines der spielenden Jungen zu treten und so den Zorn der Löwenmutter auf sich zu ziehen. Mit einem Schlag ihrer Pranke hätte sie sie niederstrecken können.

Schließlich, als Angel sich kaum noch auf den Beinen halten konnte, war die Löwin an einer Akazie stehen geblieben. Sie hatte am Boden geschnüffelt und sich dann hingelegt. Die Jungen waren sofort zu ihr hingerannt und hatten angefangen zu trinken. Angel hatte sich danebengehockt und sich den Bauch gehalten, der vor Hunger schmerzte. Sie fühlte sich schwach, und ihr war übel. Ihre Kehle war halb zugeschwollen, ihr Mund und ihre Lippen waren trocken. Sie blickte zu den Jungen und wünschte, sie wäre eines von ihnen. Fliegen setzten sich an ihre Nasenlöcher und Augen, aber sie merkte es kaum. Auch dass sie Kopfschmerzen hatte, war ihr gleichgültig. Der einzige Körperteil, der real zu sein schien, war ihr Bauch, der vor Hunger knurrte.

Als die Löwin sich erhob und ihre Jungen erneut weiterführte, kam Angel kaum auf die Beine. Sie klammerte sich an die Akazie und zerstach sich die Finger.

»Ich kann nicht.«

Sie blickte zu Boden. Sie würde einfach liegen bleiben, dachte sie, liegen bleiben und darauf warten, dass die Hyänen kamen. Sie spürte, wie die Ameisen über ihre Zehen liefen. Es würde nicht schwer sein, einfach aufzugeben.

Aber dann war die Löwin auf einmal hinter ihr – sie stieß sie an und ließ es nicht zu, dass sie liegen blieb.

Angel taumelte weiter. Warum ließ die Löwin sie nicht einfach zurück? Vielleicht hatte sie ihre Gründe, warum sie Angel mitschleppte. Vielleicht war sie ja die Beute und sollte mit zu der Stelle gehen, wo sie als Abendessen verspeist wurde. Ein besonderer Ort für ein besonderes Mahl.

Das Mädchen begann zu lachen, ein hoher Laut, den sie selbst nicht erkannte. Es war eine Erleichterung, sich vorzustellen, dass bald alles vorbei war. Sie brauchte nur einen Fuß vor den anderen zu setzen, und schon würde sie das Ende erreichen.

Ihre trockenen Lippen klebten aufeinander, und als sie sie auseinanderriss, sog sie keuchend die heiße Luft ein. Sie spürte etwas Feuchtes auf den Lippen und schmeckte den salzigen Geschmack von Blut. Spiralnebel tanzten vor ihren Augen.

Dann sah sie auf einmal Wasser schimmern. Vor ihr ragte ein Haufen dunkler Steine auf – wie eine Miniaturstadt aus Steinklötzen.

Sie taumelte weiter, die Augen halb geschlossen, um die Fata Morgana zu vertreiben, aber dann hörte sie plötzlich Wasser rauschen. Die Löwin blieb stehen und beugte den Kopf zu Boden. Unter einem Felsüberhang floss Wasser hervor.

Es schien aus dem Nichts zu kommen und floss zwischen grauen, kahlen Sandbänken dahin. Angel hockte sich neben die Löwin und trank gierig. Jeder Schluck klang laut in ihrem Kopf. Mit beiden Händen spritzte sie sich Wasser ins Gesicht und auf die Haare. Bis zu den Handgelenken tauchte sie die Hände ein.

Als sie schließlich aufstand, war ihr Bauch so voll, dass sie das Wasser bei jeder Bewegung herumschwappen hörte.

Die Löwin legte sich unter eine Akazie, und die Jungen tranken erneut. Gierig saugten sie. Angel hockte in der Nähe unter einem anderen Baum. Als sie den Jungen zusah, vergaß sie die Erleichterung, keinen Durst mehr zu haben, weil der Hunger wie ein unausweichlicher Alptraum zurückkam. Ein Gedanke durchzuckte sie, und sie wandte sich zu dem Baum hinter ihr. Sie riss ein Stück Rinde ab und schälte einen Streifen der hellen Innenhaut heraus. Langsam, wie Zuri es ihr beigebracht hatte, kaute sie ihn.

»Die Jäger essen die Rinde«, hatte er gesagt. »Sie nimmt das Hungergefühl.« Er schwieg, und Angel wusste, dass er an seinen Vater und an seinen großen Bruder dachte. Zwei berühmte Jäger, die von allen wegen ihrer Fähigkeiten bewundert wurden. Aber sie waren beide an der Bluter-Krankheit gestorben, ebenso wie Zuris Mutter. Wenn er beim Ausbruch der Krankheit nicht im Viehlager gewesen wäre, dann wäre er wahrscheinlich ebenfalls gestorben.

Während Angel da saß und kaute, merkte sie auf einmal, dass die Löwin sie mit nachdenklicher Miene beobachtete, als versuche sie zu verstehen, was sie sah. Angel saugte den letzten Rest an Saft aus der Rinde und warf die Fasern weg. Der Hunger war immer noch da, die süße Rinde hatte ihm nur ein wenig von seiner Schärfe genommen.

Eines der Jungen kam zu ihr, das Gesicht mit Milch bespritzt. Es stieß gegen ihre Hände, und als ein Tropfen Milch über Angels Finger rann, leckte sie den Finger, ohne nachzudenken, ab.

Es war zwar nur ein winziger Tropfen, aber Angel schmeckte trotzdem, dass die Milch süß und fett war. Sie erinnerte sie an Mama Kitu.

Bei dem Gedanken an die Kamelstute überkam sie eine andere Art von Hunger. Neben dem verzweifelten Verlangen nach Nahrung sehnte sie sich auf einmal nach dem weichen Kamelfell an ihrer Haut. Sie wollte spüren, wie die samtigen

Lippen über ihre Schulter glitten. Sie wollte die Sicherheit eines großen, starken Tieres spüren. Und eine andere Erinnerung überwältigte sie – Lauras Körper auf dem Sattel hinter ihr und sie selbst an die Brust ihrer Mutter gelehnt. Rasch verdrängte sie das Bild. Sie würde nur an die Kamele denken. Und an Zuri.

Fest schloss sie die Augen und flüsterte die Namen. »Mama Kitu. Matata.« Eines Tages würde sie sie finden, sagte sie sich. Oder sie würden sie finden. Sie würde mit ihnen zum Feigenbaum-Dorf reiten. Zuri würde da sein. Er würde sie in seine Hütte einladen – ein Zuhause ohne Erwachsene. Sie würden zwei Waisen sein, die gemeinsam allein waren …

Aber erst einmal musste sie überleben. Und essen.

In diesem Moment stieß die Löwin einen leisen Ruf aus, als ob sie Angels Gedanken spüren könnte. Das Kind kroch auf sie zu, mit abgewandtem Blick. Langsam rutschte es dicht heran, um der Löwin die Chance zu geben, es wegzustoßen. Aber die Löwin berührte Angels Wange liebevoll mit ihrem Maul. Angel drängte sich zwischen die drei trinkenden Jungen an die vierte Zitze und begann zu saugen. Sie benutzte auch die Hand, so wie sie es gelernt hatte, Mama Kitus Euter zu melken. Warme, süße Flüssigkeit drang in ihren Mund und lief ihre Kehle hinunter. Und während sie trank, spürte sie, wie sie neue Kraft bekam.

Als sie schließlich den Kopf hob, blickte sie in das Gesicht der Löwin. Große goldene Augen blinzelten sie an – dann seufzte die Löwin tief und legte sich zur Ruhe.

6

Emma erwachte, als das erste Morgenlicht in das Zimmer drang. Sie fühlte sich seltsam ruhig und ausgeruht nach dem langen, ungestörten Schlaf. Sie wartete, bis die Umrisse der Möbel, des Waschtischs und ihrer Schultertasche, die am Haken hing, deutlich wurden und die Schatten in den Ecken von der aufgehenden Sonne vertrieben worden waren. Erst dann begann sie, sich vorzustellen, wie Susan hier an ihrer Stelle gelegen hatte. Sie versuchte, Bilder und Gefühle heraufzubeschwören, aber sie konnte sich nicht konzentrieren. Susan blieb vage und fern. Das lag an der Fotografie, dachte Emma. Das Kind lenkte sie ab, weil es ihre Aufmerksamkeit verlangte.

Emma versuchte, das kleine Mädchen zu ignorieren. Entschlossen wandte sie sich ab, blickte sich im Zimmer um und betrachtete einen Stapel staubiger Kartons, auf denen der Name eines pharmazeutischen Unternehmens aufgedruckt war. Ihr Blick glitt über ein grob gezimmertes Regal, in dem ein Stapel verblichener Journale lag. Daneben stand eine Sammlung leerer Dosen. Sie stellte fest, dass von Ndugus Habseligkeiten kaum etwas zu sehen war. Vielleicht besaß er ja nicht so viel Kleidung und hatte das meiste mitgenommen. Ihr gemeinsames Schlafzimmer mit Simon sah ganz anders aus. Sie besaßen so viele Kleider, dass man es in dem begehbaren Kleiderschrank noch nicht einmal merkte, wenn sie beide mit gepackten Koffern unterwegs waren.

Zufällig glitt ihr Blick über die Fotografie, und sofort wurde sie wieder in ihren Bann gezogen. Das Mädchen hatte so einen lebhaften, freundlichen Ausdruck im Gesicht, als wolle es Emma auffordern, den schönen Tag nicht zu vergeuden. Die Energie übertrug sich auf Emma. Sie stand auf, schlüpfte aus dem geborgten T-Shirt und zog ihre Kleider an. Bei dem Geruch nach Schweiß und Staub rümpfte sie unwillkürlich die Nase. Ob Mosi wohl schon aus dem Dorf zurückgekehrt war? Dann könnte sie ihren Koffer aus dem Land Cruiser holen und ein paar frische Sachen herausholen, bevor sie sich richtig wusch. Sie schlüpfte in ihre Stiefel – vorher schüttelte sie sie aus, falls sich Skorpione darin versteckten, wie es ihr im Reisehandbuch empfohlen worden war – und trat in den Flur.

Dort blieb sie stehen und steckte ihre Bluse in die Hose. Sie blickte auf die Hintertür, die noch geschlossen war. Das Morgenlicht drang durch die Ritzen, und sie hörte, dass Daniel draußen im Hof mit jemandem redete. Wahrscheinlich war Mosi schon da. Trotzdem bewegte sie sich eher zögerlich den Flur entlang. Plötzlich fühlte sie sich Daniel gegenüber unsicher. Von der Nähe, die sie gestern geteilt hatten, würde sicher nichts mehr zu spüren sein – und stattdessen würden sie beide merken, dass sie sich eigentlich fremd waren. Sie lächelte schief. Es erinnerte sie an den Morgen nach einem One-Night-Stand, wenn man sich im kalten Licht des Tages vor dem Fremden, mit dem man geschlafen hatte, noch nicht einmal anziehen konnte. Aber es würde ja zu nichts führen, die Begegnung hinauszuschieben – außerdem würden sie und Daniel nicht allein sein. Entschlossen trat sie auf die Tür zu. Aber auf halbem Weg zur Tür zögerte sie. In Daniels Stimme lag ein scharfer Ton, den sie noch nie zuvor gehört hatte. Er schien jemanden auszuschimpfen.

Zögernd stieß Emma die Tür auf, absichtlich laut, um sich bemerkbar zu machen. Auf der Schwelle blieb sie überrascht stehen. Der Hof war übersät mit Kleidern. Auch Bücher lagen herum. Und ein Daunenschlafsack, der halb aus seiner Hülle gezerrt worden war. Aufgerollte Verbände schlängelten sich wie weiße Schlangen im Staub. Emma erkannte das Batikhemd, das zwischen den anderen Sachen lag. Die Satteltaschen waren leer und lagen ebenfalls auf dem Boden, und daneben stand das junge Kamel. Es schob seine Nase unter eine Baumwollhose und schleuderte sie in die Luft.

Daniel lief herum und sammelte die Sachen ein. Grimmig blickte er Emma an. »Das war das kleine Kamel! Er ist sehr ungezogen!«

Emma schlug die Hand vor den Mund. Sie blickte über den Hof zu der Kamelstute, die das Chaos ruhig kauend beobachtete. Dann wandte sie sich wieder an Daniel. Er schrie das kleine Kamel an und stieß es weg. Ungerührt begann es, auf einem Buch herumzukauen. Daniel warf Emma einen so aufgebrachten Blick zu, dass sie unwillkürlich lächeln musste. Sie bemühte sich zwar, ernst zu bleiben, aber es gelang ihr nicht. Daniel wirkte zuerst irritiert, aber dann musste auch er grinsen. Beide begannen sie zu lachen. Das Kamelkalb ließ das Buch fallen und verzog verwirrt das Gesicht. Darüber mussten sie noch mehr lachen, und es dauerte eine Weile, bis Emma sich wieder so weit gefasst hatte, dass sie Daniel helfen konnte, die Kleider einzusammeln. Sie mussten ausgeschüttelt und vom Staub befreit werden, bevor sie gefaltet und weggepackt werden konnten.

»Ich stelle die Satteltaschen in den Flur«, sagte Daniel und trug einen Stapel Bücher zu dem immer größer werdenden Haufen von Sachen, die sie schon eingesammelt hatten.

Emma ergriff einen runden, flachen Gegenstand, der in ein Tuch eingewickelt war. Sie wog ihn in der Hand. Was mochte das wohl sein? Als sie das Tuch aufknotete, sah sie eine der breiten, scheibenförmigen Ketten, die die Massai-Frauen trugen. Sie war ein kompliziert gearbeitetes Stück mit einem wunderschönen Muster. Emma hielt sie Daniel hin. Er ergriff die Kette und drehte sie andächtig in den Händen.

»Sie ist sehr alt«, sagte er. »Sehr kostbar. So eine Kette wird seit vielen Generationen von der Mutter an die Tochter weitergegeben.«

»Warum sollte eine Ausländerin so etwas bei sich haben?«, sagte Emma.

»Ich weiß nicht. Solche Dinge werden nie verkauft. Sie müssen in der Familie bleiben.«

Emma packte den Schmuck wieder ein und legte ihn vorsichtig zu den anderen Sachen.

»Sollen wir die Satteltaschen morgen mit zur Polizei nehmen?«, fragte sie.

Daniel zögerte. »Ich habe ganz vergessen, die Taschen bei der Polizei zu erwähnen. Es war keine Absicht, aber sie werden sicher glauben, ich wollte sie ihnen verschweigen. Außerdem sieht man ja, dass die Taschen hier ausgepackt wurden. Der Polizeibeamte könnte davon ausgehen, dass ich etwas gestohlen habe. Deshalb sage ich jetzt lieber noch nichts. Wenn der Inspektor wieder in Arusha ist und alles seinen normalen Gang geht – dann bringe ich die Taschen zur Polizeistation.«

»Das klingt vernünftig«, sagte Emma. Auch sie wollte mögliche Probleme vermeiden.

Es lagen nur noch wenige Sachen im Hof, als Emma ein Buch auffiel, das halb unter eine stachelige Pflanze gerutscht war. Sie zog es unter den scharfkantigen, staubigen Blättern hervor. Es war ein Schulheft. Auf eine Linie, unter der »Name« stand, hatte jemand in einer runden, kindlichen Schrift »Angel« geschrieben. Emma starrte den Namen an. So hieß das kleine Mädchen. Der Name passte zu ihr, mit ihren blonden Haaren und ihren blauen Augen. Sie zeigte Daniel das Heft und deutete auf den Namen.

»Der Name kommt in Afrika häufig vor«, sagte er. »Auf Swahili heißt es *Malaika*.«

Emma schlug das Heft auf. Auf der ersten Seite war ein mit Buntstiften gemaltes Bild. Es zeigte eine Frau und ein Mädchen, beide mit langen, blonden Haaren, die sich an der Hand hielten. Zu beiden Seiten neben ihnen standen Kamele, ein großes und ein kleines. Unter jeder Figur stand ein Name. *Mama Kitu. Mummy. Ich. Matata.*

Das Bild war sorgfältig und schön gemalt, mit einem kindlichen Blick für Details: Emma erkannte sofort den mutwilligen Gesichtsausdruck des kleinen Kamels, Matata. Mama Kitu beobachtete ihren Sohn mit liebevoller Missbilligung. Die Mutter des Mädchens war groß gewachsen und strahlte Kraft und Zuverlässigkeit aus. Das Mädchen war der Mittelpunkt des Bildes. Es lächelte stolz. Über der Zeichnung stand in Großbuchstaben: MEINE FAMILIE.

Emma blickte zu Mama Kitu und Matata. Die Namen passten gut zu den Tieren. Ihr Blick fiel auf Mama Kitus lahmen Fuß, und sie kaute angespannt auf ihrer Unterlippe, als ihr einfiel, was Daniel über den Löwenmann gesagt hatte. Als sie sich zu Daniel umdrehte, stellte sie fest, dass er die Kamelstute ebenfalls ansah.

»Ich habe sie heute früh untersucht«, sagte er. »Der Schnitt muss geöffnet und richtig gesäubert werden. Sie braucht ein paar antibiotische Injektionen, aber dann wird die Wunde schnell heilen. Wenn ich zwei Wochen Zeit hätte, könnte ich sie wieder gesund machen.«

Emma wusste, dass die Polizei wahrscheinlich sehr viel früher hier sein würde. Erneut betrachtete sie die Zeichnung. »Anscheinend gibt es keinen Mann in dieser Familie«, sagte sie. »Auch keine Geschwister. Wenn Angel gerettet wird, hat sie nur noch die Kamele, die sie trösten können.«

Daniel nickte. »Wenn sie noch lebt, müssten sie sie eigentlich heute oder morgen finden. Ich werde bestimmt Gelegenheit haben, mit ihr oder ihren Verwandten zu sprechen, damit sie sofort Anspruch auf die Kamele erheben.«

»Ich frage mich, wer sich wohl um sie kümmern wird.«

Daniel spreizte die Hände. »Vielleicht hat sie ja einen Vater, der nur nicht bei der Familie lebt. Und es gibt bestimmt Tanten oder eine Großmutter.«

»Ich hoffe nur, dass sie in Afrika leben oder in einem anderen Land, in das man Kamele mitnehmen kann.«

»Ja«, stimmte Daniel ihr zu. »Aber wenn nicht, dann kann Angel sie wenigstens noch einmal sehen, bevor sie abreisen muss.«

»Würden Sie sie denn behalten?« Emma wusste, dass sie einiges von Daniel verlangte. Sie hatte bereits gesehen, dass es viel Arbeit war, sich um Kamele zu kümmern. Aber sie fühlte sich irgendwie verantwortlich für Angel – als ob diese Rolle an sie übergegangen wäre, seit sie am Grab der Mutter gestanden hatte.

»Ich kann sie hier nicht gebrauchen«, erwiderte Daniel. »Aber ich könnte arrangieren, dass mein ältester Bruder sie nimmt. Er ist ein netter Mann und kann bestimmt etwas mit ihnen anfangen. Er würde bestimmt gut für sie sorgen, das verspreche ich.«

»Danke.« Emma lächelte erleichtert. Daniel hielt bestimmt Wort. Auch ihm ging die Sache nahe.

Daniel beobachtete, wie das Kamelkalb einen leeren Eimer über den Boden rollte. Er begann, leise zu lachen. »Der Name passt wirklich zu ihm«, sagte er. »*Matata* ist das Swahili-Wort für Probleme.«

Als Daniel die letzten Kleidungsstücke aufhob, klappte Emma das Heft zu und setzte sich auf die unterste Treppenstufe. Sie blickte auf den Namen auf dem Umschlag und betrachtete die runden Buchstaben.

»Angel«, sagte sie laut. Beim Klang ihrer Stimme rannte ein Huhn, das vor ihren Füßen gepickt hatte, weg. Ihm folgte ein Vogel, der so ähnlich aussah, aber graue, weiß gefleckte Federn hatte. Der kahle Hals sah aus wie mit blauer Farbe betupft. Es war ein Perlhuhn. Soweit Emma wusste, waren es wildlebende Vögel, aber dieses hier war so zahm wie das Haushuhn. Es passte an diesen seltsamen Ort: Die Station wirkte verlassen, obwohl sie es nicht war; die rosa Blumen ohne Blätter, die im Busch wuchsen; der feine graue Sand und der perfekte Kegel des Berges, wie auf einer Kinderzeichnung.

Emma ließ den Kopf auf die Ellbogen sinken. Die Morgensonne schien warm auf ihren Nacken, und sie schloss die Augen.

Zuerst fiel ihr das Geräusch nicht auf. Das ferne Summen klang schwach wie das einer Biene im Garten. Aber als es stetig lauter wurde, hob sie den Kopf. Nach ein paar Minuten sah sie ein kleines Flugzeug am Himmel.

»Da sind sie«, rief sie Daniel zu. Das Flugzeug war in Richtung Wüste unterwegs. Wegen der Suche flog es niedrig.

Emma wandte sich stirnrunzelnd an Daniel, der neben sie getreten war. »Ich möchte so gerne mithelfen, sie zu finden, statt hier nur zu warten.«

»In einem Gebiet wie der *nyika* am Boden zu suchen ist zwecklos, wenn man einmal die Spur verloren hat«, erwiderte Daniel. »Es gibt so viele Felsen und Erdspalten, die sie verbergen könnten. Möglicherweise ist sie zu schwach, um zu rufen, wenn jemand in der Nähe ist. Die einzige Chance, sie zu finden, ist die Suche aus der Luft.«

Emma nickte. Sie würde sich viel besser fühlen, wenn sie selbst etwas tun könnte, aber er hatte natürlich recht.

Blinzelnd standen sie da und blickten dem Flugzeug am kristallblauen Himmel nach, bis es nur noch ein schwarzer Punkt in der Ferne war.

Ein kleines Stück entfernt von der Hintertreppe befand sich eine Hütte aus rostigem Eisenblech. Darin hockte Daniel auf einem dreibeinigen Holzschemel und kochte auf einem offenen Holzofen Frühstück. Emma stand in der Tür der Hütte und beobachtete ihn. Sie musste sich zusammenreißen, um nicht ihren Widerwillen vor dem nackten Lehmboden, dem Vogelkot und dem primitiven Ofen, der dicke Qualmwolken ausstieß, zu zeigen. Es gab weder ein Spülbecken noch einen Wasserhahn – die Wasserversorgung schien aus einem irdenen Krug mit Wasser zu bestehen. Emma blickte sich im Raum um und suchte nach weiteren Anzeichen für Schmutz. Schwarzer Ruß klebte an den Wänden, es roch nach Holzkohle, und Spinnweben hingen in den Ecken des Blechdachs. Aber wenn sie genau hinsah, musste sie zugeben, dass die Flächen, die Daniel benutzte – ein hölzernes Tablett zum Aufstellen, ein Schneidebrett, ein kleiner Tisch –, makellos sauber waren. Das Innere der emaillierten Kochtöpfe blitzte silbern im Feuerschein, und sie standen zwar auf dem Boden, aber weit weg von Daniels Füßen. Und der Rauch hielt zumindest die Fliegen fern.

Daniel wirkte entspannt und organisiert, als er sich über das Feuer beugte und mit einem Stock in der Holzkohle stocherte. Er griff hinter sich, nahm eine Schüssel und stellte sie aufs Feuer. Anscheinend hatte er Teig geknetet, während sie die Kamele gefüttert und getränkt hatte. Sie war ganz stolz darauf gewesen, wie gut sie die Aufgabe bereits beherrschte. Sie hatte sie erledigt wie eine jahrelang geübte, morgendliche Routine.

Daniels Bewegungen wirkten so sicher und selbstbewusst, als folge er einer geheimen Choreographie. Sie war nicht daran gewöhnt, Männer kochen zu sehen, abgesehen von den männlichen Köchen im Fernsehen oder denjenigen, die man in Restaurants zu sehen bekam. Ihr Vater hatte in der ersten Zeit in Melbourne ab und zu mal gekocht, aber das hatte aufgehört, als er wieder geheiratet hatte. Und Simon kochte nur, wenn er auf dem Balkon stand und den Grill bediente. Er hatte dabei immer zahlreiche Hilfsmittel zur Hand, und alle Zutaten lagen in Plastikdosen auf einem speziellen Klapptisch bereit. Sein Grill bestand aus Edelstahl und wurde mit Gas betrieben, und nachdem er ihn benutzt hatte, putzte er so lange daran herum, bis er wieder makellos sauber war. Das Essen schmeckte so sauber und makellos wie die Geräte, mit denen es zubereitet worden war. Wenn Emma kochte, versuchte sie, ihre Mahlzeiten Simons Standard anzugleichen. Sie befolgte immer sklavisch genau die Rezepte und experimentierte nie. Da sie es für gewöhnlich eilig hatte, nahm sie häufig Fertiggerichte, aber sie achtete immer darauf, dass sie wenig Zucker, Salz und Fett enthielten.

Als sie das Tor über die Erde schaben hörte, blickte sie sich um, und als sie sah, dass Mosi gekommen war, lief sie ihm entgegen.

»Sie sind gestern Abend nicht zurückgekommen«, sagte er und blickte sie mit einer Mischung aus Erleichterung und Besorgnis an. »Ich habe mir große Sorgen gemacht.«

Emma berichtete ihm kurz, was geschehen war. Als sie fertig war, blickte Mosi stirnrunzelnd zur Wüste.

»Wenn Gott will, finden sie sie heute«, sagte er.

Dann wandte er sich wieder Emma zu und hielt ihr ein Stück schwarzen Gummischlauch entgegen. Er war an den Enden gebogen und sah aus wie ein Teil einer Schlange. »Ich kann den Kühler jetzt reparieren.« Suchend blickte er sich im Hof um. »Wo ist Daniel?«

»Er macht Frühstück.«

Mosi lächelte. »Gut! Ich habe nämlich Hunger.«

Er ging mit Emma zur Hütte. Nachdem er Daniel begrüßt hatte, setzte Mosi sich auf eine umgedrehte Benzintonne neben das Feuer. Die beiden Männer unterhielten sich auf Swahili. Mosi schien eine Menge Fragen zu stellen, und aus dem entsetzten Tonfall seiner Antworten schloss Emma, dass Daniel ihm von ihren Erlebnissen in der Wüste berichtete. Während sie den beiden Männern zuhörte, ging Emma selbst die Ereignisse noch einmal durch. Es war nur ein einziger Tag gewesen, aber er schien ewig lange gedauert zu haben.

Schließlich schwiegen die beiden, als sei die Geschichte jetzt zu Ende. Daniel schlug Eier in eine Bratpfanne, in der

Butter glänzte. Als das Eiweiß fest wurde, schwenkte er das Fett über das Eigelb, bis es ebenfalls hart wurde. Dann nahm er die Pfanne vom Ofen.

»Jetzt ist alles fertig.« Er reichte Emma zwei emaillierte Teller und bedeutete ihr, sie ihm hinzuhalten. Dann gab er auf einen Teller die Spiegeleier und auf den anderen das Brot, dessen Kruste grau von Asche war. Das Eiweiß und der helle Brotlaib schimmerten im schwachen Licht. Mosi hielt ihm eine Holzschüssel hin, und Daniel füllte sie mit Stücken von gebratenen Süßkartoffeln. Dann ergriff er eine Metallteekanne, die er am Rand des Feuers warm gestellt hatte.

Er ging voraus in einen zweiten Raum, der an die Außenseite des Hauses angebaut worden war. Wie im Salaam Café waren auch hier die Wände nur halbhoch, aber darüber waren Moskitonetze aus Metall gespannt. Mosi hielt ihnen die Drahtgittertür auf, während Emma und Daniel rasch hineinhuschten, damit ihnen die Fliegen nicht folgten. Die einzigen Möbelstücke waren ein hölzerner Tisch und zwei lange Bänke. Auf dem Tisch lag eine rot-weiße Wachstuchdecke. In der Mitte standen eine Flasche Tabasco, ein Glas Honig und Pfeffer und Salz in alten Plastikstreuern. Es war für drei Personen gedeckt, mit Tellern, Tassen und Besteck.

Die beiden Männer setzten sich auf die eine Seite des Tischs, und Emma ließ sich ihnen gegenüber nieder. Daniel verteilte das Essen auf die Teller.

»Geben Sie mir nicht so viel«, protestierte Emma. Ihre Portion war so groß, dass sie zwei Tage lang ausreichen würde. Daniel blickte sie überrascht an und hielt einen Löffel mit einem Berg von Süßkartoffeln unschlüssig in der Luft. »Entschuldigung«, sagte er schließlich. »Wir sind es nicht gewohnt, eine Frau hier zu haben.«

Er schenkte Tee aus, und Emma sah zu, wie Daniel und Mosi sich mehrere Löffel Honig in ihre Becher löffelten. Als Mosi in seinem Tee rührte, trieb auf einmal etwas auf der Oberfläche. Er schöpfte es heraus und legte es auf den Tisch.

»Eine tote Biene!«, rief Emma. Dann lächelte sie, weil sie nicht unhöflich sein wollte.

»Manchmal sind auch Rindenstückchen oder Stöckchen im Honig«, erklärte Daniel. »Es ist wilder Honig aus der Wüste. Sie sehen ja, wie dunkel er ist.«

»Es ist der beste Honig«, sagte Mosi.

Daniel nickte zustimmend. »Ein Geschenk von meiner Mutter.«

Emma trank ihren Tee, wobei sie sich fast die Lippen am Rand des Emaillebechers verbrannte. Das starke, rauchige Gebräu verstärkte ihren Hunger. Sie vergaß die hygienischen Zustände in der Küche und begann einfach zu essen. Die Eier waren perfekt: knusprig am Rand mit noch leicht flüssigem Eigelb. Das Brot war leicht und feucht, und die Süßkartoffeln waren weich und butterig.

»Es schmeckt sehr gut«, sagte sie zu Daniel. »Danke.«

Während sie aß, blickte sie zu einem weiteren Raum, der an die Lehmwände der Station gebaut worden war. Durch die offene Tür sah sie ein schmales Bett mit einem einfachen weißen Laken, eine Reihe von Haken, an denen Khaki-Kleidung hing, ein gewebter Korb aus ungefärbter Sisalschnur und ein weißes Unterhemd. Daneben hing eine der Wolldecken, wie Massai-Männer sie trugen. Daniels Decke war aus violetter und roter Wolle gewebt. Sie bauschte sich in der leichten Brise.

»Man nennt das eine *shuka*«, sagte Daniel.

Emma wandte verlegen den Blick ab. Sie kam sich vor, als sei sie in Daniels Privatsphäre eingedrungen.

»Jetzt haben Sie Ihr erstes Wort auf Maa gelernt.« Er begann, die Teller abzuräumen. Als er Emmas Teller nahm, strahlte er. »Sie haben alles aufgegessen.« Dann stand er auf. »Jetzt werde ich Mama Kitus Fuß operieren. Aber wir müssen sie vorher festbinden, und ihr müsst mir beide dabei helfen.«

Bevor sie sich dem Kamel widmeten, zogen Daniel und Mosi sich die Hemden aus und hängten sie über die Wäscheleine. Emma wusste zuerst nicht, warum sie das taten, aber dann wurde ihr klar, dass sie sie wohl nicht schmutzig machen wollten – Haut war leichter zu waschen als Wäsche. Sie selbst hatte reichlich Kleidung zum Wechseln dabei, und in Ngorongoro würde sie sowieso alles erst einmal im Hotel waschen lassen. Als sie mit aufgerollten Ärmeln neben den beiden großen, dunklen Männern stand, kam sie sich wie ein bleicher Schatten vor. Mosi beäugte Mama Kitu nervös. Offensichtlich war er mit seinem Land Cruiser vertrauter als mit einem Kamel. Er sah nicht besonders kräftig aus, da er ja seine Tage meistens hinter dem Steuer verbrachte. Emma versuchte, Daniel nicht zu offensichtlich zu mustern, aber wenn sie ihm von Zeit zu Zeit einen verstohlenen Blick zuwarf, sah sie die Muskeln unter seiner Haut spielen. Mama Kitu wich zurück, als Daniel auf sie zutrat. Sie schien zu spüren, dass ihr eine schmerzhafte Behandlung bevorstand. Emma und Mosi hielten respektvollen Abstand, bis Daniel die Kamelstute überredet hatte, in die Knie zu gehen. Nach kurzem Zögern knickte sie schließlich auch in den Hinterbeinen ein. Daniel bat Emma, das Seil an ihrem

Halfter festzuhalten, während er und Mosi ihre Beine so fesselten, dass sie nicht mehr aufstehen konnte. Als sie sicher festgebunden war, zogen und zerrten die Männer an ihrem gewaltigen Leib. Sie waren beide schweißgebadet, als sie das Tier endlich auf die Seite gedrückt hatten. Ihr Bauch ragte wie ein Hügel vor ihnen auf, bedeckt mit feinen, cremeweißen Haaren.

Mama Kitu lag mit dem Kopf auf dem Sand. Sie protestierte kurz, aber dann ergab sie sich in ihre Lage und war genauso geduldig wie mit Matata. Emma kniete sich neben sie.

»Reden Sie mit ihr«, sagte Daniel zu Emma. Er ergriff ein Messer mit einer kurzen Klinge. »Beruhigen Sie sie.«

Emma streichelte Mama Kitus Hals, und ihre Finger glitten durch die wolligen Löckchen der Mähne. »Was soll ich denn sagen?«

»Reden Sie mit fester, freundlicher Stimme. Sprechen Sie mit ihr, als ob Sie ihre Mutter wären.«

Daniel setzte das Messer an und machte den ersten Schnitt. Mama Kitu erschauerte und richtete ihre große Augen flehend auf Emma.

»Es ist gut. Es ist alles in Ordnung«, sagte Emma. »Bleib ganz ruhig. So ein braves Mädchen.« Sie merkte, dass das Kamel auf ihre Stimme reagierte. Die Augenlider sanken ein wenig herab, und der Hals entspannte sich. »Du bist ein braves Mädchen.«

Emma redete weiter, gab gurrend Unsinn von sich, der ihr normalerweise peinlich gewesen wäre, aber das Kamel saugte ihre Worte förmlich auf. Sie streichelte dem Tier den Hals, und Mama Kitu blickte sie dankbar an. Als Emma aufhörte zu reden, drehte das Tier das Ohr, als suche es nach etwas.

Emma blickte über Mama Kitus Schulter zu Daniel, der sich dicht über den verletzten Huf gebeugt hatte. Er runzelte konzentriert die Stirn, als er das Messer fest in die Fußsohle stieß. Auf seinem Gesicht und seinen Schultern hatte sich ein dünner Schweißfilm gebildet. Auf einem hölzernen Tablett neben ihm sah sie eine Flasche Desinfektionsmittel, eine Dose, auf der »Stockholm Tar« stand, und einen Stapel Tupfer und Verbände. Auf einem Teller lag eine große Injektionsnadel neben zwei ebenso überdimensionierten Spritzen.

»Da«, hauchte Daniel, »jetzt habe ich es geöffnet.« Er tupfte den Fuß ab. Als er ihn anhob, sah Emma, dass die Gaze gelb von Eiter war. Daniel goss reichlich Desinfektionsmittel über die Wunde und kratzte erneut das Loch aus. Dann öffnete er die Dose mit Teer und schmierte ihn über das rohe Fleisch.

Schließlich hockte er sich auf die Fersen. Mit dem Unterarm wischte er sich die Stirn ab. »Sie fühlt sich wahrscheinlich jetzt schon besser. Der Druck ist weg.« Er bedeutete Mosi, ihm die Nadel zu geben. Mit einem kräftigen Stoß rammte er sie dem Kamel in die Schulter. Dann setzte er eine Spritze darauf und drückte den Kolben hinunter. Als sie leer war, verfuhr er mit der zweiten Spritze genauso. Unter dem Fell bildete sich eine Beule, groß wie ein Hühnerei. »Tetanus und Terramycin.« Zufrieden lehnte er sich zurück. »Ich bin fertig.«

Emma blickte in Mama Kitus schimmernde braune Augen. Die Lider sahen aus, als wären sie mit Kajal umrandet. Die Wimpern waren lang und dicht.

»Du bist ein schönes Mädchen. Und du warst so brav. So brav …«

Daniel lachte. »Sie reden wie eine Mutter …«

Emma ging in ihr Zimmer, um ihre Kleider zu wechseln, die Teerflecken abbekommen hatten und nach Desinfektionsmittel rochen. Auf dem Weg nach draußen blieb sie im Flur an den beiden Satteltaschen und den Stapeln mit ihrem Inhalt stehen. Bei den Kleidungsstücken war auch ein dicker Strang Menschenhaar, der in einen Griff mit bunten Perlen eingelassen war. Es sah aus wie ein weiterer Kunstgegenstand der Massai. Emma wollte ihn sich gerade näher anschauen, als ihr Blick auf etwas Rotes fiel – es war das Strickzeug, das auf einem anderen Stapel Kleider lag. Selbst im schwachen Licht konnte sie erkennen, dass Grasstückchen dazwischen hingen. Sie nahm das Strickzeug und setzte sich damit auf die Treppe an der Hintertür. Dort saß sie im Schatten, nur ihre Beine ragten in die Sonne. Sie rollte das Strickzeug auf und begann, die Gräser, Körner und Sprossen herauszuziehen. Aus der Ferne hörte sie die Stimmen von Daniel und Mosi, die am Land Cruiser arbeiteten. Es klang so, als ob sie sich gut verstünden. Emma vermutete, dass Daniel ein Mensch war, der mit jedem gut zurechtkam. Simon war das genaue Gegenteil. Er konnte sehr brüsk zu Leuten sein, die er nicht gut kannte, und er suchte sich seine Freunde sorgfältig aus. Fast alle waren Wissenschaftler – Leute, mit denen interessante Gespräche gewährleistet waren.

Als sie die letzten Grassamen herausgepickt hatte, betrachtete Emma den fertigen Teil des Schals. Das Strickzeug gehörte vermutlich Angel: Nadeln und Wolle waren dick, die Maschen gleichmäßig. Die Nadeln steckten in dem Wollknäuel, damit keine Maschen verlorengehen konnten, aber Emma zog sie heraus und wickelte ein wenig Wolle ab. Zögernd wog sie die Nadeln in der Hand, stach mit einer in die

Masche und legte die Wolle darum. Sie strickte eine neue Masche und ließ die alte darübergleiten. Nach und nach fiel ihr wieder ein, wie Susan mit sanftem Druck ihre Finger geführt hatte. Sie hörte wieder das friedliche Klappern der Nadeln und roch Susans pudriges Parfum. Aber gerade, als sie in diese Erinnerungen eintauchen wollte, drängte sich eine andere in den Vordergrund. Statt Susan war auf einmal Rebecca da, Emmas Stiefmutter. Sie saß in ihrem Lieblings-korbsessel am Fenster und strickte. Ihre Hände ruhten auf ihrem riesigen Bauch. Sie strickte zwei Stücke von allem – Jäckchen und Strampler –, weil sie Zwillinge erwartete.

»Willst du nicht auch ein bisschen stricken?«, fragte sie Emma.

Emma schüttelte nur den Kopf.

»Ach komm, ich zeige es dir«, versuchte Rebecca, sie zu überreden.

»Nein danke.« Emma wusste, dass ihre Stimme eine Spur zu laut, beinahe ungezogen war. »Du machst es sowieso nicht so wie meine Mummy. Du hältst die Nadeln falsch.«

Rebecca schaute sie einen Moment lang an, die Lippen fest zusammengepresst. Schließlich sagte sie leise und traurig: »Ich verstehe.«

Emma war aus dem Zimmer gegangen. Ihr war klar, dass sie schon wieder die Gefühle ihrer Stiefmutter verletzt hatte. Sie war zufrieden und schuldbewusst zugleich gewesen. Es war nicht das erste Mal, dass sie Rebeccas Annäherungsver-suche zurückwies – Emmas Stiefmutter hatte versucht, sie zum Kochen, zum Basteln und zur Gartenarbeit zu bewe-gen. Aber es stellte sich heraus, dass die Aufforderung zum Stricken das letzte Angebot gewesen war, das Emma hatte ablehnen können. Nicht lange danach waren die Zwillinge zu früh zur Welt gekommen und hielten Rebecca Tag und Nacht mit ihren Bedürfnissen in Atem. Nick und Stevie waren wichtiger als alles andere, und Emma war sich selbst überlassen. Ihr kam es so vor, als hätte sie eine Schlacht gewonnen. Aber darunter lag ein kaltes Gefühl der Einsamkeit, was noch mehr schmerzte, weil sie ja wusste, dass Rebecca versucht hatte, wie eine Mutter zu ihr zu sein. Emma hatte sie weggestoßen, und jetzt war die Chance vertan.

Emma legte die Hände um das Strickzeug und zerdrückte den Wollknäuel. Neu und unerwartet kam ihr der Gedanke, dass der Schaden, den der Verlust von Susan verursacht hatte, nicht zwangsläufig so tief und dauerhaft hätte sein müssen. Wenn Rebecca vielleicht nur ein Baby bekommen hätte statt zwei. Wenn sie nicht zu früh zur Welt gekommen wären. Wenn Emma ihre Stiefmutter früher kennengelernt hätte und nicht erst, als sie schon schwanger war. Wenn Emmas Vater nicht so viel gearbeitet hätte. Wenn, wenn, wenn …

Emma wickelte die Wolle wieder auf und legte sie auf die Treppe. Sie blickte zum Hof, aber aus den Augenwinkeln sah sie die rote Wolle trotzdem. Sie schloss die Augen. Die Erinnerung an die Szene mit Rebecca hatte sie überraschend getroffen. Anscheinend hatte sie die Vergangenheit geweckt, indem sie hierhergekommen war, und jetzt hatte sie keine Kontrolle darüber, was an die Oberfläche kam oder wie es zu ihr sprach. Ihr Magen zog sich zusammen. Vielleicht hatte Simon recht, es war besser, nicht zurückzublicken.

Als sie die Augen wieder öffnete, sah sie die beiden Kamele müßig in der Sonne stehen. Sie bewegten sich nicht, nur ihre Ohren zuckten ab und zu, um die Fliegen zu vertreiben, und ihre Kiefer zermahlten das Futter. Das war das Problem, stellte sie fest – wie die Kamele hatte sie zu viel freie Zeit. Sie und Simon hatten immer ihre Laptops dabei, damit sie Unterlagen bearbeiten oder online Zeitung lesen konnten, wenn sie irgendwo Leerlauf hatten. Plötzlich dachte Emma an Daniels Labor. Es war so viel passiert, sie hatte es sich noch nicht einmal richtig angeschaut. Und sie hatte kaum mit Daniel über seine Forschungsarbeit gesprochen. Vielleicht konnte sie ihm ja irgendwie helfen. Schließlich arbeitete er hier buchstäblich allein, und er hatte ja angedeutet, dass die Dinge nicht zum Besten standen. Emma sprang auf. Sie konnte spüren, wie ihr Kopf klar wurde. Damit würde sie die Zeit gut nutzen. Und nicht nur das, gestand sie sich ein, es war auch eine willkommene Gelegenheit, Daniel mit ihrem Fachwissen und ihren Erkenntnissen zu beeindrucken. Sie wollte noch einmal diesen respektvollen Ausdruck in seinen Augen sehen.

Emma stand mitten im Labor, drehte sich langsam einmal um sich selbst und schaute alles ganz genau an – dabei sah sie viele Dinge, die ihr bei ihrem ersten kurzen Besuch nicht aufgefallen waren. Daniel half Mosi, den neuen Kühlerschlauch einzubauen, und sie wartete darauf, dass er die Arbeit beendete. Erneut blickte sie zu dem kleinen Arbeitstisch. Die grobe Konstruktion des Isolators fiel ihr auf. Dann trat sie näher an das freistehende Gerüst in der Ecke heran. Es sah aus wie der Stand einer Wahrsagerin, mit Vorhängen aus Kinderzimmerstoff, der mit roten und blauen Zügen bedruckt war. Sie zog sie auf und spähte hinein. Ein matt schimmerndes Mikroskop stand dort. Es war ein altes Modell, das in Australien wahrscheinlich nur noch Schüler benutzen würden. Sie stellte sich vor, wie Daniel hier Tag für Tag saß und die Proben studierte, die er gesammelt hatte – wie er nach Beweisen für den Virus suchte und nichts fand. Auch Susan hatte hier gesessen, aber vermutlich jede Menge positiver Ergebnisse erzielt, schließlich war die Seuche bereits ausgebrochen. Es musste eine quälende Erfahrung gewesen sein, die Namen der Patienten auf den Röhrchen zu lesen und dann festzustellen, dass sie fast sicher zum Tode verurteilt waren. Es ging Emma durch den Kopf, wie tapfer Susan gewesen sein musste, sich einer so traumatischen Situation zu stellen. Kein Wunder, dass ihre Universität ihr zu Ehren ein Stipendium geschaffen hatte – den Lindberg Award for Excellence, den Medizinstudenten für hervorragende wissenschaftliche Leistungen bekamen. Und Susan war nicht nur eine hingebungsvolle Forscherin gewesen, sie hatte auch keine Angst gehabt. Wenn sie gerufen wurde, hatte sie nie abgelehnt.

Emma hatte gerade ferngesehen, als Susan den Anruf erhielt, der sie auf ihre letzte Mission schickte. Manchmal rief das CDC mitten in der Nacht an, aber dieses Mal war Susan gerade aus dem Labor nach Hause gekommen. Gleich würde auch Emmas Vater von der Arbeit kommen, und sie würden gemeinsam zu Abend essen. Das Essen hatte Mrs. McDonald für sie vorbereitet. Emma wusste sofort, wer da anrief. Sie erkannte den Ausdruck auf Susans Gesicht, so als ob alles um sie herum, Emma eingeschlossen, plötzlich klein und unbedeutend geworden wäre. Susan stellte die üblichen drängenden Fragen. Dann hielt sie kurz inne, nachdem sie den Hörer aufgelegt hatte, um dann sofort aktiv zu werden. Emma lief hinter ihr her, sah zu, wie sie den von den vielen Reisen abgenutzten Koffer vom

Schrank im Schlafzimmer holte. Arbeitskleidung wurde aus Kommodenschubladen genommen. Der Toilettenbeutel wurde gepackt. Die Brieftasche mit dem Pass aufs Bett gelegt.

»Was ist mit meiner Party?«, fragte Emma.

»Ich bin bald wieder da«, sagte Susan. »In drei oder vier Wochen, vielleicht auch weniger. Dann feiern wir deinen Geburtstag.«

»Aber wir haben doch schon die Einladungen verschickt.« Emma hatte sie selbst gemacht und jede mit einer großen Sieben, die sie aus Geschenkpapier ausgeschnitten hatte, verziert.

»Es tut mir leid, Schatz«, sagte Susan. »Du weißt, dass ich fahren muss. Mrs. McDonald wird Daddy bei der Party helfen. Das macht sie bestimmt gerne. Und ich bringe dir etwas Besonderes mit.«

»Nein«, protestierte Emma. »Ich will, dass du an meinem Geburtstag hier bist. Sag ihnen, du kannst nicht – nur dieses eine Mal. Bitte.«

Sie versuchte, Susan dazu zu bewegen, wieder ans Telefon zu gehen, aber ihre Mutter packte einfach weiter. Bei Feldforschung musste man auf Notfälle reagieren, und Epidemien richteten sich nicht nach dem Terminkalender.

Als das Auto kam, saß Emma in der Einfahrt und spielte mit dem Kies. Der Kotflügel des Kombis kam direkt neben ihr zum Halten, und die großen Buchstaben der Aufschrift waren nur eine Armeslänge von ihr entfernt. United States Centre for Disease Control. Als der Fahrer mit Susan ins Haus ging, um ihr mit dem Gepäck zu helfen, stand Emma auf, in jeder Hand Kies. Sie schleuderte ihn aufs Auto, dann bückte sie sich und füllte ihre Hände erneut.

Daran erinnerte sie sich noch am lebhaftesten. Nicht an die Verabschiedung, die dann folgte. Dabei presste Emma ihr Gesicht in die Haare ihrer Mutter, die immer ein bisschen nach Chemie rochen. Sie erinnerte sich auch nicht an den letzten Kuss oder die letzten Versprechen. Nur an das Geräusch, mit dem die Steinchen auf die glänzende Karosserie trafen und anschließend wieder zu Boden prasselten.

Emma starrte in das Innere der Kabine. Sie hielt immer noch die Vorhänge umklammert. Als ihr Vater ihr gesagt hatte, dass Susan tot war, hatte sie diese letzten Erinnerungen sorgfältig in ihrem Gedächtnis bewahrt. Aber alle anderen Erinnerungen an ihre Mutter waren nur bruchstückhaft – Liedzeilen, das Gefühl eines Kusses auf die Stirn, eine Hand, die die ihre bei einem Spaziergang im Park festhielt. Ihre Mutter war regelmäßig weg gewesen, seit Emma ein paar Monate alt gewesen war, aber sie hatte nur vage Erinnerungen daran. Jetzt, hier in diesem stillen Raum, versuchte sie, mehr Bilder heraufzubeschwören, sich an mehr Details der zahlreichen Abschiede zu erinnern, die stattgefunden haben mussten. Aber stattdessen sah sie Simons Rücken vor sich, wenn er wegging, die Reisetasche über die Schulter gehängt. Simon, der über die Rollbahn zu einem kleinen Flugzeug lief. Simon winkend auf dem Deck eines Schiffes. Vor ihm war es Jason, der Pilot, gewesen, der sie zurückgelassen hatte. Und davor der Schauspieler, der es sich nicht leisten konnte, ein Engagement abzulehnen, das seiner Laufbahn förderlich war.

Sie blickte in die dunkle Kabine, und die üblichen Gedanken tanzten in ihrem Kopf. Sie redete sich ein, dass mit ihr etwas nicht stimmte. Sie war nicht interessant, nicht attraktiv genug, und deshalb wollten die Männer nicht bei ihr bleiben. Vielleicht musste sie sich ja ändern. Dann jedoch wanderten ihre Gedanken in eine neue Richtung. Vielleicht hatte es ja gar nichts damit zu tun, wer sie war. Vielleicht hatte sie sich unbewusst immer Männer ausgesucht, die sie ständig allein ließen? Das Muster, das ihre Mutter in Gang gesetzt hatte, hatte sie über all die Jahre hinweg verfolgt wie ein Fluch.

Erschrocken ließ Emma den Vorhang los. Es war doch ein Sakrileg, so etwas zu denken, vor allem hier an diesem Ort, wo Susan gelebt hatte. Sie trat zu ein paar verblichenen Postern, die an der Wand neben der Tür hingen. Eines war eine Dosierungstabelle für ein veterinärmedizinisches Medikament. Das andere stammte von einer Gesundheitskampagne über Impfungen. Es war die Zeichnung eines kleinen Kindes, das sich hinter einem traditionellen Massai-Schild vor Speeren schützte. An den Speeren stand auf Englisch und Swahili: »Polio«, »Tetanus« und »Typhus«.

»Unser Traum ist es, dass dort eines Tages auch Olambo-Fieber steht.«

Emma zuckte zusammen, als sie Daniels Stimme hörte; sie hatte ihn auf seinen nackten Füßen nicht kommen hören. Er trat neben sie. Sie roch Motoröl, vermischt mit etwas anderem, das sie an Honig erinnerte.

Emma nickte. Eine Impfung war die Traumlösung für jeden Virus, weil antivirale Medikamente selten effektiv waren, selbst wenn sich jemand die Mühe machte, sie zu entwickeln.

»Aber es ist zu teuer«, fuhr Daniel fort.

Emma nickte wieder. Es war wohl unmöglich, die notwendigen Mittel für einen genetisch hergestellten Impfstoff gegen eine Seuche, die bisher nur in einem kleinen Teil Ostafrikas vorkam, zusammenzubekommen. Wenn ein tödlicher Virus die Bevölkerung von New York oder Sydney bedrohen würde, dann wäre es etwas anderes. »Sie können sich eigentlich nur darauf konzentrieren, die Übertragung zu kontrollieren und so die Ausbruchsgefahr relativ gering zu halten«, erwiderte sie.

»Das haben wir auch vor«, stimmte Daniel ihr zu. »Aber wie gesagt, wir finden nicht heraus, wo sich der Virus versteckt. Wir suchen und suchen, und es gibt einfach kein Anzeichen dafür.« Es hörte sich so an, als redete er von einem exotischen Tier, das besonders schwierig aufzustöbern war.

»Wie sammeln und bearbeiten Sie Ihre Proben?«, fragte Emma.

»Ich zeige es Ihnen.« Daniel ging mit ihr im Labor herum, zeigte ihr die Fallen, die Ndugu und er benutzten, und beschrieb ihr, wie sie den Tieren Blut abnahmen und es dann auf Antikörper gegen Olambo testeten. Er zeigte ihr auch den alten handbetriebenen Separator, den er und Ndugu benutzt hatten, bevor sie sich einen mit Kerosin betriebenen Kühlschrank leisten konnten. »Jetzt lassen wir die Röhrchen über Nacht einfach im Kühlschrank«, erklärte er Emma. »Die Blutzellen verklumpen und sinken herunter – und am Morgen brauchen wir das Serum nur noch abzugießen.«

Wie sehr er sich über etwas so Grundlegendes wie einen Kühlschrank freuen konnte! Emma dachte an die Ausstattung im Institut. Ohne die besten Geräte und genügend Mitarbeiter würden Leute wie sie noch nicht einmal anfangen zu arbeiten.

»Fällt Ihnen etwas auf, was nicht richtig ist?«, fragte Daniel. »Sollten wir irgendetwas anders machen?«

Emma schüttelte den Kopf. »Nein, ich habe an Ihren Methoden nichts auszusetzen.«

Daniel wirkte niedergeschlagen, so als ob es ihm lieber gewesen wäre, wenn sie irgendetwas falsch gefunden hätte, statt sich damit herumzuschlagen, dass seine Arbeit ohne Ergebnis blieb.

Emma suchte nach tröstlichen Worten. »Der Ausgangspunkt des Lassa-Fiebers ist auch nie gefunden worden, und daran haben ganze Mannschaften gearbeitet. Es ist also kein Wunder, dass Sie bei Olambo noch keinen Erfolg gehabt haben.«

»Aber ich habe nicht vor, aufzugeben«, erklärte Daniel fest. »Wir können noch eines versuchen. Wir haben noch nicht alle großen Säugetiere getestet – Büffel, Wildhunde, Löwen, Elefanten. Ihnen können wir nur Blut abnehmen, wenn wir auf sie schießen, mit Betäubungsmitteln oder mit Kugeln. Betäubungsgewehre haben wir nicht. Außerdem reagieren diese wilden Tiere unberechenbar auf Narkosemittel. Es ist gefährlich für sie. Aber ich würde die Tiere nicht gerne töten, nur um eine Blutprobe nehmen zu können. Das könnte ich nicht. Also suche ich nach einem Weg, wie ich weitermachen kann. In der Zwischenzeit erledigen wir unsere Arbeit.«

Mitgefühl für ihn stieg in Emma auf. Er beklagte sich nicht über seinen Mangel an Ressourcen und liebte seine Arbeit sehr. Sie wünschte, sie könnte etwas tun. »In zehn Tagen bin ich wieder in Melbourne«, sagte sie. »Ich werde versuchen, eine Organisation zu finden, die Sie unterstützen kann.«

»Danke«, sagte Daniel. »Ich wäre Ihnen wirklich sehr dankbar.«

»Ich kann nichts versprechen«, sagte sie. »Aber ich tue, was ich kann.« Sie wandte den Blick ab. Seine offene Dankbarkeit beschämte sie, weil es ja eigentlich nichts war, was sie anbot.

Ein rosafarbener Farbtupfer fiel ihr ins Auge – die Blumen im Glas, die ihr schon beim ersten Mal aufgefallen waren. Es waren die gleichen wie die, die sie in der Wüste gepflückt und auf den Grabhügel gelegt hatte. Sie berührte die Blütenblätter leicht mit dem Finger. Wer mochte sie wohl dort hingestellt haben? Das war doch bestimmt eine Frau gewesen. Schockiert spürte sie, wie leiser Abscheu bei dem Gedanken an eine unbekannte Frau in ihr aufstieg. Es war, als hätte sie nach den intensiven Erfahrungen, die sie miteinander geteilt hatten, eine Art Besitzanspruch auf Daniel. Das war natürlich absurd. Und trotzdem ging ihr unwillkürlich durch den Kopf, was Daniel am Frühstückstisch gesagt hatte.

Wir sind es nicht gewohnt, eine Frau hier zu haben.

»Wer hat denn die Blumen hier hingestellt?«, fragte sie.

»Ich habe sie gepflückt«, erwiderte Daniel. »Ich habe gerne Blumen in den Zimmern. Es erinnert mich daran, dass die Welt schön ist, auch wenn überall schreckliche Dinge passieren.«

Einen Moment lang stand tiefe Traurigkeit in seinem Gesicht, aber er verjagte sie mit einem Lächeln.

»Es ist sicherlich schon Zeit für den Morgentee«, sagte er. »Kommen Sie, wir sehen mal nach, wo Mosi ist.«

Emma kniete auf der grauen Erde und zog Büschel verwelkter, dürrer Pflanzen heraus. Daniel stand neben ihr und bearbeitete den Boden mit einer kleinen Hacke.

»Ich wollte das machen, solange Ndugu weg ist«, erklärte Daniel. »Ohne ihn kann ich sowieso nicht arbeiten, deshalb ist das eine gute Gelegenheit.« Er blickte Emma lächelnd an. »Aber ich hatte keine Hilfe erwartet.«

»Der Urlaub ist auch nicht so geworden, wie ich ihn mir vorgestellt hatte.« Emma erwiderte sein Lächeln. »Aber das macht mir nichts«, fügte sie rasch hinzu. »Es ist etwas völlig Neues für mich. Ich lebe sonst in einer Wohnung im dritten Stock.« Sie griff nach einer weiteren vertrockneten Pflanze und genoss das befriedigende Gefühl, als sich die Pflanze aus der Erde ziehen ließ. Zuerst war sie von Daniels Vorschlag, ihr beim Unkrautjäten im verlassenen Garten neben der Küche zu helfen, nicht besonders angetan gewesen, aber jetzt gefiel ihr die Arbeit. Sie hatte sich Gummihandschuhe übergezogen – hier lauerten wahrscheinlich überall Tuberkulosekeime –, aber sie zerrissen ziemlich schnell. Jetzt waren ihre Hände zwar grau vom Staub, aber sie genoss das sanfte Streicheln der sandigen Erde an ihrer Haut, nachdem sie aufgehört hatte, an Insektenstiche und Krankheiten zu denken. Sie blickte von ihren Händen auf Daniels. Es war ein seltsamer Kontrast, weil die graue Erde auf seiner dunklen Haut blass wirkte, während sie ihre Hände dunkler machte.

»Wie ist hier überhaupt jemals etwas gewachsen?« Selbst in den tieferen Schichten war die Erde knochentrocken.

»In der nassen Jahreszeit regnet es«, erwiderte Daniel. »Und normalerweise haben die Pflanzen den Rest des Jahres mit dem Wasser aus den Waschschüsseln überlebt. Aber dann hatte ich so viel zu tun, dass ich sie vergessen habe. Ich habe sie sterben lassen.« Seine Stimme klang, als machte er sich Vorwürfe.

»Nun, ich hoffe, das kommt nicht wieder vor!«, neckte
Emma ihn. »Nachdem ich hier so schwer gearbeitet habe!«
Daniel lächelte. »Wenn ich sehe, dass die Pflanzen Durst
haben, werde ich daran denken, wie Sie hier gehockt haben,
und ich werde ihnen sofort Wasser geben.«
Emma hielt inne und schlug die Augen nieder, damit Daniel
nicht sah, wie sehr sie der Gedanke, dass er sich an sie erinnern würde, freute. Sie war einfach zu lange allein gewesen,
sagte sie sich. Wahrscheinlich sehnte sie sich nur nach Aufmerksamkeit.
Sie wandten sich wieder der Arbeit zu, zogen die Pflanzen
heraus und warfen sie in die Schubkarre. Ab und zu begeg-
neten sich ihre Blicke. Emma sah auf Daniels Gesicht einen
leicht überraschten Ausdruck, als ob er es nicht fassen könne, dass diese weiße Frau sich in seinem Garten aufhielt.
Aber es war eine gute Überraschung, das erkannte sie. Er
freute sich, dass sie hier war.
»Mein Vater würde den Kopf schütteln, wenn er mich sehen könnte«, meine Daniel. »Er ist ein altmodischer Mann.
Die Massai glauben daran, dass sie Gottes auserwähltes
Volk sind und Lengai ihnen die Kühe gegeben hat, damit
für alle ihre Bedürfnisse gesorgt ist – Fleisch, Blut, Milch
und Tierfelle. Ein traditioneller Massai tötet keine wilden
Tiere, um sie zu essen. Und sie verachten die Menschen, die
den Boden umgraben und Pflanzen setzen.«
»Aber Sie nicht«, stellte Emma fest.
Grinsend blickte er auf. »Ich bin ein moderner Massai.«
»Akzeptiert Ihr Vater denn, dass Sie anders sind?«
»O ja. Mein Vater ist sehr stolz auf mich.«
»Und Ihre Mutter?« Emma jätete weiter, während sie ihre
Fragen stellte. Sie hielt ihren Tonfall absichtlich leicht, weil sie

nicht zu inquisitorisch erscheinen wollte, aber Daniel machte sie neugierig. Er kam aus einer so völlig anderen Welt.

»Natürlich liebt meine Mutter mich von ganzem Herzen. Ich bin ihr Erstgeborener. Wenn sie mich sieht, denkt sie immer an die Zeit, bevor ich ein *moran* – ein Krieger – wurde, damals, als ich noch ein Junge war, unter ihrem Dach wohnte und sogar in ihrem Bett schlief.«

Emma verspürte leisen Neid. Er sprach so selbstbewusst von der Liebe seiner Mutter – als ob er sie jeden Tag fühlen könnte wie Sonnenstrahlen auf der Haut. Während sie beobachtete, wie er die Erde hackte, dachte sie verwundert, wie selbstverständlich er sich als Krieger bezeichnete. Sie versuchte, ihn sich mit rotem Schlamm beschmiert vorzustellen, wie die jungen Massai-Männer, die zur Initiation vorbereitet wurden. Sie hatte im Fernsehen eine Dokumentation darüber gesehen. Ihr fiel ein, was in diesem Zusammenhang gesagt worden war.

»Mussten Sie auch einen Löwen mit dem Speer erlegen, um ein Krieger zu werden?« Sie biss sich auf die Lippe. Wenn man es so formulierte, hörte sich das Ritual, Löwen zu töten, so primitiv und grausam an, dass sie befürchtete, Daniel beleidigt zu haben.

Aber ihn schien die Frage nicht zu stören. »Heutzutage gibt es nicht mehr so viele Löwen, deshalb raten die Älteren einem nicht dazu. In meiner Altersgruppe wurden zum Glück keine Löwen mehr getötet. Aber mein Vater hat es noch gemacht. Und mein Großvater hieß bei allen nur ›Zwei Löwen‹ – natürlich auf Maa –, weil er zwei Löwen erlegt hat.«

Emma jätete eifrig weiter. Am liebsten hätte sie Daniel den ganzen Tag über Fragen gestellt. Sie liebte seinen melodi-

schen afrikanischen Akzent. Er verkürzte die Worte nicht –
im Gegenteil, er gab jedem seinen vollen Raum in einem
Satz –, und dadurch klang das, was er sagte, neu und besonders. Verstohlen blickte sie ihn an. Mit seinem wohlpropor-
tionierten Körper und seiner schimmernden Haut sah er
aus wie ein Gott aus Ebenholz. Seine Gesichtszüge waren
von einer perfekten Symmetrie. Emma spürte, wie ihr warm
wurde. Unwillkürlich fragte sie sich, wie es wohl sein
mochte, mit den Händen über diese starken Schultern zu
streichen. Nervös senkte sie den Blick. Aber eigentlich war
ihre Reaktion ganz natürlich, sagte sie sich. Sie fühlte sich
zu ihm hingezogen, weil er körperlich das genaue Gegenteil
von ihr war. Und jeder Student wusste, dass symmetrische
Züge als attraktiv galten. Unter Darwinschen Gesichts-
punkten war er ein begehrenswerter Partner.
Als sie aufblickte, stellte sie fest, dass Daniel sie beobachtete. Sie spürte, wie ihre Wangen sich röteten.
»Soll ich auch die Steine heraussammeln?«, fragte sie ihn.
Sofort wurde ihr klar, dass das eine blöde Frage war. Wer
wollte schon Steine in seinem Gartenbeet?
»Das wäre gut«, erwiderte Daniel. »Das macht das Pflanzen
leichter.«
Emma überlegte, was sie sonst noch sagen konnte, damit
das Gespräch wieder so entspannt wurde wie vorher. Vielleicht sollte sie ihn fragen, woher er die Narbe auf der Stirn
hatte. Aber insgeheim wusste sie ganz genau, dass sie ihn
am liebsten fragen würde, ob er verheiratet war oder eine
Freundin hatte. Er hatte über seine große Familie gesprochen, aber Frau oder Kinder nicht erwähnt. Und es war offensichtlich, dass er hier mit Ndugu allein lebte. Emma
wusste zwar, dass es nicht ungewöhnlich für afrikanische

Männer war, ihre Familien in ihren Heimatdörfern zurückzulassen, wenn sie zur Arbeit woanders hinzogen, aber würde jemand wie Daniel seine Frau und seine Kinder nicht wenigstens im nächsten Dorf unterbringen, damit er sie besuchen konnte? Am liebsten hätte Emma ihn geradeheraus gefragt – schließlich hatte er sie auch sofort gefragt, ob sie verheiratet wäre. Aber sie war sich nicht sicher, wie er ihr Interesse interpretieren würde. Und sie hatte Angst, noch stärker zu erröten. Sie beugte sich über das Gartenbeet, sammelte die kleinen Steine auf und warf sie auf einen Haufen.

Am späten Nachmittag tranken Daniel und Emma mit Mosi eine Tasse Tee. Die Männer saßem auf der Treppe, und Emma kauerte auf einem niedrigen, dreibeinigen Hocker. Er war aus einem einzigen Stück Holz geschnitzt, und die Sitzfläche bestand aus einer flachen Schale, die durch den Gebrauch glattgeschliffen worden war. Emma blickte müßig zum fernen Vulkan und trank ihren Tee. Sie war dem Beispiel der beiden Männer gefolgt und hatte einen Löffel Honig hineingerührt – sie spürte förmlich, wie das Arbeiten in der Hitze ihr Energie entzog. Zuerst schmeckte die rauchige Süße fremd, aber nach den ersten Schlucken hatte sie sich daran gewöhnt. Sie blickte zu den Kamelen. Sie standen nebeneinander und blickten jammervoll aus dem behelfsmäßigen Pferch, den Daniel und Mosi in der hinteren Ecke des Hofs errichtet hatten, zu ihnen herüber. Angebunden zu werden, schien ihnen auch nicht gefallen zu haben, aber in dem Gehege wirkten sie unglücklich. Emma hatte das Gefühl, dass sie es gewohnt waren, sich näher bei den Menschen aufzuhalten. Sie warf einen Blick auf das

Gartenbeet. Sie hatte den ganzen Nachmittag mit den Männern daran gearbeitet, und jetzt war es frei von Unkraut und Steinen.

»Was wollen Sie pflanzen?«, fragte sie Daniel.

»Zunächst einmal Mais, Tomaten und Bohnen.«

Emma versuchte, sich grüne Pflanzen in der grauen Umgebung vorzustellen. Daniel hatte ihr erklärt, dass er einen Graben außen herumziehen würde, um jeden Tropfen aufzufangen und kein Wasser zu verschwenden. Während sie das Beet betrachtete, merkte sie plötzlich, dass die Stimmung umgeschlagen war und unbehaglich wurde. Sie wandte sich Daniel zu und sah, dass er einen Blick mit Mosi wechselte. Es machte den Eindruck, als wartete jeder der beiden darauf, dass der andere anfing zu sprechen.

Schließlich stellte Daniel seinen Becher hin. »Mosi hat angeboten, heute Nacht hierzubleiben, statt ins Dorf zurückzukehren. Ich kann ihm ein Lager im Labor aufschlagen.«

Emma verstand nicht, warum sie mit ihr darüber sprachen. »Wenn ihm das lieber ist …«

»Er würde lieber ins Dorf zurückkehren«, sagte Daniel. »Er hat dort Freunde. Aber er macht sich Sorgen um Ihren Ruf.«

Emma riss die Augen auf. Sie war sich nicht sicher, ob sie ihn richtig verstanden hatte.

»Letzte Nacht hat es sich um einen Notfall gehandelt«, erklärte Daniel. »Niemand würde uns kritisieren, weil wir hier unter einem Dach geschlafen haben. Aber heute würde es so aussehen, als ob wir das absichtlich täten.«

»Daniel hat recht«, bestätigte Mosi.

»Was mich angeht, so mache ich mir keine Gedanken«, sagte Daniel. »Ich denke an Sie.«

Emma trank einen Schluck Tee, um ihre Überraschung zu verbergen. Es kam ihr so altmodisch und spießig vor, sich über so etwas überhaupt Gedanken zu machen. Was würden Daniel und Mosi wohl denken, wenn sie wüssten, dass Simon und sie oft zu Konferenzen oder Sitzungen mit Mitgliedern des anderen Geschlechts reisten, manchmal in Gruppen, manchmal aber auch nur zu zweit. Viele der Teilnehmer teilten sich dabei nicht nur die Zimmer, sondern auch die Betten, und niemand dachte sich etwas dabei. Emma hatte noch nie mit einem Kollegen geschlafen und Simon wohl auch nicht – aber ganz sicher war sie sich nicht. Er war sehr verschlossen und beantwortete Fragen zu seiner Privatsphäre nur ungern. Emma verspürte plötzlich einen Stich, als sie daran dachte, wer im Moment mit ihm zusammenlebte und -arbeitete: Dr. Frida Erikssen, die Glaziologin aus Finnland. Simon hatte erwähnt, dass eine Frau an der Expedition teilnähme, aber erst bei der Abschiedsparty kurz vorher hatte Emma sie gesehen. Sie war eine klassische, nordische Schönheit, in den Dreißigern, mit einer perfekten honigfarbenen Haut. Kein Mann im Raum, Simon eingeschlossen, hatte den Blick von ihr abwenden können.

Emma zwang sich zu einem entspannten Lächeln. »Danke, aber es kümmert mich wirklich nicht, was die Leute denken. Schließlich kenne ich hier niemanden. Und morgen reise ich ja sowieso ab.«

»Dann ist es also kein Problem.« Mosi wirkte erfreut. »Ich gehe ins Dorf. Ich bin nämlich zu einem Hochzeitsfest eingeladen.«

Emma warf Daniel einen verstohlenen Blick zu. Sie fand, er sah auch so aus, als ob er sich freute. Vielleicht hatte er ja genau wie sie das Gefühl, dass sie einen Abend zu zweit verdienten, nach allem, was sie in den letzten zwei Tagen erlebt hatten.

Noch einmal flog das Flugzeug über sie hinweg, kurz bevor es dunkel wurde. Daniel bereitete das Abendessen in der Küche zu, und Emma saß daneben auf einem Hocker und schälte Erdnüsse. Als sie das ferne Brummen der Maschine hörte, sprang sie auf und blickte suchend zum Himmel, bis sie das Flugzeug entdeckte. Auch Daniel eilte heraus und stellte sich neben sie. Das Flugzeug kam aus der Wüste und flog zurück nach Malangu. Emma starrte nach oben. Sie stellte sich vor, dass Angel sicher und geborgen in der Kabine saß und ihr Martyrium ein Ende hatte. Daniel hatte ihr gesagt, der Pilot könne problemlos in der Wüste landen. Wenn jemand vom Flugzeug aus das Kind sah, brauchte er einfach nur herunterzugehen und zu landen – und dann konnte er sie mitnehmen.

Das Flugzeug flog niedrig über die Station und scheuchte die Kamele auf. Emma blickte Daniel an. Sie verstanden sich auch ohne Worte. Sie dachten beide dasselbe, hofften auf das gleiche Wunder. Sie schauten dem Flugzeug nach, dessen Unterseite in den letzten Strahlen der Abendsonne aufblitzte.

7

Als die Schatten über dem Sand länger wurden, begann Angel, die Löwin zu beobachten. Sie wartete auf ein Zeichen, dass sie nach einer Höhle suchte. Die Sonne stand schon fast am Horizont; bald würde es dunkel werden.

Nervös blickte Angel nach links, wo in der Ferne der Berg Gottes zu sehen war. Den halben Nachmittag war der Vulkan direkt hinter ihr gewesen, wie schon die ganze Zeit, seit sie mit der Löwin ging. Jetzt fragte sie sich, warum sie von dem festen Kurs abgewichen waren. Zuerst hatte sie gedacht, die Löwin habe vielleicht einen speziellen Unterschlupf im Sinn, aber der Umweg war zu lang gewesen. Und die Löwin fühlte sich nicht wohl; sie lief mit gesenktem Kopf, ihr Schwanz zuckte hin und her. Die Jungen merkten, dass mit ihrer Mutter etwas nicht stimmte, und hielten sich dicht bei ihr. Angel folgte ihnen.

Die einzige Orientierungshilfe vor ihnen war ein Baum. Er ragte mit seinen weit ausladenden Ästen ungewöhnlich hoch in der Ebene empor. Anscheinend waren seine Wurzeln auf Wasser gestoßen. Die Löwin ging direkt darauf zu. Angel runzelte die Stirn. Das sah nicht nach einem geeigneten Platz für ein Nachtlager aus, denn rundherum war alles zu offen. Zwar konnte man ein paar große Felsen im gelben Gras erkennen, aber sie lagen viel zu weit auseinander, um Schutz zu bieten. Noch ein gutes Stück von dem Baum entfernt, blieb die Löwin stehen. Sie hob den Kopf und stieß einen langen, hohen

Ruflaut aus. Es klang wie das Gurren der Tauben, das Angel schon einmal gehört hatte, aber jetzt klang es irgendwie anders, verloren und klagend.

Erneut rief die Löwin und drehte den Kopf, als ob sie hoffte, eine Antwort zu hören. Aber nur Schweigen hing in der Luft. Noch nicht einmal Vögel zwitscherten in den Ästen des Baumes. Auch Insekten summten nicht. Die Löwin begann zu zittern – in rhythmischen Wellen erbebte ihr Körper. Angels Magen krampfte sich zusammen. Sie schlang die Arme um ihren Oberkörper und versuchte, die Ursache für das Verhalten der Löwin zu entdecken. Alles schien normal.

Die Löwin ging weiter auf den Baum und auf die Felsen zu. Dabei schnüffelte sie am Boden. Ein leises Grollen drang aus ihrer Kehle.

Angel folgte ihr vorsichtig durch das hohe Gras. Trocken und spröde raschelte es an ihren Waden. Als sie näher an einen der großen Felsen kam, blieb sie erschrocken stehen. Das war kein Stein. Zwischen blassen gebogenen Rippen sah man dunkle Stellen. Rippen. Entsetzt schlug Angel sich die Hand auf den Mund.

Der Kadaver roch nicht. Bis auf ein paar getrocknete, schwarze Fleischfetzen waren die Knochen sauber abgenagt. Der Brustkorb war beinahe intakt, aber daneben lagen einzelne Knochen. Große, feste Knochen, an denen einst starke Muskeln gewesen waren. Überall lagen sie herum. Fell war nicht zu sehen – kein einziges Haar. Angel suchte unter den Knochen nach dem Schädel, aber er war nicht da.

Überall im Gras lagen weitere Kadaver. Die Löwin wanderte von einem Knochenhaufen zum nächsten, und die Welpen liefen um ihre Füße herum. Das leise Grollen wurde zu

142

einem verzweifelten Stöhnen, wenn sie bei einem Kadaver stehen blieb und auf die Knochen blickte, bevor sie weiterging.

Es waren vier Skelette, die um den Baum herumlagen. Sie hatten keinen Kopf, und allen hatte man das Fell abgezogen. Kein Tier würde seine Beute in diesem Zustand liegen lassen, dachte Angel. Jemand hatte Felle und Köpfe mitgenommen.

Die Frau des Eigentümers hatte sie zu einem kalten Getränk ins Haus eingeladen. Drinnen hatte ein Teppich aus Löwenfell auf dem Boden gelegen. Der Kopf war noch dran gewesen, ausgestopft, das Maul aufgerissen, so dass man die gewaltigen, elfenbeingelben Zähne und die Spitze der dunkelrosa Zunge sah. Man hatte Glasaugen eingesetzt, die blind in den Raum starrten. Angel dachte an die Frau, die mit ihren hohen Absätzen Dellen im goldbraunen Fell hinterlassen hatte, als sie ihnen das Tablett mit den Getränken brachte.

Die Knochenberge waren etwa alle gleich groß, der Brustkorb entsprach dem der Löwin. Der fünfte Kadaver jedoch war viel kleiner. Der Brustkorb war zu einem Sammelsurium feiner Knochen zusammengedrückt. Der Schädel hing noch an der Wirbelsäule. Er lag auf der Seite und zeigte die obere Hälfte des Gebisses – die perfekten, nadelscharfen Zähne, wie Angel sie sah, wenn die Löwenjungen gähnten. Angel spürte, wie Wut in ihr aufstieg. Niemand wollte das Fell dieses kleinen Löwen an der Wand haben, und doch war auch er getötet worden. Zugleich war sie jedoch erleichtert, dass er nicht allein zurückgeblieben und vor Hunger oder durch die Zähne eines anderen Raubtieres umgekommen war.

143

Als die Löwin an allen Knochenhaufen vorbeigegangen und ihre qualvolle Erkundung vorüber war, blieb sie stehen und starrte in die untergehende Sonne. Sie hob den Kopf und öffnete das Maul. Das Stöhnen wurde zu einem Brüllen. Ihre schwarzen Lefzen zogen sich von ihren Zähnen zurück, und ihre Kehle war wie eine dunkle Höhle.

Der Laut brach aus ihr hervor und rollte durch die Luft. Sie bewegte langsam den großen Kopf. Als das Brüllen erstarb, schüttelte sie sich. Dann füllte sie ihre Lungen erneut und brüllte wieder. Dieses Mal war das Geräusch sogar noch lauter. Die Jungen wichen mit angelegten Ohren zurück. Mdogo presste sich an Angels Beine, und sie spürte, wie sein Herz raste.

Die Löwin achtete nicht auf Angel oder ihre Jungen. Immer wieder brüllte sie, und die Wut in ihrer Stimme mischte sich mit Verzweiflung. Angel konnte fast hören, wie sie flehend immer wieder dasselbe Wort brüllte.

Nein! Nein! Nein ...

Sie wäre am liebsten zu der Löwin gegangen und hätte sie berührt, um den Schmerz zu durchbrechen. Aber sie wagte es nicht. Wer auch immer das getan hatte – professionelle Jäger oder Wilddiebe, Europäer oder Afrikaner –, es waren Menschen gewesen wie sie. Aber, dachte Angel dann, als die Löwin ihr geholfen hatte, hatte sie schon von dieser schrecklichen Szene gewusst. Sie hatte sich diesem Ort genähert, als ob sie ein Grab besuchen würde. Es hatte einen ersten Moment der Hoffnung gegeben, dass der Alptraum vielleicht doch nicht wahr gewesen wäre – aber danach hatte sie nicht schockiert gewirkt, sondern nur Trauer, Schmerz und Wut gezeigt.

Angel hockte sich zu den Löwenjungen. Ob sie wohl auch schon einmal hier gewesen waren? Sie wusste nicht, wann die anderen Tiere getötet worden waren, ob es vor der Geburt der Löwenjungen gewesen war oder danach. Aber auf jeden Fall hätte sie ihnen am liebsten Augen und Ohren zugehalten. Sie konnte nur hoffen, dass sie nichts verstanden. Die Sonne hatte fast den Horizont erreicht. Angel hielt den Atem an. Die Löwin stand still und groß im goldenen Licht der letzten Sonnenstrahlen. Sie sah aus wie ein Geschöpf des Feuers.

8

Das Morgenlicht war dünn und trüb. Im Hof stolzierten zwei Hähne umher und krähten laut, wobei jeder versuchte, den anderen zu übertrumpfen. Emma stand an der Hintertür und flocht sich die Haare zu einem Zopf – sie würde so ordentlich wie möglich aussehen, wenn sie dem Inspektor aus Arusha gegenüberstand. Gerade wollte sie sich zu Daniel an den Frühstückstisch setzen, als Mosi am Tor auftauchte.

Sie wartete, um ihn zu begrüßen. Während er näher kam, musterte er sie von Kopf bis Fuß, als wolle er feststellen, ob in seiner Abwesenheit etwas Skandalöses stattgefunden habe.

Emma winkte ihm fröhlich zu. »Guten Morgen, Mosi.«

»Guten Morgen«, erwiderte er verlegen.

Emma lächelte ihm nach, als er zur Küche eilte. Sie dachte an den Abend, den sie mit Daniel verbracht hatte. Als Mosi gegangen war, war die Stimmung zunächst ein wenig angespannt gewesen. Jeder Blick und jede Geste waren auf einmal voller Bedeutung. Aber nachdem jeder eine große Flasche Kilimanjaro-Bier geleert hatte, konnten sie entspannter miteinander umgehen. Daniel hatte den Generator abgestellt, um Treibstoff zu sparen und auch, damit sie durch den Lärm nicht gestört wurden. Der Tisch wurde vom sanften Schein einer Petroleumlampe erhellt, die an einem Haken von der Decke hing. Das weiche, flackernde Licht warf tanzende Schatten. Daniel hatte einen Eintopf mit Spinat und Erdnüssen gekocht, und Emma ließ sich den Teller füllen. Zu Mittag hatten sie nur Bananen gegessen, und da sie fast den ganzen Tag draußen verbracht hatte, hatte sie einen gesunden Appetit entwickelt.

Während des Essens unterhielten sie sich ungezwungen. Emma fragte nicht mehr nach Daniels Privatleben; auch von ihrem wollte sie nichts erzählen. Daniel ging es wohl genauso. Zuerst redeten sie über Politik und verglichen ihre beiden Länder. Erstaunt stellte Emma fest, dass sie eigentlich kaum etwas über Tansania wusste, im Gegensatz zu Daniel, der sogar wusste, welche Partei in Australien an der Regierung war. Sie fragte ihn, woher er so gut Englisch konnte, und er erklärte, die Unterrichtssprache in Schule und Universität sei Englisch, und außerdem habe er während seiner Zeit in Daressalam und Arusha häufig Nachrichtensendungen im Fernsehen angeschaut. Dann unterhielten sie sich über Bücher. Überrascht hörte Emma, dass Daniel von Salman Rushdie bis hin zu Agatha Christie so gut wie alles las. Viel Auswahl hätte er sowieso nicht, sagte er, weil seine Bücher von einem Secondhand-Händler in Arusha stammten, der die Taschenbücher weiterverkaufte, die die Touristen zurückließen. Emma dachte daran, wie überwältigt sie in den Buchhandlungen zu Hause immer von dem Überangebot an Büchern war. Daniels Welt war wesentlich einfacher. Das Leben hier war zwar nicht leichter – im Gegenteil, es war schrecklich harte Arbeit –, aber alle hatten viel mehr Zeit und Raum, um sich zu bewegen.

Je länger der Abend dauerte, desto weniger redeten sie. Einträchtig saßen sie im abgeschirmten Esszimmer, lauschten den Kamelen, die im Gehege ihr Futter kauten, beobachteten die Motten, die gegen das Moskitonetz flatterten, und das Flackern der Petroleumlampe. Als es Zeit war, den Tisch abzuräumen und das Geschirr in die Küche zu bringen, schaltete Daniel den Generator wieder ein, und das elektrische Licht überdeckte den sanften Schein des Mondes und der Lampe. Er spülte das Geschirr in einem Becken, und Emma trocknete die Teller und Becher ab. Dann ging Daniel mit Emma in Ndugus Zimmer, wie am Abend zuvor. Dieses Mal jedoch fiel es Emma nicht so schwer. Sie dachte nicht an Susan oder an das Kind auf dem Foto. Alle ihre Sinne waren auf Daniel gerichtet, der einen Schritt vor ihr herging.

An der Tür blieb er stehen und reichte ihr die Taschenlampe.

»Gute Nacht, Emma«, sagte er.

Es gefiel Emma, wie er ihren Namen sagte, mit der Betonung auf beiden Silben. Em-mah. Es klang neu und anders, als ob es seine ganz besondere Art sei, sie anzusprechen.

»Auf Swahili sagen wir *Lala salama*«, fügte er hinzu. »Es bedeutet ›mögest du in Frieden und Sicherheit schlafen‹.«

»*Lala salama*«, wiederholte Emma. Die Worte klangen wie ein Schlaflied oder ein Segen.

Sie blickte in Daniels Augen und hielt seinem Blick stand. Der Augenblick dehnte sich, und die Luft zwischen ihnen vibrierte. Und dann, fast im gleichen Moment, wandten sie sich beide ab.

Emma ging ins Zimmer und schaltete das Licht ein. Sie stand ganz still, starrte auf die aufgestapelten Kartons und lauschte dem Klang von Daniels Schritten, die im Flur verklangen.

Emma setzte sich an den Esstisch neben Mosi, Daniel gegenüber. Heute gab es sogar noch mehr zum Frühstück als gestern. Sie zerschnitt ein Spiegelei und ließ das Eigelb über ein Stück Süßkartoffel fließen. Es sah gut aus, aber sie hatte keinen Hunger. Ihr Magen krampfte sich vor Spannung zusammen. Ständig dachte sie daran, dass sie bald erfahren würde, ob man Angel gefunden hatte – ob sie lebte oder tot war oder vielleicht immer noch vermisst wurde. Und sie dachte auch daran, dass sie bald mit Mosi nach Malangu aufbrechen würde. Daniel würde in seinem Landrover hinter ihnen herfahren. Emma und Daniel würden gemeinsam in die Polizeistation gehen, um dort ihre Aussage zu machen, und anschließend würden sich ihre Wege trennen.

»Heute müssen Sie viel essen«, sagte Daniel. »Sie wissen ja, dass es im Salaam Café keine große Auswahl gibt. Und es ist eine lange Fahrt bis in die Serengeti.«

Emma zwang sich zum Essen. Sie fand, sein leichter Tonfall klang gezwungen. Vermutlich empfand er das Gleiche wie sie. Während sie langsam kaute, blickte sie über die niedrigen Mauern zu den Kamelen. Matata schnüffelte an ein paar zahmen Perlhühnern, die an den Überresten des morgendlichen Kamelfutters pickten. Mama Kitu lag auf dem Boden, die Beine unter den Bauch gezogen. Der Hals war gestreckt, und ihr Kinn ruhte auf dem Sand. Sie blickte direkt ins Esszimmer. Emma musste lächeln. Die Haltung des Kamels wirkte zutiefst vorwurfsvoll.

»Mama Kitu hat uns nicht verziehen, was wir ihr gestern angetan haben«, sagte sie zu Daniel.

Daniel schüttelte den Kopf. »Nein, das ist es nicht. Sie weiß, dass Sie wegfahren. Sie ist traurig.«

Emma betrachtete die Kamelstute. »Woher soll sie denn wissen, dass ich heute wegfahre? Das geht doch gar nicht.«
»Ein Kamel ist ein Reisetier. Es beobachtet, wenn sich Leute auf eine Reise vorbereiten. Mama Kitu hat Ihren Koffer gesehen, der am Tor steht. Sie hat bemerkt, dass sich Ihre Bewegungen leicht verändert haben, der Tonfall Ihrer Stimme, die Kleider, die Sie tragen. Vielleicht kann sie sogar Ihre Emotionen spüren. Manche Kameltreiber glauben, das Kamel würde dasselbe fühlen wie sie. Kamele spüren, ob Sie sich auf die Reise freuen oder ob Sie traurig sind, dass Sie abreisen müssen.«

Emma kaute auf ihrer Lippe. Sie hätte gerne laut gesagt, dass sie sich überhaupt nicht auf die Safari freute, dass sie sehr traurig war, die Station verlassen und sich von Daniel verabschieden zu müssen. Sie hätte gerne versprochen, eines Tages wieder hierher zurückzukommen – aber sie wusste, dass das nicht passieren würde.

Schweigend aßen sie eine Zeitlang. Das Klappern des Bestecks auf den Emailletellern klang laut. Mosi schenkte Tee nach, tropfte Honig hinein und rührte um. Sein Löffel klirrte am Metall.

»Emma, ich muss Sie etwas fragen«, sagte Daniel plötzlich. »Möchten Sie die Fotografie mitnehmen? Sie gehört Ihnen ja.«

Emma schwieg ein paar Sekunden, bevor sie antwortete: »Nein, ich finde, sie sollte hier bleiben. Sie ist schon so lange hier. Es käme mir falsch vor, sie jetzt mitzunehmen.«

Während sie das sagte, wurde ihr klar, dass ihre Gefühle für die Fotografie stärker mit Daniel als mit Susan verbunden waren. Sie wollte einfach wissen, dass ein kleiner Teil von ihr hier bei ihm blieb, wenn sie wieder in Melbourne war.

Daniel blickte sie an und nickte. »Sie bleibt hier.«

Emma stand bei Mama Kitu und streichelte über das rauhe Haar an ihrem Hals. Sie spürte die Wärme des Kamelleibes und atmete ihren Geruch nach feuchter Wolle ein. Das Kamel blickte aus feuchten dunklen Augen auf sie herunter.

»Du bist ein schönes Mädchen«, murmelte Emma. Sie lächelte leise, als sie merkte, dass sie schon wieder in ihre Mutterstimme verfiel.

Matata tauchte neben ihr auf und drückte seinen Kopf in ihr Gesicht, um seinen Anteil an Aufmerksamkeit einzufordern. Mama Kitu grunzte ihn an und schob ihn weg. Sie legte ihr Kinn auf Emmas Schulter und stieß einen langen Seufzer aus. Ihr Atem roch nach frisch gekautem Gras. Emma stand ganz still. Speichel tropfte auf ihre saubere Bluse. Noch vor kurzem wäre sie vor Entsetzen erstarrt, wenn ein Kamel das getan hätte, aber jetzt wünschte sie sich nur, nie fortgehen zu müssen.

»Leb wohl, Mama Kitu.« Sie rieb ihre Wange am samtigen Maul des Kamels. Dann blickte sie auf den verletzten Fuß. »Werde gesund. Du musst schnell wieder gesund werden.«

»Wir müssen fahren!«, rief Mosi vom Tor aus. Er hatte den Land Cruiser außerhalb des Hofes geparkt. Emma konnte ihren Koffer auf der Rückbank sehen. Neben Mosis Fahrzeug stand der Landrover. Am Steuer saß Daniel, in einem frisch gebügelten Hemd, bereit zum Aufbruch.

Emma warf noch einen Blick auf die Station, auf das Hauptgebäude, die willkürlich angebauten Räume, den ungepflegten Hof. Mittlerweile war ihr der Anblick so vertraut, dass es kaum zu glauben war, dass sie erst vor zwei Tagen hier angekommen war. Als sie zum Tor lief, drehte sie sich nicht mehr nach den Kamelen um, aber aus den Augenwinkeln sah sie, dass die beiden die Hälse gereckt hatten und ihr nachschauten.

Bald fuhren sie auf der Straße nach Malangu und ließen die Station hinter sich zurück. Emma saß auf dem Beifahrersitz im Land Cruiser und dachte, wie sauber und modern Mosis Auto ihr jetzt vorkam. Im Rückspiegel sah sie den alten Landrover mit seinem zerrissenen Leinwanddach über die Piste holpern. Er war zwar schon ein gutes Stück zurückgefallen, aber sie konnte trotzdem Daniels Gesicht noch erkennen. Sie versuchte zu sehen, ob sein Kopf sich im Takt der Musik bewegte, aber die schmutzige Windschutzscheibe trübte ihr die Sicht.

In einem kleinen Raum hinter der Theke im Salaam Café saß Emma vor einem alten Computer. Die Buchstaben auf der Tastatur waren beinahe unleserlich, unter einer dicken Schmutzschicht verborgen, und der Bildschirm war trüb von Staub. Der Jugendliche, der ihre Bezahlung entgegengenommen und sie in den Raum geführt hatte, schaute ihr über die Schulter.

»Er ist langsam«, sagte er. »Aber er kommt. Soll ich Ihnen etwas zu essen bringen?«

»Nur eine Tasse Tee, danke«, erwiderte Emma und spähte durch die offene Tür. Mosi saß an der Bar, trank eine Cola und aß eine Samosa. Er behielt die Polizeistation auf der anderen Straßenseite im Auge, damit er sehen konnte, wann Daniel ankam. Auf dem Parkplatz stand bereits ein großer Lastwagen. Emma fragte sich, ob damit wohl die Kamele abgeholt werden sollten.

Sie gab ihren Benutzernamen und das Passwort ein. Als die Inbox endlich auf dem Monitor angezeigt wurde, überflog sie rasch die lange Liste ungelesener Nachrichten, öffnete jedoch nur die E-Mail, die Simon geschickt hatte. Nervös kaute sie auf ihrem Finger, während sie darauf wartete, dass sich die Nachricht aufbaute. Als sie sie endlich auf dem Bildschirm sah, beugte sie sich vor. Es war eine lange Mail, eine ganze Seite lang. Eine Eröffnung gab es nicht – das war typisch Simon, er fing einfach an zu schreiben. Stirnrunzelnd las sie den Text, und schon nach den ersten Zeilen überflog sie ihn nur noch. Ihr Blick blieb an Begriffen wie »Kernproben«, »wochenlange Überquerung des Eises«, »zum Glück haben wir einen halben Tag lang den Chopper«, »vielversprechende Proben« oder »süße Pinguine« hängen. Er berichtete ausführlich über den Besuch einer russischen Station und beklagte sich, er könne nicht so gut schlafen, wenn es dreiundzwanzig Stunden am Tag dunkel sei.

Als sie am Ende angelangt war, starrte Emma auf den Bildschirm. Simon hatte seine E-Mail mit ein paar Küssen und einem Smiley unterschrieben, aber er hatte weder ihre Reise erwähnt noch die Forschungsstation, ganz zu schweigen von ihrem Geburtstag. Sie schüttelte den Kopf. Na ja, Simon wusste meistens noch nicht einmal, welcher Tag gerade war. Er war wie ein Süchtiger, der sich einen Schuss setzte – ihm steckte die Antarktis im Blut, wie er es immer formulierte. Sie war seine große Liebe. Seit er und Emma zusammen waren, war er nur für ein paar kurze Sommerreisen dort gewesen, und jetzt hatte er die Chance, den gesamten Winter dort zu verbringen. Acht ganze Monate. Emma dachte an den Tag, als er ihr erklärte, dass er sich einen Platz in der Expedition gesichert hatte. Sie hatten nach der Arbeit in einer Weinbar gesessen. Simon war gerade – schick gekleidet – von einem Termin gekommen. Er hatte den obersten Knopf seines Hemdes geöffnet und seine Krawatte gelockert. Der Kontrast zwischen seinem gebräunten Gesicht und der lässig getragenen Geschäftskleidung war sehr attraktiv. Emma hatte gesehen, wie eine Gruppe junger Frauen ihn beobachtete, als er an der Theke etwas zu trinken bestellte.

»Es klappt möglicherweise nicht, dass ich dich nach Tansania begleite«, hatte er gesagt. Sie hatte ihm gleich angesehen, dass etwas nicht stimmte.

»Wie meinst du das?«

»Ich habe die Chance, mich dieses Jahr den ganzen Winter über auf der McMurdo-Station aufzuhalten.«

Emma war zu überrascht, um etwas zu erwidern. Simon schwieg einen Moment lang, dann begann er, ihr die Einzelheiten der Forschungsarbeiten, die er dort leisten wollte, zu erläutern. Es war ein internationales Projekt im Trockental. Jetzt, wo er genügend Zeit zur Verfügung hatte, hoffte er auf wichtige Ergebnisse.

Emma hörte aus seinen Worten heraus, dass der Plan schon seit einiger Zeit bestand und jetzt umgesetzt wurde. Sie senkte den Kopf und blickte auf den Rotwein in ihrem Glas. Es hatte keinen Zweck, zu versuchen, ihn umzustimmen.

»Es wäre sowieso besser für dich, wenn du allein fahren würdest«, meinte Simon. »Schließlich ist es deine Mutter – deine Vergangenheit.«

Emma nickte stumm. Er hatte recht. Sie wusste ja, dass ihn ihre Mutter und der Ort, an dem sie gearbeitet hatte, nicht interessierten. Für ihn ging es bei der Reise nur darum, dass Emma sich endgültig von der Vergangenheit verabschiedete. Vielleicht war es tatsächlich besser, wenn sie allein dorthin fuhr – dann brauchte sie auf niemanden Rücksicht zu nehmen. Andererseits hätte sie eine so wichtige Erfahrung gerne mit Simon geteilt. Und sie hatte sich auf die gemeinsame Zeit – ohne Arbeit – gefreut.

»Vielleicht hast du recht«, sagte Emma schließlich.

Er lächelte. »Ich wusste, dass ich mich auf dich verlassen kann.« Er legte ihr den Arm um die Taille und küsste sie auf die Wange. Er roch nach dem Bier, das er getrunken hatte, vermischt mit dem Zitrusduft seines Duschgels. Seine Lippen glitten zu ihrem Ohr. »Ich liebe dich, Em, du weißt das«, flüsterte er.

Emma widerstand einen Moment lang, aber dann gab sie sich seiner Umarmung hin. Sie sagte sich, dass sie nicht überrascht zu sein brauchte. Sie hatte immer gewusst, dass Simon sich nicht vereinnahmen ließ. Wenn sie versuchte, ihn zu sehr an sich zu binden, zog er sich zurück. Und dann war sie wieder allein. Sie fröstelte, als sie daran dachte. Dann wäre wieder nur eine Zahnbürste im Badezimmer, die Bettwäsche auf der anderen Hälfte des Bettes wäre faltenlos und unberührt, im Wäschekorb läge nur ihre eigene Kleidung. Und auf den Seiten ihres Tagebuchs wäre kein Datum rot umrandet mit der Bemerkung: »Simon kommt nach Hause«.

Emma blickte einen Moment lang auf den Bildschirm, dann schrieb sie eine kurze Antwort, in der stand, dass es ihr gutginge und die Reise schön sei. Als sie auf »senden« klickte, überkam sie ein Gefühl von trüber Hoffnungslosigkeit. Rasch verdrängte sie es und konzentrierte sich stattdessen auf die einzige andere E-Mail, die sie lesen wollte. Sie war von ihrer Laborassistentin Moira. Als sie sie öffnete, überkam sie Erleichterung, weil sie dadurch mit der organisierten Welt des Instituts verbunden war – der einzige Ort, an dem sie genau wusste, wer sie war und was sie tat und warum.

Moira teilte Emma mit, dass die MS4-Mäuse mit Kaiserschnitt auf die Welt gekommen und erfolgreich einer Pflegemutter übertragen worden seien.

»Das ist gut«, murmelte Emma. Die Mäuse waren mit der spezifischen genetischen Mutation gezüchtet, die sie für ihre aktuelle Arbeit brauchte. Die natürlichen Mütter dieser Rasse waren nicht gut darin, ihre Brut aufzuziehen, deshalb war es notwendig, ihnen eine Ersatzmutter zu geben. Manchmal nahmen diese allerdings die Jungen nicht an, und deshalb freute sie sich, dass es in diesem Fall erfolgreich gewesen war. Das ermöglichte es ihr, unverzüglich mit ihrem neuen Projekt zu beginnen, wenn sie wieder zu Hause war.

Sie fuhr den Computer herunter und ging zu Mosi.

»Sie waren sehr schnell«, sagte Mosi. »Für gewöhnlich sitzen Touristen sehr lange im Internetcafé.«

»Ich habe bloß meine E-Mails von der Arbeit gecheckt.« Emma lächelte ihn an. »Sie wissen ja, wie es ist – der Arbeit entkommt man nie.«

Ein weiteres Fahrzeug fuhr auf den Platz vor der Polizeistation. Es war ein Vierradantrieb, der offensichtlich aus der Wüste kam, weil er voll mit grauem Staub war. Emma beobachtete, wie er in dem mit weißen Steinen markierten Bereich parkte.

»Anscheinend eines der Suchfahrzeuge«, sagte Emma und zeigte darauf. Erneut stieg Sorge um Angel in ihr auf.

»So Gott will, haben sie sie gefunden«, sagte Mosi.

Emma holte tief Luft. Sie wandte ihre Aufmerksamkeit einer dicken, getigerten Katze zu, die auf einer der Bänke saß. Das Tier sah halbwild aus; es hatte ein zernarbtes Gesicht, haarlose Stellen im Fell und ein zerrissenes Ohr. Es hob ein muskulöses Hinterbein und begann, sich das Fell zu lecken.

Plötzlich flog ein Gummischlappen durch die Luft und landete am Kopf der Katze. Wie der Blitz sprang sie von der Bank und verschwand. Als sie sich umschaute, sah Emma den Jungen, der ihnen bei ihrem ersten Besuch das Essen serviert hatte. Zufrieden grinsend hob er seinen Schlappen auf. Mosi stand auf. »Ich sehe Daniels Landrover.«

Daniel erwartete sie an der Treppe zur Polizeistation. Er wirkte nervös, dachte Emma. Er steckte sein Hemd in die Hose und richtete seinen Kragen. Mosi hatte sich in seinen Land Cruiser gesetzt, froh darüber, dass er mit der Sache nichts zu tun hatte.

Im Büro hatte sich seit ihrem letzten Besuch wenig verändert. Noch mehr Aktenordner und Papierstapel türmten sich auf der Arbeitsplatte, und an der Wand waren einige Kisten Cola aufgestapelt worden, aber das war auch schon alles. Der Polizeibeamte saß hinter seinem Arbeitstisch.

Er begrüßte Emma kurz auf Englisch, dann wechselte er zu Swahili und führte ein längeres Gespräch mit Daniel. Ungeduldig wartete Emma, bis es sich so anhörte, als ob der Austausch von Höflichkeiten vorüber war, dann unterbrach sie die beiden Männer.

»Haben Sie das kleine Mädchen gefunden?«

Der Beamte schüttelte den Kopf. »Leider waren wir nicht erfolgreich.«

Emma starrte ihn an. Sie stützte sich mit den Händen auf dem Arbeitstisch ab. »Sie haben keine Spur von ihr gefunden?«

»Doch. Der Spurenleser ist ihren Spuren über eine weite Strecke gefolgt. Aber er hat sie nicht gesehen.« Wieder schüttelte er den Kopf. »Das sind schlechte Nachrichten.

An den Spuren konnte er sehen, dass eine Löwin bei ihr war. Mit Jungen.«

»Das macht Sinn«, warf Daniel ein. »Ich habe auch kleinere Abdrücke gefunden. Aber sie waren zu schwach, als dass ich sie erkennen konnte.«

»Wir wissen es mit Sicherheit«, sagte der Polizist. »Der Spurenleser hat sehr gute Abdrücke gefunden.« Er wandte sich an Emma. »Eine Löwin mit Jungen ist immer gefährlich. Sie muss sie beschützen. Und sie muss nach schwacher Beute suchen, weil sie die Jungen nicht zu lange allein lassen will.«

»Aber es gab kein Anzeichen dafür, dass die Löwin sie angegriffen hat?«

Der Polizeibeamte schwieg einen Moment, bevor er antwortete: »Es tut mir leid, dass ich das sagen muss, aber es ist nur ein kleines Mädchen. Wenn die Löwin sie gefressen hat, ist im Zweifelsfall nicht besonders viel übrig geblieben. Und den Rest haben die Geier und die Hyänen besorgt.«

Seine Worte hingen unheilschwanger in der Luft.

»Aber wir haben trotzdem etwas gefunden.« Der Polizist öffnete eine Schublade an der Seite und zog ein kleines, dunkelrotes Büchlein mit goldener Prägung auf dem Deckel heraus. Emma sah die Worte *Europäische Union ... Vereinigtes Königreich ...*

Der Polizeibeamte schlug den Pass auf und zeigte ihr das Foto und den Namen. Emma studierte das Bild. Sie erkannte sofort das Gesicht der toten Frau – aber auf dem Foto waren die blonden Haare kurzgeschnitten, und die Frau war geschminkt. Sie trug eine weiße Bluse und eine Silberkette um den Hals. Sie sah aus wie eine ganz gewöhnliche englische Touristin. Allerdings fiel Emma der kühne Ausdruck in ihren Augen auf. Um ihre Lippen spielte ein Lächeln, das ein Hinweis auf ihren freien Geist sein könnte.

»Ihr Name war Laura Jane Kelly«, sagte der Polizeibeamte. »Sie war britische Staatsbürgerin und ist mit einem Touristenvisum in Tansania eingereist, aber das ist schon fast zehn Jahre her. Eine Arbeitserlaubnis hatte sie nicht. Anscheinend hat sie hier außerhalb des Gesetzes gelebt.«

Er runzelte missbilligend die Stirn. Der letzte Satz ging Emma nicht mehr aus dem Kopf. Sie stellte sich das Leben einer Gesetzlosen vor – ein freies, gefährliches Leben, das Mut erforderte. Sie selbst war nicht annähernd mutig genug, um so etwas auszuprobieren.

»Wir haben das britische Hochkommissariat verständigt«, fügte der Beamte hinzu, »und sie haben die nächsten Angehörigen ausfindig gemacht.«

Emmas Gedanken wandten sich Angel zu. Wenn sie gefunden wurde – und ihrer Meinung nach gab es immer noch Hoffnung –, würden die nächsten Angehörigen wahrscheinlich für sie sorgen. »Wer ist es?«, fragte sie. »Sind sie hier in Afrika?«

»Diese Information darf ich Ihnen leider nicht geben«, erwiderte der Beamte. »Aber ich kann Ihnen sagen, dass wir wissen, wie Laura Kelly gestorben ist.«

Emma zog die Augenbrauen hoch. Es konnte doch unmöglich schon eine Autopsie durchgeführt worden sein.

»Wir haben die Leiche untersucht. Offensichtlich ist sie an einem Schlangenbiss gestorben.«

»Ein Schlangenbiss!«, wiederholte Emma. Ein Schauer lief ihr über den Rücken. Es schien zu bizarr, zu primitiv zu sein, dass eine Engländerin so sterben musste. Aber sie waren hier in Afrika. Es war ein wunderschöner Kontinent, aber auch ein Ort, an dem man plötzlich sterben konnte, sei es an einem Virus wie dem Olambo-Fieber, in den Fängen eines Raubtieres oder durch das Gift einer tödlichen Schlange.

»Es gibt also keine verdächtigen Umstände«, fügte der Beamte hinzu.

In diesem Moment ging die Tür auf, und ein Mann trat ein. Er war ebenso groß wie der Polizeibeamte, aber schlank wie Daniel. Er trug ein grünes Käppi, ein dunkelgrünes Hemd und dazu passende Hosen. Sein Blick glitt über Daniel und Emma, aber er nahm sie kaum zur Kenntnis. Er hatte hohe Wangenknochen mit dunkelroten Narben darunter. Sie waren tief eingekerbt und gleichmäßig breit.

»Das ist Mr. Magoma, der oberste Wildhüter der Nationalparks von Tansania in der nördlichen Region.« Der Polizeibeamte wies auf Emma und Daniel. »Das sind die Leute, die die englische Frau gefunden haben.«

Magoma blickte sie an, als sähe er sie jetzt erst. »Es ist eine schreckliche Tragödie, dass das Kind getötet worden ist.«

Emma runzelte die Stirn. »Aber noch wird sie nur vermisst. Sie wissen doch gar nicht, ob sie tot ist.«

»Es tut mir leid, aber sie ist tot«, sagte Magoma. »Die Löwin hat sie gefressen. Das ist die einzige Antwort. Der Spurenleser hat gesehen, dass die Löwin verletzt ist, und sie hat Junge. Beides bedeutet, dass sie gefährlich ist. Aber das ist nicht das Entscheidende.« Er schwieg.

»Und was ist das Entscheidende?« Emma biss sich auf die Lippen. Eigentlich wollte sie die Antwort gar nicht hören. Der Wildhüter klang so hart.

»Es ist das Gebiet, aus dem der Löwenmann seine Löwen holt. Die Löwin, die das Kind gefressen hat, kommt wahrscheinlich auch von ihm.« Er verzog angewidert den Mund.

»Es sind keine normalen Löwen. Sie sind unberechenbar. Wir hatten schon einmal Probleme mit ihnen. Ich wollte das Löwencamp bereits schließen, und vielleicht hört die Regierung jetzt auf mich.«

Emma warf Daniel einen Blick zu. Er kniff die Augen zusammen, sagte aber nichts zu den Worten des Mannes.

»Also …« Der Polizeibeamte legte die Hände auf den Schreibtisch. »Da kein Verbrechen vorliegt, brauchen wir auch Ihre Aussagen nicht. Der Inspektor ist wieder nach Arusha zurückgekehrt, und Sie können gehen.« Er wollte sie gerade wegschicken, als ihm offensichtlich noch etwas einfiel. Er sagte etwas auf Swahili zu Magoma.

Emma sah, wie Daniel alarmiert den Kopf hob. Sie wandte sich an den Polizeibeamten. »Was haben Sie gerade gesagt?« Sie lächelte, um ihre unhöfliche Unterbrechung abzuschwächen.

»Ich habe Mr. Magoma gebeten, uns morgen beim Transport der Kamele zu helfen. Unser Truck ist kaputt. Er steht vor der Tür.«

Emma zog scharf die Luft ein. »Die Kamele?« Sie warf Daniel einen Blick zu. »Nun, da gibt es ein Problem. Es tut mir wirklich leid. Es war meine Schuld. Niemand anderem ist ein Vorwurf zu machen.«

Der Beamte blickte sie verwirrt an. »Was reden Sie da? Was ist denn passiert?«

»Sie sind weggelaufen«, erwiderte Emma. Sie merkte, dass Daniel neben ihr ganz still wurde. Leise Panik stieg in ihr auf, aber jetzt konnte sie die Lüge nicht mehr zurücknehmen. Sie zwang sich erneut zu einem Lächeln. »Es liegt einfach daran, dass ich nicht an das Land gewöhnt bin. Ich habe das Tor offen gelassen.«

Der Polizist wandte sich mit einem ungläubigen Blick an Daniel. Daniel sagte etwas auf Swahili, seufzte dann übertrieben und spreizte die Hände. Die drei Männer unterdrückten ein Lächeln. »Wenn die Kamele zurückkommen«, sagte Daniel schließlich auf Englisch zu dem Polizeibeamten, »sage ich Ihnen sofort Bescheid.«

Zu Emmas Überraschung wirkten sowohl der Polizeibeamte als auch der oberste Wildhüter erleichtert bei Daniels Worten.

»Dann können Sie jetzt gehen«, sagte der Polizeibeamte.

»Aber was ist mit der Suche?«, fragte Emma. »Es ist doch noch viel zu früh, um aufzugeben. Viel zu früh.«

»Das Gebiet ist von der Luft aus gründlich durchsucht worden. Heute Nachmittag werden wir bestimmte Abschnitte noch einmal überfliegen. Aber danach ist Schluss. Wir haben keine Hoffnung mehr. Entschuldigen Sie mich jetzt.« Der Polizeibeamte nickte Magoma zu. »Wir müssen zu einer Sitzung.«

Rasch redete er auf den Wildhüter ein, und aus dem Strom der für sie bedeutungslosen Worte auf Swahili hörte Emma die Wörter Salaam Café heraus.

Daniel verabschiedete sich höflich und dirigierte Emma zur Tür.

Draußen blieben sie einen Moment lang stehen, unschlüssig, was sie jetzt tun sollten. Er geleitete sie zum Land Cruiser. Mosi saß bei offener Tür auf dem Fahrersitz und las Zeitung.

Emma wartete, bis sie weit genug von der Polizeistation entfernt waren, dann blieb sie stehen. »Daniel, es tut mir wirklich leid, dass ich behauptet habe, die Kamele seien verschwunden. Ich musste es einfach sagen. Wir können sie nicht weglassen, bevor wir nicht mit Sicherheit wissen, was mit Angel ist. Und ich könnte auch den Gedanken nicht ertragen, dass Mama Kitu zu diesem Löwenmann ...«

»Nein, es war schon gut«, unterbrach Daniel sie. »Jetzt kann sie sich in Ruhe erholen.«

»Aber wenn sie zur Station kommen und die Tiere dort finden? Das könnte Sie ins Gefängnis bringen.«

»Sie kommen nicht«, erklärte Daniel zuversichtlich. »Niemand besucht freiwillig die Olambo-Fieber-Forschungsstation. Schon allein der Name jagt ihnen Angst ein. Und das ist doch nicht schlecht.« Er lächelte Emma an. »Sie sind eine gute Lügnerin.«

Emma wollte schon protestieren, schließlich log sie so gut wie nie. Stattdessen grinste sie ihn an. Eine Welle der Erleichterung überflutete sie. »Dann sind die Kamele also in Sicherheit?«

»Ja, ich werde mich gut um sie kümmern. Sie brauchen sich keine Sorgen zu machen.«

Sie gingen ein paar Schritte, dann blieb Emma wieder stehen. »Ach, übrigens, was haben Sie ihnen denn gesagt, worüber sie lächeln mussten?«

»Ich habe ihnen gesagt, dass Sie mir viel Ärger machen. Ich habe behauptet, Sie wären wie ein Dorn in meinem Fuß, und es ginge mir erst wieder gut, wenn Sie weg wären.«

Emma blickte ihn eine Sekunde lang an, dann begann sie zu lachen. Daniel fiel ein. Aber schon bald wurden sie beide wieder ernst.

»Was können wir denn wegen der Suche machen?«, fragte Emma. »Wir müssen dafür sorgen, dass sie weitersuchen.«

Daniel runzelte die Stirn. »Die Haltung dieses Polizeibeamten gefällt mir nicht. Ich glaube, er lässt sich von dem Wildhüter, diesem Magoma, beeinflussen. Der Mann klingt so, als würde er einen persönlichen Groll gegen den Löwenmann hegen.«

»Wir müssen doch etwas tun können«, sagte Emma. Plötzlich kam ihr eine Idee. »Vielleicht könnte uns der Löwenmann helfen? Er weiß vielleicht etwas über die Löwin mit der verwundeten Pfote.«

»Das habe ich auch gerade gedacht«, sagte Daniel. »Die Leute behaupten, er würde alle seine Löwen kennen, als seien es seine Kinder. Die freigelassenen Tiere besuchen ihn im Camp, und er geht auch in die *nyika,* um sie zu besuchen. Wenn es tatsächlich stimmt, dass es eine seiner Löwinnen ist, dann kennt er sie wahrscheinlich. Er kann uns sagen, ob sie das Kind möglicherweise getötet hat. Es stimmt zwar, dass Löwinnen mit Jungen gefährlich sind, aber Menschen sind nicht ihre natürliche Beute.« Er schwieg und blickte nachdenklich vor sich hin. Dann schien er zu einem Entschluss zu kommen. »Ich fahre zu ihm.«

Emma blickte zu Boden. Mit der Stiefelspitze stieß sie gegen die staubige Erde. Ein Gedanke formte sich in ihrem Kopf, aber sie zögerte noch, ihn auszusprechen, weil er ihr so verrückt erschien. Einen Moment lang schwieg sie, dann sagte sie leise, aber mit fester Stimme: »Ich möchte mit Ihnen kommen.«

Überraschung und Verwunderung zeichneten sich auf Daniels Gesicht ab. Er blickte ihr in die Augen. »Ich hätte es sehr gerne, wenn Sie mit mir kommen würden, Emma. Ich kann Ihnen gar nicht sagen, wie sehr ich wünsche, Sie an meiner Seite zu haben.«

Emma starrte ihn an. Er brauchte ihre Hilfe nicht, um zum

Löwencamp zu fahren – schließlich hatte sie nichts Besonderes zu bieten. Aber er wollte sie dabeihaben. Er wollte sie. Und er war so aufrichtig, sein Tonfall so sanft, dass ihr fast die Tränen in die Augen traten.

»Aber Sie wissen nicht, was Sie dort erwartet«, fuhr Daniel fort. »Das Löwencamp ist weit weg von der Station. Wir werden dort über Nacht bleiben müssen, und vielleicht auch länger als nur eine Nacht. Es ist ein Camp. Es gibt keine richtigen Gebäude.«

»So etwas macht mir nichts aus. Diese Dinge sind nicht wichtig.«

Emma widersprach zwar Daniels Einwänden, aber trotzdem stieg leise Panik in ihr auf. Wenn sie Mosi allein zur Serengeti schickte, dann konnte sie ihre Meinung nicht mehr ändern. Sie sah Simons Gesicht vor sich. Er würde schockiert sein, dass sie es überhaupt in Betracht zog, weiter mit Daniel zusammenzubleiben. Er würde zwar nicht eifersüchtig sein – diese Emotion verachtete er –, aber er würde bestimmt wütend sein, weil sie auf die Safari-Tour, die er bezahlt hatte, einfach verzichtete. Wie Motten flatterten diese Gedanken durch Emmas Kopf, aber sie wischte sie einfach weg. Ihr Entschluss stand fest. Sie wusste, dass sie versuchen musste, Angel zu finden, und sie wusste, dass sie mit Daniel auf diese Reise gehen wollte.

»Und ich kenne diesen Löwenmann nicht«, sagte Daniel. »Wer weiß, wie er ist ...«

Als er schwieg, hob Emma den Kopf und straffte die Schultern. Entschlossen blickte sie ihn an.

»Ich möchte trotzdem mit Ihnen kommen.«

Daniel nickte langsam. Ein Lächeln breitete sich auf seinem Gesicht aus.

9

Angel saß mit gekreuzten Beinen im Eingang zur Felsenhöhle und blickte an den Felsbrocken vorbei auf die mondbeschienene Landschaft. Sie sah ein kleines Stück vom grauschwarzen Himmel, an dem ein paar Sterne blinkten, und einen größeren Flecken silbriger Erde. In der Nähe warfen Gräser fedrige Schatten auf den Boden; und ein Stück weiter weg bildeten Palmwedel ein Fächermuster. Hinter sich, tief in der Höhle, hörte sie das langsame Atmen der Löwin und das leise Schnaufen der Jungen. Alle schliefen. Die Löwin war heute Nacht nicht auf der Jagd, weil sie am Tag bereits Beute gemacht hatte. Kurz vor Sonnenuntergang hatten sie eine Gazelle überrascht, die am Fluss stand und trank. Als die Löwin sich anschlich, waren Angel und die Jungen wohlweislich zurückgeblieben. Die Gazelle hatte kaum Zeit, den Kopf zu heben, als die Löwin sie auch schon ansprang. Angel und die Jungen beobachteten, wie sie das Fell aufriss, wobei sie an den weichen Innenseiten der Hinterläufe anfing. Sie zog die Innereien heraus und kaute am Darm. Dann hielt sie inne und vergrub die nicht essbaren Teile der Innereien im Sand. Angel vermutete, dass die Löwin – genau wie Leute, die in einem Dorf oder auch einem Camp wohnten – vermeiden wollte, dass sich Aasfresser über die Beute hermachten. Als die Löwin schließlich begann, das Fleisch zu fressen, gesellten sich Angel und die Jungen zu ihr. Die Jungen wussten noch gar nicht richtig, wie sie mit dem Fleisch umgehen sollten. Sie folgten dem Beispiel ihrer Mutter und leckten mit ihren rauhen Zungen daran.

Angel nahm das Taschenmesser aus dem Beutel an ihrem Gürtel. Sie klappte die Klinge auf und schnitt sich ein Stück dunkelrotes Fleisch aus der Flanke der Gazelle, wobei sie sorgfältig darauf achtete, nicht an das Fell zu kommen. Sie säuberte es von allen Haaren, hob das Filet an die Lippen und wollte gerade abbeißen, als sie Lauras Stimme in ihrem Kopf hörte.

»Iss kein rohes Fleisch im Dorf. Du bekommst Bandwürmer. Und du hasst die Tabletten dagegen doch, oder?«

Als sie jetzt im Eingang zur Höhle saß, schüttelte sie die Erinnerung ärgerlich ab. Was nützte ihr der Ratschlag von Laura, wenn sie nicht mehr hier war? Schließlich hatte sie ihre Tochter völlig allein zurückgelassen.

Angel lehnte den Kopf an den kühlen Stein und wackelte mit der Zunge an ihrem lockeren Vorderzahn. Er würde bald herausfallen. Sie dachte an Lauras Warnung, dass sie ihn nicht verschlucken sollte. Dann fiel ihr die Geschichte mit der Zahnfee wieder ein. Erneut stieg Wut in ihr auf. Angel packte den Zahn und riss ihn heraus. Der Schmerz, gefolgt von einem kleinen Schwall salzigen Bluts, kam ihr gerade recht. Sie warf den Zahn in die Ecke der Höhle.

Ihre Augen brannten. Sie schloss sie und presste die Fingerkuppen auf die Augenlider. Am liebsten hätte sie sich wie die anderen zusammengerollt und geschlafen. Aber ihre Gedanken hielten sie wach. Sie hatte Angst, nicht mithalten zu können, wenn sie morgen früh aufbrachen. Sie hätte gern gewusst, warum die Löwin sie alle ständig in Bewegung hielt und unermüdlich weiterzog, als ob sie vor etwas davonliefen. Vielleicht wusste die Löwin ja, dass die Wilddiebe ihr auf der Spur waren, aber Angel hatte keine Anzeichen für Menschen gesehen, weder Feuerstellen noch Spuren. Sie hatte auch keine ungewöhnlichen Geräusche gehört. Die Sohlen ihrer Füße waren wund, und ein Schnitt am Zeh heilte nicht gut, auch wenn die Löwin ihn ständig sauber leckte. Die Hitze nahm ihr jede Energie, und ganz gleich, wie viel Wasser sie trank, sie war immer durstig. Auch die Jungen waren erschöpft. Jeden Nachmittag strich Mdogo so lange jammernd um ihre Knöchel, bis sie ihn auf den Arm nahm und eine Weile trug. Und während sie über den Sand trottete, ging ihr vor allem eines nicht aus dem Kopf. Jeder Schritt führte sie weiter weg von Mama Kitu und Matata. Sie stellte sich vor, wie sie umherirrten, oder – schlimmer noch – von Fremden gefunden wurden. Nicht jeder war nett zu Kamelen. Auf den Märkten hatte sie Kamele gesehen, die so viel geschlagen worden waren, dass sie voller Narben waren, Tiere, die unter ihrer viel zu schweren Last taumelten. Sie hatte Kamele gesehen, die so unterernährt waren, dass sich ihre Rippen durch das Fell abzeichneten. Wenn sie daran dachte, dass ihre Kamele vielleicht ein solches Schicksal erwartete, dann wäre sie am liebsten der Löwin weggelaufen, um wieder zum Berg Gottes zu gelangen. Aber ihr war klar, dass sie in der Wüste verhungern würde.

Angel zog ihre Knie an die Brust und schlang die Arme darum. Zum wiederholten Mal sagte sie sich, dass sie sich jetzt zu den Jungen legen und sich an die Löwin schmiegen sollte. Dort war Trost. Nähe. Wenn Mdogo aufwachte, leckte er immer ihren Arm und gab ihr einen seiner Babyküsse. Aber sie rührte sich nicht. Sie wollte mehr. Sie brauchte jemanden, mit dem sie reden konnte. Es war, als ob alle Worte, die sie nicht aussprechen konnte, sich in ihr aufbauten und zu einem dicken, harten Klumpen wurden. Natürlich redete sie mit den Jungen und manchmal auch mit der Löwin, aber sie verstanden eben nur bestimmte Dinge. Sie lauschte auch den Lauten der Tiere und lernte dabei, welche Laute zu welchem Verhalten gehörten. Aber sie war wie ein Reisender, der versucht, eine ausländische Sprache zu interpretieren; manchmal gelang es ihr, aber meistens verstand sie überhaupt nichts. Sie wusste auch, dass sie die Löwin mit ihrer Unwissenheit manchmal beleidigte. Und ab und zu stiftete sie sogar Unfrieden unter den Jungen.

Es war anstrengend und einsam.

Angel ließ den Kopf auf die Knie sinken und schloss die Augen. Sie fühlte sich schwach und leer, wie die Spelzen an einer Ähre. Sie war wohl doch nicht so hart im Nehmen wie Zuri. Sie war nur ein weißes Mädchen und nicht stark genug, um immer weiterzugehen. Sie war nicht stark genug, um ständig tapfer zu sein. Sie spürte, wie sich ein Schluchzen in ihrer Brust aufbaute und ihr den Atem nahm.

»Angel.«

Sie riss die Augen auf, hob den Kopf und lauschte in die Nacht. Vielleicht hatte sie sich die vertraute Stimme nur eingebildet. Aber dann hörte sie sie erneut, leiser dieses Mal, nicht mehr als ein Seufzen. »Angel …«

Die Löwin regte sich. Angel drehte sich um und sah, dass sie den Kopf gehoben hatte.

Du hast sie auch gehört, dachte Angel. Du hast gehört, wie Laura meinen Namen gerufen hat.

Die Löwin sprang auf. Die Jungen purzelten übereinander, wachten aber nicht auf. Angel blickte hinaus in die Wüste, erstarrt vor Schock. Die Löwin drängte sich an ihr vorbei und trottete hinaus ins Mondlicht.

Angel folgte ihr und bückte sich durch die niedrige Öffnung. Sehnsüchtig blickte sie über die Landschaft.

»Laura! Mama!«, schrie sie. Ihre Stimme hallte laut und hart in die stille Nacht hinein. Das Herz schlug ihr bis zum Hals.

Die Löwin stand ganz still, ihr Schwanz schlug von einer Seite zur anderen. Ihren Blick hatte sie auf eine weite Fläche ganz in der Nähe gerichtet. Aber da war nichts – niemand. Angel trat neben sie und beugte sich vor. Das Einzige, was sie sah, war ein kleiner Felsen, an dem ein Busch Wüstenrosen klebte.

Ein Schauer lief Angel über den Rücken. Ängstlich drückte sie sich an die Löwin. Sie konnte die Muskeln unter dem Fell spüren. Die Löwin war wachsam und auf dem Sprung. Sie strahlte Spannung aus wie ein Feuer die Hitze.

Angel lauschte angestrengt, als ob sie nur durch Willenskraft die Stimme, die sie gehört hatte, noch einmal heraufbeschwören könnte. Aber sie hörte lediglich das keuchende Atmen der Löwin und ihren eigenen Herzschlag, der in ihren Ohren widerhallte.

Die Löwin stieß einen leisen, fragenden Laut aus, und nach ein paar Augenblicken ihren hohen Singruf. Sie trat auf der Stelle, als ob sie gerne näher herangegangen wäre, sich aber zurückhielt. Angel beobachtete sie – ihre Bewegungen, den aufmerksamen Ausdruck in ihren Augen –, und sie musste an etwas denken, was sie früher einmal gesehen hatte. In Walaitas Dorf waren sie und Laura an dem heiligen Mann vorbeigekommen, der vor seiner Hütte gesessen und mit jemandem gesprochen hatte, den sie beide nicht sehen konnten.

»Er ist in Trance«, hatte Laura geflüstert, als sie sich respektvoll zurückzogen. »Es heißt, der *laibon* kann manchmal die Geister von Menschen sehen, die gestorben sind.«

Angel hatte den alten Mann fasziniert und ängstlich beobachtet. Er hatte nicht nur geredet, er hatte auch gestikuliert. Sie hatte nicht einen Moment lang bezweifelt, dass sein unsichtbarer Gefährte real war.

Und jetzt starrte sie auf das Nichts, das den Blick des Tieres fesselte. Sie war sich sicher, dass die Löwin jemanden sehen konnte. Und Angel hatte die Stimme ihrer Mutter gehört. Laura war da.

»Mama«, flüsterte sie. »Du hast uns gefunden.«

Sie stellte sich die hohe, schlanke Gestalt ihrer Mutter vor, wenn auch nur als Schatten wie in den letzten Momenten der Dämmerung, bevor die schwarze Nacht hereinbricht.

Sie sah jedoch nur, wie eine leichte Brise die Wüstenrosen bewegte. Aber es ging kein Wind, die Luft war ganz still. Vielleicht war ja auch ein Insekt oder eine Eidechse, eine kleine Schlange durch den Busch gehuscht. Oder ein Hosenbein hatte ihn gestreift.

Und dann war es vorbei, und die blattlosen Blumen bewegten sich nicht mehr.

Angel spürte, wie sich die Löwin entspannte. Das Tier schüttelte den Kopf und stieß grunzend die Luft aus.

Angel starrte weiter auf die Stelle, die Hände zu Fäusten geballt.

»Geh nicht«, flüsterte sie.

Die Löwin gab einen leise murmelnden Laut von sich, der gleiche, mit dem sie Mdogo immer beruhigte, wenn er Angst hatte. Sie blickte Angel in die Augen.

Angel nickte langsam. Die Löwin hatte Laura gesehen.

Laura hatte die Löwin gesehen. Etwas Bedeutendes war passiert. Das Wissen vermittelte Angel das Gefühl, dass sie sich keine Sorgen mehr zu machen brauchte. Die Kamele waren in Sicherheit. Sie würde wieder mit ihnen zusammenkommen. Sie würde die Kraft finden, das zu tun, was sie tun musste.

Die Löwin drehte sich um und streifte mit ihren Schnurrhaaren an Angels Arm entlang. Dann ging sie voraus in die Sicherheit der Höhle.

10

Emma trat in den Hof, bereit zum Aufbruch, aber sie rieb sich gähnend die Augen. Es war noch fast dunkel, und die Luft war unheimlich still. Die Insekten hatten ihr nächtliches Zirpen eingestellt, und die Nachttiere, die über das Dach gehuscht und in den Büschen geraschelt hatten, waren jetzt weg, aber die Geräusche des Morgens hatten noch nicht begonnen.

»Mama Kitu. Matata.« Leise rief sie die Kamele, die in ihrem Gehege waren. In der Dunkelheit waren sie nur undeutlich zu erkennen – beide hatten sich niedergelegt, die Beine unter dem Körper gefaltet, die Köpfe hochgereckt wie Wachen. Mama Kitu antwortete mit einem Blöken. Emma ließ sie nicht gerne allein, aber Daniel hatte einen Bauern aus dem Dorf verpflichtet, sie zu füttern und Mama Kitus Fuß jeden Tag zu baden, bis er und Emma zurückkehrten.

Emma eilte zum Tor. Ihre grüne Tasche, in die sie Kleidung zum Wechseln gepackt hatte, hatte sie über die Schulter gehängt. In der Hand trug sie einen Korb. Daniel hatte ihn ihr gegeben, damit sie Proviant für die Fahrt einpacken konnte. Kurz bevor sie losfuhren, hatte sie auch Sachen von Angel daraufgelegt: den roten Wollknäuel mit den Nadeln, das Malbuch, ein paar Kleidungsstücke und Sandalen.

Daniel wartete schon am Landrover. Am Boden stand ein Kanister, und es roch nach Benzin. Er schaute in den Korb, und sein Blick blieb an Angels Habseligkeiten hängen. Unwillkürlich fragte sich Emma, ob er es wohl für einen Fehler hielt, dass sie sie eingepackt hatte. Sie war selbst unsicher gewesen und hatte zögernd vor den Satteltaschen im Flur gestanden – eine abergläubische Person hätte gesagt, sie wolle das Schicksal herausfordern. Aber Daniel sagte nichts, also öffnete sie die hintere Tür und stellte den Korb auf den Sitz zwischen zwei Schlafsäcke und aufgerollten Moskitonetzen.

Sie setzte sich auf den Beifahrersitz. Er fühlte sich mittlerweile vertraut an – die gebrochene Feder, die sie leicht nach links drückte, der Riss in der Vinyl-Polsterung, den sie durch die Jeans spürte. Und der Geruch nach Motoröl, Staub und Sackleinen.

Daniel hatte die Scheinwerfer eingeschaltet, aber der Strahl war blass und schwach in der beginnenden Dämmerung. Zuerst fuhren sie den Weg entlang, der zur Straße nach Malangu führte, aber nach kurzer Zeit bog Daniel ab und fuhr in die entgegengesetzte Richtung. Der Weg führte hinter der Station vorbei.

»Fahren wir nicht auf den Berg zu?«, fragte Emma.

»Nein. Malangu, die Station und das Löwencamp befinden sich fast in einer Linie, aber sie verläuft in einem Bogen.« Daniel zeichnete einen Bogen in die Luft, um seine Worte zu illustrieren. »In dem Kreis liegt die Wüste – und Ol Doinyo Lengai. Aber die Straße zum Löwencamp verläuft nicht gerade, sie führt um diesen Hügel herum.« Er zeigte auf eine Erhebung in der Ferne. »Deshalb brauchen wir so lange.«

»Kennen Sie denn den Weg genau?« Emma konnte sich nicht daran gewöhnen, dass Daniel immer ohne Karte fuhr.

»Ich bin die Strecke schon mit Ndugu gefahren. Wir haben in diesem Gebiet Nager-Fallen aufgestellt. Aber wir waren nicht im Camp.«

»Sind Sie neugierig auf diesen Löwenmann?«

»Die Sache ist nicht unproblematisch«, sagte Daniel vorsichtig. »Dieser Wildhüter, Magoma, ist nicht der Einzige, der ihn nicht mag. Viele Leute haben etwas gegen ihn.«

Emma zog die Augenbrauen hoch. »Was hat er denn gemacht?«

»Gar nichts. Aber sie haben Angst vor ihm. Sie glauben, ein Mann, der mit Löwen zusammenlebt, ist nicht wirklich ein Mensch. Oder er hat auf jeden Fall besondere Kräfte, die ihm die Löwen verliehen haben.«

»Was für Kräfte denn?«

»Die Leute sagen zum Beispiel, wer für den Löwenmann arbeitet, wird niemals krank.«

»Glauben Sie das?« Emma dachte daran, dass er die Leiche der Frau nicht berühren wollte.

Daniel überlegte. »Als gebildeter Mann«, sagte er schließlich, »glaube ich nicht, dass er seine Arbeiter auf diese Art beschützen kann. Aber als Massai bin ich mir nicht so sicher. Ich habe gesehen, wie gesunde Personen an einem Fluch gestorben sind. Und ich habe gesehen, wie Kranke wieder gesund geworden sind, weil der *Laibon* sie gesegnet hat. Ich bin also zwiespältig.« Er wies an Emma vorbei durch das Seitenfenster auf den Berg. »Als der Ol Doinyo Lengai ausgebrochen ist, habe ich die Rauchsäule mit den Blitzen emporschießen sehen. Ich habe das Brüllen gehört, das aus dem Berg gekommen ist, und ich spürte, wie die Erde unter meinen Füßen bebte. Die wissenschaftlichen Ursachen dafür habe ich alle verstanden. Aber zugleich glaubte ich meinen Verwandten, als sie sagten, sie würden die Macht des Engai spüren.«

Emma blickte zum Berg. Im Dämmerlicht sah sie nur leichten, weißen Rauch, der gespenstisch am Horizont hing. Ein Schauer überlief sie.

»Dann haben Sie also Angst vor dem Löwenmann?«

Daniel schüttelte den Kopf. »Es hat nichts mit unseren Gefühlen zu tun, dass Ndugu und ich das Löwencamp nicht besucht haben – es liegt an unserer Arbeit. Die Leute können nur schwer verstehen, was ein Virus ist. Sie können ihn nicht sehen, können ihn nicht berühren. Und wenn viele starke, gesunde Leute schnell sterben – und auf so schreckliche Art –, dann glauben sie, es stecke etwas Böses dahinter.«

Emma nickte. Selbst Wissenschaftler wie sie, die alles über Level-4-Viren wussten – und Blutproben, die mit Lassa, Ebola und Olambo infiziert waren, durchs Mikroskop gesehen hatten –, taten sich mit einer rationalen Perspektive schwer. Wenn man sich die verheerenden Schäden vorstellte, die sie anrichten konnten, dann sahen die fein gezeichneten kleinen Organismen zutiefst furchterregend aus. Da nützte es auch nichts, dass man die Proben immer im Dunkeln betrachtete, fluoreszierend eingefärbt, so dass ihre Formen in einem Meer der Dunkelheit leuchteten.

»Es hat Jahre gedauert«, fuhr Daniel fort, »bis wir die Vorstellungen der Leute so weit geändert hatten, dass sie zumindest verstanden, wie sich der Virus ausbreitet. Wenn wir uns mit dem Löwenmann angefreundet hätten, hätten sie uns nicht vertraut.«

»Und jetzt fahren Sie doch ins Lager«, sagte Emma. »Können Sie es denn geheim halten?«

»Bald wird es jeder wissen. Aber wir können den Grund erklären. Ein Kind wird vermisst. Ich hoffe nur, dass es unserer Arbeit keinen Schaden zufügt.«

Emma blickte nach vorn. Am Horizont ragten niedrige Hügel auf. Hinter einem von ihnen befand sich die Sonne – ein strahlender Glanz, der nur noch kurze Zeit zurückgehalten wurde. Darüber wurde der graue Himmel schimmernd grün.

»Sie leben für Ihre Arbeit.« Emma blickte Daniel nicht an. »Sie scheinen nicht viel Zeit für etwas anderes zu haben.«

»Ich brauche keine Zeit für etwas anderes.«

Das klang so freudlos, dass sie einen Moment zögerte, aber dann fuhr sie fort: »Haben Sie keine Frau, keine Familie?« Sie blickte ihn von der Seite an und sah, wie seine Hände das Lenkrad fester packten.

»Ich hatte eine Frau, Lela, aber sie ist vor dreieinhalb Jahren gestorben.«

Emma wollte gerade fragen, was passiert sei, stellte jedoch den Zusammenhang selbst her. »O nein! Während der letzten Epidemie!«

Daniel blickte starr geradeaus. »Sie war im sechsten Monat, als sie krank wurde. Ich wusste, dass sie und das Baby sterben würden.« Er sprach langsam, aber seine Stimme klang fest. »Aber ich wusste auch, dass die Chance, sie zu retten, größer war, wenn die Wehen eingeleitet wurden. Ich hatte keine Ahnung, was ich tun sollte, aber letztendlich traf ich die Entscheidung, diesen Weg zu gehen. Ich tat es, obwohl ich wusste, dass in Afrika ein Baby, das in der achtundzwanzigsten Woche geboren wird, nicht überleben kann.« Er holte tief Luft. Als er weitersprach, klang seine Stimme erstickt. »Lela lag während der Entbindung im Koma. Das

Baby war ein kleines Mädchen. Es war perfekt und wunderschön. Aber die Haut war grau, und es hatte keine Kraft. Es starb kurz darauf. Auch Lela starb.«

Emma starrte ihn schweigend an. Was für ein Alptraum! »Wo ist es passiert?«

»In der Hütte meiner Mutter, in meinem Dorf. Wir sind dicht daran vorbeigekommen, als wir nach Malangu gefahren sind. Lela und ich lebten zwar in Arusha, aber wir waren ins Dorf zurückgekehrt, um eine Hochzeit zu feiern. Als die Epidemie ausbrach, wurde das ganze Gebiet abgesperrt, und wir mussten dort bleiben.«

»Haben Sie sie nicht ins Krankenhaus gebracht?«

»Dadurch wird die Seuche nur noch weiter verbreitet«, antwortete Daniel. »Und Sie wissen ja, es gibt sowieso kein Medikament dagegen. Ich konnte Lela nicht allein lassen, deshalb ging mein Onkel zum Krankenhaus und bat um die Dinge, die ich brauchte. Dort herrschte das Chaos. Die meisten Angestellten waren weggelaufen. Und als er sagte, ich sei Tierarzt, gaben sie ihm ein Mittel, um die Wehen einzuleiten, und ein paar Morphiumtabletten. Lela konnte sie nicht schlucken, deshalb zerrieb ich sie und rührte sie ins Wasser. Als sie aufgebraucht waren, machte ich ein starkes Gebräu aus Opiumsamen. Aber sie hatte ständig Schmerzen.«

»Sie haben sie selbst gepflegt?«

»Die anderen hatten zu viel Angst, um zu helfen.« Sein Blick war gequält. Seine Stimme klang brüchig und rauh. »Sie war vier Tage lang krank. Am dritten Tag kam das Baby zur Welt. Es war wie in einem Traum. Es passierte schnell, und zugleich hatte ich das Gefühl, es würde ewig dauern.«

»Daniel, es tut mir so leid.« Emma dachte daran, wie mitfühlend er auf ihre Trauer reagiert hatte – und dabei war ihre Mutter schon so lange tot. Und die ganze Zeit über hatte er an seiner eigenen Tragödie getragen. Ihr fiel ein, dass er ihr geraten hatte, weiter an Susan zu denken. »Denken Sie ständig an Lela und das Baby?«, fragte sie leise.

Daniel nickte. »Zuerst waren meine Gedanken voller Schmerz. Aber jetzt fallen mir auch glückliche Erinnerungen ein.«

»Wie war sie? War sie eine Massai?«

»Nein, wir haben uns während meines Studiums in Daressalam kennengelernt. Sie kam aus Sansibar. Ihre Familie gehörte zu den Swahili-Stämmen, die dort an der Küste leben.« Er lächelte. »Als sie einwilligte, mich zu heiraten, war ich sehr glücklich. Die Regeln unserer Familien waren uns egal. Wir gingen schon vor der Hochzeit allein aus, und wir lebten sogar zusammen und sparten für die Hochzeit. Wir konnten es nicht ertragen, getrennt voneinander zu sein. Als sie starb, hatte ich das Gefühl, meine andere Hälfte zu verlieren. Mein Herz war weg, und ich glaubte, nicht weiterleben zu können.«

Emma betrachtete sein Gesicht. Wärme und Schmerz seiner Erinnerungen spiegelten sich dort. »Und Sie haben kein Wort gesagt, während ich die ganze Zeit von Susan geredet habe.«

»Die Massai sprechen über solche Dinge nicht«, antwortete Daniel. »Wenn jemand jung stirbt oder auf tragische Weise umkommt, dann erwähnen die Alten nicht einmal mehr seinen Namen. Deshalb habe ich meine Gefühle über Lela und unser Baby immer für mich behalten.« Er blickte Emma an. »Aber Sie sind ein Außenseiter. Mit Ihnen kann ich frei reden.«

Emma sah die Erleichterung in seinem Blick, als ob es ihm ein wenig von seiner Last genommen hätte, ihr seine Geschichte zu erzählen.

»Ich bin so froh, dass Sie es mir erzählt haben«, sagte sie.

Daniel lenkte mit einer Hand und hatte sich entspannt auf dem Sitz zurückgelehnt. Emma blickte durch das Seitenfenster auf die immer gleiche Landschaft. Das stetige Dröhnen des Landrover machte sie schläfrig, daher dauerte es einen Moment, ehe sie merkte, dass Daniel langsamer wurde. Überrascht blickte sie auf, als er von der Piste abbog und unter einem Baum parkte.

Er schaltete den Motor ab. »Kommen Sie, wir essen jetzt etwas.«

Emma nickte zustimmend. Sie merkte plötzlich, dass sie Hunger hatte.

»Was haben Sie in der Küche gefunden?«, fragte Daniel.

»Es war noch etwas Fladenbrot da und auch etwas von diesen gebratenen süßen Sachen.«

»*Mandazi.*«

»*Man-da-zi*«, wiederholte Emma. »Dann habe ich noch eine Papaya eingepackt, das Glas Honig und ein paar hartgekochte Eier. Ein paar Bananen. Und Mosi hat eine Flasche Limonade dagelassen.«

Daniel grinste. »Das ist ja das reinste Festmahl!« Er sah plötzlich jünger und unbeschwerter aus, erfüllt von neuer Energie.

Emma stieg aus, hob die Arme über den Kopf und drehte sich, um ihren steifen Rücken zu dehnen. Daniel trat neben sie, den Korb und eine gefaltete *kitenge* in der Hand. Er winkte sie in den Schatten des Baumes und breitete das

Tuch auf dem Boden aus. Das leuchtende schwarzgelbe Muster hob sich von den gedämpften Erdtönen der Umgebung ab.

Emma überprüfte den Boden auf Dornen oder Insekten, dann ließ sie sich mit gekreuzten Beinen nieder. Sie nahm Angels Sachen vom Korb herunter und legte sie neben sich. Dann wickelte sie das Päckchen mit den *mandazi* aus und schlug das abgerissene Viereck aus Zeitungspapier, das voller Ölflecken und Zucker war, auseinander.

Daniel setzte sich ihr gegenüber, die langen Beine seitlich ausgestreckt. Angels Habseligkeiten lagen zwischen ihnen. Von Zeit zu Zeit betrachtete Emma den kleinen, bunten Haufen. Es war, als ob er den Platz markierte, der für eine dritte Person, die noch erwartet wurde, reserviert war.

Daniel sah Emma zu, wie sie das Essen arrangierte. Jede ihrer Handbewegungen verfolgte er so aufmerksam, als sei sie eine seltene Tierart, deren Gewohnheiten ihm neu waren. Als alles bereit war, begannen sie zu essen. Sie sprachen nicht. Der Geschmack des Essens und die Landschaft um sie herum waren genug. Schließlich jedoch brach Daniel das Schweigen.

»Jetzt wären Sie schon fast halb in der Serengeti, wenn Sie mit Mosi gefahren wären.« Er musterte sie. »Tut es Ihnen leid, dass Sie Ihre Safari verpassen?«

Emma schüttelte den Kopf. »Es war nicht meine Idee. Simon hat sie als Geburtstagsgeschenk für mich gebucht. Es wäre sowieso sehr anstrengend geworden – fünf Nationalparks in sieben Tagen …« Der Moment fiel ihr ein, als Simon ihr die Broschüre gereicht hatte. Sie hatte versucht, erfreut zu wirken, aber es war ihr klar gewesen, dass diese Geste von Schuldgefühl motiviert war.

»Warum ist er nicht mit Ihnen gekommen? Es ist eine lange Reise für eine Person allein.«

»Er ist bei einer Exkursion in der Antarktis. Er ist im März dorthin gereist und kann nicht einfach von dort weg.«

»Antarktis! Das ist ja sogar noch weiter als Afrika!«

»Er wird den ganzen Winter über dort bleiben. Noch drei Monate lang.«

Daniel wirkte schockiert. »Das ist aber eine lange Trennung für ein Ehepaar.«

»Wir sind daran gewöhnt«, erwiderte Emma. »Wir finden es nicht mehr schlimm – eigentlich ist es sogar gut für uns. So bleibt der andere etwas Besonderes.« Sie verstummte. Diese Sätze kamen ihr geläufig über die Lippen, weil sie sie immer dann sagte, wenn jemand seiner Überraschung darüber Ausdruck verlieh, wie sie und Simon lebten. Hier jedoch, Daniel gegenüber, klangen sie hohler als sonst. Und er hatte so offen und aufrichtig mit ihr gesprochen. Sie setzte noch einmal an. »Simon ist nicht mein Ehemann. Das sagte ich nur der Einfachheit halber, als Sie mich gefragt haben. Er ist mein Partner. Wir sind jetzt seit fünf Jahren zusammen. Simon wird mich nie heiraten, weil er ungebunden sein möchte. Ich glaube nicht, dass es ihm viel ausmacht, wenn er nicht mit mir zusammen ist. Er sagt, er liebt mich, aber …« Ihre Stimme schwankte. »Manchmal glaube ich, ich kenne ihn überhaupt nicht.«

Sie senkte den Kopf. Sie schämte sich, aber sie wusste nicht, ob es daran lag, dass sie nicht in der Lage war, in Simon tiefere Gefühle zu wecken, oder weil Simon ihr keine Liebe geben konnte. Verlegen zupfte sie einen Grashalm aus.

Kurz herrschte Schweigen, dann sagte Daniel: »Emma, ich kenne Sie erst seit kurzem, aber ich stimme mit Mama Kitu völlig überein. Sie hat Sie von Anfang an bewundert, und Tiere können für gewöhnlich Menschen sehr gut beurteilen.« Emma blickte überrascht auf. Er lächelte sie an, und sein Blick glitt über ihr Gesicht. »Und Sie sind wunderschön.« Er schüttelte den Kopf. »Ich verstehe dieses Leben nicht, das Sie beschrieben haben – Sie haben einen Partner, verbringen aber Monate getrennt. Ich kann nicht verstehen, warum ein Mann Sie auch nur einen einzigen Tag lang allein lassen möchte.«

Emma lächelte ihn an. Seine Worte legten sich wie ein feiner, wärmender Schal um ihre Schultern, hüllten sie weich ein und gaben ihr das Gefühl, sicher und umsorgt zu sein. Schweigend saßen sie eine Zeitlang da und lauschten dem Zwitschern der Vögel. Dann stand Daniel auf.

»Wir haben noch eine weite Fahrt vor uns. Wir müssen aufbrechen.«

Er begann, die Essensreste einzupacken. Emma half ihm dabei, sie in den Korb zu räumen, dann legte sie Angels Sachen vorsichtig wieder obendrauf. Daniel reichte ihr die Hand, um ihr beim Aufstehen zu helfen, und seine Finger schlossen sich um ihre Hand, stark und fest. Mühelos zog er sie hoch. Einen Moment lang standen sie sich gegenüber. Sie hielten sich an den Händen, spürten die Wärme des anderen – aber dann lösten sich ihre Finger, und Emma trat einen Schritt zurück.

11

Ein handgemaltes Schild an einem Baumstamm war das erste Zeichen, dass sie sich endlich dem Camp näherten. Es zeigte das Bild eines stehenden Löwen, und darunter standen in großen schwarzen Druckbuchstaben die Worte KAMPI YA SIMBA. Daniel fuhr langsamer, als sie das Schild passierten. Das Löwenbild war von Gewehrkugeln durchlöchert. Emma blickte Daniel an. Er erwiderte ihren Blick, aber keiner von beiden sagte etwas.

Kurz darauf sahen sie in der Ferne einen Zaun: hohe, solide Zaunstangen ragten auf. Als der Landrover näher kam, konnte Emma den Maschendraht zwischen den Stangen erkennen. Der Zaun war hoch und zusätzlich mit Stacheldraht gesichert. Ein paar dürre Bäumchen und ein großer Baum boten einer Ansammlung von Hütten mit Strohdächern Schatten.

»Soll der Zaun die Löwen drinnen oder draußen halten?« Emma blickte sich suchend nach den großen, goldfarbenen Tieren um.

»Vielleicht beides.«

Der Weg führte auf zwei hohe Tore zu – grob gezimmerte Holzrahmen mit Maschendraht. Sie standen weit offen. Daniel hielt an. Auf einer Seite des Eingangs lagen sonnengebleichte Knochen, riesige Schädel und Wirbel, die wohl von Elefanten oder Nashörnern stammten. Daneben türmte sich ein Haufen alter, völlig abgefahrener Lastwagenreifen.

Der Staub legte sich, und es wurde still. Zwei langschnäbelige Störche beäugten sie, und der Auspuff des Landrover knackte, als er abkühlte.

Daniel blickte sich verwirrt um, als nach ein paar Minuten immer noch niemand auftauchte. »Vielleicht ist er nicht hier. Aber dann stünde das Tor doch nicht offen. Außerdem sehe ich einen Landrover.« Er nickte zu einem Fahrzeug, das neben einigen großen Gasflaschen geparkt war. Es war fast so alt wie Daniels, aber größer, mit einer soliden Ladefläche und einem festen Dach.

Daniel wandte sich an Emma. »Ich gehe mich mal umschauen.«

»*Hodi!*«, rief er laut, als er sich dem Eingang näherte. »Hallo?«

Nach ein paar Schritten blieb er stehen. Anscheinend wollte er erst dann weitergehen, wenn jemand sich meldete. Seine ganze Haltung drückte Wachsamkeit aus. So hatte er in der Wüste auch nach Spuren gesucht; Emma hatte den Eindruck, als würde er mit seinem gesamten Körper schauen und lauschen. Eine Weile passierte gar nichts.

Dann tauchte eine Gestalt hinter einer Hütte auf – ein weißhaariger Mann, der nur mit Khaki-Shorts bekleidet war. Er hielt ein Gewehr in der Hand und zielte auf den Eindringling.

Daniel hob die Hände. Der alte Mann musterte ihn von oben bis unten, dann glitt sein Blick zu dem Landrover, und er spähte durch die staubige Windschutzscheibe. Emma erwiderte seinen Blick, musterte seinen halbnackten Körper, wettergegerbt und alt. Seine langen, weißen Haare, die ihm fast bis auf die Schultern fielen, hatte er aus dem Gesicht gekämmt. Sie öffnete die Tür und stieg aus.

Als sie neben Daniel trat, ließ der Mann das Gewehr sinken, so dass der Lauf auf den Boden zeigte. Sein Gesicht entspannte sich, und er lächelte entschuldigend.

»Sie müssen mir verzeihen, dass ich Sie so begrüße.« Er sprach einen kultivierten englischen Akzent, der in einem seltsamen Widerspruch zu seinen zerknitterten Shorts und seinem sonnenverbrannten Oberkörper stand. Schnurrbart und Bart jedoch waren makellos getrimmt. »Wir hatten Probleme mit Wilddieben. Meine Assistenten sind im Moment nicht hier, deshalb muss ich vorsichtig sein.« Er blickte Daniel und Emma fragend an. »Was möchten Sie?«

Emma leckte sich über die Lippen. »Wir wollten mit Ihnen sprechen.«

»Ich kann Sie leider nicht hereinbitten. Es geht nicht, dass Sie so einfach hier auftauchen. Das ist ein Rehabilitationsprojekt für Löwen, keine Touristenattraktion.«

»Wir sind keine Touristen«, antwortete Emma. »Wir suchen nach einem vermissten Kind. Wir glauben, sie ist mit einem Ihrer Löwen zusammen.«

Der Mann runzelte besorgt die Stirn. »Lassen Sie uns hineingehen.« Er schulterte das Gewehr und streckte Daniel die Hand entgegen. »George Lawrence.«

Daniel schüttelte ihm höflich lächelnd die Hand. »Daniel Oldeani. Ich bin Tierarzt und arbeite in der Olambo-Fieber-Forschungsstation. Das ist Emma Lindberg, sie kommt aus Australien.«

Emma konnte die Knochen des Mannes unter der Haut spüren, aber sein Griff war fest. Er ging auf gelben Flip-Flops voraus.

Vor einer der Hütten blieb er stehen. Sie war größer als die anderen Gebäude auf dem Gelände und hatte eine strohgedeckte Veranda, deren Pfosten aus Baumstämmen bestanden. Als Emma näher kam, sah sie, dass die Vorderseite offen war, so dass der Innenraum mit dem Gelände draußen zu einer Einheit verschmolz. George trat unter das schattige Dach.

Emma folgte ihm zu einem langen Esstisch mit geschnitzten Beinen. Die Platte war voller Kerben und Flecken. Ihr Blick glitt über ein paar Campingstühle, eine Reihe Milchkannen mit Deckeln, einen bauchigen alten Kühlschrank – und blieb dann an einer antiken Anrichte hängen. Auf der polierten Mahagoniplatte standen eine geschliffene Kristallkaraffe mit Whiskey und ein verzierter Eiskübel aus Silber. Neben der Anrichte stand ein Lehnsessel aus rotem Leder, dessen Rücken voller Vogelkot war. Auf dem nackten Sandboden lag ein Perserteppich.

Emma blickte Daniel an. Er betrachtete die Wände und die hohen Decken. Überall hingen Fotos. Manche waren gerahmt, aber die meisten waren nur Abzüge, nebeneinander mit Reißzwecken an die Wand geheftet. Es waren nur Fotos von Löwen. Emma sah ausgewachsene Männchen mit dicken Mähnen, pelzige Löwenjunge mit großen Ohren und Weibchen mit breiten, glatten Stirnen. Es gab Einzelaufnahmen, aber auch Bilder von Paaren und ganzen Familien. Auf manchen waren mit der Hand Datum und Namen hinzugefügt worden – »Toto 1986«, »Simians Rudel«, »Louisa und ihr erster Wurf 2004«.

»Setzen Sie sich bitte.« George wies auf den Esstisch.

Emma zog sich einen alten Kapitänsstuhl mit Ledersitz heran und setzte sich. Vor ihr auf dem Tisch lagen Erdnussschalen. Sie wollte sie gerade wegwischen, als ihr der braune Kot dazwischen auffiel. Sie faltete die Hände im Schoß.

George setzte sich auf den Stuhl am Kopfende des Tischs. Er schob einen Soda-Siphon und ein leeres Glas beiseite und legte seine Hände auf den Tisch. »Erzählen Sie mir, was passiert ist.«

Daniel berichtete, wie Emma und er die Spuren der Kamele zu dem Grab verfolgt und dort die Spuren eines Kindes und eines Löwen gefunden hatten. Er fügte hinzu, dass im Polizeibericht auch Löwenjunge erwähnt wurden.

George hörte ihm zu, ohne ihn zu unterbrechen, den Blick fest auf Daniels Gesicht gerichtet.

»Es hat eine Suche stattgefunden, sowohl von der Luft aus als auch am Boden«, schloss Daniel. »Aber sie war erfolglos.«

»Das arme Kind. Was für eine schreckliche Tragödie.« George zupfte an seinem Bart und fuhr sich mit der Zunge über die Lippen. Anscheinend machte ihn die Geschichte nervös. »Aber wie kommen Sie darauf, dass einer meiner Löwen etwas damit zu tun haben könnte?«, fragte er. »Es gibt mehrere wilde Rudel in diesem Gebiet.«

Seine Stimme klang defensiv, fast wütend.

»Wir sind nicht von selbst darauf gekommen«, erwiderte Emma rasch. »Aber in der Polizeistation sind wir dem Wildhüter begegnet, und er war sich ziemlich sicher, dass es einer Ihrer Löwen wäre.«

George grunzte. »Das würde Magoma gut in den Kram passen, wenn es so wäre. Er will mich von hier verjagen. Ich habe mich von Anfang an geweigert, ihm Bestechungsgeld zu bezahlen, und seitdem versucht er, mich dafür zu bestrafen.« Seine grauen Augen blickten von Emma zu Daniel. »Ich kenne das Gebiet all meiner Rudel. Können Sie mir beschreiben, wo es passiert sein soll?«

Daniel nickte. »Ja, das können wir. Aber diese Löwin, deren Spuren gefunden wurden, hat eine Besonderheit. Sie hat eine verletzte Pfote, an der ein Stück fehlt.«

»Linker Vorderfuß?«

Daniel nickte.

George stieß langsam die Luft aus. »Moyo.« Verwundert schüttelte er den Kopf. »Ich habe mir Sorgen um sie gemacht. Als ich sie das letzte Mal besuchen wollte, könnte ich sie nicht finden. Ich habe sie seit Monaten nicht gesehen. Dann hat sie also geworfen! Sie hat Junge!«

Emma beugte sich vor. »Bitte, sagen Sie uns die Wahrheit. Würde sie Angel angreifen?« Die Frage war vielleicht zu direkt, aber sie konnte nicht mehr warten. »Würde sie das Mädchen töten?«

»Nein. Nein. Nein!«, sagte George heftig. »Niemals. Sie ist nicht wie andere Löwen. Ich habe neunzehn Löwen aufgezogen und sie wieder freigelassen. Sie sind wie meine Kinder. Ich liebe sie, und sie lieben mich. Aber bei den meisten Löwen besteht die Gefahr, dass etwas schiefgeht und sie angreifen. Ich habe Narben, die das beweisen.« Er hob seine Haare und zeigte zwei tiefe, rote Narben auf seinem Nacken. Daniel zuckte zusammen, als er sie sah. George lächelte schief. »Einer meiner Jungs. Später hat es ihm schrecklich leidgetan. Aber bei Moyo ist es etwas anderes. Ihr würde ich in jeder Situation vertrauen. Absolut.« George wies über den Tisch. »Wenn dieses Kind bei Moyo ist, dann lebt es. Dafür würde ich meine Hand ins Feuer legen.«

Emma blickte in die grauen Augen des Löwenmannes. Neue Hoffnung stieg in ihr auf. Vielleicht würden sie Angel finden.

»Könnte es nicht sein, dass die Verletzung an ihrer Pfote sie verändert hat?«, fragte Daniel.

»Nein, es ist eine alte Wunde. Sie hatte sie schon, als sie hierherkam. Die Pfote wurde von einem Tierarzt behandelt, verheilte gut und bereitete ihr nie Probleme.«

Daniel schwieg einen Moment lang, dann stieß er seinen Stuhl zurück und stand auf. »Haben Sie eine Landkarte?«

»Ja, natürlich.« George holte eine zusammengefaltete Karte vom Kühlschrank und breitete sie auf dem Tisch aus. »Zeigen Sie mir, wo Sie die Spuren gesehen haben.«

Emma zeigte auf die Stelle, wo der Grabhügel gewesen war. Vor Aufregung krampfte sich ihr Magen zusammen.

George warf ihr einen prüfenden Blick zu, dann lächelte er sie beruhigend an. »Keine Sorge. Wir finden Moyo. Und wir finden auch das kleine Mädchen.«

»Angel«, sagte Emma. »Sie heißt Angel.« Irgendwie hatte sie das Gefühl, es sei wichtig, dass er ihren Namen wusste.

George nickte, dann beugte er sich über die Karte. Nachdenklich strich er sich über den Bart. »Ich habe nicht erwartet, dass sie sich dort aufhält. Aber da sie ihre Jungen ernähren muss, war sie vielleicht gezwungen, weiter in die Wüste vorzustoßen. Das kommt um diese Jahreszeit schon vor.« Er blickte auf und wandte sich an Daniel. »Dann wollen wir mal losfahren. Wir nehmen meinen Landrover. Ich muss nur noch die Batterie vom Solar-Akku ausbauen. Warten Sie am Tor auf mich.«

Emma warf Daniel einen Blick zu. Ob er wohl damit einverstanden war, sein Fahrzeug hier stehenzulassen? Aber er nickte bereits zustimmend. Sie fragte sich, ob er sich Georges Landrover angeschaut hatte oder es einfach für selbstverständlich hielt, dass der Löwenmann die Führung übernahm.

Sie saßen zu dritt vorn in Georges Landrover. Emma saß in der Mitte, die Knie an Daniels Beine gepresst, um nicht an den Schaltknüppel zu stoßen. Während das Fahrzeug dahinholperte, war sie sich der Berührung seiner muskulösen Waden und der seiner Schultern nur allzu bewusst. Wenn er sich ihr zuwandte und sie ansah, wurden ihre Wangen heiß, und sie musste unwillkürlich daran denken, wie er ihr nach dem Picknick die Hand zum Aufstehen gereicht hatte.

George schaute beim Fahren in die Landschaft und kommentierte ab und zu einen Baum, der vom Blitz getroffen worden war, oder zeigte auf einen Vogel und sagte ihnen, wie er hieß. Sie kamen an einer Gazellenherde vorbei.

»Sehen Sie diesen alten Bock da«, sagte er und zeigte auf ein Tier, das die Herde anführte. »Er war vor ein paar Monaten schlimm verletzt, aber jetzt sieht er wieder ganz gut aus.«

Ein Stück weiter wies er auf tiefe Lastwagenspuren im Boden. »Das war ich, vor sechs Monaten. Ich hatte mich so festgefahren, dass ich schon Angst hatte, den Wagen nie wieder herauszubekommen. In der Regenzeit ist es hier überraschend nass, aber auf diesem Boden wächst natürlich nicht viel. Eigentlich ist es nur Asche vom Vulkan, und sie liegt noch nicht lange genug hier, um sich in fruchtbare Erde verwandelt zu haben.« Er warf ihnen einen Blick zu. »Man kann sich nur schwer vorstellen, dass das hier eines Tages – wahrscheinlich lange nach den Menschen – einmal fruchtbares Grasland sein wird wie die Serengeti.«

Innerhalb einer Stunde waren sie wieder in der Savanne. Die Landschaft war Emma vertraut, aber doch auch wieder anders. Es schien mehr Bäume und Büsche zu geben. Das Gras wuchs länger und dicker und spross wie gelbe Haare aus dem Boden. Selbst die Steine waren vielfältiger gefärbt: Sie waren nicht nur grau, sondern schimmerten bläulich im Schatten und silbern und golden, dort, wo der Boden von der Mittagssonne beschienen wurde.

»Die Wüste sieht ganz anders aus als die, in der wir waren«, sagte sie zu Daniel. »Sie ist nicht so grau und monoton.«

Er schaute sie an und schüttelte dann den Kopf. »Die Wüste ist genau die gleiche. Sie haben sich geändert.« Er klang erfreut, als ob ihre Wahrnehmung etwas mit ihm zu tun hätte.

Emma blickte über die Ebene. Daniel hatte recht – die Landschaft wurde immer realer für sie, und deshalb sah sie mehr Einzelheiten. Diese Erfahrung hatte sie auf ihren Reisen schon öfter gemacht. Jede neue Stadt – Paris, Madrid, Houston – war zuerst nur eine verwirrende Ansammlung von Cafés, Geschäften, Autobahnen, hohen Gebäuden und Parks, bis sie Ereignisse und Menschen damit verband. Danach wurde der Ort lebendig für sie. Sie blickte aus dem Seitenfenster auf den Vulkan. Sogar der Berg Gottes sah anders aus. Die Hänge erschienen ihr steiler, und die ungewöhnliche weiße Lava reichte vom Gipfel weiter herunter.

Das Gebiet um den Grabhügel war mit fluoreszierendem gelbem Polizeiband abgesperrt. Emma stieg über die Absperrung und betrachtete die Steine, die herumlagen. Lauras Leiche war weg. Die rosa Blumen, die Emma an ihre Füße gelegt hatte, waren vertrocknet und lagen im Sand, ebenso eine leere Coladose und Zigarettenkippen.

Emma starrte auf die Stelle, wo Laura gelegen hatte, und versuchte, sich das blasse, schöne Gesicht in Erinnerung zu rufen. Sie konnte nur hoffen, dass Lauras Essenz in gewisser Weise noch da war. Dann würde sie wissen, dass Emma und

Daniel zurückgekehrt waren – dass sie Angel nicht im Stich gelassen hatten.

George trat neben sie und schwieg einen Moment lang, als erweise er der Toten die letzte Ehre. Dann trat er um den großen Stein herum, von dem aus man den Ort überblicken konnte. Er stützte sich ab und begann, hinaufzuklettern. Er bewegte sich mühsam. Er trug eine ärmellose Safariweste, seine Haare fielen ihm ins Gesicht, und das Fernglas hing an einer Schnur um seinen Hals und schwang hin und her. Mit einer Hand stützte er sich ab, in der anderen hielt er ein altes, orange angestrichenes Megaphon. Daniel trat vor und hielt ihm die Hand hin, aber George lehnte die Hilfe höflich ab. Als er oben auf dem Felsen stand, setzte er das Megaphon an die Lippen.

Ein seltsamer Laut – halb gesungen, halb gesprochen – erschallte übers Land. Emma versuchte, Wörter zu erkennen, aber es gelang ihr nicht. Entweder verzerrte das Megaphon Georges Stimme bis zur Unkenntlichkeit, oder aber er sprach in einer fremden Sprache. Mehrere Male wiederholte er den Ruf in verschiedene Richtungen, dann ließ er das Megaphon sinken. Mit dem Fernglas suchte er die Landschaft ab. Schließlich rief er noch einmal.

Alles war still. Ein großer schwarzer Vogel bewegte sich unruhig auf einem Baum. Ein Zweig knackte unter Emmas Füßen, als sie ihr Gewicht verlagerte. Erneut rief George. Nichts.

»Nun, hier in der Gegend ist sie nicht«, sagte George schließlich. Er sprang vom Felsen herunter und ging wieder auf den Landrover zu.

Daniel und Emma folgten ihm. Am Wagen blieb George stehen und blickte zu Boden. »Vielleicht ist sie wieder in ihr altes Gebiet zurückgegangen. Aber – ich weiß nicht. Was soll sie dort? Das ist die Frage ...« Nachdenklich strich er sich über den Bart. Dann blickte er auf. »Wir fahren ins alte Camp! Einen Versuch ist es wert. Möglicherweise hat sie das Mädchen dorthin gebracht, weil sie hoffte, mich dort zu finden.«

Emma zog die Augenbrauen hoch, sagte aber nichts. Sie hatte Angst, ihre Stimme könnte verraten, wie enttäuscht sie war. Zweifel stiegen in ihr auf. Sie hatte zu große Hoffnungen auf den Löwenmann gesetzt. Schweigend stieg sie in den Landrover und blickte nach vorn.

Emma folgte George zu einer großen Dornenakazie mit tiefhängenden Ästen. Als sie unter die Krone trat, stellte sie fest, dass das Laub überraschend grün und dicht war. Neben dem Stamm stand ein kleines Gestell wie ein Schrank ohne Seitenteile, grob aus Ästen zusammengenagelt.

»Das Waschgestell«, sagte George, »und dort ist die Feuerstelle.« Er zeigte auf ein Dreieck von rußgeschwärzten Steinen. »Mehr gibt es jetzt hier nicht mehr. Die Hütte habe ich abgebaut, bevor ich weggegangen bin. Warum sollte ich den Wilddieben eine Unterkunft zur Verfügung stellen?«

Er blickte sich um. Sein Megaphon, das er sich um das knochige Handgelenk gebunden hatte, baumelte leicht hin und her.

»Ich bin drei Monate hiergeblieben und habe versucht, Moyo zu überreden, ein wilder Löwe zu werden. Sie wollte einfach nicht allein weggehen. Am Ende schoss ich eine Gazelle für sie und fuhr einfach davon, während sie sich über die Beute hermachte. Ich fühlte mich schrecklich, weil ich sie einfach so zurückließ ...« Er wirkte ganz verloren in seine schmerzliche Erinnerung.

»Wo könnte sie denn sonst noch sein?« Emma versuchte, ihre Stimme neutral zu halten und ihre Frustration zu verbergen. Der Weg zu diesem Lager war weit gewesen. An einigen Stellen hatten sie angehalten, und George hatte Moyo erneut gerufen, aber sie hatten keinen Erfolg gehabt. Hier am alten Lager hatte er es noch einmal versucht. Doch es gab immer noch kein Zeichen von Moyo. Während George mit Emma redete, ging Daniel um das Camp herum und suchte den Boden nach Spuren ab.

»Sie muss weiter weg sein«, sagte George. »Irgendwo, wo sie mich nicht hören kann.«

»Und was machen wir jetzt?« Emma seufzte. Sie dachte an die lange Fahrt zurück zum Camp, die vergebliche Reise, die hinter ihnen lag. Mittlerweile hatte sie keine Hoffnung mehr. George antwortete nicht. Er ging zum Landrover und beugte sich über die Ladefläche zu einem großen Metallkasten. Die rostigen Scharniere quietschten, als er den Deckel öffnete. Kurz darauf kehrte er wieder zu dem Baum zurück, in der Hand ein Papprohr, etwa so lang wie sein Unterarm, das an einem Ende spitz zulief. Es sah wie eine riesige Feuerwerksrakete aus, nur dass die Hülle khakifarben war. Auf einem Ende standen die Worte »FESTHALTEN UND HIER ANZÜNDEN«.

»Stellen Sie sich auf einen lauten Knall ein«, sagte George. Er zog die Kappe von dem Rohr und riss ein Stück Klebeband weg. Mit einer scharfen Bewegung schlug er die Kappe gegen die Markierung. Eine Zündschnur begann zu glühen. Emma trat zurück, als George das Rohr hoch über den Kopf hielt und dann wegschleuderte.

Es glitt durch die Luft wie ein Bogen und fiel dann zu Boden. Ein paar Sekunden später explodierte es, und ein lauter

Knall erschütterte die Ebene. Es gab einen weißen Licht-
blitz, und dicker grauer Rauch stieg aus dem Rohr auf. Vögel flogen alarmiert krächzend auf, und die Büsche bebten,
als ihre Bewohner flüchteten. Eine Gazelle floh in wilder
Panik und stieß beinahe mit dem Landrover zusammen.
Dann war alles wieder still. Der beißende Geruch nach
Schießpulver hing in der Luft.

Zufrieden lächelnd blickte George von Emma zu Daniel.
»Das müsste sie eigentlich gehört haben!«

Emma starrte ihn ein paar Sekunden lang an, dann wandte
sie sich zu Daniel. Er blickte in die Richtung der Explosion.
Er wirkte ähnlich geschockt wie Emma, aber in seinen Augen stand auch so etwas wie Bewunderung. Emma folgte
seinem Blick und sah, dass immer noch Rauch aus dem
Rohr drang und wie eine Säule in die Luft stieg.

Emma blickte George an. »Läuft ein Löwe vor diesem
Lärm nicht eher weg?«

»Normalerweise, ja. Aber ich habe meinen Löwen beigebracht, ihn mit mir zu verbinden.« Er wischte sich die Hände an den Shorts ab. »Kommen Sie, wir wollen eine Tasse
Tee trinken, solange wir warten. Sie ist wahrscheinlich
ziemlich weit weg.«

»Wenn sie überhaupt da ist«, sagte Emma, aber sie bedauerte ihre Worte sofort und biss sich auf die Lippen.

George blickte sie ruhig an.

Erneut kramte er in dem Metallkasten und förderte drei
Emaillebecher, eine karierte Thermosflasche und ein Bündel Bananen zutage. Er wischte die flache Oberfläche von
einem der drei Feuersteine ab, stellte die Becher darauf und
schenkte Tee aus der Thermosflasche ein.

Emma ließ sich im Schneidersitz auf dem sandigen Boden

nieder und trank einen Schluck. Der Tee war mit rauchigem Honig gesüßt und schmeckt ein wenig scharf. »Das schmeckt gut.«

»Ich gebe frischen Ingwer hinein«, sagte George und richtete sich auf. Während er seinen Tee trank, blickte Emma ihn forschend an und versuchte, in seinem Gesicht ein Zeichen für Hoffnung oder Mutlosigkeit zu finden. Aber sie konnte keines von beidem erkennen. Er wirkte völlig gelassen. Als er seinen Tee ausgetrunken hatte, begann er, um das Camp herumzuwandern. Vor einem großen Fleck, an dem der Boden dunkler war, blieb er stehen. Die Oberfläche war aufgeplatzt, als ob hier einmal nasser Schlamm gewesen wäre.

»Hier war einmal eine Suhle«, sagte George. »Darunter ist Wasser.« Er trat mit seinem Stiefel gegen die dunkle Erde, hinterließ aber kaum eine Kerbe in der harten Kruste. »Aber die Tiere kommen nicht dran.«

Er ergriff einen Spaten, der hinten an der Kabine des Landrover befestigt war, und begann, die Erde umzugraben. Man sah seinem Gesicht die Anstrengung an; den Mund hatte er zu einer dünnen Linie zusammengepresst, die Augen halb zugekniffen. Die Muskeln in seinen Armen wölbten sich unter seiner runzeligen Haut. Emma sah Daniel an, dass er sich unschlüssig fragte, ob er ihm die Arbeit abnehmen sollte. Bald schon keuchte George, und der Schweiß floss ihm übers Gesicht. Aber erst als ein feuchter Fleck unten in der Grube auftauchte, reichte er den Spaten an Daniel weiter.

Als Daniel zu graben begann, räumte Emma die Thermosflasche, die Becher und die Bananenschalen weg. Sie überlegte, ob sie auch beim Graben helfen sollte. Simon hätte das bestimmt von ihr erwartet – schließlich war sie jung und gesund. Aber hier schien es ihr nicht notwendig zu sein. Daniel genoss die körperliche Arbeit; er stand mit gespreizten Beinen da und schwang den Spaten.

George zog eine Pfeife aus der Tasche. Er drückte Tabak mit dem Daumen hinein und zündete ihn mit einem Streichholz an. Paffend stand er an dem Loch und sah Daniel beim Arbeiten zu. Ab und an zeigte er auf eine Stelle, wo er den Spaten als Nächstes ansetzen sollte, und nickte zustimmend, wenn seine Anweisungen befolgt wurden. Emma stand daneben und schaute zu. Zwischen den beiden Männern ging irgendetwas vor. Sie vollzogen ein Ritual, dessen Bedeutung sie beide verstanden – eine Art Tanz zwischen einem jungen und einem älteren Mann.

Schließlich begann Wasser von unten in die Grube zu sickern, milchig braun und schaumig. Auf Georges Geste hin hörte Daniel auf zu graben. Sie standen alle drei am Rand des Wasserlochs und blickten auf die Quelle. Die Sonne funkelte auf dem Wasser, und es kam ihnen vor wie ein Wunder. Emma blickte von Daniel zu George, und sie lächelten sich an.

»Früher haben die Elefanten in der Trockenzeit mit ihren Stoßzähnen nach Wasser gegraben«, sagte George. »Aber mittlerweile haben die Wilddiebe sie alle vertrieben. Auch die Rhinos. Die Löwen werden die Nächsten sein.« Seine Haare fielen ihm ins Gesicht, als er auf die Quelle blickte. Sie waren an den Spitzen gelblich, stellte Emma fest – dieselbe Farbe wie das trockene Gras. »Ich dachte, ich erlebe es noch, dass das ganze Gebiet hier zum Nationalpark erklärt wird. Dann hätten wir hier draußen eine vernünftige Basis und festangestellte Wildhüter.« Er schüttelte den Kopf. »Ich habe eine Eingabe gemacht, unterstützt von zwei Wildlife Trust Funds und zahlreichen Experten. Aber es ist nichts passiert. Es hat sicher etwas damit zu tun, dass Magoma mich nicht mag, doch es steckt noch mehr dahinter.« Seine Stimme klang frustriert. »Das Problem ist, dass die Leute Nationalparks immer nur in Zusammenhang mit Tourismus bringen, und sie glauben, Besucher wollen in Afrika nur Savanne oder Regenwälder sehen, aber nicht diese Art von Landschaft. Und wilde Tiere einfach nur um ihrer selbst willen zu schützen, sehen sie nicht ein. Sie verstehen nicht, dass auch wir ein wenig mehr Wert bekommen, wenn so prachtvolle Geschöpfe wie Löwen hier draußen wild und frei im Busch leben.«

Er schwieg und blickte auf die größer werdende Wasserpfütze.

Emma wandte sich ab, schaute über die Ebene und suchte nach einem Anzeichen für die Löwin – einen gelbbraunen Fleck oder etwas, das sich zwischen den Felsen und Büschen bewegte. Aber wirkliche Hoffnung hatte sie nicht. Kalt und schwer legte sich Verzweiflung über sie, und sie hatte auf einmal Angst, dass sie Angel nie mehr finden würden. Sie blickte zum Himmel, um sich von der klaren, blauen Weite trösten zu lassen. Aber im gleichen Moment richtete sie ihre Augen wieder aufs Land, weil sie auf einmal das Gefühl hatte, aus dem Augenwinkel etwas wahrgenommen zu haben. Langsam suchte sie den Horizont ab. Und dann lief ihr ein Schauer über den Rücken.

Auf einem niedrigen Hügel stand eine Löwin – wie ein dunkler Scherenschnitt gegen den Himmel.

»Moyo«, hauchte sie. Sie drehte sich um und konnte einen Schrei der Erregung kaum unterdrücken. »Sie ist gekommen!«

George trat zu ihr und beschattete seine Augen mit der Hand. »Möglicherweise ist sie es gar nicht«, warnte er. »Ich habe Simians Rudel schon in dieser Gegend gesehen.«

Die Löwin kam auf das Lager zu, eine goldbraune Gestalt vor dem grauen Hügel. Sie hob den Kopf und blickte suchend nach vorn.

George beobachtete sie aufmerksam. Einige Augenblicke vergingen, aber dann breitete sich ein Lächeln auf seinem Gesicht aus. »Sie ist es.« Er trat aus dem Schatten des Baumes und ging über die offene Ebene auf sie zu. Jetzt bewegte er sich wie ein junger Mann, den Körper aufrecht, den Kopf hoch erhoben.

Emma folgte ihm in einigem Abstand. Eine Stimme in ihr warnte sie vor der gefährlichen Situation, aber sie konnte nicht stehen bleiben. Der Anblick des großen, kraftvollen Tieres, das immer näher kam, zog sie magisch an. Nur vage nahm sie wahr, dass Daniel dicht hinter ihr ging.

Sicher lief Moyo zwischen den Felsen hindurch und kam langsam auf sie zu. Als sie unten am Hügel angekommen war, bewegte sie sich schneller. Emma konnte das Spiel ihrer Muskeln unter ihrem glatten Fell sehen. Die Kraft der Löwin war fast greifbar.

Und dann begann sie, direkt auf George zuzulaufen. Als sie immer schneller wurde, erstarrte Emma. Georges drahtiger Körper erschien ihr auf einmal dünn und verletzlich, und die Löwin sah aus, als wolle sie angreifen. Aber George ging ohne Angst immer weiter auf sie zu, und als Moyo bei ihm angekommen war, breitete er weit die Arme aus. Sie stellte sich auf die Hinterbeine und legte ihm die Vorderpfoten auf die Schultern. George taumelte zurück. Emma keuchte – es sah so aus, als würde die Löwin ihn unter sich begraben. Aber er hielt stand und balancierte das Gewicht der Löwin aus. Sie schlang die Vorderläufe um seine Schultern und hielt ihn fest. Auch George legte die Arme um das Tier. Sie rieben die Köpfe aneinander, und Moyo drückte ihr Maul an seinen Hals, sein Gesicht, seine Schultern. George vergrub seinen Kopf in ihrem Fell, und seine weißen Haare mischten sich mit ihren goldbraunen.

Schließlich ließ die Löwin von ihm ab. Sie stellte sich wieder auf alle viere vor ihn und schaute George an, als wolle sie ihren alten Freund ausführlich betrachten. Ihr Rücken war so hoch wie seine Taille, und die dunklen Kanten ihrer Ohren befanden sich in Höhe seiner Schultern. George umfasste ihren Kopf mit beiden Händen und beugte sich vor, um ihr einen Kuss auf die Stirn zu drücken. Dann tätschelte er ihr die Seite, während sie die Vorderläufe um sein Bein schlang. Bald schon richtete sie sich wieder auf und zog George erneut in eine Umarmung. Jetzt rangelten sie miteinander, als wollten sie ihre Kräfte messen, aber es war kein aggressives Spiel – nur Zuneigung und Freude.

Als die beiden sich schließlich voneinander lösten, konnte Emma die perfekten, symmetrischen Züge der Löwin erkennen, ihre breite Stirn, das weiße Fell unter dem Kinn. Ihr Fell war golden und cremefarben, mit dunkelbraunen und schwarzen Flecken und Linien. Sie sah aus wie von einem Maler gemalt, mit dunklen Pinselstrichen, um die Form ihrer Augen und ihrer Ohren zu betonen, um ihr Maul und ihre dreieckige Nase hervorzuheben.

George begann, auf Emma und Daniel zuzugehen. Moyo folgte ihm, den Kopf vorsichtig gesenkt. Dabei schnüffelte sie, und ihre Ohren waren ständig in Bewegung, um alle Geräusche ihrer Umgebung wahrzunehmen. Direkt vor

Emma und Daniel blieb sie stehen. Sie wirkte beinahe unsicher.

»Bleiben Sie einfach still stehen«, sagte George ruhig. »Blicken Sie ihr nicht in die Augen. Sie muss die erste Bewegung machen.«

Emma hielt die Arme steif an den Seiten. Ihr Herz klopfte heftig. Sie hörte Moyo atmen, und dann spürte sie den warmen Atem auf ihrer Haut und roch den salzigen Geruch von frischem, rohem Fleisch.

Moyo schnüffelte an ihrem Körper. Ihr großer Körper glitt an ihrem Oberkörper, ihren Armen entlang, und ihre Schnurrhaare streiften ihren Hals und ihr Gesicht. Emma sah auf einmal die tiefroten Narben an Georges Nacken vor sich, aber dann rief sie sich in Erinnerung, dass das hier Moyo war: die Löwin, der man immer vertrauen konnte. Sie bemühte sich, es zu glauben.

Es kam ihr wie eine Ewigkeit vor, bis Moyo schließlich ihre Aufmerksamkeit Daniel zuwandte und ihre Nase gegen seinen nackten Oberkörper stieß.

Jetzt konnte Emma sie aus der Nähe betrachten – die Schweißflecken auf dem braungelben Fell; die hellere Gesichtsmaske, die von kleinen Narben durchzogen war. Fliegen saßen wie schwarze Punkte um ihre Augen herum, und ein Ohr hatte einen Riss. An der linken Vorderpfote fehlte die vierte Kralle.

Emma blickte Daniel an. Seine Augen waren groß vor Staunen und Entzücken. Er wirkte wie verzaubert. Als Moyo schließlich zurückwich, machte er einen Schritt hinter ihr her, als würde er an einer unsichtbaren Schnur gezogen.

Moyo trottete zu George und blickte ihn eindringlich an. Ein leises Grollen drang aus ihrer Kehle.

Die Löwin ging ein paar Schritte und reckte den Kopf zu dem Hügel, von dem sie gekommen war. Unruhig stieß sie einen dumpf grollenden Laut aus. Erneut ging sie zwei Schritte vorwärts, blieb stehen und blickte sich um. Dann ging sie weiter.

George nickte. »Braves Mädchen, Moyo.« Seine Augen leuchteten vor Stolz, als er zu Emma und Daniel sagte: »Sie bringt uns zu ihrer Höhle.« Er wandte sich an Daniel. »Ich laufe ein Stück mit ihr. Sie beide folgen im Landrover. Wenn sie weiß, dass wir mitkommen, steige ich auch ein. Es könnte ziemlich weit sein.«

Moyo lief in gleichmäßigem Tempo über die steinige Ebene. Die Hitze flimmerte um sie herum wie eine Aura, und ihre Pranken wirbelten kleine Staubwolken auf. Daniel fuhr direkt hinter ihr her, wie George ihn angewiesen hatte, nur ein paar Meter von dem dunklen Haarbüschel an ihrer Schwanzspitze entfernt.

»Sie hat keine Angst vor dem Landrover«, sagte Daniel und blickte an Emma vorbei zu George, der am Fenster saß.

»Sie *liebt* den Landrover«, erwiderte George. »Wenn sie uns nicht führen müsste, würde sie hier oben liegen.« Er klopfte auf das Dach der Kabine. »Ich musste das Dach verstärken lassen, damit es ihr Gewicht aushält.« Er lachte leise. »Sie merkte immer sofort, wenn ich in die Stadt fahren wollte, und da sie es hasste, allein zu bleiben, sprang sie aufs Autodach. Sie war durch nichts zu bewegen, wieder herunterzukommen.«

»Und was haben Sie gemacht?«, fragte Emma.

»Ich habe sie mitgenommen. Es hat immer einen kleinen Aufruhr gegeben, aber sie machte keine Probleme, außer wenn sie irgendwo Hühner sah. Dann sprang sie herunter, packte den Vogel und verspeiste ihn oben.« Er lachte. »Ich habe ein Vermögen für Hühner ausgegeben.«

Emma beugte sich vor und beobachtete Moyo, die zwischen den Felsbrocken entlanglief. Die Löwin blickte sich nicht um. Sie behielt ihr Tempo bei und vertraute offensichtlich darauf, dass sie ihr folgten. Emma schüttelte den Kopf. Irgendwie kam ihr die Situation unwirklich vor.

»Ich sollte Sie vorwarnen«, sagte George. »Es besteht die Möglichkeit, dass wir auch auf wilde Löwen treffen. Auf Moyos Rudel.«

Emma blickte ihn an. »Sie meinen, Angel war nicht nur mit ihr und ihren Jungen zusammen?«

»Am Grab scheinen sie allein gewesen zu sein, aber normalerweise bringt eine Löwin ihre Jungen zum Rudel, wenn sie sechs bis acht Wochen alt sind. Moyos Junge müssen älter sein, sonst wären sie nicht so weit gekommen. Es ist doch erst vier oder fünf Tage her, oder? Das ist eine weite Strecke.« Er zupfte an seinem Bart. »Sie ist jeden Tag weitergezogen.« Emma hörte an seinem Tonfall, dass das ungewöhnlich war. »Warum mag sie das getan haben?«

»Ich glaube, sie wollte zurück ins Löwencamp.« Georges Stimme war weich vor Bewunderung. »Sie wollte mir das vermisste Kind bringen.«

»Glauben Sie wirklich?«, fragte Emma.

»Ohne jeden Zweifel. Löwinnen suchen sich häufiger eine neue Höhle, um nicht zu starke Gerüche zu hinterlassen, aber sie wechseln nicht jeden Tag das Lager. Dahinter steckte eine Absicht.«

Emma starrte auf Moyo. Sie presste die Hände zusammen und schob sie zwischen die Knie. Ihr war schlecht vor Aufregung und Nervosität. Das Ende der Suche war jetzt so nahe. Die Möglichkeit, dass Angel nicht in der Höhle sein könnte, wollte sie gar nicht erst in Betracht ziehen. Die Alternative war schon beängstigend genug. Möglicherweise würden sie auf ein Kind treffen, das zutiefst traumatisiert, hungrig, erschöpft und verängstigt war. Sie würde schmutzig sein, mit infizierten Wunden, Sonnenbrand, verfilzten Haaren, zerrissenen Kleidern …

»Das sind die Regeln, wenn wir auf andere Löwen treffen«, unterbrach George ihre Gedanken. »Machen Sie keine plötzlichen Bewegungen. Hocken Sie sich nie hin, und gehen Sie nicht um die Löwen herum – sie werden glauben, Sie wollten sie angreifen. Und gehen Sie nie geradewegs auf sie zu. Bleiben Sie an der Seite oder hinter mir, denn wenn Sie stolpern, halten die Tiere Sie für Beute. Fassen Sie die Jungen erst an, wenn die Mutter Sie dazu auffordert – Sie merken deutlich, wenn das der Fall ist. Laufen Sie nie vor einem Löwen weg. Bleiben Sie stehen. Als letztes Mittel können Sie Ihre Arme wie die Hörner eines Bullen hochnehmen.« Er legte Emma die Hand auf die Schulter. »Aber machen Sie sich keine Sorgen, Löwen sind selten gefährlich.«

Schweigend fuhren sie weiter. Die Löwin trottete unermüdlich voraus. Dann wurde sie schneller und begann zu laufen. Sie rannte auf einen kleinen, felsigen Hügel zu, an dessen Fuß ein paar große Steinbrocken im Schatten von Palmen lagen.

Ein paar Meter von den Felsen entfernt blieb Moyo stehen. Ihr Schwanz zuckte von einer Seite auf die andere. Vor ihr befand sich ein etwa türbreiter Spalt zwischen den zwei größten Steinen.

Daniel hielt ein Stück entfernt von den Felsen an. Als er den Motor ausschaltete, hörten sie, wie Moyo ein leise gurrendes Geräusch von sich gab. Sie schaute auf die Lücke.

»Es ist nur eine kleine Höhle«, flüsterte George. »Sie muss mit ihren Jungen allein sein.« Er öffnete seine Tür, wobei er sich ganz langsam bewegte, um unnötigen Lärm zu vermeiden. Er wies Emma und Daniel an, ihm zu folgen. »Tun Sie so, als ob wir zusammengehörten.«

Die drei traten auf Moyo zu, die immer noch auf die Lücke zwischen den beiden Steinen blickte. Das schwarze Haarbüschel an ihrem Schwanz zuckte hin und her. Die Löwin bewegte sich, als wolle sie in die Höhle hineingehen, aber genau in diesem Augenblick tauchte das pelzige Gesicht eines Jungtiers in den Schatten auf. Moyo hob den Kopf und stieß einen leisen, rufenden Laut aus. Das Junge kam zu ihr gerannt und rieb seinen Kopf an ihrem Bein. Die Löwin leckte mit ihrer großen, rosa Zunge über das kleine Gesicht.

Kurz darauf tauchte ein zweites Jungtier auf – es hielt den Kopf schräg und beäugte mit hellen Augen den Landrover, die Menschengruppe und dann Moyo. Als die Löwin erneut rief, kam er auf sie zugetrottet. Dann rannte ein drittes Löwenjunges aus den Schatten, als hätte es Angst, allein zurückgelassen zu werden. Es kam sofort zu Moyo und suchte Schutz zwischen ihren Vorderläufen.

Die Löwin schaute immer noch auf die Höhle.

Emma biss sich so fest auf die Unterlippe, dass sie Blut schmeckte. Vor der Höhle bewegte sich nichts. Sie starrte in die dunkle Öffnung.

Dann stieß Moyo abrupt einen Befehlslaut aus, fast wie ein Bellen.

Etwas bewegte sich in den Schatten: Ein heller Fleck tauchte auf. Emma versuchte, ihre Augen auf die Dunkelheit einzustellen. Ihr stockte der Atem. Sie konnte das Gesicht eines Kindes sehen.

Ohne nachzudenken, trat Emma vor. Blondes langes Haar blitzte auf, und das Gesicht verschwand.

Emma starrte in die Schatten. Ein einziger Gedanke beherrschte sie. Sie war es – Angel. Sie war da! Fragend blickte sie George und Daniel an.

»Rufen Sie sie!«, flüsterte George.

»Vielleicht sollten Sie das besser tun«, flüsterte Emma zurück. »Sie wird Ihnen eher vertrauen, wegen Moyo.«

»Nein, Sie sind eine Frau«, widersprach George. »Vor Ihnen hat sie weniger Angst.«

Emma schluckte nervös. Sie hatte Angst, das Falsche zu sagen. »Angel?« Sie zwang sich weiterzusprechen. »Angel? Angel, ich kann dich sehen. Hab keine Angst.«

»*Nendeni! Mbali!*« Eine hohe, klare Stimme drang aus der Höhle. »*Sasa hivi.*«

Fragend wandte Emma sich an Daniel.

»Sie sagt: Geht weg. Geht weit weg. Sofort!«

Die drei schauten sich an. Emma spreizte hilflos die Hände. George trat langsam vor und stellte sich neben Moyo. Wieder begrüßte sie ihn zärtlich, dann schaute sie zu, wie er sich hinkniete, ihre Jungen streichelte und sein Gesicht an ihren Gesichtern rieb.

Ungeduld stieg in Emma auf. Er schien völlig vertieft in die Begegnung zu sein, als ob er vergessen hätte, warum sie hier waren. Die irrationale Angst überkam sie, dass Angel irgendwie aus der Höhle verschwinden und nie wieder auftauchen würde.

Sie überlegte gerade, ob sie oder Daniel nicht doch zur Höhle gehen sollten, als das Gesicht des Mädchens wieder auftauchte. Angel verfolgte jede Bewegung von George und beobachtete, wie Moyo auf ihn reagierte. Die Augen hatte sie weit aufgerissen, ihr Mund stand halboffen.

George erhob sich und stellte sich neben Moyo, wobei er eine Hand locker auf ihre Schulter legte. Dann wandte er sich an Angel. »Wir möchten mit dir reden. Du brauchst keine Angst vor uns zu haben.«

Angel rief eine Antwort, und Emma blickte wieder zu Daniel, damit er ihr übersetzte, was das Kind gesagt hatte.

»Sie sagt: ›Lasst mich in Ruhe. Ich will hier mit den Löwen bleiben‹.«

Wieder sagte George etwas, dieses Mal auf Swahili. Aber als Angel antwortete, verzog er verwundert das Gesicht.

Daniel unterdrückte ein Lächeln. »Jetzt spricht sie Maa. Sie will uns verwirren. Sie glaubt, wenn wir sie nicht verstehen, geben wir auf und gehen wieder.«

»Was sagt sie denn?«, fragte Emma.

»Immer das Gleiche. Wir sollen sie in Ruhe lassen und weggehen.«

Emma war frustriert, aber auch erleichtert darüber, dass Angel so stark und selbstbewusst zu sein schien. »Sagen Sie ihr, wir müssen uns davon überzeugen, dass es ihr gutgeht.«

Daniel trat näher an die Höhle und sagte etwas mit seiner klaren, sanften Stimme. Eine Weile unterhielten sie sich. Dann wandte er sich wieder an Emma. »Sie will wissen, wer Sie sind und warum Sie hier sind.«

Emma nickte. Das klang so, als seien sie einen Schritt weitergekommen. Sie überlegte, wie sie die Frage am besten beantworten sollte. Schließlich war sie weder eine Verwandte noch eine Freundin der Familie – noch nicht einmal jemand von der Botschaft oder dem Roten Kreuz. Sie war … niemand. Sie beschloss, es mit der Wahrheit zu versuchen. »Sagen Sie ihr, die Kamele haben mich gefunden. Deshalb bin ich hier. Wegen Mama Kitu und Matata.«

In dem Moment, in dem Emma die Kamele beim Namen nannte, trat Angel aus den Schatten heraus. Ein paar Sekunden lang stand sie still und blinzelte in das helle Sonnenlicht. Ihre braune Tunika und ihre Hose waren zerknittert und staubig, und ihre blonden Haare fielen ihr wirr auf die Schultern. Aber ihre glatte, sonnengebräunte Haut war sauber. Ihre Augen waren hell und klar, ihre Lippen rosig.

»Wo sind sie? Geht es ihnen gut?« Sie sprach Englisch mit einem ähnlichen Akzent wie George.

Emma trat ein paar Schritte auf sie zu, blieb aber stehen, als Angel in die Schatten zurückwich. »Ja, es geht ihnen gut. Mama Kitu hat einen verletzten Fuß, aber sie wird wieder gesund.« Sie zeigte auf Daniel. »Daniel ist Tierarzt. Er hat den Fuß operiert. Während wir hier sind, kümmert sich jemand um sie.«

Erneut trat Angel ein paar Schritte vor. »Was ist mit Matata?«

»Ihm geht es auch gut.« Emma lächelte beruhigend. Am liebsten wäre sie zu Angel gerannt und hätte sie in den Arm genommen, um sie zu berühren und festzuhalten – um sich zu vergewissern, dass sie nicht wieder verschwinden würde. Aber sie achtete darauf, dass sie ihr nicht zu nahe kam. »Er war sehr ungezogen. Er hat alle Sachen aus euren Satteltaschen gezogen und ein großes Chaos angerichtet.«

Ein Lächeln huschte über Angels Gesicht. Aber dann blickte sie Emma verwirrt an. »Woher weißt du ihre Namen?«

Sie verschränkte die Arme vor der Brust und hob den Kopf. »Und woher kennst du meinen Namen?«

»Ich habe dein Malbuch gefunden und das Bild von deiner Familie gesehen. Darunter standen die Namen. Angel, Mama Kitu, Matata und … deine Mutter.«

»Sie ist tot«, sagte Angel. »Eine Schlange hat sie gebissen.« Die Worte schienen die Luft zu durchschneiden. Angel presste die Lippen zusammen, als ob sie bereute, sie ausgesprochen zu haben.

»Ich weiß«, sagte Emma mit erstickter Stimme. »Es … es tut mir so leid.« Sie hatte einen Kloß im Hals.

»Wieso weißt du von ihr?« Angel ließ die Arme sinken. Sie sah plötzlich verletzlich aus.

Emma holte tief Luft. »Wir sind den Kamelspuren bis zum Grab gefolgt und haben dort deine Spuren entdeckt. Wir haben auch ihre Tasche gefunden und ein Foto von euch beiden in der Brieftasche. Dann sind wir sofort nach Malangu gefahren und haben die Polizei informiert. Sie haben eine große Suchaktion nach dir eingeleitet.«

Während Emma redete, bewegte sich Angel langsam auf die Löwin zu. George wich zurück, um ihr Platz zu machen. Ihre Schultern waren fast auf einer Höhe mit dem Rücken der Löwin. Sie war schmal, ihre Arme und Beine waren dünn und knochig. Und doch waren ihre Bewegungen selbstbewusst und stark. Emma konnte sich vorstellen, wie sie all diese Steine über der Leiche ihrer Mutter aufgetürmt hatte. Aber ihr Anblick versetzte ihr auch einen schmerzhaften Stich ins Herz. Angel war viel zu jung und zu klein, um schon so tapfer zu sein.

Moyo wandte Angel ihr Gesicht zu und begann, ihr die Wange zu lecken – die rosa Zunge strich gleichmäßig über die helle Haut. Die Jungen drängten sich um Angel, sprangen an ihr hoch und wetteiferten um ihre Aufmerksamkeit. Sie tätschelte jeden von ihnen und bückte sich, um einen auf den Arm zu nehmen. Das Junge sah groß aus in ihren Armen, aber trotzdem kuschelte es sich zufrieden an sie. Angel rieb ihre Nase in seinem Fell. Sie ging ganz natürlich und intim mit ihnen um. Mit ihren braunen Kleidern, ihrem hellblonden Haar und ihrer gebräunten Haut sah sie aus, als ob sie zu den Löwen gehörte – mehr als zu den Menschen, die sie beobachteten.

Sie musterte Emma, George und Daniel. Anscheinend versuchte sie, sie einzuschätzen. »Warum hat sie euch hierhergebracht?«, fragte sie schließlich und wies auf die Löwin.

Statt einer Antwort trat George wieder zu Moyo und legte ihr die Hand auf die Schulter. Angel wich einen Schritt zurück und warf Moyo einen Blick zu, als wolle sie sich bei der Löwin vergewissern, wie sie reagieren sollte.

Moyo legte den Kopf an Georges Brust.

»Sie hat mich geholt, weil sie wollte, dass ich dir helfe«, sagte George.

Angel zog die Augenbrauen hoch, sagte aber nichts.

»Ich will dir von ihr erzählen.« George lächelte Moyo an. »Sie ist als winziges Baby zu mir gekommen. Ihre Mutter war von Wilddieben getötet worden. Ich fand sie im Busch, ganz allein, fast tot vor Hunger.« Er blickte Angel an. »Ich habe sie nach Hause mitgenommen und mich um sie gekümmert, bis sie groß genug war, in die Wildnis zurückzukehren. Ich habe sie Moyo genannt.«

»Moyo«, wiederholte Angel. »Das bedeutet ›Herz‹.«

George nickte. »Sie war immer schon sehr sanftmütig, auch als sie noch ganz klein war.«

Widerstreitende Emotionen huschten über das Gesicht des Kindes. Es vergrub das Gesicht an Moyos Schulter. George wartete einen Moment lang, dann bückte er sich, so dass er auf Augenhöhe mit dem kleinen Mädchen war. »Weißt du, Angel, als Moyo klein war, da mochte sie vor allem eines am allerliebsten.«

Angel hob den Kopf. Strähnen ihres blonden Haars klebten an ihren Wangen.

»Ich zeige es dir.« George ging an den Metallkasten und kam mit einer saphirblauen Glasflasche mit Korkverschluss und einer großen Emailleschüssel wieder.

Sofort stürzte Moyo zu ihm hin und schnüffelte an der Flasche. Er musste ihren Kopf wegschieben, während er eine goldene Flüssigkeit in die Schüssel schüttete. Ein schwacher Fischgeruch, vermischt mit leichtem Honigduft, erfüllte die Luft.

»Lebertran.« George trat einen Schritt zurück. »Ich gebe es allen meinen Löwen, wenn sie heranwachsen. Sie lieben es. Und sie vergessen den Geschmack nie.«

Moyo schlabberte das Öl in Rekordgeschwindigkeit auf, dann schob sie die Schüssel über den Boden, während sie sie gründlich sauber leckte, damit ihr kein Tropfen entging. Die Jungen sprangen um sie herum und schnüffelten und leckten an ihren Schnurrhaaren. Angel setzte das Junge zu Boden, das sie auf dem Arm gehalten hatte, damit es zu seinen Geschwistern laufen konnte.

Emma trat neben sie. »Du hast sicher auch Hunger«, sagte sie so entspannt wie möglich. »Oder Durst.«

»Nein danke«, sagte Angel höflich. »Aber ich glaube, die Jungen hätten gerne auch so etwas.« Sie wies auf die Flasche. George ergriff die Emailleschüssel, füllte sie aber nicht wieder. Zerstreut blickte er auf die Löwin. »Angel, kannst du mir sagen – hast du andere Löwen gesehen, während du mit Moyo zusammen warst? Ich frage mich, wo ihr Rudel ist.« Angel drehte Moyo den Rücken zu, um sie ihre Antwort nicht hören zu lassen. »Ich glaube, sie sind tot. Sie hat mich an eine Stelle mitgenommen, wo viele Knochen lagen.«

George starrte sie an. »Alle tot? Wie viele?«

»Vier. Und da war auch ein Junges.« Angels Stimme klang erstickt. »Sie hatten kein Fell und keine Köpfe.«

George zuckte zusammen. Grimmig blickte er in die Ferne. Nach einer Weile schien er zu einem Entschluss gekommen zu sein. Er straffte die Schultern und hob das Kinn. »Ich nehme sie mit nach Hause.«

Angel blickte ihn erschrocken an. »Wohin?«

»In das Camp, in dem ich lebe.«

»Und wenn Moyo nicht dorthin will?« Angel stellte sich vor die Löwin und ihre Jungen, als wollte sie sie verteidigen. Neben Moyo wirkte sie zwar zart und klein, aber auch erstaunlich entschlossen.

Emma warf Daniel einen unbehaglichen Blick zu. George hatte die Situation bisher gut gemeistert, aber jetzt befürchtete sie, dass seine Sorge um die Löwen ihn ablenkte.

»Moyo hat euch jeden Abend zu einer neuen Höhle gebracht, nicht wahr?«, sagte George zu Angel.

Sie nickte. »Ja. Wir sind immer weitergegangen. Wir sind alle müde.«

Ihre Stimme zitterte leicht. Ein Vogel flog niedrig über ihren Kopf, aber sie blickte kaum auf.

»Sie wollte dich zu mir ins Camp bringen«, sagte George ruhig. »Ihr hättet noch ein paar Tage gebraucht, aber jetzt können wir dorthin fahren.«

Angel schaute ihn misstrauisch an. »Gefällt es Moyo denn im Camp?«

»Es war ihr erstes Zuhause«, sagte George. »Es gibt dort viel frisches Fleisch und Wasser und Schatten. Und sie ist vor Wilddieben sicher. Und außerdem habe ich neue Freunde für ihre Jungen. Zwei Waisenkinder – zwei männliche Löwen –, erst ein paar Wochen alt.«

Angel lächelte und zeigte dabei eine Lücke in ihren Milchzähnen. Einen Moment lang sah sie aus wie das glückliche Kind auf dem Foto, das Emma in Lauras Brieftasche gefunden hatte. Dann jedoch verzog sie besorgt das Gesicht.

»Was ist mit mir?«

»Du kommst auch mit.«

Nachdenklich kaute Angel auf ihrem Daumen. Erneut blickte sie Moyo an, als ob sie sich Rat von ihr erwartete.

George ging auf den Landrover zu. Er legte die Flasche in den Kasten und blieb an der Ladefläche stehen.

Moyo hob den Kopf und stieß einen leisen, schroffen Laut aus. Sie blickte ihre Jungen an und wandte sich dann zum Landrover. Mit einem einzigen Satz sprang sie über die Haube aufs Dach. Dort drehte sie sich einmal und beschnüffelte die Farbe. Sie blickte zu Angel und den Jungen und stieß erneut den schroffen Laut aus. Dann legte sie sich entspannt auf das Dach.

Eines ihrer Jungen lief ebenfalls zum Wagen; ein zweites folgte. Als sie den Landrover erreichten, nahm George sie hoch.

»Wenn du hochkletterst«, rief er Angel zu, »reiche ich sie dir.«

Das dritte Junge machte ebenfalls ein paar Schritte auf den Wagen zu, setzte sich dann aber und schaute Angel aus großen, runden Augen an. Das Mädchen zögerte; es wirkte unentschlossen. Emma blieb ganz still stehen und hielt beinahe den Atem an. Sie merkte, dass es Daniel, der neben ihr stand, genauso ging.

Langsam trat Angel auf George zu. Das dritte Junge erhob sich und ging mit ihr, dicht an ihren Knöcheln. Am Landrover angekommen, kletterte sie auf die Ladefläche. George reichte ihr nacheinander die Jungen. Eng aneinandergedrängt standen sie neben der Metallkiste, Moyos Kopf über ihnen.

Angel setzte sich im Schneidersitz hin und lehnte sich mit dem Rücken gegen die Fahrerkabine. Sie breitete die Arme aus, und die Jungen schmiegten sich an sie.

Rasch ging auch Emma zum Landrover, und Daniel folgte ihr. Am liebsten wäre ihr gewesen, George wäre sofort losgefahren, für den Fall, dass Angel ihre Meinung änderte – aber an der Beifahrertür blieb sie zögernd stehen. Eine von Moyos Pfoten hing halb über die Scheibe. Sie sah, dass auf Georges Seite ihr Schwanz wie ein dickes braunes Seil mit einer schwarzen Quaste herabhing. George schob ihn einfach beiseite, bevor er die Tür öffnete und einstieg. Sie zwang sich dazu, die schwere Pfote, die sich so nahe neben ihrem Kopf befand, hochzuheben. Sie spürte die rauhen, trockenen Ballen, das dicke Fell, das dazwischen wuchs, die Härte der Krallen. Sie schob die Pfote beiseite, öffnete die Tür und stieg ein. Während sie in die Mitte rutschte, stieg auch Daniel ein und schloss die Tür, wobei er sorgfältig darauf achtete, die Pfote nicht einzuklemmen.

Emma wandte sich ihm zu, und sie lächelten einander erleichtert an.

»Wir haben sie gefunden«, sagte sie leise.

»Und es geht ihr gut«, fügte Daniel hinzu.

Tiefe Zufriedenheit breitete sich in Emma aus. Das hatten sie zusammmen erreicht.

»Sie spricht Maa wie jemand, der bei uns geboren wurde«, sagte Daniel verwundert und beeindruckt. »Wir haben Vokale, die andere noch nicht einmal hören, geschweige denn aussprechen können. Ich habe gehört, wie sie sie benutzt hat.«

»Sie ist ein außergewöhnliches kleines Mädchen«, sagte George. »Sie besitzt großen Mut.« Er ließ den Motor an. »Und Moyo hat ihre Sache auch gut gemacht. Drei Junge in diesem Gebiet am Leben zu halten ist nicht einfach. Und sie hatte auch noch Angel.« Er sprach lauter, um den Lärm des Motors zu übertönen. »Für Löwen ist es ganz natürlich, für zusätzlichen Nachwuchs zu sorgen. Die Weibchen des Rudels synchronisieren ihren Zyklus, so dass sie ungefähr um die gleiche Zeit gebären. Sie säugen auch die Jungen der anderen.«

Emma öffnete den Mund, aber es dauerte einen Moment, bis sie ihre Frage formuliert hatte. »Wollen Sie damit sagen, Sie glauben, dass sie … Angel gesäugt hat?« Aber eigentlich wusste sie die Antwort bereits – das Kind sah so gesund, so behütet aus.

»Nun, von Wüstengras und Beeren hat sie nicht gelebt«, erwiderte George. »Und wie Sie sehen können, fühlt sie sich bei den Löwen absolut wohl. Sie gehört sozusagen zur Familie.«

Schweigend fuhren sie weiter. Jeder hing seinen eigenen Gedanken über das Erlebte nach. Emma blickte an Daniel vorbei aus dem Seitenfenster. Die große Pfote schwang vor und zurück, während der Landrover durch die Wüste holperte.

Nachdem sie eine Zeitlang gefahren waren, stellte sie fest, dass das Gelände hügeliger wurde. An manchen Stellen wurde es richtig steil, und sie wurden durch die Neigung des Fahrzeugs in die Sitze gedrückt. Plötzlich ertönte über dem Lärm des Motors ein Piepston. Emma brauchte ein paar Sekunden, bevor ihr klarwurde, dass sie eine SMS bekommen hatte.

Sie zog das Handy aus der Tasche und blickte auf das Display.

Hoffe, Sie haben eine tolle Safari. Trinken Sie einen Sundowner auf mich! Im Labor alles in Ordnung! Mäuse leben noch. Moira.

Verständnislos blickte Emma auf die Nachricht. In diesem Moment konnte sie sich nur mit Mühe die Welt vorstellen, aus der sie gekommen war. Sie blickte in die linke Ecke des Bildschirms und zählte die Empfangsbalken. Hier war der Empfang gut. Sie könnte sofort jemanden anrufen und Bescheid sagen, dass sie das vermisste Kind gefunden hätten. Die Suchmannschaft der Polizei könnte zurückgerufen werden. Die nächsten Verwandten könnten informiert werden.

Emmas Hand schloss sich fester um das harte Gehäuse des Handys. Sie dachte daran, wie Angel auf sie reagiert hatte.

Geht weg. Ich will hier bleiben.

Offensichtlich sehnte sie sich nicht danach, zu Verwandten gebracht zu werden. Am stärksten hatte sie wohl die Kamele vermisst …

Emma hielt das Handy in der Hand, drehte sich um und blickte durch das Rückfenster. Sofort erstarrte sie vor Schreck. Von Angel und den Jungen war nichts zu sehen. Sie richtete sich halb auf und verrenkte sich fast den Hals, um mehr sehen zu können. Dann atmete sie erleichtert auf. Angel war da. Sie hatte sich mit den Jungen am Boden zusammengerollt. Ihre Augen waren geschlossen, und sie schien friedlich zu schlafen. Ihr Körper schaukelte leicht mit den Bewegungen des Landrover. Die Fahrerkabine warf einen Schatten über das Mädchen und die Löwenjungen, so dass die heiße Nachmittagssonne ihnen nichts anhaben konnte.

Emma schaltete ihr Handy aus und steckte es tief in ihre Tasche.

12

Es dämmerte beinahe, als sie das Löwencamp erreichten; violette Schatten fielen über die Sandhügel auf der Piste, und der hellblaue Himmel war zu einem milchigen Grau verblasst. Als der Landrover sich den hohen Drahttoren näherte, verschwand Moyos baumelnde Pfote, und sie hörten, wie sie unruhig auf dem Dach hin und her rutschte.

Auf dem Gelände stieg neben einer der Hütten der Rauch eines Kochfeuers auf. Ein Afrikaner mit einer weißen Muslim-Kappe hockte daneben und rührte in einem geschwärzten Topf. Als George durch das Tor bog, sprang er auf. Er starrte auf das Dach des Landrover und schüttelte ungläubig den Kopf. Porridge tropfte von dem Holzlöffel, den er in der Hand hielt, auf sein langes Gewand.

»Das ist Ndisi«, sagte George. »Er ist mein Koch.«

Noch bevor der Landrover hielt, sprang Moyo vom Dach. Sie rannte sofort zu Ndisi und setzte sich vor ihn. Etwas an ihrer Haltung, an der Art, wie sie ihre Pfoten nebeneinanderstellte, erinnerte Emma an die Jungen – als ob die Rückkehr in ihre Kinderstube die Löwin wieder zu einem Baby machte.

Ndisi drohte ihr mit dem Holzlöffel. »Nein, nein. Böse Moyo!«

George lächelte und öffnete seine Tür. Emma und Daniel stiegen auf der anderen Seite aus. Ndisi kam auf sie zu. Immer noch erstaunt, drehte er sich zu Moyo um. Er war ungewöhnlich groß, hatte sehr dunkle Haut. Er strahlte Emma und Daniel an. »Willkommen im Kampi ya Simba«, sagte er und machte eine weit ausholende Geste mit dem Arm. Er hätte auch der Besitzer einer Luxuslodge sein können, der seine Gäste willkommen hieß.

Als sie einander begrüßt hatten, wandte Ndisi sich an George. »Was ist passiert? Hast du die Löwin zurückgebracht? Du hast doch so lange gebraucht, bis sie endlich gegangen ist.«

»Ihr Rudel ist von Wilddieben getötet worden«, sagte George.

Ndisi zog scharf die Luft ein.

»Und sie hat Junge.« George zeigte auf den Landrover. »Drei.«

»Drei!«, rief Ndisi aus. »Sind sie gesund und stark?« Ohne auf eine Antwort zu warten, trat er hinten an das Fahrzeug heran. Dort blieb er abrupt stehen.

Angels blonder Schopf tauchte auf. Sie strich sich die Haare aus dem Gesicht und blickte sich um. Ihr Blick glitt über Emma, Daniel und George und blieb an Moyo haften. Als ob der Anblick der Löwin, die ruhig am Feuer saß, ihr Vertrauen einflößte, sprang sie von der Ladefläche herunter und trat auf Ndisi zu. Als sie vor ihm stand, hob sie ihre rechte Hand. Ndisi senkte den Kopf.

»*Shikamu, baba*«, sagte sie und berührte leicht seine randlose Kappe.

»*Marahaba*«, erwiderte Ndisi.

Emma blickte Daniel fragend an.

»Sie hat gesagt, ›Ich küsse deine Füße, Vater‹«, erwiderte er staunend. »Und Ndisi hat geantwortet, ›Nur ein paar Mal‹.« Er nickte zustimmend. »Es ist die korrekte Art für ein afrikanisches Kind, einen Älteren zu begrüßen.«

Ndisi wandte sich an Emma. »Ist sie dein Kind?«

Die Frage überraschte Emma, aber dann wurde ihr klar, dass die Annahme logisch war – schließlich hatten sie die gleiche Hautfarbe. Sie schüttelte den Kopf. »Nein.«

Ndisi blickte sie verwirrt an. »Woher kommt sie denn?«

»Ich werde es dir erklären«, sagte George. »Aber nicht jetzt.«

Angel trat hinten an den Landrover zu den Jungen. Sie standen am Rand der Ladefläche, die Pfoten auf die Klappe gestützt.

»Sie wollen herunter«, sagte sie.

Daniel trat zu ihr. Er ergriff eines der Löwenjungen und reichte es ihr mit der gleichen sanften Sicherheit, die Emma schon bei seinem Umgang mit dem Lamm und den Kamelen gesehen hatte. Angel ließ es vorsichtig zu Boden gleiten. Dann ergriff er nacheinander die anderen beiden Jungen und reichte sie ihr ebenfalls.

Die Jungen rannten sofort zu Moyo, wobei sie übereinanderpurzelten, so eilig hatten sie es, Schutz zwischen ihren Vorderbeinen zu suchen.

»Haben wir Fleisch da, Ndisi?«, fragte George.

Ndisi starrte Angel gebannt an. »Ja«, erwiderte er und riss sich von ihrem Anblick los.

»Dann wollen wir Moyo ihr Abendessen geben, ja?«, sagte George zu Angel.

Er ging nach hinten ins Camp. Moyo sprang auf und folgte ihm. Die Jungen und Angel blieben ihr dicht auf den Fersen. Auch Emma und Daniel liefen hinter ihm her. Ndisi nahm seinen Platz am Feuer wieder ein.

Im Schatten einer Akazie stand ein alter Kühlschrank, der an eine große Gasflasche angeschlossen war. Die Tür war zerbeult und rostig, mit braunen Blutflecken verschmiert. George nahm einen Emailleeimer – weiß, mit dunklen Kerben am Rand – von einem Haken am Baum und reichte ihn Angel.

»Meine Löwen kommen mich oft besuchen. Sie bringen ihre Familien mit. Ihre Partner, ihre Jungen.« Während George sprach, versuchte er, den Kühlschrank zu öffnen, aber das Schloss klemmte. Grunzend zerrte er am Griff. »Ich versuche immer, dafür zu sorgen, dass ich etwas für sie da habe.«

Die Tür ging quietschend auf. Im Kühlschrank stand eine Plastikwanne voller Fleisch. Es war grob in große Stücke gehackt, das Fell war noch daran: Flecken von braunen Haaren bedeckten rotes Fleisch. Emma erkannte ein kugeliges Ohr und eine Schwanzquaste.

George begann, Stücke herauszuholen und sie in den Eimer zu legen. »Sag mir, wenn es dir zu schwer wird.«

Angel drückte den Eimer an die Brust und umschlang ihn mit ihren dünnen Armen. »Er wird mir nicht zu schwer. Ich bin stark.«

Obwohl es schon so spät war, sammelten sich augenblicklich Fliegen auf dem Fleisch. Eine landete auf Angels Wange, aber sie achtete nicht darauf.

Moyo behielt den Eimer scharf im Auge. Emma beobachtete sie nervös. Vielleicht wurde die Löwin beim Anblick vom rohen Fleisch ja doch gefährlich. Sie dachte daran, dass sie auch in der Zeit, in der Angel bei ihr gewesen war, Tiere gejagt und sie gefressen hatte. Aber selbst jetzt wirkte die Löwin nicht aggressiv. Sie schien eher akzeptierte Regeln zu befolgen. Sie war ein paar Schritte hinter George und Angel stehen geblieben und hielt auch ihre Jungen zurück. Wenn sie zum Kühlschrank laufen wollten, knurrte sie.

Als der Eimer voll war, schloss George die Kühlschranktür wieder. Er nahm Angel den schweren Eimer ab. »Gut gemacht.«

Angel atmete auf, als sie die Arme sinken ließ. Emma war klar, dass ihr der Eimer doch zu schwer gewesen war, aber sie hatte es nicht zugeben wollen. Sie beobachtete Angel, wie sie dastand, bereit, erneut zu helfen. Stolz stieg in Emma auf – als ob die Stärke und Widerstandskraft des Kindes irgendwie mit ihr verbunden wäre.

George trug das Fleisch zu einem Lehnstuhl, der aus Ästen grob zusammengenagelt worden war. Daneben stand eine Holzkiste. Auf den Seiten standen in schwarzen Buchstaben, die vom Alter verblichen und beinahe unleserlich waren, die Worte EAST AFRICAN AIRLINES. NAIROBI. WARNUNG – LEBENDER LÖWE. George stellte den Eimer auf die Kiste und setzte sich auf den Stuhl. Er sah müde aus, dachte Emma. Die lange anstrengende Fahrt heute hatte ihn erschöpft. Aber seine Augen leuchteten.

Angel stellte sich neben die Kiste.

Moyo blickte immer noch den Eimer mit dem Fleisch an. Sie trat auf der Stelle. Bestimmt wurden ihr die Zwänge des korrekten Verhaltens langsam zu viel.

George ergriff ein Stück Fleisch und hielt es ihr hin. Er schwenkte es leicht hin und her. Erst jetzt kam die Löwin mit gesenktem Kopf auf ihn zu. Vorsichtig, fast zärtlich, nahm sie das Stück Fleisch aus seiner Hand, wobei sie kaum die Zähne zeigte. Dann entfernte sie sich ein paar Meter und begann zu kauen. Ein leises, warnendes Grollen hielt die Jungen zurück.

George warf den Löwenjungen kleinere Stücke Fleisch zu. Sie umkreisten sie und stupsten sie vorsichtig mit der Nase an. Hilfesuchend blickten sie zu ihrer Mutter. Dann begann eines der Jungen, zu lecken und zu kauen. Bald fraßen alle drei hungrig.

Als Moyo mit ihrer Portion fertig war, kam sie erneut zu George und stellte sich vor ihn.

»Kann ich ihr etwas geben?«, fragte Angel.

George wies auf den Eimer. Angel wählte ein großes Stück Fleisch, über das ein Streifen einer dunklen, lockigen Mähne verlief. Die Löwin beobachtete sie. Sie stand ganz still, die Ohren gespitzt, das Maul leicht geöffnet. Angel nahm das Fleisch in beide Hände und trat langsam auf Moyo zu. Als sie dicht vor ihr stand, blickte Moyo sie einen Moment lang an, dann öffnete sie das Maul so weit, dass man die Spitzen ihrer Fangzähne sah. Mit der Zunge leckte sie zart und vorsichtig über das Fleisch. Dann öffnete sie das Maul weiter, packte das Stück und trug es weg.

Angels Augen leuchteten, als ob ein Licht darin entzündet worden wäre. Auch die Augen des alten Mannes glänzten.

Angel verteilte weiter das Fleisch, die kleinen Stücke an die Jungen und die großen an Moyo. Es ging alles ganz gemächlich vonstatten. Das Mahl war wie eine Zeremonie, die Zeit und Sorgfalt erforderte. Die Sonne sank tiefer, und ihre Strahlen umgaben Moyos Fell mit einem goldenen Rand. Angels Haare leuchteten wie ein Heiligenschein.

Als alles Fleisch verteilt war, trug George den Eimer zu einem Wassertank. Er füllte einen kleinen Krug und goss einen Schwall Wasser über Angels Hände. Rasch rieb sie sich das Blut von den Händen und hielt sie dabei geschickt unter den dünnen Wasserstrahl. Das Wasser lief in den Eimer und trommelte laut gegen das Emaille. Als Angel fertig war, nahm sie den Krug und goss Wasser über Georges Hände.

Wahrscheinlich war ihr diese Art, sich die Hände zu waschen, wesentlich vertrauter als unter einem Wasserhahn an einem Waschbecken, dachte Emma.

»Was für ein Tier war das?«, fragte Angel.

»Kamel«, antwortete George.

Angels Kopf fuhr hoch. Emma warf George einen warnenden Blick zu, aber er schien es nicht zu bemerken.

»Manchmal schieße ich ein Impala oder eine Gazelle, aber hauptsächlich kaufe ich ungewollte lebende Tiere für die Löwen. Ziegen oder Kamele, gelegentlich auch einen Esel.«

Angel runzelte die Stirn. »Was meinst du mit ungewollt?«

»Tiere, die zu alt zum Arbeiten sind«, erwiderte George. »Wenn sie niemand mehr will, verhungern sie.«

Angel blickte ihn ein paar Sekunden lang an, dann nickte sie. Ihr Gesicht hellte sich auf, als ob diese Regelung ihr sinnvoll erscheinen würde. »Essen wir heute Abend auch Kamel?«

George schüttelte den Kopf. Er zeigte auf ein eingezäuntes Stück Hof in einiger Entfernung. Zuerst konnte Emma nur Sand und ein paar Steine erkennen. Aber dann entdeckte sie ein paar graue Federn, einige davon weißgesprenkelt, die so aussahen wie das Gefieder der Perlhühner, die sie in der Station gesehen hatte.

»Magst du *Kanga*-Eintopf?«, fragte George Angel.

Sie kniff die Augen zusammen, als ob die Frage ein Trick sein könnte. »Ich mag alles.«

Mehrere Sturmlaternen, die an langen Drahthaken vom Dach herunterhingen, tauchten den Raum in ein gelbes Licht. Emma stand am Esstisch, ein Kristallglas mit Sherry in der Hand. Sie trank in kleinen Schlucken und ließ die süße Wärme über ihre Zunge gleiten. An der Anrichte untersuchten Daniel und George eine kaputte Laterne und tauschten leise ihre Meinung dazu aus, wie man sie am besten reparieren könnte. Angel stand nahe an der offenen Vorderseite der Hütte. Ihre Haare fielen ihr über den Rücken. Sie betrachtete die Fotografien, die an der Wand hingen. Den Rest der Galerie hatte sie sich schon angeschaut, wobei sie langsam von einem Löwenbild zum nächsten gegangen war. Nicht weit von ihr entfernt räkelte sich Moyo auf dem Perserteppich, und die drei Jungen kuschelten sich an ihren Bauch. Emmas Blick glitt immer wieder zu der Löwin. Sie betrachtete das riesige cremefarben-goldene Tier, das auf dem gewebten Orientteppich lag. Die Pfoten wirkten unglaublich groß, ebenso die klaren Augen. Draußen herrschte Dunkelheit – der Himmel war tintenschwarz, da der Mond noch nicht aufgegangen war.

Moyo drehte den Kopf zu ihren Jungen. Sie begann, ihnen die Gesichter abzulecken, um die Blutspuren von den Fleischbrocken zu entfernen. Die ersten beiden Jungen ließen die Prozedur geduldig über sich ergehen und saßen ganz still da, aber das dritte Junge drehte immer wieder den Kopf weg. Emma lächelte. Es benahm sich wie ein ungezogenes Kind.

Angel blickte zu Emma. »Das ist Girl. Wir werden einfach nicht mit ihr fertig. Sie tut, was sie will.« Sie zeigte auf die anderen Jungen. »Das ist ihr Bruder, Boy. Das andere Junge ist auch ein Männchen. Ich habe ihn Mdogo genannt.«

»Mdogo«, wiederholte Emma. Der Name war schwierig auszusprechen. »Warum hast du diesen Namen gewählt?«

Angel blickte sie verwirrt an. »Weil er so klein ist.« Sie wollte gerade noch etwas hinzufügen, als Ndisi hereinkam, den Topf mit Maisbrei in den Händen, in dem er gerührt hatte. Er stellte ihn auf den Tisch, neben eine Schüssel mit dampfendem Stew, das er bereits hereingebracht hatte.

»Dann wollen wir essen«, sagte George.

Emma setzte sich auf den Safaristuhl, über dessen Rückenlehne sie ihre Schultertasche gehängt hatte. Es war ein gutes Gefühl, dass sie ihre Habseligkeiten so nahe bei sich haben konnte. In der Station hatte sie sich schon an die primitiven Gegebenheiten gewöhnt, zum Beispiel, dass alles über offenem Feuer gekocht wurde. Aber hier gab es auch noch Tiere. Hier und dort klebte Kot von Vögeln oder kleinen Tieren – George hatte eine große Dose Nüsse an ein Tischende gestellt, damit seine Gäste, wie er sie nannte, immer etwas zu essen hatten. Und jetzt lag auch noch eine Löwenfamilie auf dem Teppich. Schon die Station und das Salaam Café waren eine Herausforderung für sie gewesen, aber dieser Ort hier war von ihrer makellos sauberen, minimalistisch eingerichteten Wohnung Lichtjahre entfernt.

Daniel saß ihr gegenüber neben Ndisi. George saß am Kopfende des Tisches in einem Armsessel mit hoher Lehne. Emma hatte einen Stuhl für Angel vorbereitet, auf den sie ein Kissen gelegt hatte, damit er hoch genug war für das Kind, aber Angel zögerte, sich daraufzusetzen. Auf der Hälfte zwischen dem Tisch und Moyo blieb sie stehen. Sie wirkte auf einmal so, als fühle sie sich unwohl, ja beinahe ängstlich. Emma spürte, wie sich ihre Muskeln verkrampften. Bis jetzt war alles gutgegangen, aber sie hatte das Gefühl, dass ihre Beziehung zu Angel sehr zerbrechlich war. Sie überlegte, wie sie Angel am besten an den Tisch locken könnte.

Im nächsten Moment jedoch schob Daniel seinen Stuhl zurück und erhob sich. »Wir setzen uns zu Moyo«, schlug er vor und ergriff den Topf mit dem Maisbrei.

George nahm das Stew. Ndisi schaute verwirrt zu, wie die beiden Männer mit dem Essen zu Angel traten. Als sie die Töpfe auf den Teppich stellten, zog der Koch die Augenbrauen hoch.

»Teilen wir jetzt unser Essen mit Moyo?«, fragte er.

»Hoffentlich nicht«, erwiderte George. Er setzte sich und schlug seine Beine mit einer Leichtigkeit übereinander, die in krassem Gegensatz zu seinen weißen Haaren und seinem faltigen Gesicht stand. Angel setzte sich neben ihn, und Moyo blickte ihr über die Schulter. Auch die Jungen drängten sich um sie, aber sie schob sie energisch zurück. Daniel und Ndisi setzten sich ebenfalls auf den Teppich. Emma war die Letzte, die ihren Platz auf dem Boden einnahm. Daniel lächelte ihr beruhigend zu.

George bedeutete seinen Gästen, sie sollten anfangen zu essen. Unsicher schaute Emma auf die beiden Töpfe. Es gab keine Teller und keine Löffel. Anscheinend wurde erwartet, dass sie mit den Fingern aßen. Sie war froh, dass sie ihre Hände mit antibakteriellem Gel eingerieben hatte, nachdem sie sie gewaschen hatte.

»Man isst so.« Daniel griff mit der rechten Hand in den Topf mit dem Maisbrei und brachte einen weißen Klumpen zum Vorschein. Er drückte den Daumen in die Mitte und formte eine kleine Schüssel, die er in das Stew tunkte und zum Mund führte.

George folgte seinem Beispiel, und auch Angel aß auf diese Weise. Sie nickte Ndisi anerkennend zu.

»*Vizuri sana*«, sagte sie. »*Asante.*«

»*Si neno*«, erwiderte er lächelnd. Er wandte sich an Emma. »Bitte, Sie sind bestimmt sehr hungrig.«

»Ja, das bin ich.« Aus dem Topf stieg würziger Dampf auf.

»Sie brauchen sich keine Sorgen zu machen, dass Essen auf den Teppich tropfen könnte«, sagte George und schluckte einen Bissen heinunter. »Er wird von selber wieder sauber. Diese Dinger sind von Beduinen gewebt worden. Das ist der originale Safari-Zelt-Boden.«

Emma nahm sich Brei. Es war überraschend einfach, eine kleine Schale zu formen und damit das Stew zu löffeln. Als sie das Fleisch probierte, schloss sie die Augen vor Entzücken. Das Perlhuhn war zart und saftig und fiel fast vom Knochen. Die Sauce war mit Kapern gewürzt, die einen leicht bitteren Geschmack hatten, der die Schärfe ein wenig milderte.

»Es schmeckt sehr gut, Ndisi«, sagte sie.

Er neigte den Kopf.

»Ausgezeichnet.« George lächelte Ndisi zu, dann betrachtete er die Schar seiner Gäste und Löwen. Er schüttelte den Kopf, als könne er es kaum glauben, dass sie alle hier zusammensaßen. Er blickte wieder zu Ndisi. »Sag mir, wie ist es im Dorf? Geht es Samu besser?« Für die anderen fügte er erklärend hinzu: »Samu ist einer meiner Gehilfen. Er hat Malaria gehabt.«

»Alles ist gut«, erwiderte Ndisi. »Er hat das *dawa* geschluckt, das du ihm geschickt hast, und ist beinahe wieder gesund.«

»Nun, das ist erfreulich«, sagte George. »Ich muss dir ein paar Moskitonetze für die Kinder mitgeben.«

Emma hielt inne. »Ich habe gehört, dass die Leute, die hier im Camp arbeiten, niemals krank werden.« Sie bedauerte ihre Worte in dem Moment, in dem sie sie ausgesprochen hatte; es klang, als sei sie so naiv, etwas zu glauben, was gar nicht wahr sein konnte.

»Ich kenne diese Geschichte«, erwiderte George. »Sie geht auf das Jahr 2007 zurück – als die Olambo-Fieber-Epidemie ausgebrochen war. Die Leute hier im Ort haben grauenhaft darunter gelitten. Ganze Familien wurden ausgelöscht. Aber meine Leute und ihre Familien kamen völlig unbeschadet davon. Es war wie die biblische Geschichte vom Engel, der die Türen an den Häusern der Israeliten markiert, damit die Plage an ihnen vorübergeht.«

»Ja, genauso war es«, bestätigte Ndisi. »Unsere Nachbarn starben einer nach dem anderen – sie verbluteten. Und wir blieben alle gesund.« Er verzog kummervoll das Gesicht.

Emma warf Daniel einen Blick zu. Er hatte aufgehört zu essen und schaute Ndisi wie gebannt an. Aber er sagte nichts.

»Laura hat auch Leute gesehen, die geblutet haben«, durchbrach Angel das Schweigen. Emma wandte sich ihr zu, Angel blickte auf ihre Hände, die sie im Schoß gefaltet hatte. »Sie kamen zu den Barmherzigen Schwestern, und Laura half ihnen, sie zu pflegen. Ich durfte nicht mitgehen, weil sie zu krank waren. Eines Tages kam sie nach Hause und hatte die ganzen Kleider voller Blut. Sie musste sie wegwerfen.«

Emma starrte Angel an und versuchte, sich vorzustellen, wie sie damit fertiggeworden war, ihre Mutter in so einem Zustand zu sehen. Wut stieg in ihr auf. Wie kam Laura dazu, ihr Kind so einer schrecklichen Situation auszusetzen? Und warum verbrachte sie ihre Zeit damit, todkranke Leute zu pflegen, obwohl sie sich doch eigentlich um ihre Tochter hätte kümmern müssen? Emma blickte auf den Teppich und bohrte mit dem Finger eine Bahn durch die Wolle. Plötzlich fiel ihr ein, wie sie als Kind am Schultor gestanden und auf Mrs. McDonald gewartet hatte. Die

Eltern ihrer Freundinnen hatten ähnliche Kommentare abgegeben. Warum arbeitete Susan Lindberg überhaupt noch im Ausland? Warum nahm sie solche Risiken auf sich? Direkte Antworten auf diese Fragen gaben sie nie, aber sie machten aus ihrer Meinung kein Hehl. Susan lag mehr an der Arbeit als an ihrem kleinen Mädchen. Fremde waren ihr wichtiger als ihre eigene Familie. Emma stieß den Finger tiefer in die Wolle. Als Kind hatte sie nie hören wollen, dass jemand Susan kritisierte, und wenn sich die Gelegenheit ergab, verteidigte sie ihre Mutter. Aber jetzt, wo sie den Schmerz auf Angels Gesicht sah, stieg lange unterdrückte Wut in ihr auf, heiß und scharf. Warum hatte Susan nicht gesehen, dass ihre Tochter sie brauchte? Dass sie eine Mutter brauchte, die lebte …

Emma hob den Kopf und blickte Angel an. Ihre Wut wich Mitgefühl. Das Kind starrte mit weit aufgerissenen Augen vor sich hin. Emma sah, dass auch Moyo das Gesicht sorgenvoll verzogen hatte und die Spannung anscheinend mitbekam. Sie überlegte, was sie sagen könnte, um das Thema zu wechseln. Hilfesuchend blickte sie Daniel an. Aber er hatte sich vorgebeugt und wandte sich an George.

»Warum sind Ihre Gehilfen Ihrer Meinung nach verschont geblieben?«, fragte er.

Das Thema war für Daniel interessant, erkannte Emma. Er würde nicht lockerlassen.

»Sie hatten wohl einen Schutz dagegen, über den die anderen nicht verfügten«, sagte George. »Ich habe es auf die bessere Ernährung zurückgeführt. Meine Leute sind die Einzigen im Dorf mit einem regelmäßigen Einkommen.«

»Vielleicht«, sagte Daniel, »aber ich habe auch gesunde, junge Leute gesehen, die der Virus getötet hat.«

Ndisi nickte. Sein Blick war gequält, als ob er die Horror-szenen noch einmal durchlebte.

George wollte gerade weitersprechen, als eine schwarze, dreieckige Nase, gefolgt von einem pelzigen Gesicht, sich unter seinen Arm schob. Zwei Pfoten legten sich um sein Bein, und ein lauter, drängender Laut ertönte. Alle blickten auf. George lächelte das Löwenjunge an. »Ach, du möch-test wohl etwas von unserem Essen?« Er gab ihm einen Klecks Maisbrei. Das Junge stieß mit seiner Schnauze in den Klumpen, zuckte aber sofort wieder zurück. Weißer Brei klebte an Fell und Schnurrhaaren. Der kleine Löwe schüttelte den Kopf und verzog angewidert das Gesicht. Alle mussten lachen bei dem komischen Anblick, und in das Lachen mischte sich Erleichterung über die Unterbre-chung. Angel ergriff das Junge und drückte es an sich.

Nach und nach begannen alle wieder zu essen. Hände be-wegten sich zwischen den beiden Töpfen hin und her, über-kreuzten sich, berührten sich manchmal – helle Hände und dunkelhäutige, große und kleine. Draußen ertönten der Schrei einer Nachteule und das Gurren der Perlhühner, die in den Bäumen saßen. Das Schweigen war gelöst, und schlimme Erinnerungen waren für eine Zeitlang gebannt. Während sie aß, betrachtete Emma die Galerie der Fotos und ließ ihren Blick über die Porträts gleiten – ein Pantheon der Löwen, die alle auf sie herabsahen.

George trank den letzten Schluck Tee. »Ich glaube, es ist Zeit, ins Bett zu gehen.«

Emma unterdrückte ein Gähnen. Es war zwar noch nicht spät, aber sie war sehr müde – der Tag hatte früh angefan-gen, und so viel war passiert. Sie blickte zu Angel, die mit dem Kopf an Moyos Schulter lehnte, die Augen halb geschlossen. Dann wandte sie sich an Daniel. Ob er wohl schon wusste, wo sie heute Nacht schlafen sollten?

»Wir haben Schlafsäcke und Netze«, sagte Daniel zu George.

»Hier brauchen Sie keine Netze«, erwiderte der alte Mann. »Es ist zu trocken für Moskitos.«

»Ich hätte trotzdem gerne eins«, sagte Emma hastig. Netze hielten auch andere Tiere fern: Skorpione, Spinnen, Mäuse, vielleicht sogar Schlangen.

»Ich schlafe in der trockenen Jahreszeit immer draußen«, fuhr George fort, »aber wenn Sie lieber ein Dach über dem Kopf haben, meine Hütte ist frei, und es gibt auch eine Gästehütte. Ndisi kann Ihnen zwei Feldbetten holen.«

Er stand auf und streckte sich. Sofort hob Moyo den Kopf. George nickte ihr zu. »Du leistest mir Gesellschaft, was, altes Mädchen?« Der Mann und die Löwin blickten einander in die Augen, als ob sie Gedanken und Erinnerungen miteinander teilten. Dann erhob sich Moyo und weckte dadurch die Jungen, die sich verwirrt aufrichteten. Auch Angel stand auf und griff mit einer Hand in das dichte Fell der Löwin, als ob sie Angst hätte, allein zurückzubleiben.

George nahm eine der Lampen vom Haken und ging voraus zum Eingang, gefolgt von Moyo und Angel. Die Jungen torkelten hinter ihnen her.

Emma beobachtete sie ungläubig. Sie gingen einfach nach draußen zum Schlafen, als sei es das Normalste von der Welt.

Ndisi schüttelte seufzend den Kopf. »Ich hoffe nur, Moyo benimmt sich wie eine erwachsene Löwin und steigt nicht aufs Bett.« Er wandte sich an Emma und Daniel. »Wo möchten Sie gerne schlafen? Ich persönlich schlafe in meiner Hütte. Aber Sie können es sich aussuchen. Wie es Ihnen gefällt.« Wieder klang er wie ein Hotelier, der zahlreiche Suiten anzubieten hatte.

»Wo ist die Gästehütte?«, fragte Emma. Draußen wollte sie ganz bestimmt nicht schlafen, aber sie wollte auch nicht zu weit entfernt von Angel sein.

»Dort, neben der Hütte des *bwana*.« Er zeigte nach draußen, wo man im Schein von Georges Lampe die Umrisse von zwei strohgedeckten Hütten sehen konnte.

»Das ist perfekt.« Emma zwang sich zu einem Lächeln. Die Hütten sahen sehr primitiv aus. Sie war sich nicht sicher, ob sie überhaupt Türen hatten.

Ndisi wandte sich an Daniel. »Wollen Sie in einer Hütte schlafen?« Verlegen fügte er hinzu: »Ich meine …«

»Ich lege mich zu den anderen nach draußen«, sagte Daniel. Ndisi nickte. »Ich bringe Ihnen ein Feldbett.« Er begann, die Becher zusammenzuräumen, und stellte sie mit der Teekanne und dem Milchkrug auf ein Tablett. Emma stand auf und bot ihre Hilfe an.

»Sie wollen sich bestimmt waschen, bevor Sie ins Bett gehen«, sagte Ndisi. »Ich kann Wasser für eine Dusche heiß machen, wenn Sie wollen.«

»Heißes Wasser brauche ich nicht.« Emma wollte nicht als mäkelige Ausländerin gelten. »Aber ich würde mich gerne waschen.« Vielleicht gab es ja eine Waschhütte oder zumindest einen Waschkrug in der Gästehütte.

Ndisi trat zu einem Schrank neben dem Kühlschrank. Er reichte ihr zwei gefaltete Handtücher, die dünn vom Gebrauch und grau vom Waschen im staubigen Wasser waren. Mit dem Kinn wies er auf den Wassertank, wo sich Angel und George die Hände gewaschen hatten. »Dort liegt Seife in einem Becher. Wir haben einen Stein daraufgelegt, damit die Ratten nicht darangehen. Dort ist auch ein Becken für das Wasser.« Er warf Emma einen strengen Blick zu. »Wir sind hier nicht in Kalifornien. Bitte verbrauchen Sie nicht zu viel.«

»Ich werde vorsichtig damit umgehen«, versprach Emma. Vermutlich hatte er irgendwann einmal einen amerikanischen Gast zurechtweisen müssen. George hatte zwar gesagt, Touristen seien im Camp nicht zugelassen, aber eingeladene Gäste kamen ja offensichtlich doch hierher. Es gab eine Hütte für sie, und bei den Fotos der Löwen hatte Emma auch einige Aufnahmen gesehen, auf denen Menschen abgebildet waren – Ndisi, natürlich, und George, aber auch Leute im mittleren Alter, reich aussehende Ausländer. Vermutlich waren das Wohltäter, die mit ihren Spendengeldern das Projekt unterstützten. Ein paar Mal tauchte auch eine junge Frau mit lockigen Haaren auf. Sie fütterte Löwenjunge, ging mit einer Löwin spazieren und saß auch hier in der Esshütte und benutzte die alte Schreibmaschine, die, wie man auf den Fotos erkennen konnte, auf einer umgedrehten Teekiste in der Ecke stand.

Emma nahm ihre Tasche und ging nach draußen. Einen Moment blieb sie stehen und beobachtete Angel und George, die ein zusammengeklapptes Feldbett durch die Tür seiner Hütte zogen. Moyo schnüffelte am Boden und drehte sich mehrmals um sich selbst, um die Stelle zu erkunden, auf der sie sich niederlassen wollte.

Mit der angefeuchteten Ecke eines Handtuchs wusch sich Emma rasch das Gesicht. Sie enthüllte ihren Körper Stück für Stück, da sie nicht nackt im Freien stehen wollte. Hier draußen existierte kein Gefühl von Privatsphäre und keine

Trennung von der Außenwelt. Zwischen ihr und der Wildnis außerhalb des Camps gab es nur einen dünnen Maschendrahtzaun. Sie nahm frische Wäsche aus der Tasche und betrachtete ihren pfirsichfarbenen Seidenpyjama – sie hatte ihn extra für die Reise nach Afrika eingepackt, weil er leicht zu waschen und zu trocknen war und nicht gebügelt zu werden brauchte. Sie beschloss, ihn erst in der Hütte anzuziehen. Für den Augenblick zog sie ein frisches T-Shirt und eine Unterhose an. Sie wusste, wie weich die Pyjamajacke über ihre Brüste fiel und wie die Hose sich an ihre Schenkel schmiegte. Sie dachte daran, wie Daniel mit nacktem Oberkörper Mama Kitus Fuß behandelt hatte. Der Schweißfilm auf seiner Haut hatte auch seidig geschimmert. Plötzlich raschelte es über Emmas Kopf, und sie erstarrte. Als sie nach oben blickte, sah sie ein kleines Tier, das über einen Ast rannte. Der Form nach konnte es eine Ratte sein. Rasch zog Emma sich an und schlüpfte in ihre Stiefel. Sie bündelte ihre schmutzigen Sachen und griff nach ihrer Tasche. Zum Glück dachte sie noch daran, den Stein wieder auf den Becher mit der Seife zu legen, dann ging sie rasch weg.

Eine Laterne, die von einem Ast herabhing, warf einen Lichtschein auf den Raum vor der Esshütte, so dass die Szene aussah wie auf einer Bühne. Zwei mit Leinwand bespannte Liegen waren nebeneinander aufgestellt. Eine war mit Decke und Kissen in verblichener, gestreifter Bettwäsche bezogen, auf der anderen lag ein noch nicht aufgerollter Schlafsack und eine gefaltete *kitenge,* die Emma von dem Picknick am Morgen wiedererkannte.

Moyo lag am Fußende von Georges Bett wie ein Wachtposten. Sie hatte den Kopf gehoben und ihren Blick fest auf die nächstgelegene Hütte gerichtet – die Hütte, die George gehörte. Als Emma näher kam, hörte sie, wie der alte Mann sich drinnen bewegte. Sie blickte sich um und sah Daniel bei Ndisi am Kochfeuer sitzen.

Angel lag mit den Jungen an Moyos Vorderläufen. Die Löwenjungen schliefen, aber das Kind war noch hellwach und beobachtete wachsam die Szene.

Schmerzliches Mitgefühl für das kleine Mädchen stieg in Emma auf. Am liebsten hätte sie sich über sie gebeugt und ihr einen Gutenachtkuss gegeben. Aber Angel lag zu nahe bei den drei Jungen, und Emma erinnerte sich an Georges Warnung, nie ein Löwenjunges ohne Aufforderung zu berühren. Und außerdem würde Angel es auch gar nicht wollen. Emma dachte daran, wie sie es empfunden hatte, wenn Frauen sie liebkosten, die glaubten, ihr die Mutter ersetzen zu können.

»Gute Nacht, Angel«, sagte Emma leise.

»Gute Nacht«, erwiderte Angel. Sie klang höflich, aber reserviert. So verhielt sie sich schon die ganze Zeit. Zwar blieb sie nah bei Moyo, aber sie schien keine Angst zu haben. Sie wirkte eher so, als ob sie alles aus der Distanz beobachtete, ohne etwas von sich preiszugeben. Unter Emmas Blick rollte sie sich zusammen, drehte der Löwin den Rücken zu und schloss die Augen.

George kam aus der Hütte, einen dreibeinigen Hocker in der einen und eine große Plastiktaschenlampe in der anderen Hand. Er hatte Shorts und Safariweste ausgezogen und sich ein afrikanisches Tuch um die Taille geschlungen. Er stellte den Hocker neben das Campingbett und legte die Taschenlampe darauf.

Leise, um Angel nicht zu wecken, sagte er zu Emma: »Ich hoffe, es ist bequem genug für Sie.« Nervös fuhr er sich mit der Zunge über die Oberlippe, eine Angewohnheit, die

Emma schon öfter bei ihm beobachtet hatte. »Hier ist leider alles recht einfach.«

»Es ist alles in Ordnung«, erwiderte Emma mit fester Stimme. Sie mochte diesen sanften, gastfreundlichen Mann gerne, und ganz gleich, wie primitiv die Hütte sein mochte, sie war fest entschlossen, sich nicht zu beklagen.

»Dann gute Nacht«, sagte George.

»Gute Nacht.«

George schlug seine Bettdecke zurück und legte sich ins Bett. Der Holzrahmen des Feldbetts ächzte. George lag auf dem Rücken, das Gesicht dem Himmel zugewandt, als ob er die Sterne, den Mond und beim Aufwachen das Licht der Morgendämmerung sehen wollte. Moyo beobachtete ihn, bis er ganz ruhig dalag und gleichmäßig atmete. Dann wandte sie ihre Aufmerksamkeit wieder Angel zu, beugte ihren großen Kopf über den kleinen Körper und fuhr zärtlich mit dem Maul über den blonden Haarschopf.

Emma betrachtete Angel. Sie atmete langsam und gleichmäßig und wirkte völlig entspannt. Das Mondlicht glitt über ihre Haare und ihre Wangen. Sie war wirklich ein kleiner Engel, verloren in ihren Träumen. Aber dann stellte Emma fest, dass die Augenlider flatterten. Anscheinend schlief sie nicht wirklich tief. Vielleicht war sie übermüdet, dachte Emma. Sie hatte manchmal gehört, wie Eltern das sagten, bei den seltenen Gelegenheiten, wenn Simon und sie bei Familien mit Kindern eingeladen waren. Das Wort wurde mit leichter Verzweiflung ausgesprochen, wenn die Kinder spielten und redeten und die Abendunterhaltung der Erwachsenen störten. Simon hatte Emma dann Blicke zugeworfen, in denen nur zu deutlich die Erleichterung darüber stand, dass sie einen anderen Weg eingeschlagen hatten.

Der Gedanke an diese behüteten, sorglosen Kinder weckte in Emma erneut Bewunderung für Angel. Sie war so anders – aber natürlich, das musste ja so sein. Sie besaß eine innere Kraft, die diese Kinder nie entwickeln mussten oder konnten. Emma dachte daran, wie sie in Angels Alter gewesen war. Sie war auch stark gewesen. Susans häufige Abwesenheit hatte sie sicherlich darauf vorbereitet, dass sie irgendwann nicht mehr zurückkommen würde. Aber nachdem die Krise wegen des Todes von Susan überstanden war, hatte Emma sich völlig leer gefühlt, als ob all ihre Stärke verbraucht sei. Rückblickend konnte sie erkennen, dass sie sich danach nicht nur an Menschen gebunden hatte, die sie verlassen würden, sondern sie hatte auch immer diejenigen ausgesucht, die die Rolle des Starken übernahmen.

Emma erinnerte sich daran, wie sie damals Simon kennengelernt hatte. Es war bei einer Konferenz über das Sicherheitstraining bei Exkursionen für Wissenschaftler gewesen. Emma nahm nur deshalb daran teil, weil sie in ihrem Labor Erste-Hilfe-Beauftragte war, aber Simon war einer der Experten. Er hielt einen Vortrag über Risiko-Management in der Antarktis, zeigte Dias und führte die Ausrüstung vor. Emma war fasziniert gewesen von seiner selbstsicheren Art, die vermittelte, dass er sogar mit den extremsten Bedingungen fertigwurde. Auf einem Dia, auf dem man sah, wie er in Überlebensausrüstung einen Eisberg skalierte, wirkte er fast übermenschlich. Diese Aura umgab ihn auch noch, als er nach seinem Vortrag in seiner elegant-lässigen Kleidung an der Kaffeemaschine stand. Emma sprach ihn unter dem Vorwand an, etwas über die Sicherheitsvorkehrungen im Labor wissen zu müssen. Sie traute sich kaum, auf ihn zuzugehen, zumal er aus der Nähe noch besser aussah als auf dem Podium. Sie stellte ihre Frage und tat so, als interessierte sie die Antwort. Dabei beobachtete sie seine lockere Haltung und die Art, wie selbstbewusst er der Welt entgegentrat. Erstaunlicherweise schien er sich ebenfalls zu Emma hingezogen zu fühlen. Nachdem sie sich eine Weile unterhalten hatten, lud er sie zum Essen ein. Kein Zögern war in seiner Stimme zu spüren, keine Angst vor Zurückweisung. Sie sagte auf der Stelle zu. In diesem Moment wollte sie nichts mehr als ihm nahe sein.

Diese erste Verabredung führte zu weiteren und schließlich zu einer Beziehung. In diesen ersten Monaten bemühte sich Emma, nichts zu tun, was in Simon Zweifel wecken könnte, ob sie überhaupt die richtige Partnerin für ihn war. Das war nicht allzu schwierig, denn sie wusste ja, wie sie bei der Arbeit im Institut Entschlossenheit und Autorität vermitteln musste; diese Verhaltensweisen übertrug sie jetzt einfach auch auf ihr Privatleben. Mit der Zeit hatte Emma das Gefühl, wie Simon zu werden – als ob sich seine Sicherheit, was seinen Platz in der Welt anging, auf sie übertragen würde, nur weil sie mit ihm zusammen war. Aber jetzt sah sie auf einmal deutlich, dass sie sich etwas vorgemacht hatte. Das Selbstbewusstsein und die Unabhängigkeit, die sie Simon gegenüber vorgab, waren nur Fassade wie ein Verband über einer Wunde, die immer tiefer wurde.

Emma warf einen letzten Blick auf Angel und ließ ihre Blicke über den kleinen, zusammengerollten Körper gleiten. Das Kind war bestimmt schon an der Grenze seiner Widerstandskraft angelangt – es war so tapfer und beherrscht. Ob das bedeutete, dass auch Angel ihr ganzes Leben nach jemandem suchen würde, der sie für diese Situation entschädigen würde? Emma konnte nur hoffen, dass das Leben des kleinen Mädchens nicht genauso verlief wie ihres.

Sie wandte sich ab, trat zu Daniel ans Kochfeuer und setzte sich auf einen Schemel neben ihn.

»Schläft sie?«, fragte Daniel.

»Noch nicht«, erwiderte Emma. »Aber ich hoffe, sie schläft bald ein. Morgen wird ein anstrengender Tag für sie.« Unbehagen stieg in ihr auf, als sie versuchte, sich vorzustellen, wie der morgige Tag ablaufen würde.

Daniel nickte. »George muss die Polizei verständigen und ihnen sagen, dass wir sie gefunden haben.«

»Und was passiert dann?«

»Sie schicken jemanden, um sie abzuholen. Oder sie weisen uns an, sie nach Malangu zu bringen. Vielleicht sollten wir das sowieso anbieten. Dann können wir an der Station anhalten, und sie kann die Kamele sehen. Das wäre gut. Wir wissen ja nicht, was passiert, wenn sie erst einmal nicht mehr bei uns ist.«

Emma musterte ihn schweigend. Sie wünschte, sie wüsste, wer die nächsten Verwandten waren und wo sie lebten. »Ich hoffe, es wird alles gut für sie.«

»Ich auch.«

Emma runzelte die Stirn. »Ich kann mir nicht vorstellen, sie einfach abzugeben und wegzugehen. Ich weiß ja, dass wir nicht über sie bestimmen können. Aber ich möchte mich wenigstens überzeugen, dass es ihr gutgeht.«

»Ich auch«, sagte Daniel. »Aber das liegt nicht in unseren Händen.«

Sie schwiegen beide. Schließlich sagte Daniel: »Und was werden Sie tun, jetzt, nachdem wir Angel gefunden haben?«

Emma seufzte. »Ich weiß nicht. Ich glaube, ich möchte

nicht mehr an der Safari teilnehmen. Es wäre zu seltsam, nach alldem hier …«

Daniel lächelte. »Sie würden Löwen sehen, die umgeben sind von Land Cruisern und Minibussen.«

»Genau das meine ich. Aber nach Hause zu fahren wäre auch seltsam. Diese Reise war so …« Emma suchte nach dem richtigen Wort, gab dann aber auf, ohne den Satz zu beenden. Sie versuchte, sich ihre Rückkehr in die reale Welt vorzustellen. Sie stellte sich vor, wie sie die Tür zu ihrer Wohnung aufschloss und ihr der Geruch nach Möbelpolitur und Desinfektionsmittel, den ihre Putzfrau hinterlassen hatte, in die Nase drang. Sie sah die Post, die ihre Nachbarin gesammelt und auf den Esstisch gelegt hatte – ein paar Schreiben waren an sie adressiert, aber der Rest an Simon. Sie stellte sich vor, wie der Anrufbeantworter blinkte. Wie die Heizung knarrte, als sie ansprang, um das leere Haus zu heizen, damit Simons Sammlung von Landkarten nicht feucht wurde.

»Zu Hause scheint mir weit zu sein. Es klingt komisch, aber das hier kommt mir alles wesentlich realer vor.« Sie machte eine weit ausholende Handbewegung, die die Umgebung des Camps, George, Angel und die Löwin mit einschloss. Sie wandte sich an Daniel, dessen Gesicht im Feuerschein kaum zu erkennen war. Langsam schüttelte sie den Kopf. »Ich komme mir vor wie jemand anderer.«

Daniel schaute sie an. »Ich empfinde es genauso.«

13

Angel drückte ihren Kopf an Moyos Flanke. Sie spürte die knochigen Rippen unter dem weichen Fell und atmete tief den tröstlichen Geruch ein – der warme Duft nach Milch, vermischt mit dem metallischen Geruch nach Blut, und den Moschusduft, der von der Löwin selbst auszugehen schien. Auf dem Boden neben Angel schliefen eng aneinandergekuschelt die Jungen. Mdogo regte sich wimmernd, und Angel beugte sich vor, um ihm über den Rücken zu streicheln. Moyo hob kurz den Kopf, dann legte sie sich wieder hin, als sei sie zufrieden, dass alles in Ordnung war. Angel rutschte tiefer in das Sandbett. Sie war von rastloser Energie erfüllt und wollte noch nicht schlafen. Sie wollte sich einen Plan zurechtlegen, damit sie morgen früh vorbereitet war. Nachdenklich ließ sie Sand durch die Finger rinnen. Zuerst einmal musste sie alle Fakten sammeln, sagte sie sich – jede Kleinigkeit, die sie seit ihrer Ankunft hier herausgefunden hatte –, und sie sich im Kopf zurechtlegen. Durch das Leben mit Laura hatte sie viel Übung darin, neue Orte und Leute einzuschätzen. Es war eine wichtige Fähigkeit, die es ihr ermöglichte, rasch Freunde zu finden und sich in jedem neuen Dorf eine eigene Nische zu schaffen. Sie blickte zu dem alten Mann, der auf seinem Feldbett schlief. Über seinen Namen war sie sich nicht ganz im Klaren. Der Koch nannte ihn Bwana Lawrence, aber alle anderen sagten George. Er lag immer noch auf dem Rücken, die weißen Haare auf dem Kissen ausgebreitet. Anscheinend war er an dieses schmale Bett gewöhnt, denn er lag ganz still, die Arme eng an den Leib gedrückt. Falls er eine Frau oder Kinder hatte, dann lebten sie nicht hier. Die Löwen waren seine Familie. Es war offensichtlich, dass er Moyo liebte. George Lawrence war ein guter Mensch, dachte Angel. Jemand, dem sie vertrauen konnte.

Ndisi. Angel beschwor sein Gesicht herauf. Er hatte eine Reihe kleiner Narben auf der Stirn, direkt unter dem Rand seiner Kappe. Ihn mochte sie auch. Er machte Witze über Moyo, aber sie sah, wie liebevoll er mit ihr umging. Und als die beiden Babylöwen, die auch hier im Camp lebten, sich ängstlich hingekauert hatten, als sie die neue Löwenfamilie auf dem Gelände sahen, war Ndisi sofort in ihr Gehege gelaufen, um sie zu trösten. Und als Girl knurrend am Tor gestanden hatte, hatte er sie weggescheucht.

Angel blickte zu dem Paar, das am Kochfeuer saß – der Massai-Mann und die weiße Dame. Glühende Holzscheite beleuchteten ihre Gesichter. Der Mann war nur als dunkler Umriss zu erkennen, gelegentlich blitzten seine weißen Zähne auf. Das Gesicht seiner Begleiterin war das genaue Gegenteil – ein weißes Oval, von dem sich die dunklen Augenbrauen, Augen und Haare abhoben.

Angel konnte nicht hören, was sie sagten, dazu waren ihre Stimmen zu leise. Sie glaubte nicht, dass sie *wapenzi* waren wie die Paare, denen sie und Zuri nachspionierten, Dungkugeln hinterherwarfen und versuchten, dabei nicht zu lachen. Die beiden hier hielten sich nicht an den Händen und gingen auch nicht Arm in Arm herum. Aber sie sah ihnen an, dass sie einander mochten. Wahrscheinlich arbeiteten sie zusammen, dachte sie, an diesem Ort, den sie »Station«

nannten. Vielleicht wohnten sie dort auch wie die Nonnen, die ihre eigenen Zimmer an einem Ende des Krankenhauses hatten.

Instinktiv vertraute sie dem Massai genauso wie den beiden anderen Männern. In dem Moment, in dem er Maa mit ihr gesprochen hatte, hatte sie sich bei ihm wohl gefühlt. Und er war derjenige, der Mama Kitus Fuß operiert hatte. Etwas in seinen Bewegungen erinnerte sie an Moyo. Er war ein starker Mann, dachte Angel, und er war bestimmt ein zuverlässiger Freund.

Bei der weißen Dame war sie sich nicht so sicher. Es beunruhigte sie, wie sie sie anschaute – als ob sie ständig versuchte, ihre Gedanken und Gefühle zu lesen. Wie war ihr Name? Angel formte das Wort mit den Lippen. Em-mah. So wie er klang, hätte es ein Swahili-Name sein können. Nicht wie Laura – diesen Namen fanden Afrikaner zu weich, zu formlos. Sie sagten immer, er passe nicht zu der Kameldame.

Angel schloss die Augen, als die Erinnerung sie überwältigte. Sie waren in ein Dorf gekommen, sie und Laura. Beide ritten sie auf Mama Kitus Rücken. Alle Mütter, Väter, Kinder und alten Leute kamen aus ihren Hütten oder aus ihren Gemüsegärten, um die Kameldame willkommen zu heißen. Die Leute, die sie kannten, lächelten und hoben grüßend die Arme – manche sangen und tanzten. Sie nannten sie *Malaika,* als ob der Name zu ihr gehörte und nicht zu ihrer Tochter. Angel spürte, wie Tränen hinter ihren Augen brannten, aber sie wusste, sie konnte es sich nicht leisten, zu weinen. Sie musste stark bleiben. Sie packte die schmerzlichen Gedanken mit den Händen wie Grasbüschel und warf sie beiseite.

Sie versuchte, sich auf Emma zu konzentrieren. Die Frau fühlte sich hier im Lager nicht wohl; anscheinend war sie an Betonböden und Wände aus Lehmziegeln gewöhnt. Ständig achtete sie darauf, wo sie hintrat, oder blickte nach oben, weil sie überall Gefahren befürchtete. Und die ganze Zeit über behielt sie ihre grüne Tasche im Auge. Sie holte Papiertaschentücher, Lippenbalsam und spezielle Tücher, mit denen man sich die Hände abwischen konnte und die, schon feucht, in einem Päckchen steckten. Sie war nicht wie eine der Frauen auf Safari – sie hatte keine Kette, keine Sonnenbrille und keinen Lippenstift. Aber sie war auch nicht wie Laura. Angel erinnerte sich daran, was Emma gesagt hatte, als sie alle in der Höhle waren – dass sie wegen Mama Kitu und Matata da war. »Die Kamele haben mich gefunden«, hatte sie gesagt. Und es hatte so geklungen, als ob die Kamele sie speziell ausgesucht hätten.

Eine Welle der Sehnsucht überspülte sie, als sie an die Kamele dachte. Der Massai hatte ihr gesagt, sie seien in der Station. Dort seien sie in Sicherheit, und sie würde sie bald sehen. Angel stellte sich vor, wie sie ihre Wange an Mama Kitus Nase reiben würde … die Schnurrhaare würden sie kitzeln. Rasch rief sie sich zur Ordnung. Es war wichtig, einen Schritt nach dem anderen zu tun. Das hatte ihr Walaita während ihrer langen Krankheit beigebracht: Wenn man sich die ganze lange Reise, die vor einem lag, vorstellte, wurde selbst der erste Schritt zu einer unmöglichen Aufgabe.

Angel setzte sich auf und lehnte sich an Moyos Schulter. Was war der erste Schritt? Wo sollte sie beginnen …

Moyo hat dich hier ins Camp gebracht. Sie wusste, dass es ein guter Ort ist, und sie wollte, dass du hier bist.

Angel stellte sich vor, wie sie Ndisi beim Kochen half, das *kanga* für das Stew rupfte, Fleisch in den Kühlschrank stapelte. Solche Aufgaben beherrschte sie. Sie könnte sich hier so nützlich machen, dass Lawrence und Ndisi sich bald nicht mehr vorstellen konnten, wie sie ohne sie zurechtgekommen waren. Sie würde immer höflich sein. Sie würde nicht mit ihnen über Laura sprechen. Sie würde nie weinen und auch kein trauriges Gesicht machen. Sie musste ihnen zeigen, wie vernünftig und erwachsen sie war, weil sie sie sonst vielleicht nicht hierbehalten würden. Beim Essen hatte sie beinahe schon alles verdorben, als sie angefangen hatten, über das Fieber zu sprechen. Sie hatte einen Kloß im Hals gespürt, als sie die Erinnerung an damals angesprochen hatte – Laura, die ihre blutverschmierten Kleider nicht berührte, Tränen, die ihr über die Wangen liefen. Angels Herz hatte sich zusammengekrampft, und Tränen hatten hinter ihren Augen gebrannt. Es war ein Glück gewesen, dass Girl gerade diesen Moment gewählt hatte, um auf George Lawrence' Schoß zu klettern. Beinahe so, als hätte das Löwenjunge gemerkt, dass es die Aufmerksamkeit der Menschen auf sich ziehen musste, um die Trauer, die auf einmal in der Luft hing, zu durchbrechen und die Stimmung wieder zu entspannen.

Angel versuchte, ruhig liegen zu bleiben. Bis jetzt hatte sie noch keine falsche Bewegung gemacht, sagte sie sich. Noch war alles möglich. Sie entwickelte den Plan. Die Kamele konnten hierhergebracht werden. Moyo und den Jungen musste sie beibringen, dass Mama Kitu und Matata Teil der Familie waren und keine Beute, aber das konnten sie sicher lernen. Es könnte alles funktionieren.

Trotzdem hatte sie einen Knoten im Magen. Sie konnte nicht einschlafen, und immer wieder glitten ihre Blicke zu den

Schatten, als ob dort etwas Wichtiges verborgen sei. Und dann wurde es ihr klar. Ihr ganzer Körper verkrampfte sich. Der Plan funktionierte doch nicht. Sie konnte nicht hier allein mit George Lawrence und Ndisi und den Löwen bleiben. Sich um die Kinder zu kümmern, das war Aufgabe der Frauen. Die Leute aus dem Dorf würden bald herausfinden, dass sie hier war, und sie würden wissen wollen, warum sie keine Mutter, Tante oder Großmutter hatte. Sie würden sagen, dass niemand sich richtig um sie kümmern würde, und früher oder später würden sie sie bei der Polizei oder einem Wildhüter verraten. Angel starrte blicklos vor sich hin. Sie hatte Angst, dass man sie dann nach England schicken würde, zu dem Onkel, von dem Laura ihr erzählt hatte. Angel hatte den Pass zwar weggeworfen, aber das bedeutete noch lange nicht, dass ihn niemand finden konnte. Verzweiflung stieß auf sie herab wie ein Raubvogel auf seine Beute.

Sie musste einen Weg finden, um hierbleiben zu können. Sie musste einfach. Fieberhaft dachte sie nach. Sie blickte zum Kochfeuer, und in diesem Augenblick hob Emma den Kopf. Angel schaute sie an, als sähe sie sie zum ersten Mal. Und plötzlich hatte sie eine Idee: Emma konnte dafür sorgen, dass der Plan funktionierte. Sie konnte Angel zu ihrer Tochter machen. Das passierte in den Dörfern ständig. Wenn eine Frau viele Kinder hatte, ihre Schwester aber nur wenige, dann suchte sich die Tante ein Kind aus und nahm es mit in ihre Hütte. Wenn alle mit dem Arrangement zufrieden waren, dann gehörte das Kind zu dieser Tante. Emma konnte mit dem Massai weiter in der Station leben, und sie musste nur ab und zu das Camp besuchen und sich mit ihr zusammen bei den Dorfbewohnern zeigen. Oder Angel konnte zu Emma und dem Massai in die Station ziehen. Dann konnte sie Moyo immer mal wieder besuchen, und die Kamele waren schon da. Der Plan würde in jeder Hinsicht funktionieren.

Angel blickte zu Emma, die sie betrachtete. Leichte Nervosität stieg in ihr auf. Die Frau wirkte so ernst. Sie schien kein Mensch zu sein, der gerne und viel lachte. Und sie wirkte immer so beschäftigt, auch wenn sie nicht viel tat. Möglicherweise hatte sie nicht genug Zeit, um einem Kind zu helfen. Und noch ein Gedanke kam Angel. Ihr wurde ganz kalt. Wenn Emma nun Kinder nicht leiden konnte? Wenn sie Angel nicht mochte? Schließlich war nicht jeder wie die Nonnen, die alle Menschen liebten.

Angel löste sich von Moyo, ganz vorsichtig, um sie nicht zu wecken, und nahm eine andere Position ein, von der aus sie Emma besser sehen konnte. Dann rollte sie sich auf der Seite zusammen und blickte auf den hellen Kreis, den sie vom Gesicht der Frau sah, und dachte an etwas, das Zuri ihr einmal erzählt hatte.

»Wenn du beim Einschlafen jemanden beobachtest«, hatte er gesagt, »dann nimmst du sein Gesicht mit in deine Träume. Damit kannst du ihn in dir behalten. Und wenn er dann aufwacht, dann denkt er sofort an dich und will dein Freund sein.«

Angel zweifelte nicht daran, dass das stimmte. Zuri hatte so sicher und klar geklungen, als ob er ihr berichtete, wer den Fußspuren nach in der Nacht an seiner Hütte vorbeigegangen war.

Sie lag ganz still, beobachtete Emma und zwang ihre müden Augen, jedes Detail an der Frau wahrzunehmen. Sie lauschte dem Murmeln ihrer Stille und nahm alle Eindrücke tief in sich auf. Erst als sie wusste, dass sie alle in ihrem Kopf gespeichert waren, schloss sie langsam die Augen.

14

Emma stand mit Angel am Eingang zu dem Gehege, in dem die beiden verwaisten Löwenjungen Bill und Ben waren. Durch den Maschendrahtzaun betrachtete sie das Gelände. Von einem Ast hing eine Schaukel aus einem alten Autoreifen herunter. Auf dem Boden lagen ein zerrissener Ball aus Leinwand und ein alter Korb, der in Fetzen zerkaut war. Und mittendrin lagen die Löwenjungen. Sie schliefen in der Morgensonne, so eng aneinandergeschmiegt, dass sie aussahen wie ein großes, pelziges Tier.

Angel hielt zwei Flaschen mit Milch an die Brust gedrückt. Sie hatte sich gerade gewaschen, in Georges »Buschdusche«, wie er es nannte – einen Behälter mit winzigen Löchern im Boden, der mit heißem Wasser gefüllt und in einem Baum aufgehängt worden war. Ihre Haare, die nass auf ihre Schultern fielen, wirkten dunkler und länger. Sie hatte Tunika und Hose angezogen, die Emma von der Station mitgebracht hatte. Sie sahen so ähnlich aus wie die Sachen, die sie vorher getragen hatte, aber sie waren aus einem in Regenbogenfarben gefärbten Stoff genäht. Emma war fasziniert davon, wie anders Angel in bunter Kleidung aussah. Ihre Augen sahen blauer aus, ihre Haut heller. Als sie aus der Dusche kam, die schmutzigen Kleidungsstücke zu einem Bündel zusammengerollt in der Hand, hatten Moyo und die Jungen sie vorsichtig beäugt, als ob sie sich nicht mehr sicher seien, wer sie war.

Angel reichte Emma eine Flasche. »Du musst aufpassen, dass du die Flasche schräg hältst, damit sie keine Luft ansaugen.«
Emma zog die Augenbrauen hoch. »Hast du das denn schon einmal gemacht?«
»Ja, bei den Barmherzigen Schwestern. Manchmal habe ich den Nonnen mit den Babys geholfen.«
Emma blickte sie an. Mindestens ein Dutzend Fragen gingen ihr durch den Kopf, aber sie zwang sich, zu schweigen. Sie wollte Angel nicht aufregen, indem sie an die Erinnerungen ihres Lebens mit Laura rührte. Seit heute Morgen verhielt sich das Mädchen überraschend freundlich und entspannt ihr gegenüber. Es schien ihr nichts auszumachen, bei Leuten zu sein, die sie nicht kannte. Sie wirkte selbstbewusst und unabhängig, hatte gefragt, ob sie sich waschen könne, und erklärt, sie brauche keine Hilfe bei der Buschdusche. Sie hatte nach Jod und einem Verband gefragt und dann fachmännisch einen Schnitt an ihrem Zeh versorgt. Und sie war so begierig darauf gewesen, beim Zubereiten und Servieren des Frühstücks zu helfen, dass sie kaum Zeit gefunden hatte, selbst etwas zu essen.
»Bist du bereit?«, fragte Angel.
Emma betrachtete nervös die Löwenjungen. Sie hatte vorgeschlagen, dass Daniel bei dieser Aufgabe helfen sollte – schließlich war er der Fachmann –, aber Angel hatte Emma dazu aufgefordert. »Ich möchte, dass du die Jungen mit mir fütterst«, hatte sie gesagt und Emma in die Augen geschaut. Sofort hatte Emma zugestimmt, weil die Freude daran, die Auserwählte zu sein, ihre Zweifel überwog.
»Du öffnest das Tor«, wies Angel sie an. »Bitte.«
Als der Holzrahmen über den harten Boden schabte, hoben sich die zwei Köpfe. Vier runde Augen blinzelten. Dann ent-

wirrten die Tiere ihre Gliedmaßen und setzten sich auf. Sie waren viel kleiner als Moyos Junge, etwa so groß wie eine große Katze. Ihre Köpfe schienen viel zu schwer für ihre Körper zu sein, und ihre Pfoten zu groß für ihre Beine; ihr hellbraunes Fell war mit großen dunklen Punkten gesprenkelt.

Gemeinsam liefen sie auf Angel und Emma zu, blieben aber ein Stück vor ihnen stehen, unsicher, wie es weitergehen sollte. Einer von ihnen zuckte erschrocken zusammen, als sein eigener Schwanz mit der buschigen Quaste in sein Blickfeld geriet.

Angel lachte. »Sie lernen noch, zu leben.«

Emma lächelte. Diese Beschreibung passte zu den beiden, die sich in ihren Körpern noch nicht ganz zu Hause zu fühlen schienen.

Angel hockte sich hin und streckte ihre Flasche vor. Sofort rannten beide Jungtiere auf sie zu, wobei sie über ihre eigenen Füße stolperten.

»Zeig ihnen, dass du auch eine hast«, sagte Angel zu Emma.

Emma schwenkte die andere Flasche vor einem der beiden Jungen. »Komm her. Ja, da bist du ja.« Es dauerte nicht lange, und beide Löwenjungen versuchten, an ihrem Schienbein hinaufzuklettern. Hilflos beobachtete sie sie einen Moment lang, dann steckte sie die Flasche in die Vordertasche ihrer Jeans und beugte sich vor, um eines der Jungen auf den Arm zu nehmen. Ihre Hände sanken tief in dem weichen Fell ein, bis sie den festen kleinen Körper spürten. Sie setzte sich auf einen Baumstamm, hob das Junge auf den Schoß und nahm die Flasche zur Hand. Nach kurzer Verwirrung, in der sie und das Junge beide versuchten, den Sauger in die richtige Position zu bringen, begann der kleine Löwe zu trinken.

»So ist es gut«, sagte Angel. Sie setzte sich mit dem anderen Jungen neben Emma und gab ihm die Flasche.

Die kleinen Löwen saugten eine Zeitlang hektisch, wurden dann aber ruhiger und verfielen in einen gleichmäßigen Rhythmus.

Emma warf Angel einen Blick von der Seite zu. Sie hatte den Kopf über das Junge gebeugt, und ihre Haare fielen auf sein Fell.

Das Junge auf Emmas Schoß regte sich, und sie blickte es an. Es schaute beim Trinken zu ihr auf und stieß zwischen den einzelnen Schlucken kleine Seufzer aus. Es erinnerte Emma an die Katze ihres Nachbarn in Melbourne, ein großer Kater namens Bruno. Er würde sie bestimmt vermissen, dachte Emma. Nachdem Simon zu seiner Expedition in die Antarktis abgereist war, hatte sie begonnen, den Kater mit Futter auf ihren Balkon zu locken. Danach hatte sie ihn in die Wohnung gelassen, so dass er mit ihr auf dem Sofa sitzen und ihr Gesellschaft leisten konnte, wenn sie las oder arbeitete. Simon war allergisch gegen Katzenhaare, und es würde sicher viel Mühe kosten, die Spuren zu beseitigen, aber sie hatte sich einfach an das Tier gewöhnt. Seit sie mit Simon zusammen war, hatte sie den Kontakt zu ihren alten Freunden verloren. Es kam ihr nicht richtig vor, sich nur dann bei ihnen zu melden, wenn er nicht da war, denn wenn er zu Hause war, machten sie alles gemeinsam. Sie brauchten niemand anderen. Emma traf sich manchmal mit ihren gemeinsamen Freunden, wenn Simon weg war, aber sie kam sich dann nicht vollständig vor. Deshalb hatte sie sich angewöhnt, in solchen Zeiten lange zu arbeiten, ins Fitness-Studio zu gehen oder allein zu Hause zu bleiben. Sie wollte genauso wie Simon von niemandem abhängig sein, aber je länger er weg war, desto einsamer fühlte sie sich. Sie hatte sogar schon ein paar Mal ihren Vater angerufen, wobei sie sich einredete, das täte sie nur, um wie jede gute Tochter den Kontakt zu halten. Wie üblich waren die Gespräche unbefriedigend verlaufen, weil jeder dem anderen zu große Gefühlsausbrüche ersparen wollte, als ob der Schmerz, den sie einst erlitten hatten, immer noch zwischen ihnen stünde, bereit, sie von neuem zu verschlingen. Nach diesen Telefonaten hatte sie sich einsamer gefühlt als vorher.

Emma blickte zum Kochfeuer, wo Ndisi und Daniel Brennholz hackten. George sah zu, die Pfeife in der Hand. Sie stellte fest, dass sie in den paar Tagen, seit sie in Afrika war, nur dann allein gewesen war, wenn sie schlief. Sie war von einem Extrem ins andere gefallen. Aber es hatte sie nicht gestört. Eigentlich hatte sie die ständige Gesellschaft genossen. Ihre Gedanken richteten sich auf Daniel. Er war so freundlich zu ihr, so warmherzig und offen. Er strahlte eine innere Kraft aus, aber bei ihm hatte Emma nicht das Gefühl wie bei Simon, seinen Standards entsprechen zu müssen. Wenn sie Hilfe brauchte, konnte sie ihn darum bitten. Letzte Nacht hatte sie in ihrer Hütte lange wach gelegen, dem Rascheln auf dem Strohdach gelauscht und den breiten Spalt unter der Tür beobachtet, falls eine Schlange hereinkäme. Es war zu heiß, um im Schlafsack zu schlafen, deshalb hatte sie sich daraufgelegt. Aber in ihrem dünnen Seidenpyjama fühlte sie sich verletzlich, deshalb hatte sie ständig überprüft, ob das Moskitonetz auch festgesteckt war. Als sie in die Schatten starrte, dachte sie, dass sie bestimmt nicht einschlafen konnte. Aber dann hatte sie sich vorgestellt, dass Daniel nur ein paar Meter von ihr entfernt auf seinem Feldbett lag. Wenn eine Schlange hereinkam oder eine andere Gefahr sich zeigte, konnte sie ihn rufen. Und er würde sofort kommen, das wusste sie. Der Gedanke tröstete sie, und schließlich schlief sie ein.

Emma beugte sich über das Löwenbaby. Das Tier roch nach warmem Staub und Honig und ganz leicht nach Fisch – Lebertran. Mit der freien Hand streichelte sie den kleinen Löwen. Er ließ den Sauger los und blickte sie mit Augen an, die wie geschmolzene Schokolade schimmerten. Zwischen den dunklen Lippen lag seine rosa Zungenspitze. Emma lächelte ihn an. Nach ein paar Sekunden merkte sie, dass Milch aus der Flasche auf ihren Unterarm tropfte. Bevor sie sie wegwischen konnte, begann das Junge, sie abzulecken – rhythmisch schabte die rauhe kleine Zunge über ihre Haut.

»Seine Zunge kitzelt«, sagte sie zu Angel.

Das Mädchen hielt die Flasche ans Maul des anderen Löwenbabys. Ihr Gesichtsausdruck wirkte ernst und konzentriert.

Ohne aufzusehen, sagte Angel: »Sagt niemandem, dass ihr mich gefunden habt.«

Die Worte trafen Emma mitten ins Herz. Sie tat so, als müsste sie das Löwenbaby anders hinlegen, während sie fieberhaft nach einer Antwort suchte.

»Wir müssen«, sagte sie schließlich. »Wir haben keine andere Wahl.«

Angels Kopf fuhr herum. Sie blickte zum Tor und dann den Weg entlang, der zum Camp führte, als fürchtete sie, dass jetzt schon jemand käme und sie mitnähme. »Wann kommen sie?«

»Du brauchst keine Angst zu haben. Wir haben es noch niemandem gesagt«, erwiderte Emma. »Aber die Leute machen sich Sorgen um dich. Sie könnten immer noch nach dir suchen. Wir müssen Bescheid sagen, dass du bei uns bist.«

»Noch nicht.« Angel verzog flehend das Gesicht. »Könnt ihr nicht wenigstens ein oder zwei Tage warten? Bitte!«

Die Verzweiflung in der Stimme des Kindes gab Emma einen Stich. Es war doch nicht zu viel verlangt, wenn Angel nach allem, was sie hinter sich hatte, ein bisschen Ruhe gegönnt wurde, damit sie sich auf das Kommende vorbereiten konnte, dachte Emma. »Na gut. Aber zu lange können wir nicht warten. Das wäre falsch.«

Angel atmete tief aus, und ihre schmalen Schultern sanken herab. Sie lächelte das Löwenjunge an und schien wieder entspannt und glücklich zu sein. Emma fühlte sich zunehmend unwohl. Vielleicht hatte sie ihr zu schnell zu viel versprochen. Dass sie noch ein paar Tage ungestört bleiben konnte, schien für Angel sehr wichtig zu sein. »Angel, was ist mit deinem Vater? Glaubst du, er weiß, dass du vermisst wurdest?«

Angel schüttelte den Kopf. »Er weiß gar nichts von mir. Überhaupt nichts.« Ihre Stimme klang unbeschwert, und Emma hatte das Gefühl, dass Angel diese Antwort schon häufig gegeben hatte. »Laura hat Michael auf einer Party in Nairobi kennengelernt. Eine Zeitlang waren sie befreundet, aber dann ist er wieder auf Reisen gegangen. Wir wissen noch nicht einmal seinen Nachnamen.« Sie blickte Emma an. »Ich habe auch keine Geschwister. Es gab nur Laura, mich und die Kamele. Sonst niemanden.«

Emma fühlte sich überfordert. Ohne Daniel und George wollte sie dieses Gespräch nicht fortsetzen. Sie tat so, als sei sie wieder mit dem Löwenbaby beschäftigt.

»Soll ich ihn aufwecken, damit er weitertrinkt?«, fragte sie Angel.

»Ja«, erwiderte Angel. »Das wäre sonst Milchverschwendung.«

Emma schüttelte den kleinen Löwen leicht, und er schlug wieder die Augen auf. Sie rieb den Sauger an seinen Lippen, bis er wieder zu trinken begann. Als sie aufblickte, sah sie erleichtert, dass George zum Gehege kam. Er trat ein und beobachtete, wie die beiden Jungen die Milch tranken.

»Um diese beiden habe ich mir große Sorgen gemacht«, sagte er. »Es gibt kein passendes Rudel für sie hier in der Gegend. Und ich kann den Gedanken nicht ertragen, sie allein loszuschicken. Aber jetzt, wo Moyo hier ist, können wir sie zu den anderen Jungen tun.« Er blickte Angel an. »Du kannst mir sicher dabei helfen. Die älteren Löwenkinder schauen zu dir auf. Du kannst diejenige sein, die sie alle zusammenbringt. Aber es wird einige Zeit dauern, sie darauf vorzubereiten.«

Emma runzelte die Stirn und schüttelte leicht den Kopf, damit Angel es nicht merkte. Er redete so, als ob Angel sich eine ganze Weile hier im Camp aufhalten würde, dabei musste er doch wissen, dass das nicht der Fall sein würde. Sie blickte zum Hof, wo Ndisi am Kochfeuer saß und Erdnüsse schälte.

»Kannst du die Flaschen bitte zu Ndisi bringen?«, bat Emma Angel. »Er braucht sicher Hilfe bei den Erdnüssen.«

Angel nickte so eifrig, als ob ihr gerade jemand eine Belohnung versprochen hätte. Als sie mit den Flaschen das Gehege verlassen hatte, wandte sich Emma wieder an George. »Ich muss mit Ihnen reden.«

Sie betrat gerade die Esshütte, als Daniel auftauchte. Er hatte in Georges Hütte über Funk mit Ndugu gesprochen. Emma blickte ihm erwartungsvoll entgegen, als er sich zu ihnen an den Tisch setzte. George legte seine Pfeife beiseite, die er noch nicht angezündet hatte.

»Ndugu ist in der Station angekommen«, berichtete Daniel. »Den Kamelen geht es gut. Mama Kitus Fuß ist fast schon verheilt.« Er lächelte Emma an. »Auf dem Rückweg von Arusha hat er in Malangu angehalten. Alle reden nur von der toten weißen Frau und ihrem Kind.«

»Was haben sie über Angel gesagt?«, fragte Emma.

»Sie meinten, niemand würde damit rechnen, noch eine Spur von dem vermissten Kind zu finden. Sie haben Ndugu erzählt, dass der Bruder der Frau aus England gekommen ist, um ihren Leichnam zu überführen.«

Emma starrte vor sich hin. Dann war also der Bruder der nächste Verwandte. Und anscheinend bedeutete ihm Laura – und vermutlich auch ihre Tochter, seine Nichte – so viel, dass er sofort von England hierhergereist war.

»Er wird Angel mit zurücknehmen«, sagte sie. In ihrem Magen breitete sich ein leeres Gefühl aus, das sich fast wie Angst anfühlte. Sie blickte an den ausgefransten Palmwedeln am Rand der Balken vorbei nach draußen. Die Sonne warf bereits scharfe Schatten. Die Luft war warm und hüllte sie ein. Sie stellte sich vor, wie Lauras Körper in ein kaltes Grab auf einem regengepeitschten Friedhof gelegt wurde. Sie stellte sich Angel vor, allein auf einem asphaltierten Schulhof, umgeben von Mauern, während ihre Kamele für immer unerreichbar für sie in einem weit entfernten Land zurückblieben. Sie fragte sich, ob der Onkel wohl eine Frau oder eine Partnerin hatte, ob Angel eine Stiefmutter bekommen würde. Vielleicht würde es ja auch noch andere Kinder geben. Dunkle Vorahnungen stiegen in Emma auf. Würde sie so durchs Leben gehen müssen wie sie selbst damals, in dem Gefühl, nirgendwo wirklich hinzugehören? Aber so musste es natürlich nicht sein, mahnte Emma sich. Das Leben von zwei Menschen mit dem gleichen Schicksal war nicht zwangsläufig vergleichbar.

»Wir müssen die Polizei informieren«, sagte Daniel.

Emma blickte ihn an. »Angel hat mich gebeten, ob wir noch zwei Tage warten könnten, bis wir jemandem Bescheid sagen – und ich habe ja gesagt.«

»Das finde ich auch!«, erklärte George. »Sie ist gerade erst aus dem Busch gekommen und kann jetzt noch nicht der Welt entgegentreten. Wenn sie einer meiner Löwen wäre, würde ich sie mindestens ein paar Wochen ungestört hierbehalten.« Er brach ab und verzog zweifelnd das Gesicht. »Aber wenn ihr Onkel hier ist, müssen wir ihn informieren, bevor er wieder abreist.«

Emma klopfte mit dem Fingernagel auf die Tischplatte. Natürlich wäre es korrekt, die Behörden sofort zu informieren. Es verstieß wahrscheinlich gegen das Gesetz, wenn sie es nicht taten. Aber als sie den Ausdruck auf Angels Gesicht gesehen hatte, hatte Emma eine Verpflichtung dem Kind gegenüber empfunden. Sie wusste plötzlich, dass sie das Mädchen nicht im Stich lassen würde. »Die zwei Tage muss sie wenigstens bekommen.«

»Ich stimme Ihnen zu«, sagte Daniel. »Morgen Abend bei Einbruch der Dunkelheit schicken wir den Funkspruch. So können sie den Onkel informieren, aber es ist dann zu spät, um noch jemanden hierherzuschicken.«

Plötzlich tauchte Angel am Eingang der Hütte auf. Sie lief barfuß, und deshalb hatten sie sie nicht gehört. Die drei Erwachsenen blickten auf, sagten aber nichts.

»Wo ist mein Strickzeug?«, fragte sie Emma. Ihr fröhliches

Gesicht und ihre helle Stimme durchbrachen die Spannung.
»Ich möchte Ndisi zeigen, wie man strickt.«

Emma lächelte bei dem Gedanken, wie der Koch über rechten und linken Maschen grübelte. Sie wies auf den Korb, der auf der Anrichte stand. »Dort ist es.«

»Danke.« Angel lächelte ihr zu, rannte zum Korb und holte das Strickzeug heraus. Wie der Blitz war sie wieder weg.

Das Wasser im Becken war grau und körnig vom Wüstenstaub. Emma wusch Angels braune Tunika aus. Sie konnte nicht besonders gut mit der Hand waschen – zu Hause brachte sie alles, was sie nicht in die Waschmaschine tun konnte, in die Reinigung –, aber nachdem sie das Kleidungsstück zweimal gespült und ausgewrungen hatte, waren die meisten Flecken herausgewaschen. Ihre Leistung erfüllte sie mit seltsamer Befriedigung. Sie hob die nasse Tunika aus dem Wasser und trug sie zu dem Baum vor der Esshütte. Dort hängte sie sie zum Trocknen über einen Ast. Dann wandte sie sich der Hose zu. Als auch sie gründlich gewaschen war, schüttelte sie sie aus und legte sie über einen Busch. Emma betrachtete die beiden Kleidungsstücke. Irgendwie sahen sie so klein und empfindlich aus, als ob sie aus viel zarterem Stoff als gewebter Baumwolle bestünden. Selbst nass schienen sie sich an den Körper eines kleinen Mädchens zu schmiegen. Bei dem Anblick wurde Emma schmerzlich bewusst, dass sie nie ein eigenes Kind haben würde, das so kleine Sachen tragen konnte. Sie dachte eigentlich nicht oft daran. Die Entscheidung war getroffen worden, und jetzt sollte sie nicht ständig hinterfragt werden. Aber als sie dastand und Angels Kleider betrachtete, dachte sie unwillkürlich noch einmal an die Gründe für ihren Entschluss zurück. Klar war, dass in Emmas Leben kein Platz für ein Kind war. Ihre Prioritäten hatte sie gesetzt, als sie mit sechzehn Jahren beschlossen hatte, in Susans Fußstapfen zu treten. Um das zu erreichen, hatte sie mit ungebrochenem Eifer studiert. Und jetzt erledigte sie ihre Arbeit am Institut mit der gleichen Hingabe. Als sie und Simon sich kennenlernten, hatten sie erkannt, dass sie beide ihre Berufe über alles stellten – und deshalb passten sie auch so gut zueinander. Aber als Emma Simon besser kennengelernt hatte, war ihr klargeworden, dass es auf seiner Seite mehr als nur berufliches Engagement war. Simon mochte Kinder nicht. Als Kind hatte er immer das Gefühl gehabt, seinen Eltern lästig zu sein, und er glaubte, wenn er ein Kind hätte, würde er es ebenso empfinden. Emma wusste, dass er sich nie ändern würde, und deshalb hatte sie sich gesagt, dass ihr die Entscheidung auch ganz gelegen kam. Aber als sie jetzt glättend über eines der kleinen Hosenbeine strich, spürte sie schmerzlich, dass ihr etwas Entscheidendes im Leben fehlte.

Vom anderen Ende des Geländes drang lautes Lachen herüber. Daniel und Angel spielten Verstecken mit den Löwen. Emma strich noch ein letztes Mal über den Hosenstoff, dann ging sie hinüber, um ihnen zuzuschauen. Nicht weit entfernt sah sie hinter einem Busch Daniels Umrisse. Moyo schlich auf ihn zu, den Körper fast an den Boden gepresst, die Augen zu Schlitzen verengt. Gleich würde sie ihn anspringen, das wusste Emma. Dann würden die beiden spielerisch miteinander kämpfen, bis Daniel schließlich entkam und zu Angel lief, die sich vor Lachen krümmte. Zuerst hatte Emma kaum zuschauen können, aber das Spiel hatte fast eine Stunde gedauert, ohne dass Moyo jemals ihre Krallen ausgefahren oder die Zähne gefletscht hätte. Im Gegenteil, sie bewegte sich besonders vorsichtig.

Daniel war nackt bis zur Taille wie damals, als er Mama Kitu operiert hatte. Die Sonne brachte seine Haut zum Glänzen und betonte die Konturen seines Körpers. Neben ihm sah Angel mit ihren zarten Gliedmaßen und ihrer hellen Haut fast ätherisch aus.

Plötzlich sprang Moyo auf Daniel zu und stieß ihn in den Staub. Angel lachte, als sie miteinander rangelten. Emma trat näher und musterte das Gesicht des Kindes. Niemand würde vermuten, dass sie erst vor ein paar Tagen mit eigenen Händen ihre Mutter beerdigt hatte. Sie sah aus wie jedes unbeschwerte, glückliche kleine Mädchen. Ein schmerzlicher Schauer überlief Emma. Sie wusste, wie sich dieses Verlangen, zu lachen, anfühlte, dieses Bedürfnis, etwas zu tun, um das kalte Schweigen im Inneren auszugleichen. Und wenn man dann nachgab und tatsächlich lachte, schauten einen die Leute an, und man sah ihnen an, welche Fragen sie stellten. Wie kannst du lächeln, lachen, Spaß haben, wo doch deine Mutter gerade gestorben ist?

Sie hatte sich innerlich geteilt. Der eine Teil aß und redete, zog sich an und lachte. Der andere wartete stumm in der Kälte und der Dunkelheit. Dieser Teil wollte am liebsten tot sein, so dass sie sich nicht mehr zu erinnern brauchte und das Bewusstsein der Realität sie nicht mehr niederdrücken konnte. Susan würde nie mehr zurückkommen. Die Person, zu der sie Mom gesagt hatte, gab es nicht mehr. Emma hatte keine Mutter. Am schlimmsten war es kurz nach dem Aufwachen. Jeder Morgen war eine Tortur.

Und dann war da ihr Vater. Er brauchte Emmas Lächeln wie die Luft zum Atmen. Von dem Moment an, in dem die beiden Männer vom CDC zu ihm gekommen waren – sie hatten leise in seinem Arbeitszimmer mit ihm geredet, und dann waren sie herausgekommen und hatten auch seiner Tochter die Nachricht mitgeteilt –, war es klar gewesen, dass für ihn das Wichtigste war, dass es Emma gutging. Wenn sie weinte, brach er zusammen. Und bei ihr verwandelte sich die Trauer dann in Angst. Er war immer ein starker, ruhiger Mann gewesen, und wenn er schluchzend vor ihr auf dem Boden kniete, erkannte sie ihn kaum noch. Sie hatte das Gefühl, auch ihren Vater verloren zu haben.

Das gezwungene Lächeln, das gespielte fröhliche Lachen hatten ihren Zweck erfüllt. Ihr Vater war wieder zur Arbeit gegangen. Sie war wieder zur Schule gegangen. Die Leute hatten begonnen, sie wieder normal zu behandeln. Und mit der Zeit hatten sie sich in ihrem neuen Leben eingerichtet.

Emma drückte die Finger auf die Lippen und starrte auf die Szene vor ihr. Sie hatte nie wirklich um Susan geweint – nicht frei und offen. Wenn sie später unter irgendeinem anderen Vorwand ihren Tränen freien Lauf ließ, hatte der Druck ein wenig nachgelassen. Aber trotzdem spürte sie im Inneren das Gewicht all der ungeweinten Tränen.

»Sie haben Spaß.« George war unbemerkt neben sie getreten. Emma rang sich ein Lächeln ab. »Man sollte meinen, dass sie allmählich müde werden.«

George erwiderte ihr Lächeln. Eine Zeitlang beobachtete er die Szene, dann wies er mit seiner Pfeife auf Daniel. »Er ist ein gutaussehender Mann. Stark und intelligent. Und verspielt. Deshalb mag Moyo ihn so gerne.«

Emmas Wangen begannen zu brennen. Sie hatte das Gefühl, George würde ihr ansehen, was sie für Daniel empfand – wie gerne sie ihn anschaute, seine Stimme hörte, ihm nahe

263

war. Sie zwang sich zu einem beiläufigen Tonfall. »Dann kann Moyo also all das in Daniel erkennen?«

»O ja«, erwiderte George. »Eine Löwin wird immer einen gutaussehenden Mann mit Sinn für Humor vorziehen. Und Löwen bewundern natürlich einen starken Körper. Einen, der zu ihrem Körper passt.« Er nickte zu Moyo hin. Ihre Muskeln spielten unter ihrem Fell. Sie wirkten hart und fest.

»Sie sieht so geschmeidig und fit – so gesund aus«, sagte Emma.

»Sie ist eine feine Löwin«, erwiderte George voller Stolz. »Man könnte sagen, ich sei voreingenommen, aber für mich sind Löwen die eindrucksvollsten aller Tiere. Sie sind loyal, mutig und intelligent. Sie verfügen über Sinne, die wir bereits verloren haben.«

Emma zog fragend eine Augenbraue hoch.

»Sie können unsere Gedanken lesen, da bin ich mir sicher.«

»Wie meinen Sie das?«

»Ich gebe Ihnen ein Beispiel. Ein paar Mal im Jahr fahre ich nach Arusha oder Nairobi. Wenn ich ins Camp zurückkomme – abends –, tauchen für gewöhnlich ein oder zwei meiner Löwen auf. Oft habe ich sie einige Zeit nicht gesehen; und als ich gefahren bin, waren sie nicht da. Aber sie wissen, wann ich zurückkomme, und begrüßen mich.«

Emma schwieg. Sie wollte nicht zynisch erscheinen.

»Sie glauben bestimmt, die Löwen hätten mich auf der Straße gesehen oder etwas gehört«, fuhr George fort. »Aber das ist nicht der Fall. Manche waren weit weg, und sie haben sich auf den Weg zum Camp gemacht, bevor ich meine Heimreise überhaupt begonnen habe.«

George sprach voller Überzeugung, aber Emma spürte, dass er sie nicht beeinflussen wollte. Ihm war es offensichtlich egal, ob sie ihm glaubte oder nicht. Seltsamerweise verlieh diese Haltung seinen Worten mehr Gewicht.

»Welche anderen Sinne, über die wir nicht verfügen, haben sie denn noch?«, fragte sie. Ihr Laborleiter fiel ihr ein. Er würde den Kopf schütteln, wenn er das hörte. Was auch immer dieser Löwenmann erzählte, es konnte höchstwahrscheinlich nicht wissenschaftlich bewiesen werden.

»Als Sie angekommen sind, sagte ich Ihnen, dass ich nicht gerne Touristen hier habe. Sie machen die Löwen nervös, und ich betreibe keinen Zoo. Aber ich bekomme regelmäßig Post von Leuten, die mir ihre Hilfe und Mitarbeit anbieten. Die meisten tauchen nie hier auf, aber manche doch. Die Letzte war Elizabeth – ein reizendes amerikanisches Mädchen. Sie verbrachte einige Monate hier, schrieb Berichte für die Sponsoren, die meine Arbeit unterstützen, und brachte die Bücher auf den neuesten Stand.« Auf Georges Gesicht lag ein zärtlicher Ausdruck, der Emma an die Art erinnerte, wie er mit Moyo umging. Sie dachte an die junge Frau mit dem Lockenkopf auf den Fotos in der Esshütte. Vermutlich meinte er sie. »Elizabeth wirkte ein wenig traurig und verloren. Als sie wieder abreiste, sagte sie, die Löwen hätten sie geheilt. Ich sah ihr an, dass das stimmte. Und das ist nur ein Beispiel.« Er blickte Emma an. »Die Löwen ziehen Menschen an. Niemand kommt rein zufällig vorbei.«

Emma hatte das Gefühl, er wüsste alles über sie und hielte sie ebenso wie Elizabeth für beschädigt.

»Nun, wir gehören zu einer anderen Kategorie«, sagte sie. »Uns hat Angel hergebracht.«

»Aber Moyo brachte Angel.«

George wich Emmas Blick nicht aus, und als sie in seine wässerig blauen Augen schaute, spürte sie, wie sich etwas tief in ihr verschob. Es war ein Gefühl, als ob die Erde unter ihren Füßen bebte. Desorientierend, beängstigend. Sie kämpfte gegen den Impuls an, sich am nächstgelegenen Ast festzuhalten.

George lächelte leise und ging. Ein schabendes Geräusch war zu hören, als er den Deckel von der Dose drehte, dann stieg der Honig-Rosinen-Duft seines Pfeifentabaks in die Luft.

Emma betrachtete die große Süßkartoffel, die sie in der Hand hielt. Mit einem Sparschäler zog sie mit stetigen rhythmischen Bewegungen die rote Schale ab. Es war befriedigend, zu sehen, wie immer mehr von dem weißen Fleisch zum Vorschein kam. Sie bemühte sich nicht, die Aufgabe schneller zu erledigen – die entspannte Stimmung im Camp hatte sich bereits auf sie übertragen. Sie genoss die Sonne, die ihr auf den Rücken schien, und das leise Gezwitscher der Vögel in den Büschen. Irgendwo hinter der Esshütte krähte ein Hahn, halbherzig, als sei er noch nicht ganz wach. Emma blickte auf. Moyo und die Jungen lagen immer noch im Schatten. George, Daniel und Ndisi standen am alten Landrover, hatten die Haube geöffnet und reparierten irgendetwas. Sie wirkten völlig entspannt. Angel saß nahe bei Emma und strickte. Das Ende des Schals berührte bereits ihre Knie.

Emma schaute sie an. Sie hatte eine Haarsträhne, die ihr übers Gesicht gefallen war, im Mund. Das hatte Emma als Kind auch immer gemacht, und sie wusste noch genau, wie es sich anfühlte, die Zunge durch die Fransen zu ziehen.

Angel hob den Kopf, als ob sie Emmas Blick spüren würde. »Danke, dass du meine Kleider gewaschen hast, Emma. Das war sehr nett von dir.«

»Das habe ich gerne gemacht.« Angels gute Manieren überraschten Emma; das Bild, das sie von Laura hatte, war nicht das einer Mutter, die viel Wert auf gesellschaftliche Umgangsformen legte. Dann jedoch rief sie sich ins Gedächtnis, dass Angel in Afrika aufgewachsen war, wo Höflichkeit zum alltäglichen Leben gehörte.

»Ich hätte sie auch selber waschen können«, fügte Angel hinzu. »Ich kann kochen und sauber machen. Bei den Barmherzigen Schwestern habe ich sogar geholfen, Jäckchen für die kranken Babys zu nähen.«

»Die Barmherzigen Schwestern«, wiederholte Emma. »Ist das ein Krankenhaus?«

Angel nickte. »Es ist im Feigenbaum-Dorf. Dort bin ich geboren.«

»Und du hast da gelebt?«, fragte Emma vorsichtig.

»Nein, wir haben die Nonnen nur besucht, wenn wir mehr Medikamente gebraucht haben. Wir haben nirgendwo fest gelebt. Wir sind herumgereist und haben Leute besucht, die an Krankheiten wie Krebs oder AIDS gestorben sind. Sie haben in Dörfern gelebt, wo es keine Kliniken oder Krankenhäuser gab. Sie hatten nur uns.«

»Du hast also deiner Mutter geholfen«, sagte Emma.

Angel nickte. »Ich habe Tabletten ausgeteilt und den Kranken Kalebassen an den Mund gehalten, damit sie trinken konnten. Ich habe ihnen das Gesicht gewaschen und ihnen vorgesungen. Wir haben immer darauf geachtet, dass sie nie allein blieben. Das war unsere Aufgabe.«

Emma öffnete verwundert den Mund. Angel hatte mit ihrer Mutter nicht nur in diesem entlegenen Teil von Afrika gelebt, sie war sozusagen auch ihre Kollegin gewesen. Emma stellte sich vor, wie Laura und ihre kleine Tochter Seite an

Seite arbeiteten, Menschen, die im Sterben lagen, pflegten und ihnen nicht von der Seite wichen, wenn sie mit dem Tod rangen. Emmas Forschungen hatten sie ab und zu in Sterbehospize geführt, und trotz aller Möglichkeiten der modernen Medizin hatte sie dort erschreckende Dinge erlebt. Sie konnte sich kaum vorstellen, was in einer afrikanischen Hütte vor sich ging.

»Hattest du keine Angst?« Emma studierte Angels Gesicht, als müsse dort eine Narbe von all dem Leid zurückgeblieben sein.

»Manchmal. Aber dann musste ich eben tapfer sein. Laura brauchte mich ja. Es gab so viel zu tun. Manchmal machten wir auch unsere eigene Medizin. Von Morphium bekommt man Verstopfung, und dafür hatten wir keine Tabletten. Aber man kann Papaya-Samen trocknen und sie zermahlen. Das funktioniert gut. Man kann auch Medizin aus dem Frangipani-Baum machen. Und man bekommt spezielle Pflanzen von den *laiboni*.«

Emma lauschte ungläubig. Angel redete in so sachlichem Ton und benutzte die medizinischen Begriffe so geläufig, als ob es überhaupt nicht ungewöhnlich gewesen war, dass sie mit ihrer Mutter zusammengearbeitet hatte. Wieder stieg in Emma das Gefühl auf, Laura zurechtweisen zu wollen, weil sie ihre Arbeit wichtiger genommen hatte als ihre Rolle als Mutter. Aber als sie darüber nachdachte, wie viel Leid Laura gelindert hatte, ihr Kind ständig an ihrer Seite, schienen ihr auf einmal die Prioritäten weniger klar. Sie dachte an Daniels Gesichtsausdruck, als er ihr erzählt hatte, wie sehr Lela gelitten hatte. Sie stellte sich das winzige Baby vor, grau und schlaff. Sie dachte daran, wie ihre eigene Mutter versucht hatte, solche Tragödien zu verhindern. In dieser Hinsicht hatte sie viel mit Laura gemein. Hätte Susan sich in erster Linie um Emmas Wohlergehen kümmern sollen? Hätte Laura dieselbe Entscheidung für Angel treffen sollen? Was war das Glück eines Kindes wert? Emma schüttelte den Kopf. Diese Frage war schwer zu beantworten. Und wie sollte man Glück definieren? Angels Stimme hatte stolz geklungen, als sie »wir« und »unser Job« gesagt hatte. Plötzlich stieg Neid in ihr auf. Wie außergewöhnlich es für Mutter und Tochter gewesen sein musste, so tiefgreifende Erfahrungen miteinander zu teilen – Freude und Triumphe ebenso wie Tragödien. Und vor allem waren sie immer zusammen gewesen. Emma empfand schmerzliche Sehnsucht. In dieser Hinsicht unterschied sich Angels Leben von ihrem – diese Nähe, dieses intime Zusammensein mit ihrer Mutter hatte Emma nie gekannt.

»Hast du die Satteltaschen ausgepackt?« Angels Worte rissen sie aus ihren Gedanken. »Und die Kleider gefunden?« Sie zeigte auf ihre Sachen, die schon wieder schmutzig waren.

»Matata hat die Taschen ausgepackt«, sagte Emma. »Er hat den Inhalt im ganzen Hof verteilt. Daniel hat ihn ziemlich ausgeschimpft.«

Angel kicherte. »Er war schon immer frech.« Ein angespannter Ausdruck trat in ihr Gesicht. »Wann kann ich sie sehen?«

»Bald«, antwortete Emma.

»Du lässt doch nicht zu, dass ich abgeholt werde, ohne sie gesehen zu haben, oder?«

Voller Mitgefühl, weil Angel ihre Situation so tapfer ertrug, versicherte Emma ihr: »Du wirst sie auf jeden Fall sehen.« Kaum hatte sie die Worte ausgesprochen, wurde ihr klar, dass sie schon wieder ein Versprechen gegeben hatte, ohne zu wissen, ob sie es halten konnte.

»In einer der Satteltaschen waren ein paar wirklich kostbare Sachen«, sagte Angel besorgt. »Hast du sie gesehen? Eine Perlenkette und eine Fliegenklatsche aus einem Löwenschwanz.«

»Mach dir keine Sorgen, wir haben die Sachen sicher aufbewahrt«, sagte Emma.

Angel atmete erleichtert auf. »Sie haben Walaita gehört. Als sie starb, haben wir ihr versprochen, sie zum *manyata* ihres Bruders am Fuß des Ol Doinyo Lengai zu bringen. Dorthin waren Laura und ich unterwegs – als sie gebissen wurde. Wir haben die Schlange nicht einmal gesehen …« Ihre Stimme zitterte, und sie presste die Lippen zusammen.

Emma legte Angel die Hand auf die Schulter. Sie konnte die Knochen spüren. Das Mädchen war so klein und zerbrechlich. Sie war sich unschlüssig, ob sie Angel ermuntern sollte, weiterzureden, oder ob sie sie besser ablenken sollte, aber dann traf Angel ihre eigene Entscheidung.

»Du bist gleich fertig«, sagte sie zu Emma. »Was können wir als Nächstes tun?«

Wieder hatte Emma das Gefühl, dazuzugehören, weil das Kind sie in die Frage einbezogen hatte. »Wir fragen Ndisi«, antwortete sie und ließ ihre Hand von Angels Schulter gleiten.

»Er freut sich, dass wir hier sind«, sagte Angel. »Er braucht Hilfe für die Arbeit in diesem Camp.«

Emma schaute sie an. Sie hatte den Eindruck, dass Angel eine Antwort von ihr erwartete, aber sie war sich nicht sicher, wie sie ausfallen sollte.

Angel stand auf. »Komm.« Sie hielt ihr die Hand hin, als ob Emma ein Kind sei, dem man helfen müsse.

Emma erhob sich. Als sie Angels Hand ergriff, stiegen plötzlich Erinnerungen in ihr auf. Ihre Hand war die kleinere, und sie wurde von der größeren, stärkeren Hand in festem Griff gehalten. Sie erinnerte sich ganz genau, dass sie sich daran geklammert hatte und sie nie wieder loslassen wollte. Wie eine Szene aus einem Film sah sie die Bilder vor sich im Kopf. Susan löste ihre Finger von ihrer Hand, kniete sich vor sie und flüsterte ihr etwas ins Ohr.

»Mach kein Theater, Liebling. Mommy muss arbeiten gehen. Aber ich komme bald wieder zurück.«

»Und wenn du nicht zurückkommst?«, hörte Emma sich fragen. Sie erinnerte sich noch gut an die vage Angst, die sie vor diesem unbekannten Ort in »Übersee«, zu dem ihre Mutter fuhr, hatte. In ihrer Vorstellung war er dunkel und verborgen, und wenn Susan sich dort verirrte, würde man sie nie mehr finden.

Susan lächelte. »Ich komme immer wieder zurück – das weißt du doch.«

Emma schüttelte die Erinnerung ab. Wieder hatte sie das Gefühl, dass sie hier in Tansania keine Kontrolle über ihre Emotionen hatte. Ständig stiegen Erinnerungen und Gedanken in ihr auf, die immer neue Fragen aufwarfen. Es war, als läge alles unter einem elektronischen Mikroskop, ohne dass Emma einen Einfluss darauf hatte, unter welchem Winkel oder wie intensiv es betrachtet wurde. Sie sah ihre Mutter auf einmal ganz anders, als sie sie in Erinnerung hatte. An Stelle der alten Susan, die sich hingebungsvoll ihrer Arbeit gewidmet hatte, sah sie auf einmal eine Frau, die ihr einziges Kind aus ihrem Leben ausgeschlossen hatte. Und mit ihrem Beispiel hatte Susan alle wichtigen Beziehungen im Leben ihrer Tochter geprägt, das verstand Emma jetzt. Emma hatte sich dafür entschieden, mit Leuten zusammen zu sein, die wie ihre Mutter waren. Und sie versuchte selbst, wie Susan zu sein. Wenn sie sich anders entschieden hätte, hätte das bedeutet, dass Susan nicht die weise und perfekte Mutter aus Emmas Träumen gewesen wäre.

Und jetzt war ein neues Element ins Spiel gekommen. Angel machte das Puzzle noch komplizierter. Seufzend versuchte Emma, sich zu entspannen. Hoffentlich kam dieser Prozess zu einem Ende, wenn sie wieder zu Hause war – zurück in ihrem ordentlichen Leben, bei all der Arbeit, die sich in ihrer Abwesenheit auf ihrem Schreibtisch angesammelt hatte. Aus der Distanz würde sie wahrscheinlich alles besser verstehen, und vielleicht war das der Nutzen, den sie aus dieser unerwarteten Wendung ihrer Reise zog. Sie schloss die Hand fest um Angels Finger, als sie über den Hof gingen.

Mitten auf dem Esstisch saß ein pelziges kleines Geschöpf, das aussah wie ein graues Eichhörnchen, und kratzte sich mit seinen winzigen Pfoten hinter den Ohren. Emma versuchte, den Gedanken zu ignorieren, dass es womöglich Läuse hatte. George öffnete die Dose mit den Nüssen und schüttelte ein paar Erdnüsse heraus. Das Tierchen rannte zu ihm hin und tanzte aufgeregt auf den Hinterläufen. Es nahm die Nuss zwischen die Pfoten und begann zu knabbern. Emma musste unwillkürlich lächeln, obwohl es ihr lieber gewesen wäre, es würde nicht auf dem Esstisch hocken. Sie warf Angel einen Blick zu, um zu sehen, ob sie auch zuschaute, aber sie hatte den Kopf tief über ihr Malbuch gebeugt. Ihre blonden Haare verbargen die Seiten, doch man sah, dass sie eifrig malte. Ständig griff sie nach anderen Buntstiften, und die Bewegungen ihres Ellbogens deuteten lange, kühne Linien an.

Emma wandte sich wieder zu dem Eichhörnchen, das gerade den Tisch entlanghuschte. Es sprang auf Georges Arm und benutzte ihn als Rampe, um auf die Lehne seines Stuhls zu gelangen. Im nächsten Augenblick war es aus ihrem Blickfeld verschwunden, und Emma sah, dass es kleine braune Kotkügelchen auf dem Tisch hinterlassen hatte. George schien sie nicht zu bemerken. Emma griff in ihre Tasche und zog zwei feuchte Tücher heraus. Mit einem nahm sie den Kot auf, mit dem anderen wischte sie über die Tischplatte. Zum Glück trugen diese Tiere nicht den Olambo-Virus in sich, wie Daniel herausgefunden hatte. Sie fragte sich, ob die Löwen möglicherweise als Wirtstiere fungierten – Daniel hatte die großen Säugetiere bisher noch nicht getestet –, aber dann fiel ihr ein, dass hier im Camp während der letzten Epidemie niemand erkrankt war.

Sie blickte zu Angel, als sie hörte, wie Papier abgerissen wurde. »Das ist für dich.« Das Kind schob ihr eine Zeichnung hin.

Stumm betrachtete Emma das Bild von sich selbst. Sie war sofort zu erkennen. Angel hatte sie mit der gleichen Kunstfertigkeit gemalt wie Laura, die Kamele und sich selbst auf dem Bild, unter das sie »Meine Familie« geschrieben hatte. Emmas Haare fielen ihr dick und dunkel über die Schultern. Ihre Augen waren groß, ihr Mund rot. Offensichtlich sollte sie besonders schön aussehen. Angel hatte sie in anderen Kleidern gemalt. Die Emma auf dem Bild trug eine Tunika und eine Hose und Armreifen am Handgelenk. Sie stand mitten auf dem Blatt Papier und füllte es in der Höhe aus. An ihrer Haltung war etwas, das sie stark und mächtig wirken ließ.

»Danke«, hauchte Emma, »das ist aber schön. Noch nie hat jemand ein Bild von mir gemalt.«

Ein Lächeln erhellte Angels Gesicht. Sie blickte sie neugierig an. »Noch nie? In deinem ganzen Leben?«

»Noch nie«, bestätigte Emma.

Angel betrachtete Emma zufrieden. Dann streckte sie die Hand aus, damit Emma ihr das Bild zurückgab. »Ich möchte noch etwas hinzufügen.« Wieder lächelte sie. »Mama Kitu.«

Am Abend saßen sie wieder auf dem Boden und aßen, als ob das eine akzeptierte Tradition sei. Emma saß neben Moyo, und eine der großen Pranken lag direkt neben ihrem Knie. Ab und zu, wenn Emmas Blick zufällig darauf fiel, bekam sie einen kleinen Schock. Wie konnte sie nur so dicht an diesen Pranken so ruhig dasitzen? Aber dieses Gefühl verging rasch, weggefegt von der Sanftheit, die die Löwin ausstrahlte.

An diesem Abend benutzten sie Schalen und Löffel, und die Metalllöffel kratzten auf der Emaille, als alle hungrig aßen. Das Essen war sehr einfach – Süßkartoffeln und rote Bohnen mit Tomaten und ein bisschen Salz. Aber Emma stellte fest, dass gerade die Einfachheit die verschiedenen Aromen am besten zur Geltung brachte. Sie aß ihre Schüssel ganz leer. Dann wischte sie sich die Hände an ihren Jeans ab und presste die Handflächen an die Wangen. Sie hatte heute vergessen, Sonnenschutzcreme aufzutragen. Als sie merkte, dass Daniel sie anschaute, lächelte sie verlegen.

»Ich hoffe, ich häute mich nicht wie dieser Holländer, von dem Sie mir erzählt haben.«

Daniel lächelte. Emma fragte sich, ob er sich wohl auch wie sie an ihr erstes Gespräch erinnerte. Es war unglaublich, wie viel seitdem passiert war.

»Vielleicht wirst du ja braun«, meinte Angel. »Dann siehst du aus wie ich.«

»Nicht ganz«, erwiderte Emma. »Meine Haare haben die falsche Farbe.«

»Meine Haare waren früher einmal auch so dunkel wie Ihre«, warf George ein und zeigte mit der Pfeife auf Emma. Emma betrachtete seine langen, weißen Locken, die er aus seinem feingeschnittenen Gesicht zurückgekämmt hatte. Er sah aus wie ein alter Prophet auf einer Illustration in einer Kinderbibel. Die Frisur passte so gut zu ihm, dass sie sich nicht vorstellen konnte, wie er als junger Mann ausgesehen haben mochte. »Wo sind Sie geboren?«, fragte sie ihn.

»Hier in Tansania. Damals hieß es natürlich noch Tanganyika.« Er lächelte Angel an. »Ich bin ein weißer Afrikaner wie du.«

Er begann, von seiner Kindheit zu erzählen, die er in einer Kaffeeplantage auf den Hügeln am Fuß des Kilimandscharo verbracht hatte. Er war ein eifriger Trophäenjäger gewesen, bis zu dem Tag, an dem er beschloss, nie wieder ein Tier zu töten, wenn er nicht sich oder seine Löwen damit ernähren musste. Er erzählte ihnen sogar, wie verliebt er einmal in eine Frau gewesen war, die er in Nairobi kennengelernt hatte, aber am Ende hatte er sie doch nicht geheiratet, weil ihm klarwurde, dass sie nicht wirklich für immer in Afrika bleiben wollte. Ndisi lauschte gespannt. Man merkte ihm an, dass er seinen Boss noch nie so viel hatte erzählen hören. Vermutlich weckte die Anwesenheit des

Kindes auch bei George Erinnerungen, dachte Emma – genau wie bei ihr.

Als sie gegessen hatten, tranken sie in dieser friedlichen Stimmung Tee mit Honig. Bald schon war es Zeit, zu Bett zu gehen.

»Willst du heute Nacht nicht auch mit uns draußen schlafen?«, sagte Angel zu Emma. »Dann bist du nicht allein.«

Sie redete so, als ob Gesellschaft immer der Einsamkeit vorzuziehen sei. Emma überlegte, wie sie antworten sollte. Ihr gefiel die Vorstellung, ein Dach über dem Kopf zu haben, aber angesichts der Intimität, die während des Abends entstanden war, wollte sie sich auch noch nicht von den anderen trennen. Sie warf Daniel einen Blick zu. Sie stellte sich vor, wie ihr Bett neben seinem stand und wie sie beide dort liegen würden. Sie würden sich zwar nicht berühren, aber sie wären die ganze Nacht lang einander nahe.

»Okay.« Emma lächelte. »Ich mache es.«

Emma blieb auf der Schwelle zur Gästehütte stehen. Sie trug zwar schon ihren Pyjama, hatte aber noch die Stiefel an. Sie blickte zu ihrem Bett, das zwischen den Liegen der beiden Männer stand. Ndisi hatte darauf bestanden, in seiner Hütte zu schlafen. Über Emmas Entscheidung hatte er bloß die Augen verdreht. Offensichtlich war er nicht an Gäste gewöhnt, die George in seinem exzentrischen Verhalten auch noch unterstützten.

George schlief bereits auf seinem Feldbett. Angel lag bei Moyo und den Jungen, und Daniel war noch nicht vom Duschen zurückgekommen.

Emma ging zu den Betten. Als sie in den Lichtschein der Laterne trat, schimmerte die Seide ihres Pyjamas hell rosafarben.

Angel betrachtete Emma mit großen, neugierigen Augen. »Du siehst wunderschön aus«, sagte sie. »Wie eine Prinzessin.« Dann verzog sie nachdenklich das Gesicht. »Diese Kleider haben genau die gleiche Farbe wie die Zunge eines Krokodils. Du weißt schon, wenn sie mit aufgesperrtem Maul am Ufer liegen.« Sie schauderte. »Fliegen sitzen auf ihren Zungen, und sie müssen sie hinunterschlucken.«

»Du sagst manchmal komische Sachen.« Emma lächelte Angel an. Ohne nachzudenken, beugte sie sich über das Mädchen und strich ihm über die Haare. Angel zuckte nicht vor ihrer Berührung zurück, im Gegenteil, sie protestierte murmelnd, als Emma ihre Hand wegzog.

»Schlaf jetzt«, sagte Emma liebevoll. »Bis morgen früh.«

»*Lala salama*«, sagte Angel mit schläfriger Stimme.

»*Lala salama*«, erwiderte Emma den Abendsegen. Die Worte kamen ihr mittlerweile ganz geläufig über die Lippen.

Emma legte sich auf den Schlafsack auf ihrem Bett. Sie zog Ärmel und Beine des Pyjamas herunter, um so viel Haut wie möglich zu bedecken. Hier draußen hatte sie noch nicht einmal ein Moskitonetz, und sie fühlte sich sehr ungeschützt. Sie stellte sich vor, wie das Land sich in die grenzenlose Wildnis außerhalb des Zauns um das Camp erstreckte, und sie musste sich ins Gedächtnis rufen, dass der Zaun sehr hoch war und die Tore bei Einbruch der Dunkelheit mit einer Kette und einem großen, altmodischen Eisenschloss versperrt worden waren. Und nur ein paar Meter von ihr entfernt lag die riesige Löwin. Moyo war zwar ein sanftes Tier, aber sie war auch wachsam und stark. Sie war wie eine Hüterin, die auf sie alle aufpasste.

Sie hörte kaum, wie Daniel näher kam, so leise waren seine Bewegungen. Plötzlich tauchte eine dunkle Gestalt aus den Schatten auf und wurde zu einer Person. Er ging um die Esshütte herum und löschte alle Lampen. Als nur noch eine, die außen am Baum hing, brannte, trat er an ihr Bett. Er trug nur seinen *kitenge*, den er um die Hüften geschlungen hatte. Auf seiner Haut schimmerten Wassertropfen. Im Licht funkelten sie wie Diamanten auf seiner Brust und seinen Schultern. Sie roch den Sandelholzduft der Seife, die sie im Camp selbst herstellten.

Sie lag still und ließ sich von ihm anschauen. Als sich ihre Blicke trafen, lächelten sie beide.

Daniel setzte sich auf sein Feldbett. Sein Gesicht wurde ernst. »Geht es ihr gut?«, fragte er leise und nickte zu Angel herüber.

»Heute Abend ist sie schnell eingeschlafen«, sagte Emma. »Es war ein anstrengender Tag für sie. Sie war bestimmt erschöpft.«

»Ich mache mir Sorgen um sie«, sagte Daniel. »Sie wirkt einfach zu glücklich. Sie hat nicht geweint.«

»Vielleicht ist sie noch nicht so weit. Sie hat sicher Angst vor einem Zusammenbruch. Ich weiß noch, wie sich das anfühlte.« Emma hoffte, es würde nicht zu lange dauern, bis Angel den richtigen Ort und die richtige Zeit fand, um zu trauern. Sie wusste nur zu gut, dass Tränen, die man zurückhielt, hart und schwer wie Blei wurden. Sie wollte sich nicht vorstellen, dass Angel dieses Gewicht genau wie sie ein ganzes Leben lang mit sich herumschleppte.

»Ich kann mich auch noch daran erinnern«, sagte Daniel. »Es ist gut, dass sie so stark ist.« Er schüttelte bewundernd den Kopf. »Sie hat uns heute viel geholfen. Wenn sie meine Tochter wäre, wäre ich sehr stolz auf sie.«

Emma blickte ihn forschend an. Seine Augen schimmerten. Ob er wohl an sein Baby dachte? Es wäre mittlerweile drei oder vier Jahre alt.

Er wandte sich wieder zu Emma. »Liegen Sie bequem?«

Emma nickte. Die Feldbetten waren hart, aber der Schlafsack polsterte die Liegefläche ein wenig.

»Ich mache jetzt das Licht aus.« Er stand auf und löschte die Laterne, die im Baum hing. Langsam erstarb das leise Zischen und mit ihm der gelbe Schein. Dann legte er sich auf sein Bett. Die Leinwand ächzte unter dem Gewicht seines Körpers.

Emma wartete darauf, dass er ihr gute Nacht wünschte, aber er schwieg. Vielleicht wollte er ja – wie sie – diesen Tag nicht enden lassen. Beide lagen sie ganz still. Emma konnte beinahe die Hitze seines Körpers spüren. Sie lauschte angestrengt auf seinen Atem und stellte sich vor, dass er wie die warme Nachtluft über ihre Haut strich und durch ihr Pyjama-Oberteil über ihre Brüste glitt. Sie stellte sich vor, wie sie die Hand nach ihm ausstreckte – um ihn zu berühren, um die Hand auf seine Brust zu legen. Mehr als das wäre nicht möglich. Schließlich waren sie nicht allein – aber nicht die anderen trennten sie. Es lag wohl eher daran, dass Daniel nicht der Mann war, der eine Affäre beginnen würde. Und sie empfand es genauso. Sie wollte nicht riskieren, dass nach allem, was sie miteinander geteilt hatten, Scham und Bedauern zwischen ihnen standen. Aber trotzdem sehnte sie sich nach einer kleinen, intimen Geste – etwas, das sie für immer wie einen Schatz in ihrer Erinnerung hüten konnte. Aber selbst eine einzige Berührung schien zu gefährlich zu sein. Sie musste sich mit dem Wissen begnügen, dass Daniel direkt neben ihr lag.

Sie blickte zum Himmel. Er sah samtig und weich aus wie ein riesiger Baldachin, der sich über die Welt spannte. Der Mond war aufgegangen, voll und hell. Für Emma sah er ungewohnt aus, weil sich die grauen Flecken an anderen Stellen befanden als zu Hause. Sie ließ ihre Blicke über die Sternzeichen wandern, die ihr aber auch unbekannt waren. Wie weit sie von dem Teil der Welt entfernt waren, in dem sie zu Hause war. Sie warf einen Blick auf Moyo – eine silberne Löwin mit einem silbernen Kind an ihrer Seite. Der Anblick erinnerte sie an das, was sie morgen früh erwartete. Jemand würde Angel erklären müssen, was als Nächstes passierte. Die Polizei würde informiert werden. Emma würde ihre Abreise planen müssen. Und sie alle mussten sich darauf vorbereiten, sich voneinander zu verabschieden. Diese Gedanken schob sie lieber weit von sich. Sie wollte Daniels starke, stille Anwesenheit genießen, den Frieden des schlafenden Kindes, Georges sanfte Weisheit. Sie wollte sich in die Wärme und den Trost der gemeinsamen Nachtruhe einhüllen.

Sie stellte sich die Szene, von der sie umgeben war, wie ein Gemälde in sanften Pastelltönen vor, eine seltsame Art von Familie, die nahe beieinander schliefen. Löwen und Menschen, Jung und Alt, Freunde und Fremde – alle für diese eine Nacht vereint.

15

George goss Whiskey in ein Glas. Die goldene, dicke
Flüssigkeit bedeckte den Boden. Angel stand neben
ihm und hielt einen altmodischen Soda-Siphon in der Hand.
Die Vormittagssonne schien auf die gelb mattierte Oberfläche der Flasche.

»Soll ich es jetzt machen?«, fragte sie.

George nickte. »Nicht zu viel«, warnte er.

Angel runzelte konzentriert die Stirn, als sie den Hebel her-
unterdrückte. Überrascht zuckte sie zusammen, als Soda in
das Glas spritzte.

»Gut gemacht, Angel«, sagte George. »Möchte noch jemand einen Whiskey?«

Emma schüttelte lächelnd den Kopf. »Für mich ist es noch
ein bisschen zu früh. Ich bin mit meiner Tasse Tee zufrieden.«

»Ich auch«, erklärte Daniel.

»Um elf Uhr trinke ich immer einen Whiskey«, sagte George.
»Ich glaube, das hat mich jung und gesund gehalten.«

»Es ist aber gar nicht elf Uhr«, sagte Angel. »Es ist *saa
tano* – fünf Uhr.«

Emma blickte Daniel fragend an.

»Das ist tansanische Zeit«, erklärte er. »Der Tag beginnt im
Morgengrauen. Das ist sechs Uhr englischer Zeit. Sieben
Uhr ist also die erste Stunde – *saa moja.*«

»Die nächste Stunde ist zwei Uhr und so weiter, bis die

Sonne untergeht«, fügte Angel hinzu. »Dann ist der Tag zu Ende, weil alle ins Bett gehen.«

Erneut bekam Emma eine Ahnung davon, wie anders die Welt war, in der Angel aufgewachsen war. Das Kind war mit einer Zeitrechnung vertraut, die die meisten nicht kannten, es sprach drei Sprachen, anscheinend fließend, und wusste, wie man Medizin aus Papaya-Samen machte.

»Haben Bill und Ben Wasser bekommen?«, fragte George Angel.

Sie schlug sich die Hand vor den Mund. »Das habe ich ganz vergessen.« Ohne zu zögern, rannte sie aus der Esshütte zum Tank.

Emma schenkte den Tee aus. Sie wollte gerade die Tassen herumreichen, als auf einmal eine Gestalt im Eingang zur Esshütte auftauchte – ein Afrikaner, der ein Tuchbündel in der Hand hielt.

»Samu! *Karibu sana*«, sagte George und winkte ihn herein. »Willkommen zurück!« Er wies auf die Leute, die am Tisch saßen. »Das sind unsere Gäste, Daniel und Emma.« Er wandte sich an die beiden. »Und das ist mein Helfer Samu.«

Samu nickte ihnen zu. Dann verzog er besorgt das Gesicht. »Diese Löwin ist zurückgekommen! Mit Jungtieren! Unsere Arbeit macht keine Fortschritte.«

»Das ist eine lange Geschichte«, sagte George. Er forderte Samu auf, Platz zu nehmen, und bat Emma, ihm eine Tasse Tee einzuschenken. »Bist du wieder völlig gesund?«

»Ja. Dein *dawa* hat sehr schnell gewirkt. Ich hätte dich schon früher darum bitten sollen, aber ich habe geglaubt, es sei nur das *kampi*-Fieber.«

»Nun, wenn das Chinin gewirkt hat, war es definitiv Malaria«, sagte George. »Es ist zwar ein altmodisches Mittel, aber es hilft.«

Emma, die gerade Honig in den Tee rührte, hielt inne und blickte Samu an. »Was haben Sie gesagt? Was war das für ein anderes Fieber?«

»Es gibt ein Fieber, das ab und zu in unserem Dorf ausbricht. Zuerst ist es genauso wie Malaria, aber dann geht es schnell wieder weg.«

»Wie haben Sie es genannt?« Emma beugte sich vor und blickte Samu eindringlich an. Der Mann rutschte unbehaglich auf seinem Stuhl hin und her. So im Mittelpunkt der Aufmerksamkeit zu stehen, war ihm anscheinend unangenehm.

»Auf Englisch ist es das ›Camp-Fieber‹. Wir nennen es so, weil die Leute, die es bekommen, hier im Camp arbeiten. Aber Sie brauchen keine Angst zu haben. Es ist keine schlimme Krankheit wie Olambo. Es dauert höchstens einen Tag.«

Emma wandte sich an George. »Wissen Sie darüber Bescheid?«

Er zuckte mit den Schultern. »Ich habe davon gehört, habe aber nie besonders darauf geachtet.« Er lächelte schief. »Ich dachte, es wäre nur ein weiteres Gerücht über die angeblichen Kräfte des verrückten Löwenmannes.«

Emma starrte auf die Wand der Hütte, an der die Löwenporträts hingen. Ihre Gedanken überschlugen sich. Die Leute im Camp bekamen zwar eine Krankheit, waren aber vor der anderen geschützt. Sie dachte daran, was George an ihrem ersten Abend hier gesagt hatte. *Es war wie in der Bibel ... die Plage ging an uns vorüber ...*

Emma wandte sich an Daniel. »Wissen Sie, ob die Leute, die das Olambo-Fieber überlebt haben, gegen den Virus immun sind?«

»Ja, das sind sie. Sie können nur ein Mal daran erkranken.«

»Nun, ich glaube …« Emma zögerte und suchte nach den richtigen Worten. »Es könnte wirklich eine Verbindung zwischen diesem Camp hier und dem Schutz vor dem Olambo-Fieber geben.«

Daniel runzelte die Stirn. »Wie meinen Sie das?«

»Kennen Sie die Geschichte der Pocken-Impfung?«

»Ja, wir haben in der Schule davon gehört. Alle Massai-Kinder lieben diese Geschichte, weil es um Kühe geht. Die Melkerinnen haben keine Pocken bekommen, weil sie sich bei den Tieren mit Kuhpocken angesteckt haben.«

»Die Tiere haben ihre Immunität auf die Menschen über-tragen«, ergänzte Emma.

Einen Moment lang war es still, man hörte nur, wie Angel draußen am Gehege nach Bill und Ben rief.

Daniel starrte Emma an. »Glauben Sie …?«

»Es ist nur eine Idee«, warnte Emma ihn. Aber sie spürte, wie das Wissen in ihr wuchs. »Wenn Camp-Fieber nur eine leichte Erkrankung verursacht, dann hat es vielleicht nie-mand gemerkt, wenn auch die Löwen erkrankt waren.«

»Der Virus macht sie möglicherweise gar nicht krank«, füg-te Daniel hinzu. »Vielleicht sind sie nur die Träger.«

»Das könnte sein.« Emma stand auf und begann, zwischen den Tischen und der Anrichte hin und her zu gehen. Ihre Gedanken machten sie ruhelos. »Wir sollten es auf jeden Fall untersuchen. Alle Personen, die sich hier aufhalten, sollten getestet werden. Ihre Blutproben könnten auf Anti-körper untersucht und dann mit den Proben von Personen verglichen werden, die Olambo überlebt haben. Die Löwen müssten wir auch testen.«

Daniel verzog konzentriert das Gesicht. Er wandte sich an

George. »Können Sie den Löwen Blut abnehmen, ohne sie betäuben zu müssen, weil die Tiere keine Angst vor Ihnen haben?«

Der alte Mann nickte. »Ja, das kann ich bestimmt. Ich musste in der Vergangenheit ab und zu schon mal einem Löwen eine Spritze verpassen. Sie scheinen die Nadel noch nicht einmal zu spüren.« Er lächelte. »Und sie würden natürlich jederzeit einen kleinen Piks ertragen, wenn es dafür eine Schale mit Lebertran gibt.« Er blickte Emma an. »Meinen Sie, die Löwen sind der Schlüssel für ein Mittel gegen das Olambo-Fieber?«

»Kein Mittel, sondern eine Impfung.«

Das Eichhörnchen stieß eine Packung Tee aus dem Regal. Sie fiel zu Boden, aber niemand hob sie auf.

»Aber Impfstoffe sind viel zu teuer in der Herstellung«, sagte Daniel.

»Dieser hier nicht. Ähnlich wie bei den Pocken könnte alles sehr einfach sein – gar nicht zu vergleichen mit der Herstellung eines Impfstoffes im Labor. Außerdem würde diese Arbeit von Interesse für die gesamte medizinische Forschung sein. Möglicherweise wird dadurch die Grundlage für die Entwicklung von Impfstoffen gegen andere Viren geschaffen. Die Firmen würden sich überschlagen, um den Impfstoff finanzieren zu dürfen.«

Daniel rieb sich mit den Händen über das Gesicht, als wolle er sich vergewissern, dass er nicht träumte.

George beugte sich vor. »Aber alles hängt davon ab, dass man den Wilderern das Handwerk legt.«

»Ja, die Gegend muss zum Schutzgebiet erklärt werden«, stimmte Daniel zu. »Wenn die Löwen zur Erforschung des Fiebers beitragen, wäre das sicher hilfreich.«

»Sie könnten hier im Camp und in der Station arbeiten«, sagte Emma, »aber Sie brauchten auch ein richtiges Labor.« Sie redete viel zu schnell und aufgeregt und ermahnte sich, langsamer und professioneller zu reagieren.

»In Arusha gibt es geeignete Labors«, sagte Daniel. »Im National-Institut für Medizinforschung.«

»Gut«, erwiderte Emma. »So eine Organisation brauchen Sie. Sie brauchen einen wirklich erfahrenen Medizinforscher.« Sie verstummte und blickte auf das verschlungene Muster des Teppichs.

Sie brauchen mich.

Sie hielt den Atem an. Einen Moment lang stellte sie sich ein Szenario vor, in dem sie Daniel bei den neuen Forschungen half. Ein Schauer der Erregung überlief sie. Sie könnten Seite an Seite arbeiten, das zu Ende bringen, was Susan vor so vielen Jahren begonnen hatte. Sie dachte daran, wie es sein würde, wenn sie nicht mehr in ihr altes Leben zurückkehren müsste: keine einsamen Abende mehr, die sie allein in ihrer kleinen Wohnung verbrachte. Sie brauchte nie mehr darauf zu warten, dass Simon nach Hause käme. Und sie würde der Konkurrenz im Institut entgehen, wo es schon lange nicht mehr um die Forschung ging, sondern nur noch darum, wann der nächste Artikel in der Fachpresse veröffentlicht werden und wie man sich eine Einladung zur nächsten elitären Konferenz verschaffen konnte.

Der Gedanke, hier in Afrika zu bleiben, beschwor Visionen von Weite, dem Luxus, Zeit zu haben, und immer in Gesellschaft von Menschen und Tieren zu sein, herauf.

Und mit Daniel zusammen zu sein.

Aber so schnell, wie das verlockende Bild vor ihrem geistigen Auge aufstieg, so schnell löste es sich auch wieder auf.

Wenn sie sich nun geirrt hatte und es keine Verbindung zwischen den beiden Fiebererregern gäbe? Sie hatte Daniel angesehen, dass er hoffte, dem Alptraum einer Olambo-Fieber-Epidemie ein Ende setzen zu können. George träumte von einer sicheren Zukunft für seine Löwenfamilie, und seine Hoffnungen spiegelten sich in den Gesichtern von Ndisi und Samu. Emma wollte nicht diejenige sein, die all diese Hoffnungen zerstörte. Und sie konnte auch nicht ihre Karriere – ihr ganzes Leben – auf den Kopf stellen, nur weil sie eine Idee gehabt hatte. Sie versuchte, sich vorzustellen, wie sie ihr Projekt, ihre Stelle im Institut aufgab, ihren sicheren und komfortablen Lebensstil verlor. Ihre Beziehung mit Simon beendete …

Langsam hob sie den Kopf. Die Verbindung zwischen ihr und dem Bedarf an einem qualifizierten Forscher war so offensichtlich, dass Daniel und George sicher dasselbe dachten. Daniel mied ihren Blick. Vermutlich wollte er sie nicht anschauen, damit sie nicht dachte, er wolle sie unter Druck setzen. Bittersüßer Schmerz stieg in ihr auf, als ihr klarwurde, dass er wollte, dass sie die Entscheidung völlig frei und unabhängig traf.

Sie schluckte. Ihre Kehle war trocken, aber ihre Nervosität ließ nach, als sie eine Entscheidung traf. Sie wandte sich an Daniel und George. »Wenn ich nach Hause komme, kümmere ich mich darum. Ich kann einen Forschungsantrag stellen und sehen, was die Leute davon halten.« Sie hörte ihre eigene Stimme wie aus weiter Ferne. Sie klang barsch und schwach zugleich. »Es gibt zahlreiche Dinge, die bedacht werden müssen – finanzielle Unterstützung, Strategien. Auch an das Patentamt müssen wir denken. Alles muss von vornherein richtig organisiert werden. Ich kann Ihnen von Melbourne aus sicher assistieren. Ideal wäre es, wenn es hier in dieser Region bereits ein Institut mit einer kompletten Mannschaft gäbe. Wir sollten uns auf jeden Fall auch in Südafrika umschauen.« Sie redete und redete. Ihr war klar, dass sie viel zu viele Worte machte – es war, als wolle sie eine verbale Barriere errichten, hinter der sie Schutz finden konnte.

Schließlich sagte auch Daniel etwas. Seine Stimme klang fest. »Ich verstehe, dass Sie zu Ihrer Arbeit und zu Ihrem Leben zurückkehren müssen. Sie sind hier nicht zu Hause.« Er lächelte. »Aber jetzt, am Anfang, sind Sie hier. Die Idee kam von Ihnen. Diese Arbeit wird immer mit Ihnen verbunden sein. Und wir werden Ihnen immer dankbar sein.« Emma erwiderte sein Lächeln, aber hinter ihren Augen brannten Tränen. Sie empfand ein tiefes Gefühl des Verlusts, als ob sie gerade etwas Wertvolles weggegeben hätte. Daniel erhob sich und rückte ein wenig von ihr ab. Nachdenklich betrachtete er die Löwenfotos, als ob er sich fragte, welches der Tiere wohl als Erstes den Virus, der George und seine Mitarbeiter vor der Bedrohung durch Olambo geschützt hatte, ins Camp gebracht hatte. Emma überließ ihn seinen Gedanken; sie brauchte jetzt erst einmal ein wenig Zeit, bevor sie wieder von der Forschungsarbeit reden konnte. Sie saß am Tisch und starrte blicklos auf eine Pfütze Ananassaft, die vom Frühstück übrig geblieben war. George räumte das Geschirr ab, und das Klirren der Emaillebecher durchbrach die Stille. Dann begannen Ndisi und Samu, sich in schnellem Swahili zu unterhalten. Der Überraschung in Samus Stimme nach zu urteilen, berichtete Ndisi ihm wahrscheinlich, warum die Besucher hier waren und wie die Löwin Angel gerettet hatte.

Wie auf ein Stichwort kam Angel zurück in die Esshütte. Sie begrüßte Samu und berührte leicht seinen Kopf mit der Hand, während er sie interessiert musterte. Anschließend trat sie zu Emma an den Tisch. Gedankenverloren rührte sie mit dem Finger in der Saftpfütze. George warf Emma einen vielsagenden Blick zu. Es dauerte einen Moment, bis Emma verstand, was er ihr sagen wollte, aber dann fiel es ihr ein – sie waren übereingekommen, dass sie nach dem Morgentee mit Angel besprechen wollten, wie es weitergehen sollte. Alle waren sich einig gewesen, dass Emma mit ihr sprechen sollte, während Daniel und George dabeisaßen. Emma nickte George unmerklich zu. Nach ihrem Redeschwall eben fühlte sie sich wie ausgelaugt, aber sie wusste, dass sie das Gespräch mit Angel nicht aufschieben konnte.

»Setz dich bitte, Angel«, sagte Emma. »Wir müssen mit dir reden.«

Angel zog sich ihren Stuhl heran und setzte sich. Auch Daniel trat an den Tisch und nahm seinen Platz neben George ein. Emma wappnete sich innerlich. Das Kind saß aufrecht da, die Hände vor sich auf dem Tisch gefaltet, und schaute Emma erwartungsvoll an.

»Angel, dein Onkel ist aus England gekommen«, begann Emma. »Er ist in Arusha.«

Angel erstarrte, sagte aber nichts.

»Kennst du ihn?«, fragte Emma.

Angel zuckte mit den Schultern. »Ich weiß, dass ich einen Onkel habe, aber ich habe ihn noch nie gesehen.« Eine Weile schwieg sie, dann sprudelte sie hervor: »Ich will nicht bei ihm in England leben. Das habe ich Laura auch gesagt. Mir ist egal, ob er ein großes Haus am Meer hat. Ich will hierbleiben.«

»Hat deine Mutter denn mit dir darüber geredet, dass du in England leben sollst?«

»Sie hat gesagt, wenn ihr etwas passiert, würde sich mein Onkel um mich kümmern. Sie hat seinen Namen in ihren Pass geschrieben.« Angels blaue Augen funkelten. »Ich habe ihn weggeworfen.«

»Die Polizei hat ihn gefunden«, warf Daniel ein. »Sie haben ihn uns gezeigt.«

Angel presste die Lippen zusammen. »Ich will in Tansania bleiben – damit ich bei Moyo und den Kamelen sein kann. Ich will meinen Freund Zuri und die Nonnen besuchen können. Und ich muss zu Walaitas *manyata* gehen, wie Laura es versprochen hat.« Trotzig hob sie das Kinn. »Ich kann nicht nach England fahren.«

Emma warf George und Daniel einen Blick von der Seite zu. Keiner von ihnen sagte etwas; sie hielten sich an die Vereinbarung, das Gespräch ihr zu überlassen. Emma räusperte sich. »Anscheinend hat deine Mutter deinen Onkel zu deinem Vormund bestimmt.«

»Ich will keinen Vormund haben.«

»Das musst du aber leider, Angel. So will es das Gesetz. Kinder müssen jemanden haben, der für sie verantwortlich ist.«

Angel lächelte. »Dann will ich dich zum Vormund.«

Emma glaubte, ihren Ohren nicht zu trauen, aber sie sah Angel an, dass sie ihre Worte ernst meinte.

»Ich könnte hier im Camp bleiben und George Lawrence und Ndisi helfen. Du brauchtest mich nur ab und an zu besuchen und so zu tun, als seiest du meine Tante«, fügte Angel eifrig hinzu. »Oder ich könnte mit dir und Daniel und den Kamelen in der Station wohnen. Das ist mir egal,

solange ich nicht nach England muss.« Hastig redete sie
weiter, als habe sie Angst vor der Reaktion der anderen.
»Wir könnten alle zusammen auf Safari gehen. Ich könnte
euch zu Walaitas *manyata,* zum Feigenbaum-Dorf und zu
den Barmherzigen Schwestern mitnehmen.«

»Warte, stopp«, sagte Emma. »Du kannst nicht hierbleiben,
Angel, weder im Camp noch in der Station.«

»Aber ich könnte euch wirklich helfen. Ich kann kochen.
Ich kann Töpfe spülen. Ich kann viele Dinge.« Angel verzog das Gesicht. Sie wirkte auf einmal kleiner. Leise fuhr sie
fort: »Hast du das nicht gesehen? Ich habe es dir doch gezeigt.«

Emma biss sich auf die Lippe. Enttäuschung zeichnete sich
auf dem Gesicht des Kindes ab, und auch so etwas wie
Furcht. »Angel, du bist wirklich ein braves Mädchen, das
viele Dinge kann. Du bist ganz wundervoll. Aber du ver-
stehst nicht. Ich lebe nicht in der Station. Ich bin nur zu
Besuch.« Emma hatte das Gefühl, auch mit Daniel und sich
selbst zu sprechen – sie hatte die Idee, in Tansania zu bleiben, doch schon wieder aufgegeben. »Ich fahre bald nach
Hause. Nach Australien.«

Angel zuckte erschrocken zusammen. Als sie schließlich etwas sagte, klang sie so, als sei sie wütend auf sich selbst, so
als hätte sie sich ein Fehlurteil erlaubt. »Deshalb konntest
du Mdogos Namen nicht richtig aussprechen. Du wusstest
ja nicht einmal, was er bedeutet. Du sprichst gar kein Swahili.«

»Selbst wenn ich hier leben würde, könnte ich nicht dein
Vormund sein«, sagte Emma sanft. »Das wird vom Gesetz
geregelt. Normalerweise kümmern sich Verwandte um die
Waisen.« Sie brach ab. Das Wort »Waise« klang so unange-

bracht, als ob der Betreffende hilflos sei. Aber es passte nicht zu diesem Mädchen, das in der Wüste mit Löwen gelebt hatte und kenntnisreicher war als die meisten Erwachsenen. »Und wenn es keine Verwandten gäbe, würde sich jemand anderer um dich kümmern, aber bestimmt nicht jemand wie ich. Ich bin eine völlig Fremde, und noch nicht einmal verheiratet.«

Angel wandte sich zu George, Daniel und Ndisi. Hoffnungslos sah sie die Männer an – offensichtlich verstand sie bereits, dass keiner von ihnen sich um sie kümmern durfte. Am liebsten hätte Emma alles, was sie gesagt hatte, zurückgenommen. Aber sie wusste auch, dass jedes Wort wahr war, und jetzt würde sie die Aufgabe zu Ende bringen. »Wir müssen es morgen der Polizei sagen. Dein Onkel muss erfahren, dass wir dich gefunden haben. Wir werden anbieten, dich am Tag danach nach Malangu zu bringen, aber vielleicht wollen sie auch herkommen und dich abholen. So oder so werden wir dafür sorgen, dass du auf dem Weg dorthin in der Station Mama Kitu und Matata sehen kannst.« Ihre Stimme schwankte. Sie hatte das Gefühl, Angel zu foltern. Sie wollte aufhören, aber als sie George und Daniel anblickte, nickten beide zustimmend. Also zwang sie sich, weiterzureden. »Es tut mir wirklich leid. Ich weiß, dass das alles ziemlich schnell geht und du nicht viel Zeit für die Kamele hast, aber mehr können wir nicht tun.«

»Aber wenn du deine Meinung ändern würdest und nicht nach Australien zurückgingest, wenn du sagen würdest, du könntest dich um mich kümmern ...« Angel umklammerte die Tischkante. »Dann würden sie vielleicht auf dich hören. Das weißt du doch gar nicht. Du könntest es aber wenigstens versuchen.«

Emma schüttelte den Kopf. Ihr wurde plötzlich klar, wie klein Angel noch war. Sie verstand einfach nicht, was sie von Emma verlangte – dass sie eine Mutter wurde. Verständnisvoll, aber fest erwiderte Emma: »Das kann ich nicht. Es wäre absolut unmöglich.« Sie spreizte die Finger. »Und du kennst mich doch gar nicht. Vielleicht bin ich ja eine schreckliche Person. Es macht keinen Sinn.«

Angel wandte sich an Daniel und sagte etwas auf Maa.

Daniels Augen leuchteten vor Mitgefühl auf, als er ihr zuhörte. Dann wandte er sich an Emma. »Sie hat mich gebeten, dir zu sagen, dass ich dich nett finde. Dass du so gut für Mama Kitu gesorgt hast, als sei es dein eigenes Kamel. Dass Mama Kitu dich liebt.«

Emma blickte von Daniel zu Angel. Wieder hatte sie das Gefühl, ihre Antwort würde beiden gelten. Das Kind lächelte ermutigend.

»Nein. Nein. Es käme für mich absolut nicht in Frage, mich um dich zu kümmern, Angel, selbst wenn deine Verwandten zustimmen würden und auch die Regierung – oder wer immer für diese Dinge zuständig ist – einverstanden wäre. Ich kann nicht hierherziehen. Du müsstest mit mir nach Australien kommen. Ich wohne in einer kleinen Wohnung mitten in der Stadt. Meine Arbeit ist wichtig, und ich habe kaum Zeit.«

Angel nickte langsam und dachte über Emmas Worte nach.

»Hier gibt es auch wichtige Arbeit für dich.«

Unwillkürlich warf Emma Daniel einen Blick zu. Sie sah, dass Angel es bemerkte – und ihr wurde klar, dass das Kind glaubte, sie ließe in ihrer Entschlusskraft nach.

»Du könntest dich verändern«, fuhr Angel fort. »Alles kann verändert werden. Laura war früher einmal eine Safaridame mit vielen Kleidern und Ketten.« Es hörte sich an, als ob

Angel ihnen ein Märchen erzählen wollte. »Sie kam in einem Safaribus in ein Dorf, wo die Einwohner für die Touristen sangen und tanzten. Ein Mann saß vor seiner Hütte. Die Sonne brannte heiß, aber er zitterte. Er hatte Schmerzen und keine Medikamente. Laura war Krankenschwester, und sie wusste, dass sie ihm helfen konnte. Also stieg sie nicht wieder in den Bus, sondern blieb da und pflegte ihn. Sie ist nie wieder nach England zurückgefahren.« Angel spreizte die Hände. »Sie hat alles geändert – ihr ganzes Leben – einfach so.« Erwartungsvoll blickte sie Emma an. Spannung lag in der Luft. Das Eichhörnchen hüpfte über die Anrichte.

Emma versuchte, sich vorzustellen, wie es wohl sein mochte, wenn sie sich so verhielt wie Laura. Wenn sie einfach alles veränderte – nicht nur zum Arbeiten hierblieb, sondern sich auch um Angel kümmerte. Wie seltsam und wundervoll das sein würde. Sie stellte sich vor, »ja« zu sagen. Es war doch nur ein kleines Wort. Aber sie wusste, dass sie es dann auch wirklich ernst meinen musste. Sie konnte Angel keine falschen Hoffnungen machen – das wäre noch schlimmer, als Daniel und George im Stich zu lassen. Sie hatte auf einmal das Gefühl, auf dem Prüfstand zu stehen, und bekam es mit der Angst zu tun. Die Anforderungen waren hoch. Sie konnte doch nicht wissen, ob sie es überhaupt schaffte. Und sie wusste nicht, ob sie mutig genug wäre, um so eine große Aufgabe überhaupt anzugehen.

Emma schaute Angel ins Gesicht. Der flehende Blick aus den blauen Augen zerriss ihr das Herz, und sie bekam kaum Luft. Als sie dann sprechen konnte, klang ihre Stimme überlaut und hart. »Ich bin nicht wie Laura. Es tut mir leid.«

Angel stand auf. Als sie ihren Stuhl zurückschob, blieb ein Stuhlbein am Teppich hängen. Der Stuhl kippte um, und die Kissen darauf fielen zu Boden. Vorsichtig trat sie um sie herum und ging dann langsam aus dem Raum.

Emma wandte sich an George und Daniel. Bekümmert sahen sie einander an. Emma sprang auf und lief hinter Angel her. An der Stelle, an der sie alle letzte Nacht geschlafen hatten, lag Moyo mit ihren Jungen im Schatten. Sie hatte den Kopf gehoben und schaute dem Kind wachsam entgegen, als spürte sie die Spannung, die in der Luft lag.

Angel kniete sich zu den Löwenjungen. Sie wollten mit ihr spielen, aber die Löwin schlug sie mit der Pfote weg. Sie beugte den Kopf über Angel, und ihr Kinn berührte die Haare des Kindes. In dieser Haltung verharrten sie wie eine Statue von Mutter und Kind. Moyo blickte Emma an. Ihre Augen loderten in einem tiefen Goldbraun.

Das Kochfeuer war zu rotglühender Asche heruntergebrannt. Es war Abend, aber der Mond war noch nicht aufgegangen. Emma saß neben Daniel, jeder auf einem niedrigen Hocker. Nicht die Hitze hatte sie hierhergezogen, sondern der rosige Schimmer von den Kohlen – sie schienen das einzig Leuchtende zu sein in der trüben Stimmung, die sich über das Camp gelegt hatte.

Emma ergriff einen Stock und stocherte in den Kohlen. Bekümmert dachte sie an die Ereignisse des Tages. Die Erregung, die sie alle ergriffen hatte wegen der möglichen Verbindung zwischen den beiden Fiebererkrankungen, war rasch davon überschattet worden, dass Emma sich an den Forschungen nicht beteiligen wollte. Daniel hatte ihr zwar keinen Vorwurf gemacht, aber sie hatte trotzdem das Gefühl, ihn verraten zu haben. Und bei Angel empfand sie es genauso.

Sie blickte zu dem Kind, das mit dem Rücken zu ihnen neben der Löwin lag. Sie war früh schlafen gegangen. George hatte sich ebenfalls hingelegt, als ob auch er genug vom Tag hatte. Wieder fühlte Emma tiefe Bewunderung für Angel. Sie hatte sich tapfer bemüht, die Situation zu akzeptieren. Eine Zeitlang hatte sie neben Moyo gesessen, und dann hatte sie wieder bei den Arbeiten im Camp mitgeholfen. Stundenlang hatte sie mit Daniel zusammen Bills und Bens Gehege sauber gemacht, aber ihr Gesicht war dabei ernst gewesen. Emma ging sie aus dem Weg und hielt sich an die Männer, an Moyo und die Löwenjungen. Nur einmal war sie zu Emma gekommen, um ihr ihre grüne Schultertasche zu reichen. Sie hatte sie hinter dem Rücken versteckt, als sie auf sie zukam.

»Girl hat etwas Schlimmes gemacht«, hatte sie nervös gesagt. »Sie hat deine Tasche gefunden.«

Sie hielt sie Emma hin. Man sah Bissspuren in dem feinen italienischen Leder, eine Seitentasche war halb abgerissen und der Riemen durchgekaut.

»Aber deine Sachen sind alle noch darin, ich habe nachgeschaut.« Angel blickte sie bekümmert an. »Es tut mir wirklich leid. Ich weiß ja, wie wichtig sie für dich ist.«

»Es ist schon okay.« Emma konnte kaum sprechen. Angel war ihretwegen so niedergeschlagen. Die Tasche kam ihr plötzlich ganz unwichtig vor. »Es ist wirklich egal.«

Angel lächelte erleichtert und ging wieder. Emma hatte damit begonnen, die Teppiche in der Esshütte zu säubern. Sie hatte Ndisi angeboten, sich auf diese Weise nützlich zu machen, weil sie sich von den Gedanken, die sie quälten, ablenken wollte. Aber stattdessen ging sie im Geiste alle

Gründe noch einmal durch, warum sich Angels Onkel um sie kümmern sollte. Die Tatsache, dass sich der Mann sofort ins Flugzeug gesetzt hatte und hierhergekommen war, um die Leiche seiner Schwester zu überführen, bedeutete doch sicher, dass er einigermaßen wohlhabend war. Er wäre wohl in der Lage, Angel eine gute Erziehung zu ermöglichen. Sie würde Sport treiben, Musikunterricht bekommen und in die Ferien fahren wie andere englische Kinder. Es fiel Emma nicht leicht, sich Angel in so einer Welt vorzustellen – geschweige denn, dass dieses Leben sie für den Verlust der Kamele, der Löwen und ihrer Heimat entschädigen würde. Aber sie war stark. Sie würde sich anpassen. Sie würde überleben.

Sie kehrte weiter die Teppiche ab und dachte dabei, dass sie einen Moment lang wirklich ernsthaft überlegt hatte, ob sie nicht doch hierbleiben und das Sorgerecht für Angel beantragen sollte. Verwundert schüttelte sie den Kopf. Es gab Dutzende von Gründen, warum es unmöglich war. Das Gleiche galt für ihre Idee, ihr eigenes Forschungsprojekt im Stich zu lassen und mit Daniel in dieser entlegenen Station zusammenzuarbeiten. Sie kam sich vor, als sei sie beinahe in einen reißenden Strom geraten und hätte sich gerade noch selbst gerettet.

Jetzt saß sie am Feuer und betrachtete Daniel aus dem Augenwinkel. Mit hängenden Schultern saß er da und blickte in die Glut. Emma spürte die Kluft zwischen ihnen. Es gab keinen rationalen Grund dafür – Daniel hatte ihr wegen ihrer Entscheidung keinen Vorwurf gemacht. Aber es war so, als sei ihre Beziehung ein Organismus mit einem Eigenleben, der auf alles, was passiert war, auf unvorhersehbare und nicht zu kontrollierende Weise reagierte. Emma überlegte, wie sie am besten das Schweigen zwischen ihnen brechen konnte.

»Ich habe gesehen, wie Sie und George sich über eine Landkarte gebeugt haben«, sagte sie. »Worüber haben Sie gesprochen?«

»Er hat mir das Gebiet gezeigt, das die Regierung seiner Meinung nach zum Nationalpark erklären soll. Es erstreckt sich von hier bis zur anderen Seite des Berges. Dort ist in der Nähe des Ol Doinyo Lengai ein sehr großer Natronsee. Flamingos brüten da und bedecken die ganze Wasserfläche mit ihrem rosafarbenen Gefieder. Es ist sehr schön. Es gibt auch einen Wasserfall, an dem man schwimmen kann. Die Einheimischen nennen ihn den ›Ort der zwei Wasser‹. Ein heißer Strom fließt vom Vulkan herein, und ein kalter kommt von der Hochebene. Wenn man mittendrin steht, kann man sich von beiden umspülen lassen.« Während er sprach, wurde seine Stimme lebhaft, und seine Augen begannen wieder zu leuchten. »Ich glaube, Touristen würde ein solches Erlebnis gut gefallen.«

»Es klingt wundervoll.« Emma schluckte die Worte herunter, die ihr auf der Zunge lagen. *Dort würde ich gerne einmal hinfahren.*

»Ein Nationalpark wäre wirklich eine gute Sache für dieses Gebiet. Er bietet viele Chancen für die Einheimischen. Und wenn wir einen Impfstoff gegen Olambo entwickeln können, dann wäre das alles möglich.«

Emma runzelte die Stirn. »Was hat denn das Olambo-Fieber damit zu tun?«

»Selbst wenn hier ein Nationalpark wäre, würde niemand in Hotels und Lodges investieren wollen, solange Olambo-Fieber droht.«

»Für Touristen ist das Risiko doch nur sehr klein«, protestierte Emma. Es kam äußerst selten vor, dass Touristen sich mit Viren wie Ebola oder Lassa infizierten. Diejenigen, denen das passierte, waren Ärzte und Krankenschwestern oder Forscher wie Susan.

»Das stimmt, aber Touristen haben eine irrationale Angst vor solchen Dingen. Jeder weiß, dass in unserem Land die meisten Autounfälle passieren – aber davor haben die Touristen keine Angst. Sie fürchten sich vor Überfällen oder Krankheiten.«

Emma nickte. Sie wusste, dass er recht hatte. Sie dachte an ihre eigenen Vorbereitungen für die Reise, was sie alles in ihre Schultertasche gepackt hatte. Sie hatte sich gesagt, es läge daran, dass sie Virologin war und sich mit tropischen Krankheiten beschäftigte – sie kannte schließlich die Risiken nur zu gut. Aber jetzt wurde ihr klar, dass es die Angst vor dem Unbekannten gewesen war, die sie so vorsichtig gemacht hatte. Autounfälle gab es auch in ihrer Welt; diese Schrecken kannte sie. Was sie fürchtete, war das wilde, unbekannte Afrika. Sie blickte auf die Umrisse der Hütten, den Zaun, das Land dahinter. Sie hatte keine Angst mehr, stellte sie fest. Der Aufenthalt hier hatte sie verändert, obwohl er nur kurz gewesen war. Sie spürte jetzt schon, wie sie das alles hier vermissen würde.

Daniel schwieg eine Zeitlang. Als er weitersprach, klang seine Stimme nicht wirklich interessiert. Emma vermutete, dass er bloß das Schweigen zwischen ihnen durchbrechen wollte. »Was machen Sie, wenn Sie wieder zu Ihrer Arbeit zurückkehren?«

»Ich beginne mit neuen Untersuchungen über Krankheiten im alternden Gehirn. Auf mich warten bereits Mäuse, und ich muss sie untersuchen. Sie sind mit Mutationen gezüchtet worden; sie leben nicht sehr lange ...« Emmas Stimme erstarb. Normalerweise konnte sie gar nicht mehr aufhören zu reden, wenn sie solche Fragen beantwortete, aber auf einmal fühlte sie sich völlig leer und konnte keinen klaren Gedanken mehr fassen. Sie betrachtete das Feuer. Kleine Rauchwolken stiegen aus den Kohlen auf. Sie stellte sich vor, wieder im Institut zu sein. Sie würde mit dem Laborleiter, vielleicht sogar mit dem Dekan über Daniels Forschungsarbeit reden. Natürlich würde die mögliche Interaktion zwischen den beiden Fiebern Aufmerksamkeit erregen – und sie würden sofort überlegen, welchen Nutzen das Institut daraus ziehen könnte, wenn es mit der Arbeit in Zusammenhang gebracht würde. Aber letztendlich würden sie über das Olambo-Fieber in Tansania so reden wie über das Dengue-Fieber in Thailand oder den Ebola-Virus in Zaire. Emma wusste genau, dass sie ihnen niemals vermitteln könnte, wie sehr sie sich diesem Ort verbunden fühlte – diesem Ort und dem Veterinärmediziner Daniel Oldeani.

Emma wandte sich zu Daniel. »Ich werde meinen Aufenthalt hier nie vergessen«, sagte sie. »Es war die wundervollste Erfahrung meines Lebens. Die Erinnerung daran werde ich auf ewig wie einen Schatz hüten.« Sie blickte Daniel in die Augen. »Und ich werde Sie niemals vergessen.«

Daniel lächelte. Er schien hin- und hergerissen zu sein zwischen Traurigkeit und Freude über ihre Worte. »Ich werde Sie auch nie vergessen.«

Emma überlegte, ob sie hinzufügen sollte, dass sie aus beruflichen Gründen vielleicht wiederkommen würde, um ihm bei seinen Untersuchungen zu helfen oder um über den

Fortgang seiner Forschungen zu berichten. Aber sie wusste, dass in dem Moment, in dem sie in ihre eigene Welt zurückkehrte, der Zauber, der sie verband, zerbrechen würde. Und was sie jetzt miteinander teilten, würde dann nur noch ein Traum sein.

Daniel ergriff den Stock, mit dem Emma in den Flammen gestochert hatte, und warf ihn ins Feuer. Stumm saßen die beiden da und beobachteten, wie die Flammen die Rinde umzüngelten und sich schließlich ins Holz fraßen.

Schließlich brach der Stock auseinander und zerfiel zu Asche.

16

Langsam und vorsichtig hob Angel den prall gefüllten Sack aus dem leeren Benzinfass. Der Geruch des Sackleinens, vermischt mit altem Diesel, stieg ihr in die Nase. Der Mond stand hoch am Himmel und warf ein kaltes, silbernes Licht über sie, als sie zum Tor ging. Sie stieß gegen ein Bündel getrockneter Palmwedel, die laut raschelten. Angel erstarrte und blickte zu den drei Feldbetten. Niemand schien wach geworden zu sein. Sie schaute zu den Löwenjungen, neben denen sie gelegen hatte. Auch sie bewegten sich nicht. Erleichtert atmete sie auf und drehte sich zu Moyo um. Die Augen der Löwin glänzten im Mondlicht. Lautlos folgte sie Angel zum Tor.

Angel hielt den Schlüssel fest umklammert. Das Metall drückte sich tief in ihre Haut. Wenn sie den Schlüssel hier fallen lassen würde, würde sie ihn im Schatten der Bäume wahrscheinlich nicht mehr finden. Sie fühlte sich nicht wohl bei dem Gedanken, dass sie den Schlüssel nicht wieder an den Haken hängen konnte, wo Ndisi ihn aufbewahrte. Sie hatte ihm dabei geholfen, abends die Tore zu verriegeln, und sich eingeprägt, wo sich der Schlüssel befand. Am besten ließ sie ihn einfach im Schloss stecken, wo ihn morgen früh jemand finden würde.

Ihr Atem ging rascher. Morgen früh würde sie schon weit entfernt vom Camp sein. Wenn es Tag wurde, würden sie merken, dass sie weg war und keine Spur hinterlassen hatte.

Es dauerte lange, bis sie das Tor aufgeschlossen hatte. Leise entfernte sie das Schloss und hängte es wieder an die Kette, wobei sie sorgfältig darauf achtete, dass das Metall nicht klirrte. Die Tore waren hoch und schwer. Angel musste sich mit ihrem ganzen Gewicht dagegen drücken, um den Holzrahmen wenigstens ein Stück weit nach vorn zu schieben. Als die Öffnung breit genug war, dass sie hindurchschlüpfen konnte, legte sie den Beutel ab und wandte sich zu Moyo.

Sie schlang beide Arme um den Hals der Löwin.

»Leb wohl«, flüsterte sie und drückte einen Kuss auf Moyos Fell. »Wir sehen uns wieder. Ich verspreche es.«

Sie klammerte sich an Moyo, als könne sie dadurch die Wärme und die Kraft der Löwin auf ihren kleinen Körper übertragen. Dann richtete sie sich auf. Noch ein letztes Mal glitten ihre Finger durch das weiche Fell.

Moyo stieß einen hohen, traurigen Schrei aus wie der Wind, der über die Ebenen singt. Sie trat vor und stellte sich zwischen Angel und das offene Tor. Sie bewegte den Kopf von einer Seite zur anderen, als sei sie unentschlossen, ob sie Angel gehen lassen solle oder nicht. Schließlich jedoch wich sie zurück und machte den Weg frei.

Angel blickte in Moyos goldene Augen und wandte dann den Blick respektvoll ab. Ein letztes Mal schaute sie zu den drei Gestalten, die auf den Feldbetten schliefen, und blickte zu den Löwenjungen, die eng aneinandergeschmiegt dalagen.

Lebt wohl, Boy und Girl. Leb wohl, Mdogo.

Sie erstarrte, als sie sah, wie sich ein kleiner Kopf hob. Kurz darauf kam eines der Jungen auf sie zugelaufen. Ihr Herz krampfte sich zusammen, als sie Mdogo erkannte. Am liebsten hätte sie sich hingehockt und die Arme ausgebreitet. Sie konnte beinahe das Kitzeln seiner Schnurrhaare an ihrer Wange fühlen, den rauhen Kuss seiner Zunge.

Rasch schulterte sie den Beutel und drängte sich durch die Öffnung. Mit aller Kraft schob sie das Tor wieder zu. Wenn Mdogo sie vorher erreichte, wäre sie nicht in der Lage zu gehen.

Hastig lief sie los und schaute sich nicht mehr um. Aber sie spürte, dass Moyo und Mdogo ihr nachblickten. Das Löwenjunge begann zu jammern. Wie verzweifelte Hände streckte sich der klagende Laut nach ihr aus und flehte sie an, zurückzukommen.

Das Mondlicht schimmerte auf den Steinen und malte tiefschwarze Schatten auf den Sand. In dem hellen, kalten Licht sah alles deutlicher und zugleich flacher aus. Angel schritt schnell aus, der Beutel scheuerte auf ihrer Haut. Unten in der Tasche befanden sich ein Kochtopf aus Ton und zwei Wasser-Kalebassen, und die harten Gefäße drückten auf ihren Rücken. Beim Gehen entstand ein leise gluckerndes Geräusch. Sie dachte an den Baumwollsack Reis, den sie eingepackt hatte, und das Tuchbündel mit getrockneten Bohnen. Sie hätte auch gerne Bananen mitgenommen, fand sie dann aber zu schwer. Der einzige Luxus, den sie sich erlaubt hatte, war eine einzige Süßkartoffel. Aber trotzdem war der Beutel schwer, weil sie zu den Nahrungsmitteln und dem Wasser auch noch ihre Sandalen und ein gerahmtes Foto von Moyo als junge Löwin, das sie von der Wand in der Esshütte genommen hatte, eingepackt hatte. Sie lieh es sich nur aus, sagte sie sich. Und George Lawrence konnte ja immer noch die echte Moyo anschauen.

Sie stellte sich vor, wie die Leute im Camp aufwachten. Ihre drängenden Stimmen, ihre besorgten Gesichter. Sie würden sie sicher verfolgen, aber sie war, nachdem sie das Camp verlassen hatte, über eine nahe gelegene Felsengruppe gegangen, um keine Spuren zu hinterlassen. Schuldgefühl überkam sie. Sie waren alle so nett zu ihr gewesen. Sie sah jeden Einzelnen vor sich: George Lawrence, der aussah wie ein Großvater mit seinen weißen Haaren und der Pfeife; der Massai, Daniel, der mit ihr zusammen mit Moyo und den Jungen gespielt und mit ihr Maa gesprochen hatte, so dass sie sich wie zu Hause fühlen konnte. Ndisi, der noch nicht stricken konnte, ohne dass sie danebensaß und ihm half.

Und Emma.

Als sie an Emma dachte, schwand ihr schlechtes Gewissen. Es war ihre Schuld, dass Angel gehen musste. Sie dachte daran, wie sie gesagt hatte: *Ich bin nicht wie Laura. Es tut mir leid.*

Angel richtete den Blick auf den Hügel vor sich und beschleunigte ihre Schritte. Ihr Entschluss stand fest. Emma hatte sich geweigert, ihr zu helfen. Aber Angel würde selber für sich sorgen. Sie ging noch einmal die Informationen durch, die sie Ndisi entlockt hatte. Als sie ihn gefragt hatte, wo Daniels Station sei, ganz beiläufig, als ob sie die Antwort nicht wirklich interessieren würde, hatte er auf den Hügel hinter dem Camp gezeigt. Dahinter erhob sich eine flache Kuppe, die in der Form einem Löwen glich, der am Horizont kauerte.

»Sie liegt auf der anderen Seite dieses zweiten Hügels. Die Straße ist lang – sie führt ganz außen herum. Aber wenn du wie ein Vogel fliegen könntest, wäre es nicht sehr weit.«

Angel runzelte die Stirn. Sie war kein Vogel, sondern ein

kleines Mädchen, das eine schwere Last trug. Sie schob den Sack auf die andere Schulter und kämpfte sich weiter vorwärts. Sie blickte sich um. In den Büschen und den spärlichen Grasflecken bewegte sich nichts. Es gab keine Anzeichen für Raubtiere. Sie hatte keine Angst davor, nachts allein herumzulaufen – und da sie bei den Löwen gelebt hatte, hatte sie auch viel von ihrer Angst vor wilden Tieren verloren. Aber ohne die Jungen, die ihr um die Knöchel tollten, und ohne Moyo in Sichtweite vor sich, fühlte sie sich sehr allein.

Bald würde sie wieder bei Mama Kitu sein, sagte sie sich. Sie stellte sich vor, wie bequem sie auf ihr reiten würde, mit richtig gepackten Satteltaschen hinter sich. Matata würde ihnen folgen. Sie hätte keinen Hunger, keinen Durst, und sie wäre nicht mehr so einsam. Während sie durch die Wüste zogen, stünde ihr immer die süße Milch zur Verfügung.

Das Gewicht des Sacks drückte ihr auf ihre Schulter, als wolle er ihr die Knochen brechen. Die andere Schulter schmerzte ebenfalls bereits. Angel versuchte, den Beutel auf dem Kopf zu balancieren, aber die Tasche war nicht voll genug, und die Ecken hingen herunter und verdeckten ihr die Sicht. Sie hatte das Gefühl, schon seit einer Ewigkeit unterwegs zu sein, aber sie näherte sich gerade erst dem Gipfel des ersten Hügels.

Als sie endlich oben angekommen war, seufzte sie erleichtert auf. Sie wischte sich den Schweiß vom Gesicht und blickte in die Ferne zu dem löwenförmigen Hügel. Erschrocken riss sie den Mund auf. Eine weite Ebene erstreckte sich vor ihr, eine flache, endlose silbergraue Fläche. Der Hügel war viel weiter weg, als es vom Camp aus ausgesehen hatte. Dumpf starrte Angel vor sich hin. Vielleicht sollte sie wieder umkehren. Wenn sie sich beeilte, würde niemand merken, dass sie überhaupt weg gewesen war. Aber sie wusste, sie hatte nur diese eine Chance.

Du bist doch ein hartnäckiges Mädchen, rief sie sich ins Gedächtnis. Laura hatte das so oft zu ihr gesagt. Angel suchte in sich nach dieser Eigenschaft, die ihre Mama ihr zugesprochen hatte. Sie stellte sich vor, wie sie immer weiter wuchs wie ein Feuer, in das man hineinpustete. Die Nonnen hatten sie auch immer als hartnäckig bezeichnet – sie hatten gesagt, wenn sie sich erst einmal etwas in den Kopf gesetzt hätte, würde sie nicht lockerlassen, bis sie es erreicht hätte. Diese Worte hielt Angel fest, während sie weiterging, wie einen Zauberspruch, der sie auf dem Weg hielt.

Nicht lockerlassen. Niemals.

17

Emma starrte zum Himmel. Dunkelblau spannte er sich über ihr, mit einem großen gelben Mond. Sie lauschte in die Nacht und fragte sich, wodurch sie aufgewacht war. Von Georges leisem Schnarchen abgesehen, herrschte tiefe Stille. Dann hörte sie es – ein unheimlicher Laut, ein irres, wildes Lachen, das von irgendwo außerhalb des Camps kam. Eine Hyäne, dachte Emma. Sie gaben doch Laute ähnlich wie Lachen von sich. Emma blickte zu Daniel und George. Beide schliefen friedlich. Sie drehte den Kopf zu Angel und fuhr, plötzlich hellwach, in die Höhe. An der Stelle, wo Angel geschlafen hatte, sah sie nur zwei Löwenjunge, die eng aneinandergedrängt dalagen. Angel, Moyo oder das dritte Junge waren nirgendwo zu sehen. Emma blickte auf die Uhr. Kurz nach drei. Sie brauchte die anderen nicht zu wecken, sie wusste ja, dass im Camp nichts passieren konnte. Leise stand sie auf, schlüpfte in ihre Stiefel und schnürte sie zu.

Rasch ging sie über den mondbeschienenen Boden und schaute sich überall um. Am Tor sah sie Moyo. Die Löwin saß am Maschendrahtzaun und starrte hinaus. Das Junge saß neben ihr und ahmte ihre wachsame Haltung nach. Angel war nicht da.

Emma verfiel in Laufschritt. Als sie näher kam, versuchte sie zu sehen, was Moyos Aufmerksamkeit fesselte. Ihr Blick schien auf den Hügel hinter dem Camp gerichtet zu sein.

Neben Moyo blieb Emma stehen. Ein Schauer rann ihr über den Rücken. Im Mondlicht wirkte die Löwin fremd und bedrohlich. Emma wollte gerade vorsichtig zurückweichen, als Moyo den Kopf zu ihr drehte. Sie stupste Emmas Schulter mit dem Maul an – eine Geste, die drängend und ungeduldig wirkte. Ein Stöhnen drang tief aus ihrer Kehle. Emma wurde klar, dass Moyo sich Sorgen machte und erleichtert war, Emma zu sehen.

Zögernd blickte Emma in die großen Augen, die im Mondlicht grüngolden schimmerten. Der Löwin schien es nichts auszumachen. Sie erwiderte den Blick, und Emma dachte, dass nicht der Schrei einer Hyäne sie geweckt hatte, sondern Moyo sie gerufen hatte. Und Emma hatte den Ruf gehört. Einen Moment lang starrte sie die Löwin an, dann stupste Moyo sie erneut.

Emma schüttelte ihre Benommenheit ab. Sie drehte sich zum Tor und sah, dass die Kette vom Schloss abgenommen worden war und der Schlüssel im Schloss steckte. Dann sah sie Angels Spuren im Sand vor dem Tor. Sie führten weg vom Camp, waren aber auf dem harten Untergrund bald nicht mehr zu sehen.

»Wo ist sie?«, flüsterte Emma.

Sie kniff die Augen zusammen und blickte in die Ferne. Kaum sichtbar gegen den grauschwarzen Himmel, entdeckte sie eine dünne Rauchsäule, die hinter dem Gipfel des Hügels geradewegs in die stille Nachtluft aufstieg.

Emma starrte auf den Rauch. Das Feuer war nicht zu sehen, aber sie stellte sich vor, wie Angel dort saß, allein in der Nacht, und mit ihren kleinen Händen Zweige in die Flammen warf. Tausend Fragen gingen ihr durch den Kopf. Rasch lief sie zum Bett, um ihre Kleider zu holen. Eigentlich wollte sie die anderen wecken, denn es war viel zu riskant, allein aufzubrechen. Aber sie war sich klar darüber, dass Moyo sie ausgewählt hatte. Wenn die Löwin gewollt hätte, hätte sie ja auch George wecken können.

Sie knöpfte ihre Bluse zu, als sie wieder bei Moyo ankam, stieß eines der Tore auf und blieb stehen, um zu warten, ob die Löwin mitkommen würde. Moyo jedoch wich zurück und zeigte dadurch an, dass sie bei ihren Jungen bleiben wollte, aber sie gab sanfte, ermunternde Laute von sich. Emma schloss das Tor und marschierte auf den Hügel zu.

Sie ging schnell. Es fiel ihr nicht schwer, im Mondschein ihren Weg zu finden. Und nach ihren vielen Besuchen im Fitness-Studio war sie gut trainiert. Angel war zweifellos genauso fit, aber ihre Beine waren kürzer. Emma vermutete, dass sie etwa vor zwei Stunden aufgebrochen war. Sie fragte sich, warum Moyo so lange gewartet hatte, bis sie Emma hinter ihr herschickte. Vielleicht war sie unentschieden gewesen, ob sie sich in Angels Plan einmischen sollte. Vielleicht hatte die Rauchsäule sie alarmiert. Aber Moyo war nur ein Tier, dachte Emma. Sie war zu solchen Gedanken nicht fähig. Und doch widersprach die Realität dessen, was Emma mit eigenen Augen gesehen hatte, dieser allseits akzeptierten Ansicht. Moyo *war* definitiv fähig, abstrakt zu denken und sich die Zukunft vorzustellen. Mittlerweile schien es Emma so, als ob George tatsächlich recht hätte: Die Löwin verfügte über einen sechsten Sinn – einen Sinn, den die Menschen entweder nie besessen oder im Laufe der Evolution verloren hatten.

Emma lief in gleichmäßigem Rhythmus auf die Rauchsäule zu. Als sie nicht mehr weit vom Gipfel des Berges entfernt war, blieb sie stehen, um zu Atem zu kommen. Sie konnte den duftenden Holzrauch riechen und sah die roten Funken in der Luft tanzen.

Spannung stieg in ihr auf. Sie hatte keine Ahnung, was sie sagen oder tun wollte. Sollte sie auf das Kind einreden, es solle vernünftig sein und mit ihr zurück zum Camp kommen? Würde sie sie mit Gewalt dorthin zurückzerren, wenn es nötig wäre? Eigentlich wusste sie gar nicht, warum sie gekommen war. Sie hatte das Gefühl, nichts Nützliches anbieten zu können. Sie wusste nur, dass sie hier sein musste – dass *sie* hier sein musste.

Schließlich erreichte sie den steinigen Sattel des Hügels. Sie blieb stehen und blickte auf das Feuer, das ganz nah war. Angel kniete daneben, ihr Gesicht schimmerte rosig im Flammenschein. Im Mondlicht schienen ihre blonden Haare zu strahlen.

Als ob sie Emmas Anwesenheit spüren würde, hob Angel den Kopf. Stumm blickte sie Emma an. Das Funkeln in ihren blauen Augen war verschwunden.

Emma trat ans Feuer.

»Mein Topf ist kaputt.« Angels Stimme klang dumpf. Sie wies auf einen Haufen von Tonscherben, die aussahen wie seltsam scharfkantige Blütenblätter. »Jetzt kann ich nicht weitergehen. Ich kann weder Reis noch Bohnen kochen.«

Bei den Überresten des Topfs entdeckte Emma einen alten Sack, dessen Boden aufgerissen war. Durch den großen Riss sah man eine Wasserkalebasse und etwas, das in ein Stück Stoff eingewickelt war.

»Der Sack hat nicht gehalten«, sagte Angel. »Er war zu alt. Ich habe ihn mir nicht richtig angeschaut.« Stirnrunzelnd blickte sie ins Feuer.

»Kann ich mich zu dir setzen?«, fragte Emma.

Angel zuckte mit den Schultern. »Wenn du willst.«

Emma schob einen großen, glatten Stein neben Angel, setzte sich und schlug die Beine übereinander. Aus dem Augenwinkel beobachtete sie das Kind.

Angel stocherte mit einem Stock an einem schwarzen Klumpen herum, der zwischen den Kohlen lag, und drehte ihn um.

»Gibt es in England auch Süßkartoffeln?«, fragte sie. Ihre Stimme klang nicht neugierig, nur resigniert.

»Ich glaube schon. In Australien gibt es jedenfalls welche. Aber sie sind eher orange, nicht so wie hier.«

Angel nickte, als ob sich ihr Verdacht bestätigt hätte. Sie schob das Feuer zusammen, legte Zweige, die herausragten, ordentlich hin. Sie hatte die Feuerstelle sehr fachmännisch mit einer Pyramide aus Zweigen aufgebaut. Während Emma zusah, wie Angel brennendes Holz über die Süßkartoffel schob, verstand sie auf einmal, was hier vor sich ging. Das war für Angel die letzte Mahlzeit – ein Ritual. Sie verabschiedete sich von ihrem Leben in Afrika.

Sie saßen nebeneinander und schauten ins Feuer. Die Stille war schwer von unausgesprochenen Gedanken.

Dann sagte Emma sanft: »Wohin wolltest du gehen?«

Angel drehte sich zu dem länglichen Hügel in der Ferne. »Dorthin, zur Station. Ich wollte Mama Kitu und Matata sehen. Dann wollte ich zu Walaitas *manyata* reiten.« Angel zeigte zum Berg Gottes. »Ihr Onkel ist der Häuptling. Er ist ein sehr wichtiger Mann. Er könnte dafür sorgen, dass sie mich nicht wegschicken. Ich war bei seiner Schwester, als sie starb. Ich habe Mama geholfen, sie zu pflegen.« Angel blickte Emma an, und in ihren Augen loderte kurz ein Feuer auf. »Er würde mir helfen. Das weiß ich.«

312

Emma dachte, wie viel Mut selbst ein Erwachsener gebraucht hätte, um sich auf ein solches Abenteuer zu begeben.

»Aber dann ist der Sack gerissen und der Topf zerbrochen.« Angels Stimme bebte. »Und die Station ist sowieso zu weit weg.«

Emma betrachtete die hängenden Schultern, das traurige kleine Gesicht. Sie streckte ihre Hand aus, ließ sie aber wieder sinken. Das Herz tat ihr weh. »Ach, Angel, du bist doch ein kleines Mädchen. Du musst nicht die ganze Zeit so tapfer sein – und so stark.«

Angel schaute sie an. »Doch, das muss ich. Ich muss tapfer sein, weil Laura tot ist«, sagte sie laut und heftig. »Ich bin allein. Ich habe keine Mutter mehr.« Mit erstickter Stimme stieß sie hervor: »Du weißt doch gar nicht, wie das ist.«

Angel zog die Knie an die Brust, schlang die Arme darum und ließ ihren Kopf darauf sinken.

»Doch«, sagte Emma leise, »ich weiß, wie es ist.«

Angel erstarrte. Überrascht hob sie den Kopf und blickte Emma fragend an.

»Ich war genauso alt wie du, als meine Mutter starb. Ihr Name war Susan. Sie hat auf der Olambo-Fieber-Forschungsstation gearbeitet und sich mit dem Virus infiziert.«

Angel starrte sie an. »Warst du bei ihr?«

Emma schüttelte den Kopf. »Ich war in Amerika und habe darauf gewartet, dass sie nach Hause kam, damit wir meine Geburtstagsparty feiern konnten. Ein paar Männer aus ihrem Büro kamen und sagten meinem Vater, was passiert war. Lange Zeit glaubte ich nicht, dass sie wirklich tot war. Ich dachte, wenn ich hierher – nach Tansania – kommen und nach ihr suchen könnte, dann würde ich sie finden.

Aber ich musste akzeptieren, dass sie nie mehr zurückkam.«

Emma lauschte auf ihre Stimme. Es überraschte sie, dass sie so ruhig klang.

»Hat sie dir gefehlt?« Angels Stimme klang brüchig. Tränen standen ihr in den Augen. »Ich vermisse Laura. Sie fehlt mir so sehr.«

Sie begann leise zu weinen, es klang wie bei den Löwenjungen. Nach und nach wurde das Weinen lauter und steigerte sich zu einem Schluchzen. Tränen strömten ihr über das Gesicht. Sie schimmerten im Mondschein, und sie wischte sie nicht weg. »Ich brauche meine Mama! Ich will sie zurückhaben!«

Emma keuchte. Auch ihr traten Tränen in die Augen, heiß und scharf. »Ich weiß. Ich weiß.« Beim Anblick des weinenden Kindes brach etwas in ihr auf. Sie war selbst wieder ein Kind, verängstigt und traurig. Auch ihr Schmerz drängte aus ihr heraus. »Ich vermisse meine Mum immer noch. Ich will sie immer noch zurückhaben.« Durch einen Tränenschleier sah sie die Flammen nur noch verschwommen, und nichts als Trauer und Verlassenheit umgaben sie.

Eine Hand legte sich auf ihren Arm. Emma legte ihre große Hand über die zarten Finger und hielt sie fest. Sie zog das Kind an sich, und Angel, die immer noch vor Schluchzen bebte, schmiegte sich an sie. Emma drückte ihre Lippen auf das seidige Haar.

Sie weinten zusammen und teilten ihren Kummer. Erst nach langer Zeit – der Mond ging bereits unter, und das Feuer erstarb nach und nach – wurden sie wieder ruhig.

Angel wischte sich Augen und Nase mit dem Ärmel ab und ergriff ihren Stock.

»Hast du Hunger, Emma?«, fragte sie. Als ob ein Sturm durch sie hindurchgefegt und weitergezogen wäre, schien sie auf einmal ganz ruhig zu sein.

»Nein – ja.« Emma lächelte. »Ich weiß nicht.«

Angel legte den Kopf schief. »Es schmeckt dir bestimmt.« Sie griff nach dem Beutel an ihrer Hüfte und zog ihr Taschenmesser heraus. Konzentriert runzelte sie die Stirn, klappte die Klinge auf und wischte sie an ihrer Tunika sauber. Emma hatte das Gefühl, dass Angel sich instinktiv an Alltäglichkeiten hielt, um sich Fixpunkte auf einer Reise zu schaffen, die sie weit über die Ränder jeder Landkarte hinausführte. Auch Emma war sich unsicher und wusste nicht genau, wohin sie eigentlich gegangen waren. Auch sie sehnte sich nach Normalität. »Okay. Ja, ich hätte gerne ein bisschen was zu essen.«

Angel holte die Kartoffel aus der Glut und schnitt die schwarze Kruste in der Mitte durch. Aus dem Kohlenmantel leuchtete das weiße Fleisch heraus.

»Verbrenn dir nicht die Zunge«, mahnte Angel Emma und reichte ihr ein Stück.

»Nein, ich passe auf. Danke.«

»*Asante*«, korrigierte Angel sie. »Du solltest schon ein bisschen Swahili lernen – selbst wenn du nicht so lange in Tansania bleibst.«

»*Asante*«, wiederholte Emma.

»Und jetzt muss ich dir aus Höflichkeit erwidern. *Si neno.*«

»Was bedeutet das?«

»Das bedeutet auf Swahili ›ohne Worte‹. Damit will man ausdrücken, dass du mir nicht zu danken brauchst.« Sie lächelte. »Aber du musst es natürlich doch tun, wenn du höflich sein willst.« Sie wies auf das Kartoffelstück in Emmas Hand. »Probier mal.«

Emma schob sich ein Stück weißes Kartoffelfleisch in den Mund. Es war fest und süß, mit einem leichten Rauchgeschmack. »Es ist köstlich. Perfekt gekocht.«

Angel nickte stolz. Dann begann sie zu kauen. Ihre Lippen wurden schwarz von der Holzkohle.

Hinter ihr verblasste der Mond am heller werdenden Himmel.

18

Nebeneinander gingen Emma und Angel den Hügel hinunter. Ihr Rhythmus stimmte nicht überein, weil die Schritte der Frau viel länger waren als die des Kindes. Sie hatten die Wasserflaschen geleert und Reis und Bohnen für die Tiere zurückgelassen. Jetzt war der kaputte Sack nur noch ein kleines Bündel unter Emmas Arm.

Der Himmel färbte sich rosig, als die ersten Strahlen der Sonne über den Horizont drangen.

Während sie sich zwischen Steinen und Büschen einen Weg suchten, blickte Emma auf das Camp, das unter ihnen lag, mit seinen Hütten, Gehegen und dem Zaun außen herum. Von hier oben erschien es klein wie Spielzeug. Sie kam sich im Vergleich dazu vor wie ein Riese. Aber das lag nicht nur an der Perspektive, dachte sie. In den Stunden, die sie mit Angel am Feuer verbracht hatte, war ihr eine Last von den Schultern genommen worden. Sie hatte das Gefühl, jetzt aufrechter stehen und tiefer atmen zu können. Sie fühlte sich stärker und freier.

Angel griff nach ihrer Hand. Gemächlich schlenderten sie den Hügel hinunter. Wann immer etwas die Aufmerksamkeit des Kindes erregte – eine winzige rosafarbene Blume, die unter einem Felsen wuchs; ein Käfer, der eine Mistkugel vor sich herrollte; eine hübsche graue Feder –, dann blieb sie stehen und betrachtete es. Gelegentlich trafen sich ihre Blicke, und dann lächelten sie einander an. Angel schien sorglos zu sein, als habe sie endgültig aufgegeben, Einfluss auf ihre Zukunft nehmen zu wollen. Und ihr Gesichtsausdruck war auch nicht mehr so verzweifelt. Es dauerte eine Weile, bis Emma klarwurde, was sie jetzt ausstrahlte. Und dann wusste sie es auf einmal. Es war Vertrauen. Angel hatte beschlossen, die Dinge, die zu schwer für sie waren, in die Hände anderer zu legen. Sie war wieder zum Kind geworden.

Emma hielt inne, als sie das begriff. Jemand anderer musste nun die Rolle der Erwachsenen übernehmen. So wie die Löwenjungen die Löwen brauchten, brauchte auch Angel jemanden, der sie beschützte, liebte und leitete. Emma spürte die kleine Hand, die sich vertrauensvoll in ihre schmiegte. Und dann war auf einmal alles klar. Diese Person war sie. Ob nun Angel sie ausgesucht hatte oder Moyo oder eine uralte Kraft, die im Herzen Afrikas wirkte, das Ergebnis war immer das gleiche.

Du kannst alles ändern.

Sie ging den Hügel hinunter, und ihre Füße fanden automatisch den besten Weg, während ihre Gedanken sich überschlugen. Sie rief sich in Erinnerung, was sie zu Angel über Vormundschaft gesagt hatte. Emma war nicht in der Lage, eine Entscheidung über Angels Zukunft zu treffen. Und was war mit Daniel? Wenn sie Angel verlor und wenn die Forschung zu keinem Ergebnis führte – würde sie dann immer noch hierbleiben wollen, nur um mit ihm zusammen zu sein? Sie kannte ihn kaum. Er schien so perfekt zu sein, aber auch er musste doch zumindest einen der üblichen menschlichen Fehler haben. Sie wusste nicht, was herauskommen würde, wenn sie mehr Zeit miteinander verbrachten. Und wie würden sie auf Konflikte reagieren? Und sie wusste noch nicht einmal genau, was Daniel für sie empfand. Sie glaubte, dass er sich zu ihr hingezogen fühlte und sie gerne um sich hatte, aber das bedeutete noch lange nicht, dass er sein Leben mit ihr verbringen wollte. Emmas Magen krampfte sich zusammen. Es gab keine Antworten auf diese Fragen, ihre Gedanken und Emotionen waren alle miteinander verbunden. Sie konnten nicht gegeneinander abgewogen oder in einzelne Teile aufgebrochen und nebeneinandergestellt werden.

Sie ging langsamer und blickte zum Horizont, wo die Sonne jetzt ein runder, goldfarbener Ball war. Die dornigen Äste der Akazien hoben sich scharf vom Himmel ab. Als Emma sich vorstellte, wie die Sonne unweigerlich im Tagesverlauf über den Himmel wandern würde, hatte sie auf einmal das Gefühl, dass sich auf diese Art auch der Rest ihrer Reise entfalten würde. Sie konnte nicht alles planen oder kontrollieren, was als Nächstes passieren würde. Ihre Zukunft lag in den Händen derselben Mächte, die sie hierhergebracht hatten – die Mächte, die beschlossen hatten, dass sie auf diesem Hügel stehen würde, mit dem Kind einer anderen Frau, statt in der Serengeti Lodge in der Dämmerung ein dreigängiges Frühstück einzunehmen, bevor die nächste Wildbeobachtungsfahrt begann.

Emma blieb stehen.

Auch Angel blieb stehen. »Was ist los?«

»Nichts«, erwiderte Emma. Sie hockte sich vor Angel. Ihre Augen brannten und waren heiß von dem vielen Weinen, aber die Augen des Kindes waren hell und klar. Emma strich Angel über die Wange. »Angel«, sagte sie langsam, »ich weiß, dass ich dir gesagt habe, ich könnte nicht in Afrika bleiben. Aber ich habe meine Meinung geändert.«

Angels Augen weiteten sich. »Ich habe beschlossen, die Regierung zu bitten, für dich sorgen zu dürfen. Ich weiß nicht, ob sie einverstanden sind. Aber ich werde auf jeden Fall fragen.«

Angel hielt den Atem an. Ein ungläubiger Ausdruck trat auf ihr Gesicht. »Heißt das, du magst mich?«

Erneut traten Emma Tränen in die Augen. »Ja, Angel, ich mag dich. Ich mag dich sehr.«

Angel lächelte breit. »Ich dich auch.«

Emma fand keine Worte mehr. Lächelnd presste sie ihre bebenden Lippen zusammen.

Dann gingen sie weiter, und die aufgehende Sonne wärmte ihre Gesichter.

Als sie sich dem Camp näherten, rief Angel: »Schau mal, da sind Daniel und Moyo.« Sie blickte Emma an. »Kannst du sie sehen?«

»Ja«, erwiderte Emma. Der Mann und die Löwin standen am Tor.

Angel rannte los, hielt kurz inne, um Daniel zu begrüßen und Moyo zu umarmen. Aber dann lief sie gleich weiter zu den Löwenjungen.

Daniel stand neben Moyo, eine Hand auf ihrer Schulter. Sein Gesicht war verzerrt vor Sorge. Er blickte Emma fragend an.

»Sie ist weggelaufen«, sagte Emma. »Ich bin ihr gefolgt.«

Daniel nickte langsam. Forschend betrachtete er sie. Dann hellte sich seine Miene auf, als könne er hinter ihre geröteten Augen sehen und erkennen, dass etwas Außergewöhnliches stattgefunden hatte. Emma verspürte im Moment nicht das Bedürfnis, ausführlich zu erklären, was geschehen war.

»Ich möchte hierbleiben«, sagte sie nur. »Angel braucht mich. Und ich möchte für sie sorgen. Ich möchte sie nicht verlieren.« Sie schwieg und holte tief Luft. »Und ich möchte auch dich nicht verlieren.«

Daniel sah sie an. Ein langer Augenblick verging, dann lächelte er. Seine Augen leuchteten. Er nahm sie in die Arme und zog sie dicht an sich. Sie drückte ihr Gesicht an die weiche Haut an seinem Nacken und spürte seine starken Schultern unter ihren Händen. Er roch nach Holz, Rauch und Honig. Sie schloss die Augen, als die Freude in ihr aufstieg und alle Zweifel zerstreute.

19

Emma saß am Esstisch, vor sich die grüne Schultertasche, und flickte den Schaden, den Girl angerichtet hatte. Das Leder war zwar weich, aber Ndisi hatte nur eine dicke, stumpfe Nadel gehabt. Trotzdem war es Emma gelungen, zwei Stücke des Schulterriemens wieder miteinander zu verbinden. Sie wandte sich der abgerissenen Seitentasche zu und versuchte, sich auf die Arbeit zu konzentrieren, aber ihre Gedanken kehrten immer wieder zu Angels unsicherer Zukunft zurück. Während sie die Nadel durch das Leder trieb, dachte sie noch einmal über die Ereignisse des vergangenen Nachmittags nach, als Daniel mit seinem Politikerfreund Joshua gesprochen hatte. Er wollte ihn nicht über Funk kontaktieren, weil das Gespräch dann von anderen belauscht werden konnte, deshalb war er mit Emma noch einmal auf den Hügel gestiegen, wo Emmas Handy Empfang hatte. Als sie an Angels Feuerstelle ankamen, wählte Daniel eine Nummer, die er in seinem Notizbuch notiert hatte.

»Joshua, mein Freund«, begrüßte er den Innenminister. Dann verfiel er in das heimische Maa. Er ging auf und ab, während er redete, blickte dabei aber die ganze Zeit auf den fernen Kegel des Vulkans, als ob er seine Worte an den Massai-Gott richtete, der dort wohnte. Dann beendete er das Gespräch und gab Emma das Handy zurück.

»Er versteht Angels und deine Beweggründe sehr gut«, sagte er. »Ich habe ihm auch von der Forschungsarbeit erzählt, die wir zusammen machen wollen. Joshua sagte, er wolle sich ein wenig umhören. Und er wird auch den Polizeichef informieren, dass Angel hier ist und er ein persönliches Interesse an dem Fall hat.«

»Wann werden wir wissen, was passiert?«

»Wir haben verabredet, dass wir morgen um die gleiche Zeit wieder telefonieren.«

»Dann müssen wir jetzt also warten. Und sonst können wir nichts tun?« Emma spürte, wie die alte Ungeduld in ihr aufstieg.

»Ich vertraue Joshua. Er wird weise Entscheidungen treffen und alles tun, um uns zu helfen.«

Daniel reichte Emma die Hand, und gemeinsam gingen sie den Hügel hinunter, um ins Camp zurückzukehren.

Emma wusste, dass er recht hatte – niemand war besser für die Situation geeignet als sein alter Freund aus Kindertagen. Aber es war so schwierig, geduldig zu sein. Emma legte die Tasche beiseite und steckte die Nadel in das Baumwollgarn, damit sie nicht verlorengingen. Dann schob sie den Stuhl zurück, stand auf und trat nach draußen.

Angel und Daniel saßen jeder auf einem Hocker am Kochfeuer. Um sie herum trieb leichter, dunkler Rauch. Die Sonne stand schon hoch am Himmel, und ihre Körper warfen scharfe Schatten. Jeder hatte einen der Kopfhörerstöpsel des iPod ins Ohr gesteckt, und sie hörten Musik. Emma konnte förmlich sehen, wie sie durch ihre Körper floss. Ganz natürlich reagierten sie auf den Rhythmus.

Aber dann kam wohl eine andere Musik, denn sie hielten beide inne, und Angel rümpfte die Nase. Kopfschüttelnd sagte sie etwas zu Daniel. Offensichtlich gefiel ihr dieses Lied nicht. Daniel runzelte die Stirn und tat so, als sei er beleidigt, beeilte sich aber, weiterzuklicken. Eine Mischung aus Freude und Schmerz überkam Emma. Es war eine normale Szene. Angel wirkte sicher und glücklich. Es war unvorstellbar, sie nach England zu schicken. Emma dachte sich mehr Szenen wie diese aus – mehr Szenen, die ebenso gewöhnlich und doch so besonders waren. Vielleicht konnte sie ja die Zukunft formen, indem sie diese Bilder heraufbeschwor. Langsam ebbte ihre Nervosität ab, während sie die Szenen lebendig werden und in den kommenden Monaten stattfinden ließ.

Emma hielt die beiden leeren Milchflaschen fest gegen die Brust gedrückt, als sie zurück zur Esshütte eilte. Angel folgte ihr dicht auf den Fersen. George war noch am Tor zum Gehege der Löwenbabys geblieben, um seine Pfeife zu rauchen und Bill und Ben beim Spielen zuzusehen. Nach dem Füttern hatten er und Angel einige Zeit darauf verwendet, die beiden Mdogo vorzustellen – der erste Schritt, um sie in Moyos Familie einzuführen. Emma hatte zugesehen, und Moyo hatte sich neben sie gestellt und ihr Junges wachsam beobachtet. Zuerst war das Experiment fast gescheitert – es hatte viel Fauchen und Knurren gegeben, und Angel hatte einen Kratzer an der Wange abbekommen. Aber schließlich hatten sich die drei kleinen Löwen beruhigt, und Mdogo hatte sogar Anstalten gemacht, mit ihnen zu spielen.

»Das ist ein guter Start«, hatte George gesagt. »Bald werden sie eine glückliche Familie sein.«

Emma ging an ihrem Schlafplatz vorbei – der Boden war frisch gekehrt, und die Betten waren während des Tages weggeräumt. Dann blieb sie kopfschüttelnd stehen. In der Ferne vernahm sie ein schwaches Klopfen.

Angel blickte Emma an. »Was ist das?«

»Ich glaube, es ist ein Helikopter.«

Sofort verkrampfte sich Angel. »Ist es die Polizei?«

Emma blickte alarmiert auf, aber sie schüttelte den Kopf. »Für die Polizei ist es viel zu teuer, so zu reisen. Wahrscheinlich sind es Touristen oder Leute von der Minengesellschaft.«

Kurz darauf konnten sie den Helikopter sehen. Zuerst war es nur ein kleiner Fleck am Himmel, aber er wurde rasch größer und kam stetig näher.

Emma wechselte einen Blick mit Angel. Der Helikopter flog tatsächlich auf das Camp zu. Auch George und Daniel blickten auf. Sie schirmten die Augen zum Schutz vor der hellen Nachmittagssonne mit den Händen ab. Ndisi lockte Moyos Junge in das Gehege neben Bill und Ben und sperrte sie zur Sicherheit ein.

Das Geräusch wurde immer lauter, bis es die Luft erfüllte. Vögel flatterten kreischend auf. Der Helikopter flog in einem großen Kreis über das offene Gelände vor den Toren und landete dann. Der Rotor wurde langsamer, bis man schließlich die Rotorblätter erkennen konnte.

»Komm«, sagte Emma zu Angel, »lass uns mal schauen, wer das ist.«

Sie ergriff Angels Hand, und gemeinsam gingen sie zu den Toren. Draußen hockte der Helikopter wie eine übergroße Krabbe. Anscheinend war er in privatem Besitz – er sah nicht aus wie ein Polizei- oder Militärhubschrauber.

Emma trat mit Angel zu Daniel, George, Ndisi und Samu, die wie Wachen am Eingang zum Camp standen. Zwischen ihnen lag Moyo. Sie schnüffelte mit hocherhobenem Kopf. Ihr Schwanz schlug hin und her.

Die Pilotentür ging auf, und ein Mann in weißem Hemd und mit Sonnenbrille sprang zu Boden. Er ging um die Maschine herum und öffnete die Beifahrertür. Emma sah etwas Buntes, dann stiegen Leute aus. Ein untersetzter Afrikaner als Erster. Er trug eine Polizeiuniform. Sie spürte, wie Angel immer kleiner wurde, und drückte ihr beruhigend die Hand. Ein zweiter Afrikaner folgte. Er war groß und in einen hellblauen Anzug mit Mao-Kragen gekleidet. Seine Blicke glitten über die kleine Gruppe am Eingang, und er lächelte. Er hob die Hand, um Daniel zu begrüßen.

»Ich glaube, das ist Joshua«, sagte Emma zu Angel. Erleichtert atmete sie auf. »Daniels Freund.« Hoffentlich brachte er gute Nachrichten.

Erneut bewegte sich jemand an der Kabinentür, und Emma erstarrte. Ein weißhäutiger Mann war aufgetaucht und kletterte unbeholfen heraus. In seiner eleganten Stadtkleidung wirkte er seltsam fehl am Platz. Aber es war nicht sein eleganter Anzug, der Emmas Blick fesselte, es waren seine weißblonden Haare. Sie hatten die gleiche Farbe wie Angels Haare – und auch wie die Haare von Laura. Es gab keinen Zweifel, dass das Angels Onkel war.

Emma hörte, wie Angel scharf die Luft einzog. Anscheinend war sie zu dem gleichen Schluss gekommen. Beruhigend rieb sie die Hand des Kindes. Am liebsten hätte sie ihr gesagt, sie solle sich keine Sorgen machen, es würde alles gut werden. Aber sie hatte selbst Angst.

Moyo ging auf den Mann zu und beäugte ihn neugierig, als ob auch sie sich Gedanken darüber machte, in welcher Verbindung er zu Angel stand. Er wich zurück und warf nervös einen Blick auf den Polizeibeamten. Die Hand des Beamten fuhr zu seiner Pistole, die er in einem Halfter an der Hüfte trug. Der Pilot blieb am Helikopter stehen und hielt vorsorglich Abstand.

»Sie brauchen keine Angst vor Moyo zu haben«, rief George. »Sie tut Ihnen nichts. Bleiben Sie still stehen, und starren Sie sie nicht an.«

Der Beamte und Angels Onkel wirkten nicht überzeugt, aber sie befolgten Georges Anweisungen. Sie blickten starr geradeaus und hielten die Arme fest an die Seiten gepresst, als Moyo langsam um sie herumging und sie beschnüffelte. Auch Joshua stand ruhig da, aber auf seinem Gesicht zeichnete sich eher Ehrfurcht ab als Angst. Als Moyo schließlich wieder ihren Platz neben Angel einnahm, riss Joshua sich nur mit Mühe von ihrem Anblick los.

Er ging zu Daniel, und die beiden Männer begrüßten einander. Sie ergriffen jeweils die linke Hand des anderen und legten die rechte Hand auf den linken Unterarm. Daniel hatte Emma erklärt, man zeige damit, dass der starke rechte Arm keine Waffe hielt. Nach dem Handschlag umarmten sie sich. Man merkte ihnen deutlich an, wie sehr sie sich freuten, sich wiederzusehen.

Danach trat Joshua auf George zu und begrüßte ihn mit einem kurzen europäischen Händeschütteln.

»Willkommen im Kampi ya Simba«, sagte George höflich.

»Es tut mir leid, dass wir ohne Vorankündigung hierherkommen«, sagte Joshua. »Aber Mr. Kelly« – er wies auf den blonden Mann – »wollte gerade wieder nach London abreisen, als ich ihm die Nachricht von Angel überbrachte. Sie haben sich sicher schon gedacht, dass er ihr nächster Verwandter ist, der Bruder ihrer Mutter. Er wollte unbedingt einen Helikopter chartern und direkt hierherkommen.«

Emma blickte den Engländer an. In seinem gebügelten weißen Hemd und seinem gut geschnittenen Jackett hätte er in jeden Sitzungssaal oder in ein elegantes Restaurant gepasst. Emma schaute auf ihre zerknitterte Bluse, die mit Milch aus der Flasche der Löwenbabys und Teerflecken bespritzt war; ihre Jeans war verschwitzt, und ihre Stiefel waren verdreckt. Angels Sachen sahen genauso ungepflegt und schmutzig aus. In gewisser Weise befriedigte es sie, dass sie zwar den falschen Akzent und die falsche Haarfarbe hatte, aber wenigstens in dieser Hinsicht Angel äußerlich ähnlich sah. Doch dieses Gefühl wurde sofort von einer neuen Sorge überlagert. Vielleicht entstand ja durch ihre Erscheinung der Eindruck, dass man ihr kein Kind anvertrauen konnte. Abgesehen von ihrer Kleidung, hatte sie Sonnenbrand auf den Armen und im Gesicht, und ihre Haare waren schmutzig. Und Angels Aussehen konnte man möglicherweise auch so deuten, dass sie in den letzten Tagen vernachlässigt worden war. Ihr Gesicht war mit Ruß verschmiert, und der Kratzer auf ihrer Wange war noch blutig.

Als Emma aufblickte, sah sie, dass Angels Onkel sie musterte. Ob Joshua ihm wohl schon etwas erzählt hatte? Ein Schauer der Angst lief ihr über den Rücken. Vielleicht hatten sie sich ja bereits geeinigt, ohne sie einzubeziehen. Vielleicht würden sie Angel für immer mitnehmen.

Joshua trat auf sie zu, anscheinend, um sie zu begrüßen. Höflich lächelnd wandte sie sich zu ihm. Hoffentlich ließ er seinen alten Freund nicht im Stich. Als sie ihm ins Gesicht blickte, hatte sie das Gefühl, Daniels Bruder oder Vetter vor sich zu sehen. Joshua hatte die gleichen hohen Wangenknochen und fein gezeichneten Lippen und eine ebenso anmutige Haltung. Auch Joshua musterte sie. Emma wünschte, sie wüsste, was Daniel auf dem Hügel über sie – über sie beide – gesagt hatte. Wenn sie gehört hätte, wie er sagte, sie würde hier in Tansania bleiben und mit ihm zusammenarbeiten, mit ihm leben, wäre ihr alles viel realer vorgekommen.

Joshua lächelte sie an, dann wandte er sich zu dem Polizeibeamten. »Das ist Mr. Malindi, der Polizeichef für die Region um Arusha.« Der untersetzte Mann neigte den Kopf. Er strahlte eine Macht aus, die man beinahe mit Händen greifen konnte.

Schließlich wies Joshua auf den Onkel. »Und das ist Mr. James Kelly aus England.«

James starrte Angel an, als ob er einen Geist sähe. Er riss sich von ihrem Anblick los, um die Erwachsenen hastig zu begrüßen. Dann ging er auf sie zu, bis er ihr Gesicht sehen konnte, das ängstlich hinter Emma hervorlugte. »Hallo, Angel. Ich bin dein Onkel James.«

»Hallo, Onkel«, sagte Angel höflich. Dann blickte sie zu Boden.

Leise fragte James Emma: »Wie geht es ihr?«

»Gut«, erwiderte Emma.

»Wann ist sie gefunden worden? Vor zwei Tagen? Sie hat sich wundervoll erholt.«

»Nein, es ging ihr gut, als wir sie gefunden haben. Moyo hat sie hervorragend versorgt.«

James blickte sie zweifelnd an. »Wollen Sie damit sagen, dass diese Löwin …«

Moyo schüttelte den Kopf, und James sprang erschrocken zurück.

»Es ist schon in Ordnung, Onkel. Sie tut dir nichts«, sagte Angel. »Sie ist ganz sanft.«

James starrte sie an, gefesselt von ihrer Stimme. Er hockte sich hin, um mit ihr auf Augenhöhe zu sein. Emma bemerk-

329

te, dass seine Augen genauso blau waren wie Angels. Als sie die zwei blonden Köpfe so dicht beieinander sah, spürte Emma einen Stich. Sie sahen aus wie Vater und Tochter.

»Ich freue mich so, dich kennenzulernen, Angel.« James hatte ein nettes Lächeln, stellte Emma fest, warmherzig und freundlich. »Weißt du, wer ich bin? Der Bruder deiner Mummy?«

Angel nickte.

Er schien noch etwas sagen zu wollen, aber dann schaute er sie nur schweigend an, und sein Blick glitt über ihre Haare, ihr Gesicht, ihren Körper. »Oh, Gott, du siehst genauso aus wie Laura als Kind.« Er ließ den Kopf sinken und presste die Lippen aufeinander. »Entschuldigung ...« Als er sich gefasst hatte, sah er wieder auf.

Angel schaute ihn an und erklärte: »Ich will nicht mit dir kommen und bei dir leben.«

James zuckte zusammen, aber er nickte. »Ich weiß. Mr. Lelendola hat es mir gesagt.« Er blickte Emma an. »Du willst bei ... bei ihr leben.«

»Ja«, sagte Angel.

Emma räusperte sich. »Ich möchte einen Antrag auf Vormundschaft stellen.«

James runzelte die Stirn; er schien sich nur mühsam zu beherrschen. »Haben Sie das alles auch genau durchdacht? Ich meine, ich weiß, dass Sie dazu beigetragen haben, dass sie gefunden wurde, und verständlicherweise hat sich da eine Bindung entwickelt. Aber das bedeutet noch lange nicht, dass sie jetzt bei Ihnen bleiben sollte. Ehrlich gesagt, finde ich die Vorstellung ziemlich ... absurd.«

Emma fiel eine Antwort schwer, schließlich hatte sie bis vor kurzem die Dinge ähnlich gesehen. »Ich habe sehr sorgfältig darüber nachgedacht«, sagte sie schließlich. »Ich glaube, es wäre das Beste für Angel – und für mich auch.«

James zwang sich zu einem Lächeln. »Das Problem ist nur, äh – Emma –, ich habe meiner Schwester etwas versprochen, und ich möchte mein Versprechen halten. Und meine Frau unterstützt mich natürlich.« Er zog eine Fotografie aus der Tasche und zeigte sie Angel. »Das ist deine Tante Louise.«

Angel warf rasch einen Blick darauf und drehte dann den Kopf weg. Emma sah eine große Frau in Reithosen und einer hübschen Bluse. Sie hatte ein reizendes Lächeln.

»Ich verstehe Ihre Lage, Mr. Kelly«, sagte Joshua. »Ein Versprechen sollte immer gehalten werden. Und wenn derjenige, dem man etwas versprochen hat, gestorben ist, wird es eine heilige Pflicht.«

»Absolut«, stimmte James zu. Emma warf Daniel einen Blick zu. Er wirkte genauso angespannt wie sie.

»Aber die Lebenden sind wichtiger als die Toten«, fuhr Joshua fort. »Und das Wohlergehen des Kindes muss an erster Stelle stehen, noch vor Ihren Pflichten und Wünschen.«

James verzog ungeduldig das Gesicht. »Hören Sie, ich denke, es ist eigentlich alles ziemlich eindeutig. Ich bin der nächste Verwandte. Einen Vater gibt es nicht. Juristisch gesehen, habe ich das Recht, sie mit nach England zu nehmen.«

»Nein, das haben Sie nicht«, erwiderte Joshua. »Die Entscheidung, wer für dieses verwaiste Kind sorgen soll, obliegt der tansanischen Regierung, da das Kind sich hier in unserem Land befindet.«

Angel traute sich hinter Emma hervor und trat neben sie. Emma legte den Arm um sie und zog sie an sich. Angel blickte sie an. Ihr Gesicht war blass vor Angst. Emma lächelte ihr beruhigend zu, aber ihr krampfte sich der Magen zusammen. Sie blickte zu Moyo, die bewegungslos auf der anderen Seite neben Angel saß, und versuchte, aus der Anwesenheit des Tieres Kraft zu schöpfen.

James trat einen Schritt auf Joshua zu. »Theoretisch ist das sicher korrekt, Minister. Aber es wäre sehr ungewöhnlich … Man würde doch erwarten …« Er verstummte. Offensichtlich fiel es ihm schwer, die Realität der Ereignisse zu begreifen.

»Die Frage, die wir beantworten müssen«, fuhr Joshua fort, »ist: Wer wird dieses kleine Mädchen am meisten lieben und am besten für es sorgen?«

James lächelte selbstbewusst. »Nun, lassen Sie es mich so formulieren: Wir haben ein schönes Haus am Meer. Im großen Garten gibt es einen beheizten Swimmingpool. Angel wird Louises ehemalige Schule besuchen, das St. Mary's College. Sie bekommt Reitstunden, Ballettunterricht, Klavierstunden. Wir werden Ferien im Ausland machen …« Seine Stimme erstarb, und sein Blick glitt über Angel, als ob es ihm Schwierigkeiten bereitete, seine Visionen mit dem Kind, das vor ihm stand, zu vereinbaren. Dann jedoch schloss er mit fester Stimme: »Sie wird alles haben.«

»Für wohlhabende Leute ist es leicht, so etwas zu garantieren«, sagte Joshua. »Aber was ist mit Liebe, Fürsorge und Gemeinschaft?«

»Das versteht sich doch von selbst«, sagte James. »Sie ist das Kind meiner Schwester. Zu gegebener Zeit planen Louise und ich eigene Kinder. Angel wird Teil einer richtigen Familie sein.«

Joshua nickte. »Sie haben Ihrer Nichte einiges zu bieten.«

Emmas Herz klopfte heftig. Sie hätte das Kind, das sich so vertrauensvoll an ihre Seite drückte, am liebsten beschützt. Sie wünschte sich, sie könnte sich wie eine Löwin vor ihr

Kind stellen und kämpfen. Aber sie wusste, sie musste sich ruhig verhalten und zuhören.

»Mr. Kelly«, sagte Joshua, »Sie müssen leider beweisen, wie gut Sie für das Kind sorgen werden. Sonst kann es das Land nicht verlassen. Nach tansanischem Gesetz kann ein Kind erst von Ausländern adoptiert werden, wenn diese Personen mindestens zwei Jahre lang mit dem Kind hier leben. In dieser Zeit können sie Pflegeeltern sein.«

James stieß ein ungläubiges Lachen aus. »Das ist doch lächerlich. Diese Regelung mag ja sinnvoll sein, wenn es keine Verwandten gibt, aber …«

»Es wäre etwas anderes, wenn Sie eine enge Beziehung zu dem Kind hätten. Aber haben Sie mir während des Flugs nicht erzählt, dass Sie das Kind heute zum ersten Mal sehen?«

»Aber sie ist meine Nichte.«

»Blut ist nicht alles, Mr. Kelly.« Joshua wandte sich an Emma und blickte sie durchdringend an. »Emma, sind Sie bereit, diese Verpflichtung mit Angel einzugehen?«

James unterbrach ihn. »Warten Sie. Sie können doch nicht im Ernst erwarten, dass Louise und ich für zwei Jahre hierherziehen! Wir haben beide einen Beruf. Es war schon schwer genug für mich, mir diese wenigen Tage hier freizuschaufeln.«

Der Minister zog die Augenbrauen hoch. Dann blickte er wieder zu Emma. »Und was ist mit Ihnen? Ich frage Sie noch einmal, und überlegen Sie sich Ihre Antwort gründlich. Sind Sie in der Lage, diese Verpflichtung einzugehen?«

Emma spürte, wie Angel den Atem anhielt.

»Ja, das bin ich.«

»Und möchten Sie es auch wirklich.«

Emma lächelte Angel zu. »Mehr als alles auf der Welt.«

Angel stieß erleichtert die Luft aus und schmiegte ihren Kopf an Emmas Hüfte.

»Sie haben also vor, nach Tansania zu ziehen?«, fuhr Joshua fort. »Das ist eine große Veränderung.«

»Ja, das stimmt«, erwiderte Emma, »aber ich kann es tun. Ich weiß es einfach.« Sie war selbst überrascht, wie sicher sie klang. Und nicht nur das. Sie empfand diese Sicherheit auch.

»Ich habe gehört, Sie wollen Daniel bei seiner Erforschung des Olambo-Fiebers unterstützen? Er hat mir gesagt, Sie seien eine erfahrene medizinische Wissenschaftlerin?«

Emma blickte zu Daniel. Er nickte ermutigend. »Wir möchten mit einem neuen Forschungsprojekt beginnen. Wir glauben, wir haben möglicherweise das Bindeglied gefunden, um einen Impfstoff entwickeln zu können.«

James räusperte sich, um das Gespräch wieder auf Angel zurückzubringen, aber Joshua schien keine Notiz davon zu nehmen. Er schwieg einen Moment lang und blickte in die Ferne. Als er sich wieder Emma zuwandte, waren seine Augen schmerzerfüllt. »Diese Angelegenheit liegt mir sehr am Herzen. Ich habe meinen einzigen Sohn durch das Blutfieber verloren.«

Daniel sagte etwas auf Maa, und Joshua lächelte traurig. Dann fuhr Daniel auf Englisch fort: »Aber der Erfolg unserer Forschungsarbeit hängt davon ab, dass das Löwen-Camp erhalten bleibt und die Wilderer aus dem Gebiet vertrieben werden.«

»Georges Löwen sind der Schlüssel«, warf Emma ein. »Sie leben in beiden Welten – in der der Tiere und der der Menschen. Sie sind einzigartig und müssen geschützt werden.« Sie spürte, dass George sie dankbar ansah.

334

Joshua machte eine Geste zu dem Polizeibeamten hin. »Deshalb habe ich heute meinen Freund Mr. Malindi mitgebracht. Er wird prüfen, warum der Antrag, den Mr. Lawrence gestellt hat, damit hier ein Nationalpark entsteht, ignoriert worden ist. Ich wollte, dass Mr. Malindi Mr. Lawrence kennenlernt und sich im Camp umschaut, bevor er mit seiner Untersuchung beginnt.«

George blickte ihn nervös an. »Aber was soll das bedeuten? Damit vergeht doch nur Zeit, und die Wilderer töten die Tiere immer weiter ...«

Joshua lächelte. »Innerhalb von zwei Wochen wird es hier für den Übergang einen Ranger geben. Sobald der Antrag genehmigt ist, wird das Gebiet zum Nationalpark erklärt.« Er blickte George an. »Keine Sorge. Es wird auf jeden Fall passieren. Wenn ich nach Daressalam zurückkehre, werde ich über den neuen Forschungsansatz mit dem Gesundheitsminister sprechen. Auch er wird das Projekt unterstützen. Wenn nötig, werden wir bis zum Präsidenten gehen.« Georges Mund stand staunend offen. Er schien überwältigt vor Freude.

Der Minister wandte seine Aufmerksamkeit wieder Angel zu. Er hockte sich nicht hin, um auf gleicher Höhe mit ihr zu sein – er blickte auf sie herunter wie jemand, der daran gewöhnt war, größer als seine Gefährten zu sein. »Und jetzt möchte ich dir ein paar Fragen stellen, Angel. Wo bist du geboren?«

»In der Feigenbaum-*manyata.*«

»Die beim Geschichtenhügel? Ich kenne sie gut. Hast du lange dort gelebt?«

»Wir haben nicht wirklich dort gelebt. Wir haben eigentlich nirgendwo gewohnt. Wir sind einfach mit unseren Kamelen herumgereist und haben dort angehalten, wo die Leute unsere Hilfe brauchten. Wenn wir keine Medizin mehr hatten, sind wir zu den Barmherzigen Schwestern gegangen, um mehr zu holen. Wenn wir kein Geld hatten, sind wir in einen Ort mit einer Bank gegangen.« Sie nickte. »Mama hatte viel Geld, aber wir haben es nie verschwendet.«

»Laura verfügte über einen Treuhand-Fonds von unserem Vater«, sagte James. »Mir war gar nicht klar, dass sie so gelebt und gearbeitet hat. Mit den Jahren haben wir den Kontakt zueinander verloren. Unsere Leben waren viel zu unterschiedlich. Sie war immer wild und eigensinnig und hatte verrückte Pläne. Ich nehme an, sie hatte eben einfach … Spaß.«

»Ja, wir hatten Spaß!«, sagte Angel. »Wir haben getan, was wir wollten.«

Emma hörte, dass die Stimme des Kindes brüchig klang, und streichelte ihr über die Schulter. Durch den dünnen Stoff der Tunika spürte sie die Wärme ihrer Haut.

»Du hast also gerne so gelebt?«, fragte Joshua. »Nur du und deine Mama.«

»Und Mama Kitu und Matata«, fügte Angel hinzu.

»Wer ist das?«

»Unsere Kamele. Mama Kitu ist ein sehr gutes Kamel. Sie hat Emma auf die Suche nach mir geschickt.«

Joshua lächelte sanft. »Und, was wäre dir jetzt am liebsten?«

»Sie ist doch nur ein Kind!«, protestierte James.

Joshua schüttelte den Kopf. »Sie hat ihre Mutter mit ihren eigenen Händen begraben. Sie hat bei einer Löwin gelebt. Sie ist nicht ›nur‹ ein Kind.« Er wandte sich wieder an Angel und begann, Maa mit ihr zu reden. Beim letzten Satz hob er fragend die Stimme.

»Ich möchte bei Emma und Daniel bleiben«, erwiderte Angel mit fester Stimme. »Ich möchte Moyo und die Löwenjungen und George Lawrence und Ndisi besuchen können, und ich möchte meine Kamele zurückhaben.« Während sie sprach, rückte James näher, als ob ihre Worte ihn körperlich anziehen würden. »Ich möchte meinen Freund Zuri besuchen. Und die Nonnen. Und da ist noch etwas – ich muss zur *manyata* am Fuß des Ol Doinyo Lengai. Ich habe etwas für den Häuptling. Und ich bringe Ndisi Stricken bei.«

James machte ein Gesicht, als sähe er Angel zum ersten Mal wirklich. Bewunderung und Faszination zeigten sich in seiner Miene, aber auch Enttäuschung. Joshua beobachtete seine Reaktion, und als Angel schwieg, sagte er freundlich zu ihrem Onkel: »Sie sehen selbst – sie ist ein afrikanisches Kind. Sie gehört hierher.« Mitfühlend blickte er ihn an. »Dies ist eine schwierige Zeit für Sie. Sie trauern um Ihre Schwester, und ich fühle mit Ihnen. Aber ich muss auf Angel hören.«

James starrte ihn einen Moment lang an, dann blickte er zu Boden. Er wischte sich mit dem Handrücken die Nase ab und rieb sich über die Augen. Schließlich hob er das Gesicht. »Ich glaube, ehrlich gesagt, dass Laura es so gewollt hätte.« Er wandte sich an Emma. »Ich glaube, sie hätte Sie gemocht.«

Emma lächelte ihn, Tränen in den Augen, an. »Danke.«

Angel trat auf James zu. Nervös blickte Emma sie an. Am liebsten hätte sie sie zurückgezogen.

»Onkel James«, sagte Angel. »Es tut mir wirklich leid, dass du mich nicht haben kannst. Ich wollte nicht ungezogen sein.«

James strich ihr über den Kopf. »Vielleicht können wir ja Freunde sein. Schreib mir Briefe. Und eines Tages besuchst du mich vielleicht.« Er wischte sich eine Träne aus dem Gesicht und grinste sie an.

Joshua bedachte ihn mit einem respektvollen Blick, dann wandte er seine Aufmerksamkeit wieder Emma zu. »Sie müssen nach Arusha kommen, um ein formelles Gespräch mit einem Sozialarbeiter zu führen. Dann müssen die Dokumente ausgestellt werden. Wir müssen auch über Angels Schulbesuch sprechen.«

»In dem Dorf in der Nähe der Station ist eine Schule«, sagte Daniel. »Der Lehrer ist ein Freund von mir – ein Massai.«

Eifrig wandte sich Angel an ihn. »Kann ich auch eine Uniform haben?«

»Natürlich«, erwiderte Daniel. »Wie alle anderen Kinder wirst auch du eine Uniform tragen.«

Angels Augen leuchteten auf. Sie drehte sich zu Moyo um, um ihre Aufregung mit ihr zu teilen.

Joshua beobachtete sie einen Moment lang, dann wandte er sich wieder an Emma. »Es gibt einiges zu bedenken. Aber das hat alles ein paar Wochen Zeit. Dieses Kind muss sich erst von seinem Verlust erholen, das ist das Wichtigste.« Er schwieg, als müsse er seine letzten Gedanken noch einmal überprüfen. Die Stille dehnte sich. Emma hielt den Atem an. Schließlich nickte er bedächtig. »Ich überlasse sie offiziell Ihrer Obhut. Wenn alles gutgeht, sehe ich keinen Grund, warum dieses Arrangement sich jemals ändern sollte.«

Überwältigt schloss Emma für einen Moment die Augen.

»Wenn Sie heiraten«, fügte Joshua hinzu, »müsste Ihr zukünftiger Ehemann natürlich auch noch einmal überprüft werden.« Er warf Daniel einen verschmitzten Blick zu. »Das Ministerium müsste sich sicher sein, dass dieser Mann ein guter Vater wäre.« Joshuas Gesicht wurde ernst, als er leise zu Emma sagte: »Ich bin froh, meinen alten Freund wieder glücklich zu sehen.«

Emma lächelte. »Ich bin auch glücklich.«

George warf ein: »Ich glaube, wir haben jetzt lange genug hier draußen gestanden. Wir sollten alle hineingehen und eine Tasse Tee trinken. Oder besser noch, einen frühen Sundowner.« Zustimmendes Gemurmel ertönte. George legte die Hand auf James' Arm. »Sie sollten noch ein wenig Zeit mit Angel verbringen, bevor Sie wieder abreisen. Sie kann Ihnen die Löwenjungen zeigen.« Er führte James zum Tor.

Joshua gesellte sich zu ihnen. Auch Mr. Malindi, Ndisi, Samu und der Pilot folgten ihnen. Emma und Daniel blieben mit Angel und Moyo allein zurück.

Emma kniete sich vor Angel. »Jetzt bleibst du bei uns. Wir brauchen uns keine Sorgen mehr zu machen!«

Angels blaue Augen füllten sich mit Tränen. »*Asante*«, sagte sie. »*Asante sana.*«

Emma zog sie an sich und umarmte sie fest. Sie roch nach Holzrauch, Seife und einer Spur von Moyos Löwengeruch. Der Swahili-Ausdruck, den Angel ihr beigebracht hatte, kam ihr in den Sinn. *Si neno.* Keine Worte. Sie drückte ihre Lippen auf Angels Haar.

Es gab keine Worte.

Daniel strich Emma über den Kopf und legte ihr dann die Hand auf die Schulter. Sie blickte in sein lächelndes Gesicht. Als sie sich erhob, ergriff sie seine Hand. Angel umklammerte seine andere Hand. Moyo trottete ins Camp. Ihr kraftvoller, goldbrauner Körper ging ihnen voran, und ihre Pfoten wirbelten grauen Staub auf. Auf dem glatten Boden war ihre Spur deutlich zu erkennen, die drei unbeschädigten Pfoten und die Pfote mit dem verletzten Ballen. Und zu dieser Spur gesellten sich drei weitere – die eines Mannes, einer Frau und eines Kindes. Gemeinsam bildeten sie ein neues Muster.

Bemerkung der Autorin

Die Figur von George Lawrence wurde vom tatsächlichen »Löwen-Mann« George Adamson inspiriert, der mit *Frei geboren* und *Ein Löwe namens Christian* Weltruhm erlangte. Mein Interesse an George Adamson wuchs, als ich die Entstehung der Filmversion von *Frei geboren* für meinen Roman *Roter Hibiskus* recherchierte. (Adamson arbeitete mit den Löwen für diese Produktion und übernahm später auch einige der Tiere.) George Adamsons Autobiographie, *Safari meines Lebens,* vermittelt ein faszinierendes Bild seines Lebens, wie auch Sandy Galls Buch und Dokumentarfilm, *Herr der Löwen.* Tragischerweise wurde George Adamson von Banditen – wahrscheinlich Wilderern – in seinem einsamen Camp in Kora, Kenia, 1989 ermordet. Er war dreiundachtzig Jahre alt.

Olambo-Fieber ist eine fiktive Krankheit, nach dem Vorbild von Blutungsfiebern wie Lassa und Ebola. In Tansania waren diese beiden Seuchen jedoch keine Gefahr. Allerdings können überall auf der Welt tödliche Viren-Erkrankungen ausbrechen. Die gefährliche, aber wichtige Arbeit der Viren-Jäger des Centre for Disease Control in Atlanta, USA, wird in dem Buch *Todeszone 4: Der Kampf gegen die Killerviren* von Joseph McCormick und Susan Fisher-Hoch gut dokumentiert.

Seit jeher gibt es Geschichten von Kindern, die von Tieren großgezogen wurden. Der Legende nach sind die Gründer von Rom, Romulus und Remus, von einer Wölfin gesäugt worden, und es gibt auch jüngere, belegte Fälle von Kindern, die von »Pflegeeltern« wie Affen, Hunden, Wölfen, Schafen und Ziegen am Leben erhalten wurden. Es gibt sogar einen Bericht über einen »Gazellen-Jungen«, der in der Sahara lebt. Kinder, die lange Zeit von Tieren ernährt werden, finden für gewöhnlich nicht mehr zu einem konventionellen Lebensstil zurück, und ihre Geschichten enden meistens tragisch. Aber es gibt faszinierende Fälle, wo Tiere kurze Zeit Babys oder Kleinkinder in ihre Rudel integriert haben, bis die Menschenkinder gerettet und wieder in ihre normale Welt zurückgebracht wurden. Diese Geschichten sind nicht tragisch, sondern machen Mut, die Zusammenhänge zu erforschen. Während der Recherchen zu diesem Roman entdeckte ich zum Beispiel einen Bericht über ein halbwüchsiges Mädchen in Äthiopien, das von einer Gruppe von Männern aus seinem Dorf entführt worden war. Die Hilferufe des Mädchens wurden von einem Rudel Löwen gehört, die sie umringten und die Angreifer in die Flucht schlugen. Später fand die Polizei sie unverletzt bei den Löwen.

Der Roman ist von meinem Besuch in der Region des Lake Natron in Nord-Tansania inspiriert. Dieser Natronsee – an dem Flamingos brüten – ist nicht weit entfernt vom Ol Doinyo Lengai. Die Asche, die dieser Vulkan bei seinen häufigen Ausbrüchen spuckt, hat die ergreifend schönen, jedoch öden Ebenen um den See und den Berg geschaffen.

Der Musiker Nasango ist ein fiktiver Charakter, es gibt jedoch eine lebendige Hip-Hop-Kultur in Tansania. Die aus Arusha stammende Massai-Gruppe »X Plastaz« mischt gerne traditionelle Gesänge mit Swahili Rap. Einer ihrer Video-Clips wurde teilweise auf dem Gipfel des Ol Doinyo Lengai aufgenommen, und man kann dort Bilder von der ungewöhnlichen weißen Lava sehen.

Danksagung

Mein Dank gilt allen bei Penguin Australia – es war ein Privileg, erneut mit euch zusammenzuarbeiten. Ali Watts und Belinda Byrne, eure Beiträge waren wertvoll und erfreulich. Danke auch allen bei Curtis Brown Australia, vor allem Fiona Inglis und Kate Cooper in London. Sehr dankbar bin ich Dr. Alan Champion für seine wichtige Unterstützung bei der Recherche über Medizinforschung. Clare, Elizabeth, Hilary und Robin Smith und Kate Bendall gilt mein Dank dafür, dass sie das Manuskript gelesen und hilfreiche Ratschläge gegeben haben. Ein großes Dankeschön an meine getreuen Tansania-Safari-Gefährten, Elizabeth, Robin und Andrew »Fujo« Smith, und an die großartige Vanessa Smith, weil sie eine wundervolle Reise möglich gemacht hat. Ich danke Jonny und Linden Scholes und Hamish Maxwell-Stewart für ihre Ermutigung in der langen Entstehungszeit dieses Buches, und meinen hilfsbereiten, lieben Freunden und Verwandten, einschließlich – wie immer – der Curry Girls. Am dankbarsten bin ich jedoch Roger Scholes, der meine Leidenschaft für die Motive dieser Geschichte teilt. Ohne seine unermüdliche Hilfe und Inspiration hätte *Das Herz einer Löwin* nicht geschrieben werden können.

KATHERINE SCHOLES

Roter Hibiskus

Roman

Mara und John Sutherland gehört die Raynor Lodge im erst vor kurzem unabhängig gewordenen Tansania. Doch diese ist vom finanziellen Ruin bedroht, und John muss sich immer wieder als Jäger bei Safaris verdingen – was die Ehe auf eine schwere Probe stellt. Als die Lodge während seiner Abwesenheit als Drehort für einen Hollywoodfilm genutzt wird, lernt Mara den attraktiven Schauspieler Peter kennen. Bald gerät sie in mehr als einer Hinsicht in Gefahr. Da kehrt John von der Safari zurück, und es kommt zur Katastrophe …

»Atmosphärisch, packend, gefühlvoll.«   Schwaben Echo

KNAUR TASCHENBUCH VERLAG

KATHERINE SCHOLES

Die Regenkönigin

Roman

Kate kann ihre Kindheit in Tansania nicht vergessen. Damals wurden ihre Eltern auf grausame Weise umgebracht. Als eines Tages eine fremde Frau in Kates Nachbarhaus einzieht, ahnt sie nicht, dass mit ihr die Vergangenheit erneut in bedrohliche Nähe gerückt ist: Bei der Nachbarin handelt es sich um Annah, die einst im Leben ihrer Eltern eine große Rolle spielte. Und Annah erzählt Kate von ihrem Leben in Afrika und was damals wirklich geschah …

»Dieses Buch lässt einen nicht mehr los: die Geschichte ist spannend und aufwühlend zugleich – bis zur letzten Seite.«
Ruhr Nachrichten

KNAUR TASCHENBUCH VERLAG

KATHERINE SCHOLES

Die Traumtänzerin

Roman

Die junge Zelda, die mit ihrem Vater James auf Tasmanien lebt, glaubt, dass ihre Mutter seit Jahren tot sei. Erst nachdem James gestorben ist, erfährt sie die bittere Wahrheit: Ellen, ihre Mutter, verließ vor vielen Jahren ihre Familie und ging nach Indien. Zelda lässt das Leben ihrer Mutter, die einst eine gefeierte Tänzerin war, keine Ruhe, und sie macht sich auf die Suche nach ihr. Was hat diese bewogen, ihr Kind im Stich zu lassen und ein völlig neues Leben anzufangen? Je mehr Zelda von ihrer Mutter erfährt, desto mehr sieht sie sie in einem ganz neuen Licht.
Ein neuer Roman von der Autorin des Bestsellers »Die Regenkönigin«!

KNAUR TASCHENBUCH VERLAG

KATHERINE SCHOLES

Die Sturmfängerin

Roman

Jahrelang hat sich die Journalistin Stella dagegen gewehrt, in ihre Heimat Tasmanien zurückzukehren. Zu bitter sind die Erinnerungen, die sie mit jener Bucht verbindet, in der sie einst aufwuchs. Doch da erreicht sie eine Nachricht, die ihr bisheriges Leben aus den Fugen geraten lässt: Ihr Vater William, ein Fischer, ist auf See verschollen. Plötzlich wird Stella an all das erinnert, was sie für immer vergessen wollte: an das Zerwürfnis mit ihren Eltern, als sie schwanger wurde, und schließlich an den schrecklichen Verlust ihres Kindes. Stella muss sich den Dämonen der Vergangenheit stellen – und das Schicksal gewährt ihr eine zweite Chance …

»*Ein Roman mit Sucht-Faktor. Bewegend und faszinierend!*«
Lea

KNAUR TASCHENBUCH VERLAG